미쳐 살다 깨어 죽는다

미쳐 살다 깨어 죽는다

발행일   2023년 4월 14일

지은이   서관덕
펴낸이   손형국
펴낸곳   (주)북랩
편집인   선일영   편집   정두철, 배진용, 윤용민, 김부경, 김다빈
디자인   이현수, 김민하, 김영주, 안유경   제작   박기성, 황동현, 구성우, 배상진
마케팅   김회란, 박진관
출판등록 2004. 12. 1(제2012-000051호)
주소   서울특별시 금천구 가산디지털 1로 168, 우림라이온스밸리 B동 B113~114호, C동 B101호
홈페이지 www.book.co.kr
전화번호 (02)2026-5777   팩스   (02)3159-9637

ISBN   979-11-6836-828-6 03810 (종이책)   979-11-6836-829-3 05810 (전자책)

(주)북랩 성공출판의 파트너
북랩 홈페이지와 패밀리 사이트에서 다양한 출판 솔루션을 만나 보세요!
홈페이지 book.co.kr   •   **블로그** blog.naver.com/essaybook   •   **출판문의** book@book.co.kr

작가 연락처 문의 ▶ ask.book.co.kr
작가 연락처는 개인정보이므로 북랩에서 알려드릴 수 없습니다.

삶의 고뇌와 죽음의 허구를 벗겨버리는 ●●●●●●●

마법 같은 치유의 글 ●●●●●●●

미쳐 살다
깨어 죽는다

서관덕 에세이

🐚 *북랩

┃ 폴 고갱 [Paul Gauguin] 우리는 어디로 와서, 무엇이 되어, 어디로 가는가(1897년)

‘나는 누구인가?’

자신을 찾아 긴 여행을 하는 분들을 위해 이 글을 시작합니다

나는 무엇인가?

- 나는 사랑이다

나는 어디에서 와 어디로 가는가?

- 나는 사랑에서 와 사랑으로 돌아간다

나는 무엇 때문에 와 무엇을 하다 가는가?

- 나는 사랑 때문에 와 사랑을 하다 돌아간다

시작하는 글

우리가 '지금 이 순간이 바로 위기의 순간이다'라고 절실하게 느끼며 살지 않는 한 우리의 삶은 한낱 낭비로 끝나버리기가 쉽다. 그렇게 허튼 삶으로 끝나버리기 쉬운 것이 보통 우리들의 삶이다. 우리는 그렇게 무의식적으로 살고 있다. 그러니 우리 한번 순간 멈추어 자신을 바로 보고, 지금 자신의 삶의 방식에 위기의식을 느껴봄은 어떨까? 그러면 지금까지 잠들어있던 자신의 삶의 방식을 깨우고 그것을 혁명적으로 바꿀 수 있는 좋은 계기가 되지 않을까?

내가 흘깃 내 자신을 보면 나는 순간 깜짝 놀란다. 내 나이를 생각하면 그저 어이가 없어 말문이 막힌다. 이게 도대체 어찌 된 일인가! 내가 벌써 죽을 때가 되었다니! 엊그제만 하더라도 소년이었고 청년이었던 내가 벌써 이렇게 되었다니! 생각하면 그저 어이없어 헛웃음만 나올 뿐이다. 도대체 어쩌다 이렇게 되었단 말인가! 아무것도 한 일은 없는데 내가 벌써 죽을 때가 되었다니! 어떻게 시간이 이렇게 빨리 지날 수가 있단 말인가. 삶이 그저 꿈만 같다. 우물쭈물 하다 모든 게 다 가버리고 말았으니 이 삶이 도대체 무엇인가 싶다.

이 책의 내용들은 본인이 살면서 본인의 삶을 힘들게 만들었던 질문들을 중심으로 해 생각들을 모아놓은 것들이다. 본인에게는 살면서 참으로 많은 질문들이 있었다. '도대체 나란 무엇인가? 내가 왜 이 세상에 태어난 것일까? 도대체 이 삶은 어떻게 살아야 하고 죽음이란 또 무엇이며, 죽을 때는 어떻게 죽어야 할까?' 등 나는 나의 삶과 정체성에 대해 많은 의문들을 갖고 있었다.

보통 다른 사람들 같았으면 그저 사람들 사는 대로 그냥 살 수도 있었겠지만 나는 그러하지 못했다.

나는 내가 세상에 살고는 있지만 도대체가 내가 사는 것인지, 내 안에 누가 사는 것인지 참으로 의아한 생각이 들 때가 많았다. 내가 살고는 있지만 그저 아무것도 모르면서 산다는 것이 너무도 막연하기만 했다. 처음 어렸을 때는 무엇이 무엇인지 모르며 사는 것이 어쩌면 당연하기도 하겠지만 그러나 이제 내가 죽을 때가 다 되었는데도 이 삶이 뭐가 뭔지 모르겠다니 참 어이없기만 하다.

도대체 이 삶이란 무엇인가?

나는 내가 나 아닌 다른 어떤 무엇이 아닐까 하는 생각이 들 때가 많다. 그렇다면 내 뒤에 가려져 있는 그 실체란 도대체 무엇일까?

우리는 육체로 살고 있다. 그러나 이 육체가 바로 나일까? 그렇지 않다. 우리는 다만 육체의 눈에 가려 진짜를 보지 못할 뿐이다. 우리는 육체로 꿈꾸는 삶을 살고 있기 때문에 진짜를 깨닫지 못하는 것이다. 우리는 모두 깊이 잠들어있다. 우리는 이 삶이 한낱 꿈에 지나지 않는다는 것을 모른다. 우리가 꿈꿀 때는 그것이 꿈인 줄 알던가? 그렇지 않다. 우리는 꿈꾸는 그 순간만큼은 그것이 꿈이라는 것을 모른다. 그것을 진짜로 알고 있다. 그러다 꿈을 깨면 모두가 가짜였다는 것을 알게 된다. 그때는 얼마나 허망하던가!

이 삶도 마찬가지다. 우리는 육체의 삶 속에서 눈을 감고 있다. 그리고는 그 삶을 진짜로 여기고 있는 것이다. 그것이 환영에 지나지 않는다는 것을 모른다. 그러다가 우리들은 죽을 때가 되면 깨어난다. 번쩍 깨어난다. 그때서야 우리는 이 삶은 한낱 꿈이었다는 것을 깨닫게 된다.

육체적으로만 따진다면 우리는 아무것도 아니다. 그저 죽기 위해서 태어난 것밖에는 아무것도 되지 않는다. 그리고 이러한 육체의 삶이 우리의 전부라면 우리의 삶은 얼마나 허망한 것이겠나!

그러나 우리는 눈에 보이는 그대로가 아니다. 우리는 그 이상의 존재임을 알아야 한다. 우리는 지금까지 보는 시각이 잘못되었던 것이다. 우리는 우리 자신에 대해 극히 제한적인 인식만을 가지고 살아왔다. 우리 눈으로는 단지 외면만을 보며 살아왔기 때문에 우리는 내면 깊은 곳을 들여다볼 줄 몰랐던 것이다. 우리가 그 깊은 곳을 들여다보면 우리는 물질 이상의 존재임을 알 수가 있는데도 우린 그것을 몰랐던 것이다.

이제 우리는 삶의 방식을 바꾸어야 한다. 우리가 삶을 물질적인 의미로만 해석한다면 우리는 결코 거기에서 진정한 삶의 의미를 찾을 수가 없다. 물질적인 의미로만 본다면 우리는 단지 죽기 위해서 태어난 존재밖에는 되지 않는다. 그렇다면 우리는 그 얼마나 허망한 존재이겠는가! 이제 우리는 우리 삶의 의미를 본질적인 의미에서 추구할 수 있도록 애써야 한다. 그동안 우리들은 진정한 삶의 의미와는 너무도 동떨어진 삶을 살아왔다.

　이제 우리는 우리 안에 숨어 진정 우리를 움직이게 하는 그 본질이 무엇인지 그 본질을 깨닫고 그 방향으로 우리 삶의 방향을 가도록 해야 할 것이다. 그 본질과의 깊은 관련성을 두고 우리 삶의 의미를 찾게 될 때 우리는 진정으로 가치 있고 의미 있는 삶을 살 수 있을 것이다.

차례

삶이란 나를 찾아가는 길

인간의 일생이라는 것은 모두 자기 자신에게 도달하기 위한 여정,
아니 그러한 길을 찾아내려는 실험이며, 그러한 오솔길의 암시이다.

– 헤르만 헤세

인간은 하나의 커다란 질문 덩어리이다.

인간은 묻는 자인 동시에 또한 물음의 대상자가 되기도 한다.

우리는 끊임없이 자신에게 묻는다. '이 세상에 던져진 나는 누구인
가? 나는 도대체 어디에서 와서, 무엇을 하다, 어디로 간단 말인가?' 그
렇다. 우리는 세상에 던져진 하나의 커다란 질문 덩어리이다. 우리는
이 세상에 물음으로 던져졌다. 우리의 태어남 자체가 질문인 것이다.

세상에 이보다 더 큰 물음이 있을 수가 있을까?

세상에 이보다 더 위대한 질문이 또 있을 수 있을까?

어찌하여 우리는 우리 자신에게 이다지도 큰 수수께끼일까?

우리는 이 질문에 답을 해야만 한다. 그래야 그것이 우리의 삶이
된다. 이 질문에 답하지 못 하는 한 우리는 사람이 아니다. 그때 우리
는 우리의 삶을 놓치게 된다.

우리가 이 질문을 외면하고도 어찌 우리가 삶을 산다고 말할 수 있을까? 이를 모르는 한 우리는 살아도 사는 것이 아니다. 우리의 삶 모두는 헛되고 헛된 것일 뿐이다. 우리가 이 질문을 놓치고 사는 한 우리는 인간을 놓치고 사는 것이나 마찬가지다. 우리가 어떻게 이 거대하고도 심각한 질문을 놓친 채 그저 사소한 일에만 안주하며 살 수 있을까?

이 세상에 내가 살아있어 땅 위를 걸어 다니고 있다는 사실보다 더 놀랍고도 신비로운 일이 또 있을 수 있을까? 잠시 멈춰서 내 모습을 바로 보고 한번 곰곰이 생각해보자. '내가 이 세상에 태어난 것은 무엇이며, 도대체 이 삶은 무엇이란 말인가?'

나는 아무것도 모르면서 무엇 때문에 그저 악착 같이 살기만을 고집하는 것일까! 정말이지 생각하고 또 생각해도 참으로 어이가 없고 알 수가 없다. 세상에 이보다 더 불가사의한 일이 또 있을 수 있을까. 그런데도 사람들이 아무렇지도 않은 듯이 잘들 살고 있는 것을 보면 도대체 이해가 되지 않는다.

사람들은 당장 내일 죽기라도 한다면 하늘이 무너지기라도 하듯 두려움에 떨며 야단이겠지만 지금 이렇게 살아 움직이고 있음에는 별 의미 없이 그저 눈감고 잘들 살고 있는 것을 보면 그저 놀라울 따름이다. 모든 것을 다 그저 당연한 것으로만 여기며 살고 있으니 말이다.

도대체 내 안에 무엇이 들어있기에 내가 이리 생각도 하고 슬퍼하며, 때론 기뻐 노래도 부르고, 또 때론 분노하고 울부짖으며 이렇게 살아 움직인단 말인가?

누구든지 가끔 혼자 생각해본 적이 있을 것이다. '나란 도대체가 무엇인가? 내가 도대체가 무엇 때문에 이렇게 태어나 어려운 삶을 살아야 한단 말인가? 도대체가 이 삶이 무엇이길래? 그래서 결국 나는 어떻게 되는 것인데? 또 죽음 다음엔 어떻게 되는 것이고?'

생각할수록 참으로 놀랍고도 기가 막힌 일이다. 도대체가 우리의 생명체는 처음 어떻게 시작된 것이며, 우리는 무엇 때문에 이렇게 세상에 내보내진 것일까? 생각하고 또 생각할수록 그저 놀라 어안이 벙벙할 뿐 말문이 막힌다.

처음 정자와 난자가 수정하여 사람이 탄생되기까지의 그 과정을 세밀한 영상으로 한번 살펴본 사람이라면 그 경이로움에 놀라 그저 탄성을 지르지 않을 수가 없을 것이다.

그러고 보면 우리의 탄생은 결코 우연이 아니다. 정말이지 우리는 어떤 분명한 의도된 기적을 가지고 이 세상에 태어났음에 틀림없다. 우리의 생명은 정말이지 놀라운 신의 손으로 빚어졌음에 틀림없다. 그렇게 볼 때 우리 존재야말로 더 할 수 없이 존귀하고 신성한 존재임에는 틀림없다.

실로 살아있는 모든 생명체에 숨어있는 그 신비를 보면 그야말로 그 경이로움은 도저히 어떻게 말로는 표현이 되지 않는다. 들에 핀 꽃 한 송이만 보아도 그렇다. 그 안에 숨어있는 놀라운 하늘의 비밀을 보면 어떠한가? 우리는 그저 그 경이로움에 감탄하지 않을 수가 없다. 거기에 또 우리 인간을 비한다면 그것은 또 어떠한가? 그 신비로움과 경이로움이야말로 그것은 도저히 어떻게 말로는 표현이 되지 않는다. 그저 말문이 막히고 어안이 벙벙할 따름이다. 모두가 기적이고 기적일 뿐이다.

이 모두를 감안할 때 우리 인간이야말로 참으로 알 수 없는 놀라운 하늘의 축복을 받고 이 땅에 태어난, 그야말로 신비의 존재임에

틀림없다.

이렇게 축복받고 태어난 우리가 이 땅에 태어나 살고는 있지만 우리는 진정 내가 누구이며, 왜 내가 이 세상에 태어나 살게 됐는지 그런 점에 대해서는 아무것도 모르며 그저 살고만 있다. 더구나 내가 어디에서, 무엇 때문에 오게 됐는지, 또 죽으면 어떻게 되는지 그런 것들은 더더욱 모른다. 그저 모두가 먹고 살기에만 바빠 우리 존재 자체에 대한 신비함과 존귀함은 일찌감치 까맣게 다 잊어버린지가 오래다.

그러나 누가 사는가? 내가 살고 있지 않는가? 그런데 나 자신에 대한 이런 점들에 대해 조금도 모르며 살고 있다니 우리의 삶은 너무나 막연하다. 그리고 보면 우리의 삶은 너무도 막연하게 주어진 삶이 아닐 수가 없다. 그렇지만 우리가 사는 데 있어, 우리는 누구이며, 우리는 어떻게 해서 태어나게 됐고, 우리 삶의 목적은 무엇이며 또 어떻게 살아야 되는지 뭐 그런 것들에 대해 조금이라도 더 잘 알 수 있다면 우리는 훨씬 덜 답답하고 좀 더 바람직한 삶을 살 수도 있지 않을까?

태어나면서 우리는 왜 이미 우리의 유전자 안에 그런 우리 정체성에 대한 암시 같은 것을 조금도 받지 못했을까? 다른 모든 것에 대해서는 놀라울 만큼 엄청난 암시의 지도를 갖추고 있으면서도 우리 삶에 대한 정체성 같은 것에 대해서는 왜 그리 부족하기만 한 것일까? 어느 정도의 암시만 주어져도 우리의 삶은 덜 막연하고 혼돈과 방황 속에 이리저리 헤매지 않아도 될 텐데 말이다. 모두가 참 아쉽기만 하다. 어쩌면 우리의 삶은 그런 면에 있어서는 아무것도 모른 채, 너무도 막연하게 그저 세상에 던져진 것 같은 느낌이 든다. 그러기에 우리의 삶은 늘 이렇게 혼돈과 불안 속에 갈피를 잡지 못하고 방황하며 살고 있는 것이 아닌가 하는 생각이 든다.

그리고 보면 산다는 것이 너무나 막연하다. 최소한 내가 누구인지, 무엇 때문에 살고 있는지 그리고 죽으면 어떻게 되는지 뭐 그런 것들에 대해 좀 더 알 수 있다면 얼마나 좋을까. 그러면 우리들은 지금보다도 더 훨씬 더 나은 삶을 살 수 있지 않을까? 그러면 우리가 사는 데 불안과 두려움에 떨지 않아도 될 테고 우리의 삶이 훨씬 더 내적으로 평화롭고 안정적인 아름다운 삶이 될 텐데 말이다.

우리 주위를 보면, 삶이 무엇인지 그저 아무것도 모른 채 삶을 헛되이 보내고 가는 사람들이 얼마나 많은가! 참으로 애석한 일이다. 태어나 일찍이 그러한 정체성에 대해 좀 더 알 수 있었더라면 훨씬 더 유익하고도 보람 있는 삶을 살고 갈 수도 있을 텐데 참 아쉽기만 하다.

창조주는 왜 그렇게 우리의 정체성에 대해서는 조금도 알 수 없도록 불가사의한 것으로 만들어놓은 것일까? 알지 못하는 것이 좋아, 아니 알면 안 될 것 같아 창조주는 우리를 그렇게 무지로 덮어 놓은 것일까? 그렇지 않으면 어디로 가야 할지 어떻게 가야 할지 불명확하게 만들어놓고 우리로 하여금 갈등에 시달리게 하는 것은, 그를 통해 우리에게 더 많은 깨달음과 지혜를 얻게 하기 위함일까? 아니면 우리에게 호기심과 의혹을 불러일으키고 충동질을 하여 우리로 하여금 숨이 끊어질 때까지, 그저 땀 흘려 일하도록 모두를 그렇게 미지의 세상으로 덮어놓은 것일까?

어쩌면 창조주는 우리 삶의 정체성 모두를 미지의 것으로 만들어놓은 것 같다. 드러내놓아 모두 알게 되면 재미없을 것 같아 그렇게 모든 것을 신비로 덮어놓은 것일까? 아니면 우리에게 불안감과 두려움을 심어 놓고 그것을 통해 우리로 하여금 더욱더 용기 있게 지혜를 캐내도록 하기 위함일까? 아니면 이 세상에 존재하는 모든 것은 선한 것과 악한 것 구별할 필요 없이 모두가 다 그저 있는 그대로 경험할 가치가 있는 것들이니, 모두 다 있는 그대로 경험하게 하기 위함일까? 그렇지 않으면 우리에게 의심과 불안감을 심어 놓고 우리로 하여금 겸손함을 갖고 깨어있기를 바라는 마음에서 우리를 그토록 헤매도록 만든 것일까?

아무튼 그 불확실성은 우리로 하여금 심히 방황하고 불안하게 만들어놓는다. 참으로 알 수 없는 노릇이다. 평생을 살면서 생각하고 또 생각해도 조금도 알 수 없으니 이 삶이란 도대체가 무엇인가 싶다.

나는 살고 있지만 내가 살고 있는 것 같지 않은 때가 참 많다. 내가 살고 있는지 도대체 내 안에 무엇이 살고 있는지 뭐가 뭔지 모를 때가 참 많다. 삶은 그저 게임이고 드라마일 뿐이란 말인가? 도대체 내가 왜 이 땅에 태어나 이렇게 고생하며 살아야 하는지, 게다가 또 죽음까지 있어 그 죽음까지 두려워하며 살아야 하는지 그 모두가 참 어이없고 기가 막힌다. 언뜻 땅 위에 걸어 다니는 내 자신을 보면, 이 몸뚱이가 무엇인가 싶다. 내가 왜 한 움직이는 생명체로 태어나 이렇게 땅 위를 걸어 다니는 것일까? 도대체 이 나란 무엇인가? 처음 나는 무엇에서 시작되어, 어떻게 빚어져 이 세상에 생겨나게 된 것일까? 참으로 어이가 없고 기가 막힌다. 그래 나는 나를 보며 시도 때도 없이 너털웃음을 짓곤 한다.

우리들은 살면서 참으로 많은 혼돈과 방황 속에서 많은 두려움을 갖고 산다. 그리고 그러한 혼돈과 방황, 두려움은 본래가 원초적인 것이란 생각이 든다. 원래는 우리가 무언가의 커다란 안정체에 있었는데 거기에서 떨어져 나와 혼자만 된 것 같은 그런 것 말이다. 다시 말해 분리의 공포인 것이다. 원래는 지극히 평화롭고 평온한 가운데 있었는데 그 거대한 안정체로부터 떨어져 나와 분리되었다는 그런 느낌말이다. 생각해보면 나는 나 자신의 정체성에 대해 참으로 혼란스러울 때가 많다.

또 어떤 때는 생각해보면 나 아닌 다른 누군가가 내 안에 살고 있는 것 같기도 하다. 탄생과 죽음과는 상관없는 또 다른 내가 내 안에 살고 있는 건 아닐까? 혹은 내가 다른 무엇인가의 부름을 받고 삶을 대신 살아주는 건 아닐까? 아니면 내가 나의 신을 대신 살아주는 것은 아닐까? 하는 등 많은 생각들이 든다. 아무튼 내 안에 실체의 '나'가 있고 또 그를 가리는 또 다른 어떤 '나'가 분명히 있는 것 같다. 그렇지 않고서야 내가 나에 대해서 이렇게 모를 수가 있단 말인가? 내가 사는 이유는 조금도 모른 채 왜 그렇게 막연하게만 살아야만 하는지 참으로 어처구니가 없다. 내가 나를 잘 알면 나를 잘 쓸 수도 있을 텐데 참 아쉽기만 하다.

이제 내가 죽을 때가 다 되었는데도 그런 것조차 제대로 모른다니 나의 삶이 너무도 어이없다는 생각이 든다. 삶에 대한 의미 추구가 제대로 서 있어야 그 삶도 제대로 될 텐데 그렇질 못하니 그저 안타깝기만 하다.

대체적으로 보면 우리는 우리의 태어남과 죽음 그리고 우리 삶의 의미추구 같은 것에 대해서는 너무도 등한시하는 경향이 있다. 정말이지 그 내용이 너무도 빈약하고 초라하다. 누군가에게 '당신은 누구인가? 당신의 삶의 의미는 무엇인가?'라고 묻는다면 과연 자신 있게 제대로 대답할 수 있는 사람이 얼마나 될까? 대부분의 사람들이 다들 그저 우물쭈물하고 말 것이다. 그들은 모두가 다 자신의 삶의 의미 추구나 정체성 확립 같은 문제에 있어서는 너무나 무관심하다. 거의 모든 사람들이 그런 질문을 받게 되면 그들은 그저 남들 얼굴만 쳐다보기에 바쁘다. 그들은 그렇게 늘 남들의 눈치만 보며 살아온 것이다. 우리의 삶에 대한 정체성의 확립이 이래서야 어찌 우리의 삶이 제대로 설 수 있을까?

우리 한번 실제 삶에서 우리가 삶에 관한 의미 추구나 정체성 확립 같은 문제에 대해서 어떻게 다루고 있는지 그 내용을 살펴보자.

우선 삶에서 가장 심각한 문제인 죽음에 관한 문제를 가지고 한번 예를 들어보자. 아마도 우리의 삶에서 죽음에 관한 문제보다 더 중요하고 심각한 문제는 없을 것이다. 죽음은 누구에게나 반드시 찾아오는 가장 확실한 사건이기 때문이다. 우리의 삶에서 이보다 더 크고 확실한 사건은 없다. 죽음의 문제는 실로 우리의 삶에서는 끝이 되는 어마어마한 사건이다. 그야말로 그동안 살아온 이 세상과는 영원한 이별을 하는 순간이기 때문이다. 누구에게든지 죽음이 찾아오면 그것은 하늘이 무너지고, 온 땅이 꺼지기라도 하는 듯 당사자에게는 그야말로 절체절명의 사건이다. 막상 죽음이 찾아오면 누구든 다들 엄청난 두려움 속에 기겁을 하며 놀란다. 온 세상은 캄캄해지고 몸은 땅속에 꺼지는 듯 그 절망감은 도저히 어떻게 표현이 되지 않을 것이다.

그러나 얼마나 많은 사람들이 그 어마어마한 죽음에 맞서 싸우며, 그 죽음을 통찰하고 이해하여 자신의 죽음을 아름다운 죽음으로 만들기 위해 노력하며 살고 있을까?

막상 죽음이 찾아온다 해도 흔들리지 않는 마음으로 의연하게 그 죽음을 맞이할 수 있는 사람들이 과연 얼마나 될까? 얼마나 많은 사람들이 자신의 죽음을 아름다운 죽음으로 맞기 위해 늘 자신의 죽음관을 잘 정립하며 살고 있을까?

막상 죽음이 찾아올지라도 '그래 네가 꼭 올 줄 알았다. 그러나 나는 그동안 여한 없이 잘 살았다. 이제는 내가 이 세상에 더 살아 있어야 할 이유가 없다. 그러니 나는 이제 이 세상에 아무 미련 없이 아름다운 죽음을 맞이할 것이다'라고 의연하게 죽음을 맞이할 수 있는 사람들이 과연 얼마나 될까?

거의 모든 사람들이 죽음을 맞을 때는 그야말로 기겁을 하며 처절한 절망감 속에서 죽음을 맞을 것이다.

우리 모두 한번 생각해보자. 우리가 죽음을 맞을 때는 과연 어떤 자세로 그 죽음을 맞이하는 것이 좋을까?

처절한 절망감 속에 신음하며 죽음을 맞이해야 할 것인가? 아니면 먼 여행을 앞둔 사람처럼 넉넉한 마음을 갖고, 사랑하는 가족들과 함께 여유 있게 미소 지으며 아름다운 죽음을 맞이하는 것이 좋을까?

우리는 죽음을 두려운 공포의 대상으로만 여기고 피하려고만 해서는 안 된다. 우리는 어쨌든 죽음과 맞서 그 죽음을 이겨내야만 한다. 죽음을 깊이 있게 통찰하고 이해함으로써 죽음과 친해지고 그 죽음을 이겨낼 수 있어야 한다. 우리는 죽을 때도 우리가 탄생할 때와 똑같은 보호를 받을 것이라는 확고한 믿음을 갖고 아름다운 죽음을 맞이할 수 있어야 한다. 그렇게 하는 것이 바로 우리가 죽음을 이겨내는 길이다. 그러나 죽음을 그렇게 잘 준비하고 있는 사람들이 얼마나 될까?

우리들은 이런 점에 대해서는 조금도 의식하지 못한 채 그저 남들이 살고 있는 대로만 따라서 살기에 바쁘다. 너나 할 것 없이 모두가 다 그저 서로 남의 눈치만 보며 남들 하는 대로 따라 살기에만 급급하다. 우리 모두는 미쳐있고 그 미친 자들은 또 다른 미친 자들을 따라 살기에만 바쁘다. 그러한 것들은 사람들이 나 자신에 대한 정체성을 너무도 모르기 때문에 그런 것이다.

사람들이 살고 있는 모습을 좀 멀찌감치에서 한번 바라보자. 그들이 살고 있는 모습을 보면 그것은 모두가 다 그저 꿈같기만 하다.

대낮에 몸으로 꾸는 커다란 꿈 말이다.

어디 좀 높은 곳에 올라가서 사람들 사는 모습을 한 번 조용히 바라보면 모두들 살아가는 모습들이 마치 실제가 아닌 어마어마한 꿈같다는 생각이 든다. 살아있는 영화의 여러 장면들 말이다. 정말이지 실제 같은 엄청난 꿈이다. 믿기지 않는 신기루 같은, 신비한 꿈같기만 하다.

우리는 살면서 우리들의 삶에 대한 의미를 모르는 점이 너무나 많다. 삶에 대한 의미는 별 상관없이 태어났으니 그저 사는 대로 살아야 한단 말인가? 태어나서 지금까지 살아온 것과 또한 남들이 지금 살고 있는 모습을 보면 정말이지 어이가 없다. 내가 내 자신 살고 있는 모습만 보더라도 그렇다. 나는 너무나 어이가 없어 혼자 헛웃음을 지을 때가 참 많다. 모두가 다들 그저 먹고 살기에만 바쁘다. 모두가 다들 진짜는 모두 빼놓고 그저 엉뚱한 것에만 쫓겨 사는 것이다. 정말로 중요한 것은 모두 빼놓고 그저 하찮은 것들에만 붙들려 목매어 살고 있으니 말이다. 그렇게 넋 놓고들 살아서 어쩌겠다는 것인지 참 알 수가 없다. 살아가는 사람들의 삶의 모습들을 보면 너무도 맹목적이라는 생각이 든다. 중요한 것은 다 그렇게 빼놓고들 살고 있으니 그들이 죽을 때는 어떻게 후회하며 죽을지 참 궁금하기만 하다.

어떻게 살아야 할까? 어떻게 사는 것이 잘 사는 것일까?

이제 우리 모두는 지금까지 살아온 삶을 다시 비추어보고 남은 삶은 어떻게 사는 것이 잘 사는 것일까 한번 깊이 생각해보는 시간을 갖는 것이 좋을 것이다. 시간은 참으로 빨리 지나간다. 시간은 지나고 보면 그저 한 순간일 뿐이다. 이제 우리 우물쭈물할 시간이 없다. 우리 모두 지금부터가 기회라 생각하고, 이제 자신을 최선의 방향으로 변형시키기 위해 최대한 노력해야 한다.

나를 살릴 수 있는 사람은 나 이외에 그 아무것도 없다.

우리 안에 신성을 최대한 깨우고, 꽃피우는 것 그것이

우리의 삶의 이유이고 목적이다.

내가 나를 깨워야 한다. 남이 나를 깨울 수는 없다. 세상에 나를 깨울 사람은 나 이외에 그 아무도 없다. 절박한 마음으로 내 자신을 채찍질하며 깨워야 한다. 내 안 깊은 곳에서부터 나를 깨워야 한다. 표면의 나만 살짝 깨워서는 안 된다.

내가 나를 깨우지 못한다면 나는 평생 잠든 삶을 살고 만다. 그리고 그렇게 될 때 나는 삶이 진정 무엇인지 아무것도 모른 채, 그저 헛되이 생을 마감하고 마는 꼴이 된다. 그리고 죽음에 이르러서는 몹시 후회하며 죽게 될 것이다.

내가 깨달아야 제대로 볼 수가 있다. 깨닫고 나면, 깨닫기 전에는 볼 수 없었던 아주 소중한 것들을 볼 수가 있다. 평소에는 이해할 수 없었던 아주 엄청난 것들까지도 이해할 수 있게 된다. 그때는 세상이 완전 달라진다.

깨달아야 이 삶의 진짜가 무엇인지 알 수가 있다. 깨닫기 전의 세상은 그저 무지로 덮여있는 세상일 뿐이다. 깨닫지 못하면 이 세상의 진실이 무엇인지 아무것도 모른 채 삶은 그저 무위로 끝나버리고 만다.

깨달아야 내가 누구인지 이 삶이 무엇인지 그 본질을 알 수가 있게 된다. 깨닫지 못하면 내가 누구인지도 모르고, 살아도 진정 사는 게 아니다. 사는 게 무엇인지 죽는 게 무엇인지 그런 것들은 조금도 모른다.

그러나 깨닫고 나면 세상은 너무나 놀랍다. 깨닫기 전의 세상과는 상상도 못할 만큼 너무도 다르다.

깨달으면 내가 내 안을 들여다볼 수가 있다. 내 안의 어마어마한 세상을 볼 수가 있다. 깨닫고 나면 세상은 정말이지 어마어마하다. 그때는 눈에 보이는 것은 모두가 다 그저 신기루에 불과할 뿐이다. 깨닫고 나면 세상은 얼마나 신기하고 황홀한 세상인지, 정말로 놀랍고 놀랍다. 내가 지금까지 산 것은 산 것이 아니다. 그저 잠든 삶이었을 뿐이다. 그저 무의식 속에 눈감고 산 것이었다. 세상이 정말로 무엇인지 알지 못한 채 그저 꿈속에서 산 것이나 마찬가지였다. 지금까지 내가 산 것은, 깨닫고 난 다음의 세상에 비한다면 그것은 단지 미쳐 허둥대며 산 것 이외에 아무것도 아닌 것일 뿐이다.

깨달은 다음부터 세상은 너무도 다른 세상이 된다. 그때의 세상은 그야말로 기적으로 가득 찬 세상이 된다. 그때는 하늘에 나는 새 한 마리만 보아도 그것은 기적을 보는 것이고, 들판에 핀 꽃 한 송이만 보아도 그것은 기적을 보는 것이 된다.

깨닫고 나서 특히 좋은 점은 깨닫고 나면 세상에 두려울 것이 없게 된다는 점이다. 그때는 죽음도 두렵지 않다. 그때는 우주의 모든 것이 나와 함께 하나로 존재한다. 그리고 나는 그 영원의 일부이기 때문에 그때는 비록 죽음이 찾아온다 해도 두려울 수가 없다.

죽음에 대한 두려움은 원래 분리의 공포 때문에 오는 것인데, 깨닫게 되면 우리 모두는 하나로 존재한다는 것을 알게 되면서 그런 공포와 두려움은 안개가 걷히듯 사라지고 만다.

실로 죽음에 대한 공포나 두려움보다 우리의 삶을 더 마비시키는 것은 없다. 그러나 깨닫게 되면 우리 모두는 우주의 일부이며 언제나 창조주의 보호를 받고 있다는 확신을 가질 수가 있다. 그리고 그러한 확신은 우리의 마음을 아주 평안하게 만들어준다.

내가 나를 만들어야 한다. 나를 깨어있는 존재로 만들어야 한다.

나는 나를 넘어서는 나 이상의 존재로 나를 만들어야 한다.

우리 모두는 우리의 존재 안에 신성을 내포하고 있다. 우리는 그 신성을 최대한 깨우고 꽃피워야 한다. 그것이 우리가 이 세상에 사는 이유이자 목적이다. 우리는 우리의 신성 안에 있을 때 가장 참다운 생각과 행동을 할 수 있다. 그리고 잘못될 수가 없다. 그러나 우리가 그러한 신성을 놓치게 된다면, 우리는 처절한 상실감을 느낄 수밖에 없다.

우리는 '내 영혼이 신이 되었다'라고 할 수 있을 만큼 자신을 최대한 꽃피워야 한다. 그렇지 못하게 될 때 우리는 언제나 불만족스러울 수밖에 없다. 그렇게 살지 못한다면, 그것은 그저 무모한 삶을 사는 것밖에는 되지 못한다. 어쨌든 우리는 우리의 영혼을 최대한 아름다운 것으로 꽃피워야 한다. 그렇게 할 때 우리는 죽어도 죽는 것이 아니다. 그때 우리는 영원의 꽃이 된다. 그것이 이 생에서 우리가 할 일이다. 그러지 못하게 될 때 우리는 후회하게 된다. 죽음에 이르러 크게 후회하게 된다.

우리는 우리의 종말을 가장 아름다운 신성으로 꽃피워야 한다. 그래야만 우리는 죽어가면서도 후회하지 않게 된다. 그리고 그렇게 할 때 우리는 충만하고도 아름다운 죽음을 맞이할 수 있다.

삶은 길 위에 있다

삶에 안정이란 있을 수가 없다. 삶은 본래가 불안정이다. 안정인가 싶으면 바로 불안정이 뒤따르는 것, 그것이 우리의 삶이다.

삶은 끊임없는 외줄타기이다. 그것이 우리 삶의 본질이다. 그러니 우리는 삶에서 안정을 바래서는 안 된다. 우리의 삶은 불안정한 삶이 정상이다.

삶은 본래가 방황이고 헤매는 길일뿐, 아늑한 집안에 머무는 안락함이 아니다. 삶은 안정된 집에 머무는 편안함이 아니다. 삶은 길 위에 있다. 삶은 끝없이 이어지는 위험한 길 위에 있다.

삶은 끊임없는 도전일 뿐, 삶이란 어떤 범위로 묶을 수 있는 것도 아니고 어떤 한계도 있을 수가 없는 거대한 대양일 뿐이다.

삶에서는 무엇을 이루었느냐보다는 늘 무엇을 이루어가고 있느냐의 과정 그것이 중요하다. 즉 삶은 만들어진 어떤 결정체가 아니라 늘 그저 무언가를 다시 만들어내기 위한 계속된 움직임일 뿐이다. 삶은 끊임없이 경계를 무너뜨리며 초월해가는 현상 그 자체일 뿐이다. 삶은 어떤 멈추어진 집이 될 수가 없다. 삶이 집이 될 수 있다면 그것은 온 세상 모두가 그 집이 되어야 한다. 그렇기에 우리는 그토록 삶이 불안하며 두려운 것이다.

삶은 본래가 탐색이며 모험이다. 삶은 생전 가보지 않은 불모지에 자신만의 길을 개척하고 형성하는 과정 그것이 삶이다. 거기에는 알 수 없는 거친 풍랑이 일고 있을 뿐, 삶은 망망대해이다.

삶은 머무는 집이 될 수가 없다. 삶이란 알 수 없는 영원의 집을 찾아 끊임없이 찾아 헤매는 방황일 뿐이다. 그래서 우리는 삶이 그토록 외롭고 불안한 것이다.

이 세상에 왕궁 같은 집이란 존재할 수가 없다. 거기에 왕궁을 세운다면 그것은 무덤밖에 되지 않는다.

그래서 삶이 무엇인지 아는 사람은 편안한 그의 안식처를 버리고 길을 나선다. 그는 불안하고 타들어 가는 가슴을 쓸어내리며 길을 떠난다. 그래서 석가모니도 그의 왕궁을 버리고 길을 떠난 것이 아니겠는가?

삶은 끊임없이 연속되는 길일뿐이다. 삶은 완성이 아니다. 삶에 완성은 없다. 삶은 하나의 이루어가는 과정, 즉 삶은 다리이며, 사다리이다. 삶은 이쪽 강변에서 저쪽 강변으로 건너가는 다리이며 이 땅에서 저 하늘로 오르기 위한 사다리일 뿐이다.

삶은 본래가 불안정한 떨림이다. 삶은 불안정한 것이 정상이다. 그러나 사람들은 삶을 끊임없이 안정된 것으로, 그리고 확실한 것으로 만들려고 온갖 애를 다 쓴다. 그러나 우리는 그것에 대해 그 어떤 것도 할 수 없는 것이 사실이다.

삶은 본래가 불안정과 불확실함을 특징으로 만들어졌다. 삶은 안정과 불안정을 오가며 널뛰는 것 그것이 바로 우리의 삶이다. 그래서 삶이 아슬아슬하고 아름다운 것이 아니겠는가! 그러한 불안정하고 불확실한 삶을 안정되고 확실한 삶으로만 만들려고 한다는 것, 그것은 이미 삶의 아름다움을 죽이는 것밖에는 되지 않는다. 삶이 안정된 것이라면 그것은 이미 삶이 아니다. 그것은 이미 죽은 삶이다. 그것은 탄력적이고 생생한 삶을 바로 사체로 죽이는 꼴이나 마찬가지다.

삶은 본래가 불확실하고 위험한 것이다. 만일 주위의 모든 것이 확실하다면 그대는 이미 무덤 속에 있는 것이나 마찬가지다. 무덤보다 더 안정된 곳이 어디에 있겠는가? 무덤보다 더 확실한 곳은 없다.

삶은 위험 속에 존재한다. 삶은 항상 잘못될 가능성 속에 존재하는 것이다. 우리는 살면서 얼마든지 많은 잘못을 저지를 수가 있다. 그렇지만 그러한 위험 속에 바로 삶의 매력이 있다. 삶이 왜 아름다운가? 그것은 바로 삶이 위험 속에 있기 때문이다. 사람들이 몰라서 그렇지 이미 안정된 삶은 이미 죽은 삶이나 마찬가지다. 거기엔 아무런 매력도 없다. 더 많은 안정과 안전을 느낄수록 그 삶은 이미 더 죽어있다는 얘기밖에는 되지 않는다.

그렇지만 위험한 삶은 그렇지가 않다. 위험한 삶은 우리의 삶을 더욱더 깊이 있고 풍부하게 만들어준다. 위험한 삶은 삶 깊숙이까지 들어가 보통의 사람들로서는 맛볼 수 없는 삶의 깊은 신비의 맛을 느끼게 해준다. 그리고 우리가 그런 위험한 삶에 익숙해질 때, 그것은 우리의 삶에서 가장 해롭다고 할 수 있는 두려움까지도 없애줄 수가 있다.

두려워하는 마음은 삶에서 우리를 얼마나 불안과 혼돈에 빠트리는지 모른다. 참으로 우리를 나약하고 움츠러들게 만드는 것이 바로 두려워하는 마음이다. 그렇지만 우리가 위험한 삶에 도전을 하는 순간, 우리는 그러한 불안과 혼돈을 깨트리고 대신 멋지고 아름다운 감동의 삶을 이루어낼 수가 있다.

삶은 위험 속에 존재한다. 그러나 대부분의 사람들은 태어나 무덤에 갈 때까지 '어떻게 하면은 안전한 삶을 살 수 있을까' 그것에만 모든 관심을 기울이고 있다. 이미 젊었을 때 평생을 먹고 살 재산을 다 모은 사람이 있다면 우리들은 그를 우상으로 떠받드는 세상에 살고 있다.

그러나 그들의 삶은 뜨겁지도 차갑지도 않다. 그들은 그저 안전하게 살아남기만 하면 그만일 뿐이다. 그들의 삶은 삶도 아니고 죽음도 아닌 그저 중간에서 안전만을 도모하며 그저 식물 같은 삶만을 계속하고 있을 뿐이다. 그들의 관심은 오직 어떻게 살아남느냐, 어떻게 안전을 보장받을까 하는 문제가 그들의 전부이다. 그들은 그렇게 사는 것이 잘 사는 것인 줄 착각하고 있다. 그러한 삶이 최선의 방편인 줄 잘못 알고 있다. 그리고는 죽음에 이르러서는 그동안 정열적으로, 뜨겁게 살지 못한 것에 대한 깊은 후회를 한다. 그들은 사는 동안 주변에 눈치만 살피며, 마음껏 베풀지 못하고 그저 인색하게만 산 것에 대해 깊은 후회를 하면서 죽는다. 그들은 살면서 마음껏 춤추고 마음껏 노래 부르지 못한 것, 그런 것들에 대해 깊은 눈물을 흘리며 삶을 마감하게 된다.

그저 미지근하게만 살아서는 삶이 무엇인지, 삶의 원리가 무엇인지 조금도 알 수 없는 것이 바로 우리의 삶이다. 우리들은 결국 어디로 가는가? 우리들은 결국 무덤으로 가지 않는가? 위험하게 살든 미지근하게 살든 결국 무덤에 가는 것은 모두 마찬가지이다. 삶은 잠깐이다. 그저 꿈과 같은 것이 우리의 삶이다.

그러나 미지근하게만 살기에는 삶의 시간은 너무도 짧은 것이 우리들의 삶이다. 삶은 금방 지나간다. 우물쭈물하다 보면 예순 살이 되고 또 어쩌다 보면 칠십이 된다. 그저 안전하고 위험 없이 살기에는 인생이 너무도 짧다. 우리는 치열하게 살아야 할 필요가 있다. 처절하리만치 치열하게 살아야 한다. 그래야만 삶을 조금이라도 더 이해할 수가 있고 더 많이 살 수 있는 것이다. 또 그래야만 삶의 깊은 진실과 본질도 깨달을 수가 있다. 그것만이 바로 삶에 대한 답이 될 수 있다. 그래야만 또한 우리들은 죽을 때도 후회하지 않고 죽을 수 있다. 비록 위험한 지경에서라도 삶을 마음껏 산 사람들, 그들은 죽을 때도 충만한 미소를 지으며 죽을 수 있다. 그들은 죽을 때도 절대 후회 같은 것은 하지 않는다.

그들은 죽는 것도 두렵지 않다. 강렬한 삶으로 여한 없이 산 사람들, 그들은 죽을 때도 한평생 충실하게 산 것에 대하여 만족하며 죽을 수 있다. 그들은 삶 깊숙이 들어가 본 사람들이기 때문이다. 그들은 거기 삶 깊은 곳에서 영원한 진리를 깨달은 사람들이다.

그렇게 강렬한 삶을 산 사람들, 그들은 죽어가면서도 죽지 않는 그 무엇인가가 자신 안에 있음을 안다. 그들은 설령 무덤에 간다 해도 그들의 본래는 죽지 않고 영원히 그들과 함께 하고 있다는 것을 안다. 그들은 자신 안에 죽지 않는 자신만의 신을 발견한 사람들이다. 그러기에 그들은 죽어도 죽지 않는다. 그들은 죽음이 조금도 두렵지 않은 사람들이다.

왜 도박하는 사람들이 도박에 한 번 빠지면 헤어나질 못하는 것인가? 그것은 바로 도박이라는 것에는 심각할 정도의 위험성이 내포되어있기 때문이다. 그 위험은 극도의 정신집중을 요한다. 그리고 그 극도의 정신집중 속에서 그들은 짜릿한 황홀경을 일별한다. 삶에서도 마찬가지다. 오래 산다고 결코 삶을 더 많이 사는 것이 아니다. 짧게 살아도 위험하게 사는 것, 그것이 삶을 더 많이 사는 것이고, 더 가치 있게 사는 것이라고 말할 수 있다.

결국 삶을 더 안정되고 확실하게 사는 부자들보다는 불안정하고 불확실한 삶을 사는 가난한 사람들이 훨씬 더 아름다운 삶을 살고, 더 많은 삶을 살게 되는 것이다.

돈 많은 자들을 보라. 그들의 삶은 참으로 안정되어 있다. 그들은 무덤에 갈 때까지 모든 것이 다 확실히 보장되어 있다. 그러나 그들의 삶이 어떠한지 한번 보라.

돈 많은 자들, 그들은 살 일이 없다. 그들은 살아도 사는 것이 아니다. 옆에서 보기에는 그들의 삶이 더할 나위 없이 호화롭고 부러움을 살만한 삶을 사는 것 같이 보이지만 사실은 그렇지가 않다. 사실상 그들 내면을 볼 때는, 그들은 이미 죽은 삶을 살고 있다.

그들이 살 일이 무엇이 있겠는가? 돈이 모든 것을 다 해결해주니. 그들은 살 일이 없다. 그들이 살 일이란 그저 빈둥거리는 일밖에는 그 무엇도 할 일이 없다. 그들은 처음엔 재미삼아 여기고 가보고 저기도 가보고, 또 이것도 해보고 저것도 해보지만 그러나 얼마의 시간이 지나면 모두가 다 그렇고 그럴 뿐, 세상 모두가 다 무의미할 뿐이다. 그들은 잠시 즐길 거리에 빠져보지만 그것들은 잠시일 뿐, 바로 다음 순간 싫증나게 된다. 얼마의 시간이 지나면 모두가 다 그저 따분하기만 할 뿐, 주변 모두가 다 질리는 일밖에는 없게 된다. 삶에 진정한 노동이라는 대가를 지불하지 않으면 삶은 바로 그렇게 무의미할 뿐이다.

그렇게 살면서도 그들은 옆에서 돈 한 푼이라도 벌기 위해 죽어라 땀을 흘리는 사람들을 보면, 일도 없이 거저 놀고먹는 자신들이 더 행복하다고 자위한다.

그렇지만 그러한 그들의 눈에는 이미 생명의 불빛이 꺼져있다. 그들의 삶은 이미 정지되어있다. 그들은 움직일 필요도 없다. 돈이 다 움직여주기 때문이다. 자판기 한 번만 두드리면 모든 물건이 집안까지 다 배달되는데 그들이 살 일이 무엇이 있겠는가? 그러한 삶은 이미 의식마저 사라진 허수아비 같은 삶이다. 그들의 삶은 이미 굳어버린 죽은 삶이다.

그들의 삶은 드넓은 바다를 향해 노래 부르며 달려가는 신선한 강물이 아니다. 그들의 삶은 탄력적이고 생생한 그런 삶이 아니다. 그들의 삶은 이미 고여 있어 썩어가는 물이다. 그들의 얼굴엔 이미 살기 위한 생기마저 사라진지가 오래다. 그들은 돈을 벌기 위해 어떤 노력도 할 필요가 없다. 그들은 살 것을 다 산 사람들이다. 그들에겐 더 이상 살 이유가 없다. 그러니 부자들이 할 일은 절망 외에 그 무엇이 있겠는가!

가난한 자들은 그래도 아직 돈을 벌겠다는 희망이라도 있지만 부자들은 그럴 희망조차 없다. 그들은 어떤 꿈도 꿀 수가 없다. 절망이 그들의 표상일 뿐이다. 그러므로 부자들보다는 가난한 사람들이 삶을 더 많이 사는 셈이다. 오래 산다고 삶을 많이 사는 것이 아니다. 짧게 살아도 위험한 삶을 산 사람들 그들이 더 많이 사는 것이다. 그들이 더 가치 있는 삶을 사는 것이다. 더 위험한 삶을 사는 사람들일수록 실상 그들이 더 많이 더 아름다운 삶을 사는 것이다.

나는 나를 길들인다

그 분, 고따마 붓다는 말한다.

"나는 나를 길들이는 기적을 이루었노라!"

또 그 분께서는 말한다.

"눈, 코, 귓구멍이 열려있고, 머리가 제대로 돌아가는 인간이 어떤 갈망과 증오에도 흔들리지 않고 의연할 수 있다면, 나는 그것을 인간이 성취할 수 있는 최고의 능력이라 할 것이다. 그것이 내가 이룬 것이며, 그것이 바로 내가 주장하는 수행의 궁극적 목표다."

고따마 붓다는 '나는 나를 길들이는 기적을 이루었노라'라고 말했다. 그런데 그는 자신을 길들이는 일을 어떻게 기적을 이루는 일에 비유할 수 있었을까? 자신을 길들이는 일이 얼마나 힘들고 어려웠으면 그것을 기적을 이루는 일로 비유했을까? 자신을 길들이는 일이 그토록 놀라울 정도로 힘든 일이었단 말인가?

그리고 그는 자신의 무엇을 길들였기에 그것을 굳이 기적으로 비유했을까? 그는 짐승을 길들인 것도 아니었고, 다른 어떤 물건을 길들인 것도 아니었다. 그는 자신 밖의 다른 그 무엇을 길들인 것이 아니었다. 그리고 그는 자신을 자신 이외의 다른 어떤 것에 길들이는 것도 아니었다, 그는 단지 자신을 자신에게 길들인다고 하였다. 그렇다면 그는 자신을 그 무엇에 길들이기에 그것이 그렇게 힘들었을까!

우리는 살면서 늘 길을 다닌다. 산다는 것은 길을 가는 것 이외 별다른 것이 아니다. 우리는 시장에 갈 때는 시장가는 길을 가야 하고, 병원에 갈 때는 병원 가는 길을 가야 하듯, 우리는 가야 할 어떤 목적지가 있다면 그에 맞는 적합한 길을 선택해야만 한다.

잘못된 길을 선택하게 되면 우리는 한참을 고생하게 된다. 그러므로 목적지에 정확히 이르기 위해서는 어떤 길을 가야 할지 미리 잘 살펴보고 올바른 길을 갈 수 있도록 늘 잘 챙겨야 한다. 어떤 길로 가면 편할지, 어떤 길로 가면은 빨리 갈 수 있는지, 또 어느 길로 가면 안전할지 또 어떤 길을 가면 안 되는지 등 여러 면을 잘 살펴봐야 한다.

우리가 삶의 길을 갈 때에도 마찬가지다. 어떤 목적한 바를 이루기 위해서도 우리는 가야 할 길, 즉 행동의 방식을 설정해야 한다. 그것이 바로 우리의 마음의 길이 된다. 즉 우리 마음 안에 길을 만든다는 얘기다.

대지 위에 길이 우리를 어떤 목적지까지 인도하듯, 우리 마음의 길도 우리가 어떤 목적한 바를 이루기까지 우리를 인도한다. 다시 말해 우리는 어떤 일을 하게 될 때 그 일을 하기 위한 방법을 만들고 또한 그 방법을 따르게 되는데, 그것들은 모두 우리 두뇌에 일정한 회로로 만들어져 하나의 길로 저장된다는 뜻이다. 그리고 비슷한 상황이 전개될 때는 그 회로, 즉 그 길을 다시 이용하게 된다.

그러나 우리 마음의 길은 참으로 복잡하고 미묘하며 또한 변동도 심하다. 그러므로 우리가 마음의 길을 만들고 그 길을 갈 때는 언제나 조심하고 또 조심해야 한다. 아무리 조심한다 해도 마음의 길에서는 길을 잘못 들거나, 길을 놓치는 경우가 허다할 수가 있기 때문이다.

마음의 길은 어디까지나 자신이 만드는 길이다. 자신의 의지에 의해서 만들 수 있는 길이므로 그 길은 매우 다양하고 또한 선택의 여지도 많다. 그 길은 생겼다가 바로 지워질 수도 있고 또 오래 남는 수도 있다. 어떤 길은 본인도 모르게 저절로 잘 만들어지기도 하지만 또 어떤 길은 만들고 싶어도 참 만들기 힘든 그런 길도 있을 것이다.

마음의 길은 좋은 길도 많지만 참으로 나쁜 길도 많다. 그리고 마음의 길에서는 비교적 좋은 길보다는 잘못된 길이 더 잘 생겨나기가 쉽다. 우리의 마음은 늘 편한 쪽으로 기울기가 쉽기 때문이다. 그러므로 우리들은 우리 안에 좋은 마음의 길이 만들어질 수 있도록 늘 조심하고 또 조심해야 한다. 마음의 길은 한번 잘 만들어놓으면 얼마나 좋은지 모른다. 그 길을 잘 이용하면 우리는 삶에서 힘 안 들이고 멋지게 성공할 수 있으며 또한 얼마든지 행복한 삶을 이룰 수도 있다. 그러한 길은 우리가 훌륭한 삶을 이루는 데 참으로 많은 도움을 준다.

그러나 마음의 길은 처음에 길을 잘못 만들어놓으면 얼마나 많은 고생을 하는지 모른다. 한번 길을 잘못 만들어놓으면 지우고 싶어도 평생 동안을 지우지 못하고 참으로 많은 고생을 하는 경우도 있다. 우리 옛말에도 '세 살 버릇 여든까지 간다'라는 말이 있지 않은가.

예를 들면 흡연 같은 경우가 그렇다. 흡연에 한번 길을 잘못 들여놓게 되면 평생을 그 길에서 벗어나기가 힘들다. 얼마나 많은 사람들이 한 번 흡연의 유혹에 넘어갔다가 나중에는 그것이 해롭다는 것을 알고서, 금연을 하려고 그토록 애를 쓰지만 그것이 되지 않아 얼마나 많은 고생을 하던가. 그런 나쁜 길은 일시적인 호기심에 의해 잘 생겨날 수가 있다.

가장 문제가 되는 것은 자신의 본래의 의도와는 달리 나쁜 길이 만들어질 때이다. 일시적으로 어떤 유혹에 빠졌다가 그것이 몇 번 되풀이되면서 나쁜 길로 만들어지는 것이다. 그런 길은 지우고 싶어도 잘 지워지지 않아 많은 사람들이 적지 않은 고생을 하기도 한다.

그러므로 우리들은 처음부터 좋은 길을 만들 수 있도록 정말 조심해야 한다. 살면서 그보다 더 중요한 것은 없다. 우리가 좋은 길을 잘 만들어 놓으면 우리의 삶은 훨씬 더 즐겁고 행복해진다. 삶이 그리 아름답고 재미있을 수가 없다.

그리고 어떤 좋은 길은 한번 잘 만들어 놓으면 그 길은 또 더 많은 좋은 길로 연결되는 경우가 참 많다. 좋은 작은 샛길을 따라가다 보면 어느새 자신도 모르게 더 좋은 큰 길을 발견할 수도 있게 된다. 작은 기쁨이 큰 기쁨을 만들어주는 실마리가 되는 것이다.

우리는 어떤 길을 만들어야 할까? 어떤 좋은 마음의 길을 만들어야 할 것인가? 그것은 우리의 운명을 좌우한다. 그 길이 만들어지는 대로 우리는 우리의 삶을 살게 된다. 삶이란 길을 만들고 그 길을 따라가는 것 이외 별 다른 것이 아니다.

마음의 길은 평소 우리 마음이 어디로 향하는지, 우리 눈이 어디를 쳐다보고 있는지, 그에 따라 그 길이 생기게 된다. 평소 마음을 두는 곳으로 길이 만들어지는 것이다. 즉 자신이 이르고 자 하는 곳을 향해 그 길이 만들어진다는 뜻이다. 뜻이 있는 곳으로 길이 열리게 되는 것이다.

삶은 유한한 것이다. 삶은 무한히 펼쳐지는 것이 아니다. 시간이 되면 우리들은 삶을 마감해야 한다. 그래서 우리들의 삶은 그토록 소중한 것이다. 거기에 삶의 핵심이 있다. 그러므로 우리들은 유한한 시간 속에서 진정 중요하지도 않은 하찮은 일 때문에 삶을 헛되이 보내서는 안 된다. 우리의 삶은 너무도 짧기만 하다.

그러므로 우리들은 우리의 실체, 즉 우리 삶의 본질에 대해 생각해보지 않을 수가 없다. 도대체가 우리가 살고 있는 이 삶이란 무엇인가? 왜 우리들은 이 세상에 나왔는가? 그리고 우리는 이 세상에서 무엇을 하고 돌아가는 것인가? 또 다음은 어떻게 되는 것이고? 참으로 궁금한 게 많다. 아마도 세상에 이를 아는 일보다 더 중요한 것은 없을 것이다.

그러나 세상에는 보이는 것만으로는 알 수 없는 것들이 너무나 많다. 우리의 눈만으로는 볼 수 없고, 알 수 없는 것들이 너무나 많다. 눈에 보이는 세상은 단지 껍질에 불과할 뿐이다. 그러나 얼마나 많은 사람들이 그 껍질에 불과한 것들에만 몰두하며 살다 삶을 헛되이 마감하게 되던가! 그래서는 안 된다.

우리는 이 세상에 사는 삶의 의미를 조금이라도 더 분명히 해야 한다. 더 깊은 삶의 의미를 깨달아야 한다. 그래야 제대로 된 삶을 살수가 있다. 그렇지 않고서는 이 삶이 그저 한낱 덧없는 삶이 될 수밖에는 없다.

우리는 삶에서 정말 중요한 것이 무엇인지 깨달아야 한다. 그래야만 하찮은 것들에 삶을 허비하지 않고 진정 가치 있는 소중한 삶을 살다가 갈 수 있다.

우리는 우리 안에 숨어 진정 우리를 움직이게 하는 그것이 무엇인지 그 본질을 깨닫고 살아야 한다. 우리는 서로가 서로의 엉뚱한 모습만을 보며 그저 헛된 삶을 살다가서는 안 된다. 우리는 우리의 본질을 깨닫고 그리고 그 본질로 향하는 쪽으로 우리의 삶의 길을 크게 내야 한다. 그 본질적인 존재와의 관련성을 두고 살 때만이 우리는 진정 가치 있는 삶을 살 수 있다. 그렇지 않은 삶은 그저 헛된 삶밖에는 되지 않는다.

우리는 생각 한번 잘못하면 엉뚱한 곳으로 빠질 수도 있다.

우리는 우리의 생각을 어떻게 길들이냐에 따라 그 결과는 엄청나게 다른 결과를 가져올 수 있다.

우리는 우리의 생각만 잘 길들인다면 아무리 큰 고통을 맞이할지라도 그것을 오히려 삶의 황금 같은 보배로도 바꾸어놓을 수가 있다. 생각 여하에 따라 지금 여기를 천국 같은 곳으로 만들 수도 있고 또한 지옥 같은 곳으로도 만들 수 있는 것이다. 즉, 생각 한 번 잘해서 천국 같은 행운의 계단에 오를 수도 있고 또한 생각 한 번 잘못해 지옥 같은 낭떠러지기에 떨어질 수도 있다.

생각 하나가 우리 삶의 모두를 지배한다 해도 과언이 아닐 정도로 생각은 우리의 삶에 지대한 영향을 끼친다. 우리는 우리의 생각을 언제나 지혜로운 생각으로 길들이고, 그 지혜로운 생각이 우리 삶의 우위에 서서 우리 삶의 모두를 지배할 수 있도록 끊임없이 노력해야 한다.

그렇게 할 수 있는 자들, 그들은 어떠한 방해도 이겨내고 그들이 이르고자 하는 모든 경지에까지 이를 수가 있게 될 것이다.

삶은 오로지 길들이는 과정이다

우리는 끊임없이 성장의 길을 가고자 한다. 그 성장의 목표는 끝이 없다. 결국 할 수만 있다면 신의 영역에까지 이르고 싶어 하는 것이 우리 인간의 바람이다.

그러한 바람은 아마도 우리가 창조주의 무한한 창조성을 이미 우리 안에 내포하고 있기 때문에 그러한 바람이 나올 수 있을 것이다.

우리는 육체를 갖고 있어 신의 존재와는 구별된다. 그러나 우리의 영혼은 그렇지 않다. 우리의 영혼은 늘 자신이 갈라져 나온 그 근원을 지향한다. 그리고 그곳으로 향하는 길도 만들고 싶어 한다. 그것이 우리 인간의 욕망이다. 이렇게 우리는 늘 우리가 나온 그 근원을 향해 길을 만들고 그길을 가고자 하는 것이 우리의 바람이며 그것이 우리 삶의 길이 된다.

즉, 우리가 살면서 우리 안에 신성을 깨우고 그 신성 쪽을 향해 끊임없이 진보하고자 하는 열망이야말로 우리의 영원한 바람인 것이다. 그리고 그 끝은 한이 없다. 우리는 궁극의 목표에 이를 수 있을 때까지 끊임없이 그 신성을 키우고자 할 것이다. 그렇지 않는 한 우리는 지루해질 수밖에 없고 또한 우리의 삶은 무의미 할 수밖에 없다.

우리는 그를 향한 창조 생활을 계속 발전할 수 있을 때만이 거기에서 진정한 삶의 가치와 의미를 찾을 수가 있다. 우리가 끊임없이 우리의 본질 즉 지고한 궁극의 선에까지 이르고자 애쓰는 노력 그 자체가 바로 우리 삶의 목표가 되며, 그 과정을 가는 길이 바로 우리의 삶의 길이 된다고 말할 수 있다.

그러나 우리는 언제나 부족하고 실수할 수밖에 없다. 그리고 그러는 가운데에서도 우리는 성장하기를 멈추지 않는다. 그 가운데에서도 우리는 우리의 생각과 판단을 길들이고, 우리의 감각과 마음을 길들이며, 또한 우리의 행동과 습관을 길들이기 위해 끊임없이 노력하고 있다.

대체적으로 우리의 감각은 밖에서 오는 원인에 의하여 그 반응을 나타낸다. 그리고 그 반응은 받아들이는 각자의 태도 즉 받아들이는 사람이 평소 어떤 태도를 길들였는가에 따라 달라질 수밖에 없다. 평소 대상에 접할 때마다 조심하는 반응 습관을 길렀다면 합리적인 반응을 보일 것이고, 그렇지 않고 감정에 치우치는 그런 습관을 길렀다면 그때는 부적절한 반응을 보이게 될 것이다.

우리의 마음은 관리하기가 참으로 힘들다. 특히 마음의 길을 만든다는 것은 참으로 힘든 일이다. 마음은 참으로 미묘하고도 알 수 없는 그 무엇이기 때문이다. 있다가도 없고 없다가도 나타나는 참으로 애매하고도 변화무쌍한 것이 우리의 마음이기 때문이다. 그러니 거기에 변치 않는 확고한 마음의 길을 만든다는 것은 정말이지 힘든 일이다.

우리는 참으로 감정에 휩쓸리기가 쉬운 존재이다. 우리의 감정은 특히 유혹적인 대상에는 참으로 감당하기가 힘들다. 감각적인 동물로서 그러한 유혹을 물리친다는 것은 여간 힘든 일이 아니다. 한 인간으로서 그러한 유혹을 물리치고 자신만의 의연한 길을 갈 수 있다면 그야말로 그는 성인에 가까운 사람이라 아니 할 수 없을 것이다.

우리는 하나의 되어감, 즉 하나의 과정일 뿐이다. 우리는 스스로를 길들이고 길을 만든다. 그리고 그 길을 사는 것이 우리의 삶이다. 우리들은 자신만의 독특한 삶의 길을 만든다. 스스로에게 특정한 형태의 길을 부여하고 그 삶을 사는 것이 우리 인간인 것이다.

그렇다면 우리의 길을 만들고 그 삶을 움직이게 하는 것은 무엇인가? 그것은 겉으로 나타나는 우리의 표면 의식인가? 그렇지 않다. 우리는 겉으로 나타나는 의식과 생각대로 사는 것 같지만 사실은 그렇지 않다. 만약 의식과 무의식이 다툰다면 언제나 이기는 쪽은 잠재의식이기 때문이다. 우리는 표면 의식보다 더 깊은 곳에 있는 잠재의식에 따라 움직이며 산다는 것이 더 맞는 얘기이다. 우리의 의식 밑바닥에는 더 깊이 새겨져 있는 길이 있으니 그것은 바로 우리의 무의식의 길이다. 그 길이야말로 오랫동안 길들여지고 철저하게 다져진 길 중의 길이다. 우리의 모든 의식과 생각은 그 길에 따라 움직인다. 그 잠재의식에 새겨져 있는 프로그램에 따라 우리는 우리의 감정과 생각을 나타내고 또한 그 감정과 생각에 따라 우리는 행동하며 살게 되는 것이다.

그러나 문제는 우리가 감정의 분위기에 휩싸이게 될 때가 문제가 된다. 감정의 도가니에 갇히게 될 때 우리의 몸은 달아오르고 감정은 몹시 흔들리게 된다. 그런 경우에 자신을 붙잡아두기란 여간 힘든 일이 아니다. 그리고 그때 우리들은 길을 벗어나기가 쉽다. 모든 잘못된 일들은 그런 경우에 생겨난다.

그렇다면 우리가 왜 그렇게 감정에 휘말리게 되는가?

그것은 감정에 휘말리는 자신을 지켜보지 못해서 그런 것이다. 감정에 휘말리는 자신을 놓쳐서 그런 것이다. 우리 안에는 두 사람이 존재한다. 감정의 나와 각성의 나 두 사람이 존재하는 것이다. 즉 한 사람은 행위를 하는 자이고 다른 한 사람은 그 행위를 지켜보는 자이다.

그러나 우리가 감정에 휘말리게 될 때는 행위자만 존재하고 지켜보는 자는 자취도 없이 사라진다. 그때 우리는 감정의 구렁텅이에 빠져 자신의 길을 잃게 되는 것이다.

그러므로 우리는 항상 각성한 상태로 있어야 한다. 즉 깨어있는 상태로 있어야 한단 말이다. 그래야만 지켜보는 자가 또렷하게 존재해 행위자를 분명하게 지켜볼 수가 있다. 그때 지켜보는 자는 행위자의 행위 하나하나를 또렷하게 지켜볼 수 있다. 만약 행위자가 손이 움직이는 행위를 한다면 지켜보는 자는 행위자의 손가락 하나하나를, 만약 행위자가 먹는 행위를 하고 있다면 먹고 있는 행위 하나하나까지도 또렷하게 지켜 볼 수가 있다. 하나는 행위 하나하나를 하고 다른 하나는 그 행위 하나하나를 낱낱이 지켜보는 것이다. 그렇게 된다면 행위자는 결코 다른 길로 빠져들 수가 없다. 지켜보는 자가 또렷하게 지켜보고 있는데 어떻게 행위자가 감정의 길로 빠져들 수 있겠는가? 그럴 수가 없다.

우리가 감정의 대상에 매여 있는 한 우리는 그 감정에서 벗어나기가 매우 어렵다. 그러니 그런 경우에는 그러한 감정의 상태에서 빨리 벗어날 수 있는 방법을 찾아내야 한다. 그러기 위해서는 우선 빨리 자신의 시선을 돌릴 줄 알아야 한다. 의식의 초점을 대상에게서 빨리 나 자신에게로 돌려야 하는 것이다. 내가 대상을 바라보면서 그 문제를 해결하려고 하는 한 그 문제는 결코 해결되지 않는다. 그때 나는 점점 더 거기에 붙들릴 수밖에 없다.

대상에 붙들려있는 한 나의 감정은 더욱 격해지기 시작하고, 지혜는 어두워지며, 문제 또한 더욱더 복잡해지게 된다. 그러므로 그때에는 나의 마음이 대상을 떠나 재빨리 나 자신을 바라볼 수 있도록 해야 한다. 상대방이 나의 의식의 중심이 되어서는 안 된다. 바라보는 초점을 대상에게서 나 자신에게로 향해야 한다는 뜻이다. 어쨌든 내가 내 마음을 바라보며 나의 감정이 상대방에게로 향하지 않도록 조심해야 한다. 그리고 내가 어떻게 반응하고 있는지 나를 잘 살피고 관찰해야 한다.

이와 같이 내가 내 마음의 중심 속으로 들어가게 되면 모든 것은 원만하게 해결될 수 있다. 그 중심에서 나 자신의 상한 감정을 주시하고 있으면 그 감정은 동요하기를 멈춘다. 그리고 그 감정은 점점 가라앉으며 마음은 평온을 되찾기 시작한다. 그렇게 될 때 마음의 혼란은 가라앉고 나는 안정을 되찾게 된다. 그러면서 내 안에서는 새로운 지혜가 생겨나기 시작한다. 내가 무슨 일을 어떻게 해야 될 것인지 슬기로운 지혜가 다시 마음에 떠오르게 되는 것이다.

우리들이 괴롭거나 고통스러운 것은 모두가 우리의 마음 때문이다. 우리는 전적으로 마음으로 살고 있다. 그러므로 마음을 잘 관리하면 우리는 얼마든지 더 행복한 삶을 누릴 수가 있다.

우리들은 모두가 자신의 마음의 길을 만들어놓고 그 길대로 살게 된다. 또한 그 길을 가다 보면 우리는 그 길 가는 대로 만들어지기도 한다. 그러니 길은 우리가 걷는 대로 만들어지고 그리고 우리 또한 길 가는 대로 만들어지는 것이다. 결국 우리는 처음 마음먹은 대로의 사람으로 만들어진다는 얘기다. 그러므로 처음 마음의 길을 어떻게 만들어놓느냐 하는 것은 그 사람의 운명을 좌우할 만큼 아주 중요한 요건이 된다.

우리가 괴로움이나 고통 그리고 슬픔 기쁨 등의 마음 관리를 잘 하기 위해서는, 어떤 대상에 마음을 붙일 것인가, 아니면 그 대상으로부터 마음을 단절시킬 것인가의 문제가 아주 중요하다. 이것이 마음관리의 핵심이 된다고 말할 수 있다.

우리들은 괜히 쓸데없는 것에 자신의 마음을 얹어놓고는 괴로워하거나 슬퍼하는 경우가 참 많다. 그것은 자신도 모르게 그렇게 하는 것이다. 이 얼마나 어리석은 짓인가! '아니다' 싶으면 재빨리 마음을 그 대상으로부터 내려놓아야 하는데 그러지 못하는 것이다.

그런 경우에는 처음부터 아예 그쪽으로는 조그만 길이라도 나지 않도록 언제나 조심하고 경계해야 한다. 그러면 마음은 그쪽으로 길을 낼 수가 없다. 그런데 우리들은 자신도 의식하지 못한 채 쓸데없이 어떤 대상에 자신의 마음을 얹어놓고는 그토록 쓸데없는 고생을 하는 것이다.

살면서 어떤 때에는 도저히 감당하기 힘든 일도 생길 수가 있다. 자신의 힘으로는 도저히 어떻게 감당할 수 없는 일이 생긴다면 그런 때에는 어떻게 하는 것이 좋을까?

그런 경우에는 모두를 내려놓는 마음 훈련을 하는 것이 좋다. 세상을 잠시 내려놓는 것이다. 그런 때는 세상을 그리 무겁고 복잡하게 생각하지 않는 것이 좋다. 너무 대상에 죽자 살자 집착하지 말고 우선 마음을 내려놓고 편한 마음을 갖는 것이 좋다. 어떻게든 대상에 마음을 붙이지 않도록 계속 경계하는 것이 좋다. '이 또한 지나가리라' 하고 생각하며 우선 마음을 가볍고 편하게 해야 한다.

그런 때에는 삶을 그리 어렵고 심각하게만 받아들일 필요가 없다. 어찌 보면 삶은 하나의 커다란 웃음일 뿐, 하나의 커다란 농담일 뿐, 그리 심각한 것은 아니기 때문이다. 그런 때에는 '삶은 그저 한낱 꿈일 뿐이다'라고 생각하는 것이 좋다. 그리고 될 수 있으면 마음을 편하고 평온하게 유지하는 편이 좋다. 삶을 그리 무겁게 받아들일 필요가 없는 것이다. 그런 때는 '나 자체도 내가 아니다'라는 마음으로 세상을 가볍고 단순하게 생각해볼 필요가 있다. 사실 우리는 물질적으로 잠시 모였다가 흩어지는 것에 불과할 뿐, 우리는 다만 행위로만 존재할 뿐, 영적으로 진화하기 위한 영적인 존재라고 생각하며, 삶을 가볍게 받아들일 필요가 있다. 이 세상에서 우리에게 닥치는 난관은 단지 우리 영혼을 훈련시키기 위한 것이며, 세상은 그 영혼을 훈련시키기 위한 학교이며 훈련장이라고 생각할 때 마음은 좀 더 편해질 수가 있다. 그리고 그렇게 생각하게 될 때 우리는 삶의 물질적인 구속으로부터 좀 더 자유로워질 수가 있다. 또한 그렇게 생각하게 되면 세상은 그리 힘든 것만은 아니다. 그러니 우리는 세상을 그렇게 무거운 마음만으로 바라볼 필요는 없다.

삶은 단지 잠깐 꾸는 하나의 커다란 꿈일 뿐이다. 이 삶도 지나고 보면 단지 꿈에 지나지 않는다. 그렇지만 사람들은 꿈꿀 때는 그것이 꿈인 줄 모르듯이, 이 삶은 단지 꿈에 지나지 않는다는 것을 모르고 사람들은 그저 죽기 살기로 이 세상에 집착하며 살고 있다. 이 삶이 영원한 실체라도 되는 것처럼 그저 울며불며 야단들이다. 이 땅에서의 삶은 잠시 여행에 불과할 뿐인데 사람들은 그것을 모르며 살고 있다.

우리는 마음을 나로부터 분리해 보는 데에 자신을 길들일 필요가 있다. 마음을 나로부터 분리해 그것을 지켜볼 줄 알아야 한다. 마음을 자신으로부터 분리해내지 않는 한 우리는 언제나 마음의 노예로밖에 살 수 없다.

마음은 우리의 속박의 근원이 되기도 하고 또한 자유의 근원이 되기도 한다. 마음은 우리를 천국으로 이끌기도 하지만 또한 지옥으로 이끌 수도 있다. 마음이 곧 천국이나 지옥으로 이어주는 다리가 되는 것이다. 어느 곳으로 그 길을 내느냐 하는 것은 전적으로 우리 마음에 달려있다. 만약 지금 내가 지옥 속에서 허둥대고 있다면 그때는 지옥으로 연결된 다리만 끊어버리면 모든 문제는 해결된다. 즉 그쪽으로 연결된 마음을 끊어버리면 된다는 얘기다. 그러면 그때 지옥 속에서 허덕이던 우리의 마음은 죽어버리게 된다. 마음이 죽어버리게 되면 그때 우리는 그 어떤 외부와의 관계까지도 단절되게 된다.

지금의 삶이 도저히 어떻게 감당할 수 없는 삶이라면 마음을 잠시 내려놓는 훈련을 하는 것이 좋다. 그저 아무 때고 대상에 휩쓸려 들어가 거기에서 쓸데없는 고통을 겪을 필요가 없다.

그런 때는 '내 몸도 내가 아니고 내 마음도 내가 아니고 나도 내가 아니다'라고 생각하며 마음을 끊어버리면 삶은 의외로 간단하고 편해진다. 그런 식으로 마음의 길을 닦게 될 때 우리의 삶은 의외로 훨씬 더 편해지고 넉넉한 삶이 되게 된다.

대체적으로 보면 우리들은 관계하지 않아도 될 곳에 쓸데없이 걱정의 다리를 걸쳐놓고 많은 괴로움을 겪는 경우를 많이 볼 수 있다.

특히 자녀의 일 같은 경우에 그러하다. 우리들은 필요 이상으로 자녀의 일에 너무 간섭하려는 경향이 있다. 간섭을 안 해도 될 일을 간섭하는 것이다. 자녀의 일이라면 자신의 일보다도 더 중요하게 여기고 그 일에 덤벼든다. 필요 이상으로 너무 집착하는 것이다. 그러나 그럴 필요가 없다. 안 되는 일을 그리 무리하면서까지 해결해주려고 해서는 안 된다. 자녀와 나 사이에도 어떤 경계선을 설정해놓는 것이 좋다. '나도 내가 아닌 것처럼 내 아들도 내 것이 아니고 내 딸도 내 것이 아니다'라고 생각하면서 마음을 분리할 필요가 있다.

어디까지나 나와 자식 사이에 경계선을 세우고 '이 일은 내 일이 아니다'라고 생각하며, 선을 긋고 그들 스스로 해결하도록 해야 한다. 거기에 필요 이상으로 내 마음을 붙여 그들 일에 간섭하면서 고생할 필요가 없다. 요즘 주변에도 보면 많은 사람들이 물불을 가리지 않고 무리하게 자식 일에 뛰어들다가 참으로 큰 낭패를 보는 것을 우리들은 종종 엿볼 수 있다. 혹여 자녀들이 아주 힘든 일로 난관에 봉착하는 경우가 있을지라도, 그들이 그 어려움을 다시 극복하고 일어설 수 있도록 옆에서 지켜봐 주는 것이 더 바람직하다. 그렇게 할 때 그것이 자녀들에게도 자신을 단련시킬 수 있는 더 좋은 기회가 된다.

우리는 주변 가까이에서 어떤 일이 일어난다 해서, 생각 없이 그쪽으로 마음을 붙이고 길을 내서는 안 된다. 그러면서 괜히 괴로워할 필요가 없다. 아니다 싶으면 그쪽으로는 아예 마음을 단절시키고 나로부터 그러한 일을 분리시키는 마음의 습성을 기르는 것이 좋다.

지혜로운 사람이라면 자신을 돌아보고, 자신의 내면을 들여다볼 줄 알아야 한다. 대상만을 바꾸려 하지 않고 자기 자신을 고치고 바꾸려 하는 그런 태도를 가진 사람이 진정 지혜로운 사람이다. 그들은 대상에 휩쓸리지 않는다. 그들은 반응하는 자신에 초점을 맞춘다. 그러나 지혜롭지 못한 사람은 자신은 가만히 있고 상대방만을 바꾸려고 애쓴다.

대상에만 시선을 두지 않고, 대상에 대한 자신의 시각을 바꿀 때 우리의 삶은 더욱 평화롭고 순탄해진다. 어떤 문제이든 대상에 거리를 두고 자신의 판단과 균형감각을 유지하게 될 때 문제는 순조롭게 풀린다.

그리고 우리들은 무엇인가를 하겠다고 계획하고 결단한다고 해서 그것이 계속 의도한 대로 잘 시행될 수만은 없다. 그것을 한두 번 시도한다 해서 그것이 완전 나의 좋은 길로 만들어질 수는 없다는 말이다. 그것은 끊임없는 반복을 필요로 한다. 수많은 시행착오를 거쳐야 하는 것이다. 우리는 무엇인가 선한 것을 완전 내 것으로 만들기 위해서는 그것을 뼛속까지 내 것으로 만들어야 한다. 그렇게 그것을 완전히 내 것으로 만들 때, 그것은 마음 깊은 곳에서부터 자연스럽게 나의 행동으로 나올 수가 있게 된다. 그때야 비로소 그것은 완벽한 나의 삶의 길이 되는 것이다.

우리는 그 어떤 것을 완전 내 것으로 길들이기 위해서는 끊임없이 반복 수행해야 한다. 그래야 강한 힘을 발휘할 수 있게 된다. 반복은 강한 힘을 주고 또한 지혜를 가져다준다. 반복하면 할수록 그 지혜는 더 커지는 법이다. 반복을 계속할 때 우리들은 전에는 미처 알지 못했던 더 높은 지혜에까지도 도달할 수 있게 된다. 그렇게 될 때 그것은 완전히 내 것으로 길들여지고, 결국 그것은 나의 굳어진 행동이 된다. 즉 나의 단단한 습관인 아름다운 삶의 길이 되는 것이다.

우리는 우리 삶의 길을 아름답게 꾸밀 필요가 있다. 그래야만 그 길을 다니는 것이 기쁨이 되고 즐거움이 될 수가 있다. 그렇게 할 때 우리는 그 길 위에서 행해지는 모든 행위를 더 좋아할 수 있고 그 일을 더 잘 할 수 있게 된다. 그때 그 아름다운 길은 우리의 마음에 언제나 좋은 이미지로 떠오르게 된다. 그리고 우리들은 자꾸만 더 자주 그 길로 오고 싶은 생각을 갖게 될 것이다. 그러니 자신이 다니는 주요 길에는 꽃들도 심어놓고 아름다운 이정표를 만들어 놓는 것이 좋다. 그렇게 할 때 그 아름다운 이미지들은 우리로 하여금 그 목표물에 더욱더 애정을 갖고 열심히 그 목표물에 집중할 수 있게 한다.

그러나 우리는 자칫하면 다른 샛길로 빠지기가 쉽다. 길을 가다가도 잠깐 생각을 놓치게 되면 자신도 모르게 딴 길로 빠져들게 되는 것이다. 그렇지만 그럴 때마다 아름다운 이정표가 있게 되면 다른 길로 빠져들 수가 없고, 또한 목표물을 여전히 잘 챙기면서 계속 그 길을 잘 지켜나갈 수가 있다.

그리고 중요한 목표가 있는, 자주 다니는 중요한 길은 넓고 안전하게 만들어놓는 것이 좋다. 그 길은 눈감고도 목적지에 쉽게 갈 수 있을 만큼 넓고 크게 직선으로 만들어 놓아야 한다.

길이 구부러져선 안 된다. 그래야 방해물이 없이 쉽게 목표물에 이를 수 있다. 삶의 길에서는 언제든지 길을 방해하는 방해물이 문제가 되기 때문이다.

마음의 길을 갈 때 특히 우리에게 문제가 되는 것은 유혹의 방해물이 끼어들 때다. 특히 우리는 유혹의 방해물이 끼어들 때 길을 놓치기가 쉽다. 그때 우리는 조금만 방심해도 유혹의 옆길로 빠져들고 만다. 그러므로 우리가 다니는 길에는 항상 유혹의 방해물이 끼어드는 일이 없도록 늘 경계를 게을리하지 말아야 한다. 그리고 혹시 유혹의 방해물이 끼어드는 일이 있더라도 절대 거기에 넘어가는 일이 있어서는 안 된다. 그러기 위해 우리의 마음은 늘 깨어있어야 한다. 그렇게 깨어있고 조심하는 마음보다 더 좋은 방책은 없다.

이렇게 목표물이 잘 보이지 않고 다른 것이 눈에 띄게 될 때 우리에게는 늘 문제가 된다. 그때 우리는 순간 자신의 마음을 놓치고 딴 길로 빠져들기가 쉽다. 특히 지루하거나 나태한 마음을 갖게 될 때 그러한 일이 생기게 된다. 그러므로 우리는 목표물이 우리 마음의 눈에서 멀어지지 않도록 늘 마음을 잘 챙기고 있어야 한다. 언제나 조심하고 잘 챙기는 것만이 최선의 방책이 된다.

또 한 가지 중요한 것은 목표물로 가는 길 위에는 어떤 방해물도 끼어드는 일이 없도록 항상 자신의 주변을 깨끗이 정리해야 한다는 것이다. 필요 없는 것들이 마음의 길에 들어와 방해하는 일이 없도록 늘 주변을 정돈하고 청결하게 하는 것이 중요하다.

나의 아름다운 길

나에게는 아주 멋진 삶의 길이 하나 있다. 30년이 넘도록 다져놓은 내가 생명만큼이나 아끼는 삶의 길이다. 그 길에서 행해지는 내용은 여러 독자들한테도 들려주면 좋을 것 같아 그 내용을 소개하겠다.

나는 매일 새벽 5시에 기상해 1시간 정도 새벽 운동을 한다. 그것은 내 나이 40이 된 때부터 시작하여 지금까지 계속되고 있다.

처음에 운동을 시작하게 된 이유는 내 몸이 굳어간다는 그런 느낌을 받고서, 이래서는 안 되겠다 싶어 그때부터 운동을 하기 시작했다. 나의 삶에서 이 운동은 나에게 아주 특별한 의미를 준다. 이 운동을 하면서 나는 마치 세상 하나를 더 얻은 것 같은 그런 기분으로 살고 있기 때문이다. 그토록 나는 이 운동을 사랑하고 이 운동 또한 나에게 그토록 큰 의미를 준다.

겨울철에 새벽 5시면 어둡기도 하고 날씨 또한 매우 춥다. 그러나 나는 어떤 일이 있더라도 운동을 끝내야만 하루를 시작한다. 그렇지 않고서는 하루 온 종일 찜찜해서 견딜 수가 없을 정도이다.

매일 운동을 하고나서 샤워를 할 때면 얼마나 상쾌하고 좋은지 모른다. 그때는 세상을 모두 다 얻기라도 한 것처럼 가슴 뿌듯하다. 마치 하늘을 날기라도 할 것 같은 아주 가벼운 기분이다. 그래 나는 어느 때는 혼자 신이나 집안에서 춤을 추기도 한다. 온몸과 마음을 최대한 스트레칭하니 그 기분이 얼마나 상쾌하겠는가! 그 기분이란 이루 말할 수 없을 정도의 최고의 상태이다.

나는 운동을 한 다음 아침 식사를 마치면 매일 도서관을 간다. 그때 나는 내가 운동했던 그 운동장을 지나치게 되는데 그 때마다 나는 생각한다. '내가 어떻게 그 어두운 새벽에 저 추운 곳에서 운동을 했을까?' 그 추운 날씨에 그 차가운 철봉대를 잡고 운동을 했다는 사실이 믿겨지지 않을 만큼 나는 내 자신이 참 대견스럽다는 생각이 들기도 한다. 그런 때는 마치 내가 잠깐 어디 다른 세상에 갔다오기라도 한 듯 야릇한 기분이 들기도 한다.

요즘은 좀 덜하지만 처음에 운동할 때는 그것이 내 삶의 전부라도 되는 것처럼 참으로 대견스럽게 생각되었다. 운동을 하는 것이 그리 감동적이고 멋질 수가 없었다.

　운동을 할 때 나는 나의 집에서 약 1㎞쯤 떨어진 학교 운동장에 가서 하는데 나는 거기에서 주로 철봉과 평행봉을 한다. 평행봉을 한다는 것은 봉을 잡고 자신의 몸 전체를 휘두르는 것인데 그것은 나이 든 사람들에게는 여간 힘든 운동이 아니다. 평행봉은 젊은 사람들도 하기가 힘들다. 내가 교사 생활을 하면서 보았지만, 운동을 좀 잘한 다는 학생들도 평행봉은 잘 하지 못했다. 그러니 지금 내 나이 또래의 사람들이 평행봉을 한다는 것은 생각조차 하기 어려운 일일 것이다. 그렇지만 내가 이 나이에도 평행봉을 어렵지 않게 할 수 있는 것은 내가 오래전부터 그것을 계속해왔기 때문이다.

　평행봉을 하면서 온몸을 휘두르고 스트레칭을 하고 난 다음의 그 기분이란 이루 말할 수가 없이 상쾌하다. 나는 지금까지 내가 이렇게 건강을 잘 유지하고 있는 것은 아마도 내가 이 운동을 계속하기 때문이 아닌가 생각한다. 그리고 운동을 그토록 끈질기게 열심히 하다 보면 몸이 아플 수도 없다. 다음 날이면 또 나가서 멋지게 운동을 해야 되는데 어떻게 아플 수가 있겠는가! 여간해서는 몸이 아플 수도 없다.

　다른 사람들은 내가 운동을 하고 있는 모습을 보면 모두가 다 놀란다. 늦은 나이에도 어떻게 그렇게 유연하게 잘 할 수 있는지 사람들은 나에게 묻는다. 그렇지만 나는 늘 하는 것이기 때문에 그리 대수롭게 생각하지 않는다. 겨울철이면 새벽 기온이 영하 15도 이하가 될 때도 있는데 그런 때에도 옷을 좀 두툼하게 입고 가서 운동을 한다. 그때면 아마 다른 사람들은 모두 이불속에서 자고 있을 것이다. 그들로서는 그 추위에 쇠로 된 철봉대나 평행봉 바를 잡는다는 것은 아마 상상조차 하지 못할 것이다. 내 모습을 보면 그 사람들은 아마 내가 미쳤다고 생각할 것이다. 사실 나는 내 운동에 있어서는 미친 사람이나 다름없다. 그 정도로 나는 내 운동에 모든 것을 걸 만큼 거기에 빠져있다.

운동을 하게 되면 우리 몸에 혈류 속도는 빨라지며 온몸의 세포가 활성화 된다. 그리고 신체에서는 더 많은 엔도르핀을 분비하게 되므로 이때 우리 몸의 세포와 영혼은 활짝 깨어나면서 우리는 더 많은 기쁨과 행복감을 느끼게 된다.

그리고 운동을 하면 온몸과 마음을 함께 스트레칭 하게 되므로 그때 우리의 심리적인 불안감이나 긴장, 그리고 스트레스는 모두 해소되고 우리는 거기에서 더 많은 삶의 활력을 얻을 수가 있게 된다.

운동을 하게 되면 그것은 육체적인 건강에도 좋은 효과를 주기도 하지만 그것이 우리에게 주는 정신적인 효과는 오히려 그보다 더 크다고 말할 수 있다. 그렇기 때문에 사람들이 한번 운동하는 맛에 빠지게 되면 그들은 마치 중독된 사람처럼 그 운동에 흠뻑 빠져들게 되는 것이다. 특히 운동이 우리에게 주는 장점은, 운동이 우리 육체의 근육을 튼튼하게 만들어주기도 하지만, 그것은 나아가 우리 마음의 근육까지도 튼튼하게 만들어준다는 점이다.

운동을 하면 그것은 우리의 삶에 많은 자신감을 심어주고 우리를 당당하게 만들어준다. 그것은 우리가 운동을 사랑하는 만큼 우리로 하여금 우리 자신을 사랑할 줄 알게 만들어 준다. 그러므로 운동하는 사람들은 언제 어디서나 당당하고 자신감이 넘친다. 그들은 사람들을 대할 때도 우물쭈물하거나 주눅 들지 않고 언제나 활력이 넘친다. 그리고 그들은 언제나 남들을 사랑할 줄 알고 끌어안을 줄도 안다.

이처럼 운동을 열심히 하게 되면 그것은 우리로 하여금 우리의 건강생활은 물론 사회생활 하는 데에도 많은 도움을 준다. 그 결과 우리의 삶의 질과 그 만족도는 한껏 더 높아지게 된다.

아름다운 삶

위대한 사람이란 그가 행하는 모든 것에 그의 위대함을 심는
사람이다

대부분의 사람들은 삶을 대충 산다. 죽음이 다가올 때까지는 세
상의 술에 취해 그저 건성으로 사는 것이다. 그리고는 죽을 때가 되
면 놀라 깨어난다. 죽기 전까지는 자신이 진짜 누구인지 한 번도 곰
곰이 생각해보지 못한다. 죽을 때가 되서야 비로소 우리는 놀라 깨어
난다. 그리고는 '내가 벌써 죽을 때가 되었다니! 내가 한 것이라곤 아
무것도 없는데 시간이 이렇게 빨리 지나갔구나! 내 나이가 벌써 이렇
게 되었다니!'라며 한탄한다.

살면서 우리는 자신이 누구인지, 죽으면 어떻게 될지, 그리고 지
금까지 살아온 삶은 무엇이었던가를 한 번도 제대로 생각해보지 못
한다. 그리고 우리는 항상 모든 것을 뒤로 미뤄놓는다. 좀 귀찮다, 곤
란하다 싶은 것들은 모두 다 뒤로 미루어 놓고 산다. 그리고는 시간
이 임박하면 놀라 당황한다. 그것이 보통 우리들 삶의 모습이다.

우리는 평상시에는 '지금 이 현재'의 시간이 얼마나 귀중하고 소중한 시간인지, 그리고 우리에게 주어진 이 삶이 얼마나 가치 있고 소중한 것인지를 잘 깨닫지 못한다. 지금 이 순간이야말로 우리의 모든 본질이고 행복이라는 것을 그리고 우리의 존재 자체가 바로 행복의 본질이라는 것을 우리들은 잘 깨닫지 못한다.

우리들은 우리가 지금 이 순간을 진정으로 잘 깨닫고 나면 얼마나 놀라운 큰 힘이 거기에서 솟아나올 수 있는지, 얼마나 큰 마법 같은 행복이 가슴속에서 솟아나올 수 있는지 잘 모르고 있다.

우리는 너무도 먹고 살기에 바빠 자신이 누구인지, 자신의 탄생과 죽음은 어떻게 되는지 그런 것에 대해서는 조금도 깊이 생각해보지 못한다. 그리고는 진정한 우리 삶의 목표와는 너무도 동떨어진 삶을 살고 있다.

우리들은 깨달을 줄 알아야 한다. 지금 이 순간을 진정으로 깨닫고 나면 거기에서 얼마나 큰 힘이 솟아나올 수 있는지 우리들은 깨달을 줄 알아야 한다. 모든 행복이야말로 지금 이 순간의 마음에서 비롯된다는 것 역시 우리들은 깨달을 줄 알아야 한다.

우리는 지금이라도 자신을 똑바로 알아야겠다고 결심하지 않는 한 우리의 삶은 제대로 이루어지지 않는다. 삶은 그저 헛되이 무위로 끝나고 만다. 이제 자신을 위해 무엇인가를 해야겠다고, 그리고 지금까지의 삶의 방식을 바꾸어야겠다고 깊이 느끼지 않는 한, 삶 전체는 그저 낭비로 끝나버리고 만다. 이제 우리는 어리석게 구는 것을 멈추고 새로운 삶의 방식으로 나가도록 해야 한다. 지금이야말로 자신을 변형시켜 새로운 존재가 되기 위한 정말이지 중대한 시간이라고 느끼지 않는 한 우리는 지금까지 산 것처럼 앞으로도 계속 그렇게 살

것이다.

그리고는 여전히 모든 것을 뒤로 미루기만 할 것이다.

삶이란 얼마나 놀랍고도 아름다운 신비인가를 우리는 다시 한 번 깊이 생각해봐야 한다. 그리고 우리는 깨어나야 한다. 그러면 우리는 그 경이로움에 정말 놀라지 않을 수가 없다. 보통 우리들은 '나'라는 존재, 그리고 우리 주변 모든 존재들에 대해서 너무도 당연시하며 그저 아무렇지도 않은 듯이 살고 있다. 그러나 그 모든 것을 곰곰이 생각해보면 그것은 정말이지 너무도 놀랍고도 신비스러운 것인데도 우리는 그것을 깨닫고 있지 못한다.

한번 생각해보자. 도대체 나는 어디에서 시작하여 어떻게 이 땅에 생겨난 것이란 말인가? 전혀 아무것도 없었던 것에서 내가 생겨난 것일까? 그리고 또 죽는다는 것은 무엇이고? 도대체가 태어나는 것은 무엇이고 또 죽는다는 것은 무엇이란 말인가? 이 얼마나 놀라운 신비인가. 지금도 내가 이 땅에 이렇게 살아 움직이고 있다는 이 사실이 얼마나 놀라운 신비인가! 나는 도대체 누구란 말인가! 더군다나 내가 의식까지 갖추고 생각하며, 이 땅 위를 이렇게 살아 움직이고 있다니! 아, 이 얼마나 놀라운 신비인가! 가만히 내가 나를 바라보고 곰곰이 생각해보면 그 경이로움에 정말 놀라지 않을 수가 없다.

삶이란 정말 경이로운 축복이다. 이보다 더 경이로운 축복은 있을 수가 없다. 한 인간으로 존재한다는 것 자체부터가 참으로 놀라운 축복이다. 우리는 이 점을 반드시 이해하고 넘어가야 한다. 세상에 그 누구의 삶도 그것은 너무도 아름답고도 위대한 것이다. 거기엔 이미 어마어마한 신의 축복이 깃들어 있음에 틀림이 없다. 그렇기에 우리는 우리의 삶을 최대의 축제로 만들어야 할 의무가 있다.

삶을 절대 고통이라거나 허무라고 말해서는 안 된다. 설령 삶이 고통이라 해도 그것은 위대한 축제의 고통이다. 잘 알아야 한다. 이보다 더 아름답고 가치 있는 축제는 없다. 모든 사람의 삶은 그가 이 세상에 존재하고 있는 한, 그것은 더할 수 없이 아름다운 축제이고 축복이다. 그러기에 모든 사람은 자신의 삶을 최상의 아름다운 축제로 만들어야 한다. 그래야 세상을 제대로 잘 살고 가는 것이다. 그렇지 않고서는 그의 삶은 허망한 무위로 끝나버리고 만다. 그런 사람은 후회할 것이다. 그는 나중에 죽어가면서 가장 큰 죄인처럼 후회하게 될 것이다. 그 어마어마한 축제와 축복의 삶을 헛되이 살았으니 말이다.

누구든지 이 세상에 살고 있는 사람은 자신의 행위 하나하나에 마음을 다하고 정성을 다해야 한다. 그것이 삶의 최대의 목표이다. 그의 행위 하나하나가 위대한 축제가 되고 축복이 되게 해야 한다. 그렇지 않고서는 그의 삶은 허망한 것일 수밖에 없으며 정말이지 따분하고 지루한 삶이 될 수밖에 없다.

자신이 하고 있는 일이 작은 일이라 하여 그것을 하찮게 여겨서는 절대 안 된다. 세상엔 하찮은 일도 위대한 일도 따로 없다. 일 자체가 위대하다거나 하찮다거나 그 가치의 특성을 갖는 것은 아니다. 다만 그 일을 다루는 사람이 어떤 방식으로 그 일에 임하느냐에 따라 그 특성은 달라진다. 아무리 하찮은 일일지라도 그 일을 위대한 방식으로 다룬다면 그 일은 위대한 일이 된다. 그러나 아무리 위대한 일일지라도 그 일을 하찮은 방식으로 다룬다면 그 일은 하찮은 것일 수밖에 없다.

사람 또한 마찬가지다. 세상엔 하찮은 사람이나 위대한 사람은 따로 없다. 아무리 하찮은 일에도 자신의 위대함을 심는다면 그는 위대한 사람이 된다. 아무리 값진 일을 한다 해도 거기에 하찮은 마음을 심는다면 그는 한낱 하찮은 사람에 불과할 뿐이다.

그가 위대한 사람이냐 하찮은 사람이냐 하는 것은 그가 행하는 행동의 방식 여하에 달려있다. 위대한 사람은 어느 무엇을 행하든지 위대한 방식으로 행한다. 그는 일을 해도 위대한 방식으로 일한다. 그는 밥을 먹어도 위대한 방식으로 밥을 먹는다. 그는 걸음을 걸어도 위대한 방식으로 걷는다. 그리고 그는 잠을 자도 위대한 방식으로 잠을 잔다. 그는 마지막 죽을 때도 위대한 방식으로 죽음을 맞이할 것이다. 다시 말해 위대한 사람이란 그가 행하는 모든 것에 그의 위대함을 심는 사람이다.

그렇다면 그러한 위대함은 어디서 나오는가? 그것은 자연스러운 스스로의 삶에서 나온다. 우리는 이 점을 분명 이해하고 넘어가야 한다. 대부분의 사람들은 이 점을 이해하지 못한다. 대부분의 사람들은 스스로의 삶을 살고 있지 못하기 때문이다. 그들의 삶은 대부분은 남의 삶을 살고 있다. 남의 눈을 통해서 자신의 삶을 살고 있다는 얘기다. 자신의 주변에는 온통 남들의 눈들뿐이고, 그들은 그 눈들을 통해 자신의 삶을 살고 있는 것이다. 남들의 눈이 그의 삶의 기준이 되고 그 자신의 삶의 기준은 없다는 말이다. 그의 삶의 모든 기준은 남들이 정해준다.

그는 그 자신의 깊은 내면을 바라보기 보다는 주변 사람들의 눈을 보는 것이 먼저이다. 그리고 그는 그것을 더 중요시 한다. 그러니 그는 남들의 삶을 살아주는 꼴밖에는 되지 않는다. 그는 그 자신 스스로의 삶을 살고 있지 못한 것이다.

나는 나 스스로 존재해야 한다. 남이 나를 존재케 해선 안 된다. 그러나 대부분의 사람들이 스스로 존재하는 것을 두려워한다. 그리고 그러한 두려움을 남에게 의존한다. 남의 거울을 통해 내가 존재하고 있기 때문이다. 나를 통해 나 스스로 존재하는 것이 아니라 남의 눈을 통해 내가 존재하는 것이다. 나 스스로 살고 있지 못하다는 얘기다. 나 스스로 존재한다면 삶은 얼마든지 거룩하고도 아름다운 축제가 될 수 있다.

내가 나 스스로만 존재한다면, 나는 나의 삶에 왕으로 살 수가 있다. 나의 삶에선 내가 주인이기 때문이다. 그러나 보통 사람들은 어떤가? 그들은 스스로의 삶을 살고 있지 못한다. 그들은 언제나 남에게 끌려 다니는 삶을 살고 있다. 세상에 끌려 다니고 남의 눈에 끌려 다니는 거지의 삶을 살고 있다.

진정한 행복은 자신 안에 있다. 그런데도 사람들은 그것을 모른다. 그들은 자신의 깊은 내면을 보지 못하고 있는 것이다. 그들은 참된 행복의 물길은 내면 깊은 곳에서 흐르고 있다는 것을 모른다. 그들은 참다운 행복은 의식의 차원과 상관이 있지 외면의 것과는 상관이 없다는 것을 모르고 있다. 그들은 그들의 모든 행복의 원인들을 단지 눈에 보이는 것들로 한정시키고 있다. 시간과 공간에만 국한시키는 것이다. 단지 감각에만 국한시키고 있는 것이다. 그들은 그렇게 행복의 원인들을 모두 외부에만 의존하고 있다. 그리고 그것이 필요할 때마다 외부에 구걸한다. 그러나 외부에서 오는 그 모든 것들은 오래 지속될 수가 없다. 그것들은 잠시 들렀다 사라지는 것들뿐이다. 그러므로 그들은 끊임없이 그것들을 구걸해야 한다. 때문에 그들은 외부의 그 무엇에 예속되고 묶이는 삶을 살 수밖에 없다. 그들은 결국 그들의 행복의 자유를 잃게 된다.

그들은 창조의 맛을 모른다. 그들은 내면 깊은 곳에 들어가면 얼마나 미묘하고도 아름다운 행복의 자원이 있는지 모른다. 거기엔 신비의 아름다움으로 가득 차 있는데도 그들은 그것을 볼 줄 모른다.

진정 행복한 사람들이란 어떤 사람들인가? 그들은 그 행복의 원인을 남에게 의존하지 않는 사람들이다. 행복의 원인을 외부의 그 무엇에 의존하지 않는 사람들이다. 그들은 그 행복의 원인을 그들 자신에게 두고 거기에서 찾는다. 그러므로 그들은 자유롭다. 그들은 그것들이 필요할 때마다 그들 내면의 샘에서 얼마든지 끌어낼 수가 있다. 그들의 행복의 원인은 시간과 공간의 제약을 받지 않는다. 그것들은 시간을 넘어서고 공간을 넘어선다. 그 끝은 제한이 없다. 그 자원은 무궁무진하다. 그들은 그들 행복의 원인을 가슴 깊은 곳에서 끌어내고 있기 때문이다.

삶이란 무엇인가? 그것은 바로 자신을 찾는 일이다. 삶이란 자신을 찾는 긴 여정 이외의 별 것이 아니다. 자신을 모르는 한 그것은 그 무엇을 하건 헛된 일일 수밖에 없다. 삶에 가장 근본적인 것 그것은 바로 자신의 중심을 알고 지키는 일이다.

자신의 중심을 알고 그것을 지키는 일보다 세상에 더 중요한 것은 없다.

우리는 왜 그렇게 늘 의식 깊은 곳에서부터 불안하고 방랑하는 것일까? 무엇 때문에 우리는 그렇게 언제나 안정을 찾지 못하고 여기저기 배회하며 서성거리는 것일까?

그것은 바로 우리가 자신의 중심을 놓치며 살고 있기 때문이다. 우리는 누구나 중심을 갖고 있다. 그 중심은 우리의 모든 것이 되어 항상 우리를 붙들고 지킨다. 그 중심은 바로 우리 삶의 구심점이 되는 것이다. 그곳은 바로 우리가 지켜야 할 우리의 모든 것으로서 우리의 생명이며 궁극의 집이 된다. 우리는 그 집에 있을 때 비로소 안정을 느끼고 편안함을 느끼게 된다.

그러나 우리가 이 중심을 이탈하게 될 때 우리는 불안을 느끼고 긴장을 하게 된다. 그곳에서 조금이라도 벗어나게 되면 우리는 균형을 잡지 못하고 흔들릴 수밖에 없다.

그러나 우리가 중심이 잡혀있을 때는 그렇지 않다. 그때 우리는 어떠한 두려움도 느낄 수가 없다. 중심이 잡혀 있는 사람들은 조금도 흔들리거나 어느 한쪽으로 치우치지 않는다.

자신의 중심에 뿌리를 내려 그 중심이 잡혀있는 사람은 그 누구도 어쩔 수가 없다. 아무도 그를 조종하거나 혼란스럽게 할 수가 없다. 그는 거대한 자신의 지배자이기 때문이다. 그러기에 그에게는 그 무엇도 가능하지 않은 것이 없으며 그 무엇도 두려울 수가 없다.

그렇지만 오늘날 사람들이 살아가는 모습을 보면 어떤가? 그들은 언제나 남의 눈에 붙들려 살고 있다. 그들은 진정한 자신만의 삶을 살아가고 있지 못하다. 그들은 언제나 자신의 생명 바깥에서 자신의 중심을 잃고 서성거린다. 그들은 진정 자신을 위한 뜨거운 삶을 살고 있기보다는 언제나 남의 눈치만을 보고 살기에 급급하다. 오로지 주위 사람들에게 잘 보이는 것, 그것만이 그들 삶의 전부일 뿐이다. 도대체가 오늘날 우리들의 삶이 왜 이토록 불행하기만 한 것인가? 그것은 모두가 다 남의 눈에 노예로 살기 때문에 그런 것이다. 그것도 한 사람만의 노예가 아니라 수많은 사람들의 노예로 살고 있기 때문에 그렇다.

우리들은 너무도 남을 의식하면서 산다. 우리들은 남에게 잘 보이기 위해서라면 그저 무슨 짓이든지 서슴지 않고 한다. 남을 의식하지 않고 산다면 우리는 얼마든지 더 행복한 삶을 살 수 있는데도 우리는 그러지 못한다. 그리고 우리들은 죽음에 이르러서야 스스로 값지고 충만한 삶을 살지 못하고, 귀한 시간들을 모두 낭비한 것에 대해 깊은 후회를 하며 죽어간다. 진정 자신만의 가치 있는 삶을 살지 못한 것에 대해 깊은 한탄을 하며 죽어가는 것이다. '왜 내가 예전엔 그렇게 아무것도 모르고 그저 덧없는 삶을 살았나! 내가 그러한 사실을 좀 더 일찍 알았으면 얼마나 좋았을까!' 하고 깊은 후회를 하며 죽는다.

어떤 사람이 죽음에 이를 때 그 사람이 죽음에 임하는 모습을 보면 우리는 그 사람이 지난날 어떻게 살아왔는지 엿볼 수가 있다. 죽음을 두려워하고, 어떻게든 죽음을 피하려고 발버둥치는 사람들은 삶을 충만하게 살지 못한 사람들이다. 충만한 삶을 살지 못했기 때문에 그들은 죽음이 그토록 두려운 것이다. 그래서는 안 된다. 우리들은 죽을 때 여한을 남기고 죽는 그런 모습을 보여서는 안 된다. 마지막 죽음을 맞는 순간만큼은 그 모습이 아름답고도 장엄해야 한다. 그러한 아름답고도 장엄한 죽음을 맞기 위해서라도 우리들은 스스로의, 진정 의미 있는 삶을 살아야 한다. 우리들은 살아있을 적에, 내면 깊은 곳에 영감이 지시 하는 그 일만큼은, 어떠한 장애가 있더라도 그것을 꼭 극복하고, 그 일을 성취할 수 있도록 노력해야 한다. 그렇게 살게 될 때 우리들은 죽음에 직면해서도 당황하거나 두려워하지 않고 평온하고도 충만한 아름다운 죽음을 맞이할 수 있게 된다.

무엇이 문제인가?

실로 눈 먼 자는 밖을 보기를 좋아하지만 정작 눈이 있는 자는
자신의 안을 들여다보길 좋아한다

우리들 가운데 자신의 삶이 행복한 삶이라고 말할 수 있는 사람
들이 과연 얼마나 될까? 아마도 대부분의 사람들은 자신의 삶이 만
족스럽지 못하다고 말할 것이다. 어떤 사람들은 살긴 살지만 이 삶이
무슨 삶인지, 도대체 뭐가 뭔지 모르겠다고 말하는 사람들도 있을
것이고, 또 어떤 사람들은 살기는 살고 있지만 자신의 삶이 제대로
된 삶인지 모르겠다고 말하는 사람들도 있을 것이다. 또 어떤 사람들
은 삶은 그저 불안이고 방황이며 하루하루가 지겹다고 말하는 사람
들도 있을 것이다.

그렇다면 우리의 삶이 어디서부터 이렇게 잘못된 것일까?

왜 우리는 이렇게 늘 불행한 것일까? 왜 우리는 의식 깊은 곳에
서부터 그렇게 늘 방랑자인가?

우리의 마음은 왜 그렇게 늘 허전하고 흔들리며 편안하지 못한 것일

까? 왜 우리들은 내면 깊은 곳에서부터 그렇게 늘 방황하며 불안하기만 한 것일까? 무엇이 문제인가? 도대체 우리 안에 무엇이 잘못되어 있는 것일까?

내가 나를 찾지 못해 그런 것일까? 아니면 내 마음이 들어앉을 안락한 집을 찾지 못해 그런 것일까?

우리들은 잠시도 우리 안에 머물러 있질 못한다. 우리들은 그렇게 늘 갈 곳을 모른 채 우리의 문밖을 나와 항상 서성거리고 방황하며 살고 있다. 지금 있는 곳을 늘 못마땅해 하며 도망치고 싶어 하는 것이다. 틈만 나면 우리들은 자신의 집밖을 나와 딴 데로 눈길을 돌리며 어디론가 떠나고 싶어 한다. 어느 한 사람 제대로 자신의 집에 들어앉아 있는 모습을 보기가 힘들다. 그것이 오늘날 우리들 삶의 가장 큰 문제점이다.

사람들은 그저 여전히 찾고 또 찾는다. 구하고 또 구한다. 그러나 무얼 찾는지, 무얼 구하는지도 모르면서 그저 맹목적으로 찾고 구하면서 발버둥친다. 모두가 제정신이 아니다. 그들은 무엇을 찾고 있는 건가? 그들은 무얼 찾는지도 모른다. 그런데도 그들은 찾고 또 구한다.

그들이 찾는 것은 도대체 어디에 있단 말인가? 그들은 그들이 찾는 것이 어디에 있는지도 모른다. 그리고 그저 무작정 찾기 만 하는 것이다. 그리고 사람들은 그 모든 것을 그저 그렇게 밖에서만 찾고 있다. 온갖 곳을 다 헤맨다. 모든 것이 그저 다 밖에만 있는 줄로 착각하며 사는 것이다. 그러나 그들은 어디에 가든지 그곳에는 아무것도 없다는 것을 알게 된다. 그들은 결국 어디에 가든지 아무도 없다는 것을 깨닫게 된다. 그리고 사실 어딜 가든지 아무것도 없고 아무도 없다. 모든 곳이 다 그곳이 그곳일 뿐이다. 그들이 찾고 있는 것은 모든 것이 다 그저 허상일 뿐이다. 설령 그들이 찾았다 해도 그것은 환상에 지나지 않는 허깨비일 뿐이다. 그러나 그들은 그것을 모르고 있다.

사람들은 그렇게 누구나 할 것 없이 어느 한 사람 제대로 집에 있질 못하고 그저 찾고 구하고 헤맨다. 모두가 다 그저 여기저기 기웃거리며 남의 집 문을 두드리고 있는 것이다. 모두가 다 그렇게 뭐가 뭔지도 모른 채 맹목적인 것을 찾으며 소중한 한 세상을 허비하며 살고 있는 것이다. 참으로 안타깝고 가엾기만 한 일이다.

우리 생활에 무엇이 잘못된 것인가? 왜 그러한 일들이 벌어지는가?

그 모든 불행은 다 내가 나를 놓치고 사는 데에서 비롯된다. 내가 진짜의 나의 끈을 놓쳐서 그런 것이다. 지금 내가 괴로운 것도, 지금 내가 외로운 것도, 그리고 다른 나의 모든 불행 그런 것들은 모두가 다 내가 나를 놓쳐서 그런 것이다. 내가 진정한 본래의 나를 찾지 못해, 본래의 나를 만나지 못해서 그런 것이다. 내가 내 존재 깊은 속으로 들어가지 못한 채, 늘 밖을 헤매기 때문에 그런 것이다.

우리는 잠시도 내 안을 들여다보려 하지 않는다. 우리는 잠시도 내 안 깊은 곳에 있는 진정한 나를 만나려 하지 않는다. 내 안의 진짜의 나를 보기가 두려운 것이다. 그래 우리는 잠시도 참지 못하고 늘 밖으로만 눈길을 돌린다. 때문에 내 안의 영혼의 나는, 의식의 나와 서로 조화를 이루지 못하고 늘 서로 뒤틀리게 된다. 또한 그러면서 내 안의 두 나는 서로 갈라지고 혼란과 갈등을 일으킬 수밖에 없게 된다. 그것이 바로 우리가 늘 불행한 이유이다.

내가 진정한 나를 만나지 못하게 된다면 그때의 나는 본래의 나라고 할 수 있겠는가? 그때의 나는 겉으로의 나일뿐 그 밖의 아무것도 아니다.

내가 본래의 나를 얻지 못한다면, 그것은 내가 나를 잃는다는 뜻이며, 나는 진정한 내가 아니라는 뜻밖에는 되지 않는다. 모든 문제는 그때부터 시작된다. 내가 진정한 내가 되지 못할 때 그때부터 문제가 시작되는 것이다. 그때는 내가 세상 모두를 다 얻는다 해도 그것은 소용없는 일이다. 내가 진정한 내가 되지 못한다면 나는 결국 세상을 놓친 것이나 마찬가지다. 모든 것을 잘못 보고, 잘못 산다는 결과밖에 되지 않는다. 겉으로는 정상적인 삶을 사는 것 같이 보이겠지만 사실 내면적으로는 그렇지가 않다. 내면적으로 볼 때, 나는 두 명의 '나'로 갈라져 서로 상반되어 있을 뿐, 나는 언제나 방황이고 불안이며 혼란일 뿐이다.

내가 나를 놓치고 여기저기 기웃거리게 될 때 나는 마음의 거지가 된다. 그때부터 나의 마음은 들떠 방황하기 시작한다. 그리고 그때 나는 나 자신이 불편해지고 나 자신을 참을 수가 없게 된다. 나는 나 때문에 짜증나고 지루해져서 견딜 수가 없는 것이다. 따라서 나는 나 자신에 대해 어찌할 바를 모르고 그 아무것도 할 수가 없게 된다. 지금 여기가 못마땅해 참을 수가 없고 방황할 수밖에 없게 된다.

그때 나는 지금 여기에 있으면서도 시선은 늘 다른 데를 향한다. 몸은 지금 여기에 있지만 마음은 늘 다른 데로 떠돌고 있다. 마음은 지금 여기를 벗어나 그저 먼 과거나 미래로만 떠돌아다니는 것이다. 늘 다른 사람을, 다른 무엇인가를 찾으며 기웃거린다. 그러니 거지와 다를 바가 없다. 그때부터 세상은 잘못되기 시작한다. 나는 나 자신과 있는 것이 지루해서 견딜 수가 없다. 그리고는 그 자리를 온통 다른 사람들로, 다른 것들로 메꾸고 싶어 한다. 그러나 그렇게 되면 나는 나 자신으로부터 더욱 벗어나게 되고, 내 본래의 자신으로부터 점점 멀어질 수밖에 없게 된다. 또한 나는 내부적으로 갈라지기 시작하며 지금 여기가 더욱더 불만이고 참을 수가 없게 된다. 어떻게 하든지 여기를 벗어나 다른 곳에 가 있고 싶어 한다. 그렇게 될 때 자신에게는 점점 더 혼란스럽고 복잡한 문제들이 발생하기 시작한다.

왜 그러한 일이 생기는 것일까? 그것은 바로 내가 나와 함께 있는 것이 불편해서 견딜 수가 없기 때문이다. 즉 그것은 내가 나와 함께 있는 법을 몰라서 그런 것이다. 내 안의 두 명의 '나'가 서로 조화롭고 편한 관계가 되지 못하고 서로 상반되어있기 때문에 그런 문제가 생기는 것이다.

우리들은 자신과의 편한 관계가 되지 못할 때 그때부터 모든 문제가 발생하기 시작한다. 내가 내면의 나 자신과 원만한 관계를 이루지 못하므로 그런 일이 발생하는 것이다. 마음이 내면 깊숙이 뿌리를 내리지 못하고 그 뿌리가 허공에 들떠 중심을 잡지 못하고 흔들리고 있기 때문에 그런 것이다. 즉 그것은 바로 의식의 '나'가 내 영혼의 샘물에 그 뿌리를 깊이 담그지 못해 갈증을 느낀 나머지 목을 밖으로 내놓고 그 무엇을 찾고 있기 때문에 그런 것이다.

그것은 의식의 내가 있어야 할 자리를 벗어나 밖으로 나와 안정을 찾지 못하고 방황하고 있기 때문에 그런 일이 생긴다. 그때 우리는 밖에 누군가가 비를 뿌려주고 마음을 달래줄 그 무엇을, 그 누군가를 찾게 된다. 그리고는 끊임없이 그 빈 집을 자꾸만 다른 누군가로, 다른 무엇인가로 채우고 싶어 몸을 닳는다. 그때 우리는 상대방에 대한 욕망으로 가득 차면서 내부에서는 끊임없는 갈등과 혼란을 겪게 된다.

우리가 진정한 삶을 알기 위해서 우리는 자신의 깊은 뿌리로 내려가야만 한다. 그래야만 우리는 삶을 알 수가 있다. 그래야만 우리는 진정으로 살아 있는 사람이 될 수 있다. 그렇지 않고 삶의 표면만을 겉돌게 된다면 그것은 살아도 사는 것이 아니다. 그것은 잠시 삶의 변죽만 울릴 뿐 진정한 삶을 살지 못하는 것이 된다.

우리는 내면의 중심에 도달하게 될 때에만이 진정 영원성을 가진 삶과 만날 수가 있다. 그리고 거기에서 그토록 구하던 존재의 신비한 비밀들을 만날 수가 있다. 다시 말해 우리는 내면 깊이 그 중심에 도달하게 될 때에 거기에서 많은 우주의 비밀과 우리 삶의 비밀들을 풀 수 있는 답을 얻을 수가 있다. 그리고 세상의 모든 장애물을 극복할 수 있는 지혜의 무기를 얻을 수가 있게 된다.

내 안 깊은 곳으로 들어갈 수 있을 때에만 거기에서 우리는 전적으로 아름다운 창조적인 삶을 누릴 수가 있다. 그렇게 될 때 우리의 삶은 전혀 다른 삶이 된다. 거기에서의 삶은 단순히 피상적인 삶이 아니다. 거기에서 우리는 영원성을 가진 삶을 만나게 된다. 그때의 삶은 매 순간이 춤이 되고 축제가 된다. 그러므로 그때의 삶은 전혀 지루할 수가 없다. 전혀 불안하거나 흔들릴 수도 없다. 그때의 삶은 그야말로 지복이며 평화이다. 지금까지의 모든 지루했던 삶들은 모두가 새롭고 신선한 삶으로 바뀌게 된다. 신비의 매혹적인 삶으로 바뀌는 것이다. 그야말로 삶의 눈이 다시 뜨이게 된다. 그리고 주변은 온통 기적적인 삶으로 가득 차게 된다. 전에는 사소하고 볼품없었던 삶이 새삼 소중하고도 위대한 삶으로 바뀌게 된다.

이와 같이 우리가 더욱더 관심을 갖고 자신의 깊은 내면으로 들어갈 수 있을 때 거기에서 우리는 숭고한 지혜와 지극한 평화를 얻을 수 있다. 그리고 그것을 바탕으로 우리는 더욱더 아름답고 가치 있는 삶을 살 수 있게 된다. 그러니 세상에 가장 먼저 해야 할 일 그것은 진정한 나를 찾고 그 나를 아는 일이다.

　세상에 나를 찾는 일보다 더 중요한 일은 없다. 내가 나를 잘 알아야만 나를 잘 사용할 수가 있기 때문이다.

　나를 모르면서 어떻게 나를 잘 부릴 수가 있겠는가? 그것은 말이 되지 않는다. 우리는 진정한 나를 만나야만 진정한 세상을 알 수 있고 또한 진정한 삶을 누릴 수가 있게 된다. 그러니 우리는 자꾸만 밖으로 눈길을 돌리기 보다는 자신의 안을 깊이 들여다볼 줄 아는 지혜를 길러야 한다. 거기에 우리가 구하는 모든 보물이 들어있다. 우리가 의식의 초점을 외부에서 내부로 향하게 될 때 우리는 거기에서 엄청난 지복과 행복을 얻을 수 있게 된다.

　"실로 눈 먼 자는 밖을 보길 좋아하지만 정작 눈이 있는 자는 자신의 안을 들여다보길 좋아한다."

　진정 나를 살릴 수 있는 생명의 물은 나의 깊은 샘에서 나오는 나 자신의 샘물이어야 한다. 세상의 그 어떤 다른 우물로서는 근본적인 나 자신의 갈증을 해소시켜줄 수가 없다.

　그러니 우리는 무엇보다도 우리의 의식을 깊은 자신의 영혼의 샘물에 그 뿌리를 내리고 그 생명수를 빨아올릴 수 있어야 한다. 그렇게 삶의 영양분을 마음껏 빨아올릴 수 있을 때 우리는 진정한 나 자신을 만나 거기에서 자신과의 편한 관계를 가질 수 있고 또한 세상과도 원만한 관계를 이룰 수가 있다.

　내가 나 자신과도 함께 편한 관계가 되지 못한다면 어떻게 다른 사람들과 편한 관계가 될 수 있겠는가. 내가 나 자신과 편하지 못하다면 우리는 세상의 그 어느 것과도 편한 관계가 될 수 없다.

진정한 나를 찾고 나 자신과 편안한 관계를 갖는 것 그것이야말로 세상 그 어떤 것과도 조화롭고 원만한 관계를 이룰 수 있는 가장 근본적인 밑바탕이 될 수 있다.

삶을 찾아가는 길

지금 여기가 천국이다
당신이 그렇게 살지 못할 때
그 모든 것은 당신 책임이다

어떻게 사는 것이 잘 사는 것일까? 잘 산다는 것은 무엇을 의미하는 것일까? 좋은 집 갖고 있고, 좋은 차를 타고 다니며, 좋은 물건 많이 갖고, 맛난 음식 배불리 먹으며 사는 것 그런 것들이 잘 사는 것일까?

아니면 많은 권력과 명예를 가지고, 다른 사람들에게 많은 영향력을 행사하며 사는 것, 그런 것들이 잘 사는 것일까? 그렇지 않다. 모두가 다 그렇지 않다. 좋은 집에서 살아봤자 얼마 살다보면 그 집 좋은 줄 모른다. 좋은 차를 타고 다녀봤자 그것도 마찬가지다. 처음 얼마 동안은 좋을지 모르지만 얼마의 시간이 지나면 모두가 다 싫증나게 마련이다. 모두가 다 별 것 아니다. 우리의 뇌는 무엇인가를 오래 접하다 보면 그것에 무뎌지는 경향이 있다. 그리고는 나름대로 다른 작업을 하기 시작한다. 무언가 또 다른 것을 갈망하는 것이다.

좋은 집이나, 좋은 자동차, 그리고 좋은 물건 등의 그런 물질 자체가 언제나 우리에게 기쁨을 줄 수 있는 것은 아니다. 물질적인 조건이 우리에게 줄 수 있는 그런 기쁨은 잠시일 뿐 그 기쁨은 곧 사라지고 만다. 그러한 기쁨은 우리의 진정한 기쁨이 되지 못한다.

　많은 권력과 명예를 가지고 산다 해도 그렇다. 많은 권력과 명예를 가진 사람들, 그들에게 자신의 삶이란 없다. 그들은 남들 눈치 보며 살기에 바쁜 사람들이다. 그들은 오로지 다른 사람들로부터 인정받는 일에나 혈안이 되어 있을 뿐, 자신의 내면세계에 대해서는 전혀 관심 없는 사람들이다. 그들은 자신이 누구인지, 어디로 가고 있는지, 그런 것에 대해서는 전혀 관심이 없고, 자신의 내면세계에는 눈 먼 사람들이다. 그들은 자신의 외적인 권력 추구나 명예 추구로써 자신의 내면세계를 모두 덮어버리고 사는 사람들일 뿐이다.

　그렇다면 우리가 어떻게 살아야 잘 사는 것일까? 잘 살기 위해서 우리는 무엇을 어떻게 해야 한단 말인가?

　그 답을 찾기 위해서라면, 우선 우리는 삶에서 진정으로 소중한 것이 무엇인지를 잘 깨달아야 한다. 삶이 우리한테 진정으로 요구하는 것은 무엇인지, 삶이란 도대체 무엇인지 우선 그것을 알아야 한다. 그렇지만 대부분의 사람들은 그들의 삶에서 그 중요 사항을 놓치고 사는 경우가 참 많다.

　왜 그럴까? 그것은 바로 우리들이 바쁜 실생활에 쫓기는 삶을 살다 보니 그렇게 되는 것이다. 일상에 쫓기는 삶을 살다 보면, 우리들은 자연히 자신도 모르게 중요 사항은 놓친 채 자질구레한 삶에 매여 살기가 쉽다. 그리고는 그 자질구레한 일들이 항상 우리 삶의 앞자리를 차지하며 그것들이 우리의 삶의 핵심을 놓치게 만드는 것이다.

가족 간에도, 정작 중요한 것은 애틋한 사랑임에도 불구하고, 우리 대부분의 사람들은 그러한 사랑은 언제나 뒤로한 채, 늘 그저 먹고 사는 일에만 쫓겨 허둥댈 뿐이다.

우리들은 그렇게 항상 삶에서 진정 중요한 것들은 놓쳐버리고, 늘 사소한 것들에만 매여 살기에 바쁘다. 그리고는 죽을 때가 되면 후회한다. '왜 내가 미처 그것을 생각하지 못했을까, 내가 왜 내 가까이 있던 사람들한테 잘 해주지 못했을까, 내가 왜 그들을 사랑하지 못했을까?'하고 후회하게 된다.

우리들은 모두 각자의 삶의 시기마다 꼭 해야 할 일들이 있다. 시기를 놓치면 아무리 하고 싶어도 할 수 없는 일들이 있다. 삶 전체적으로 볼 때도 마찬가지로 가장 중요한 일이 무엇일까를 한번 깊이 생각해봐야 한다. 그리고 그 일만큼은 꼭 실천할 수 있도록 최대한 노력해야 한다. 그래야 삶의 막바지에 이르러 후회하지 않을 수 있다. 생을 마감하는 순간에 절대로 한을 남겨서는 안 된다. 우리가 그 점만큼은 꼭 명심해야 한다. 우리가 그렇게만 할 수 있다면, 우리 삶의 절반은 성공했다고 볼 수 있을 것이다.

우리들은 특히 우리가 살아있을 때, 사랑해야 할 사람들을 마음껏 사랑할 수 있어야 한다. 그리고 그 사랑의 표시를 하는 데 인색하지 말아야 한다. 특히 가까운 사람들끼리도 서로가 사랑의 표시를 잘하지 못하고 그것을 놓치는 경우가 많은데, 그래서는 안 된다.

예를 들면 대부분의 사람들은, 부모와 자식 간에도 그 사랑의 표현 방법들이 참으로 서투르고 인색하다. 특히 부자지간에 보면 그렇다. 어떤 사람들은 부자지간에도 사랑의 표시로서, 평생 한 번 안아주기는커녕 '사랑한다'는 말 한번 하지 못하고 생을 마감하는 사람들이 너무도 많다.

이 글을 쓰고 있는 나 자신 역시 그랬으니 말이다. 나도 아버지 살아생전 아버지에게 '아버지 사랑합니다'라는 말 한번 하지 못했다. 지금은 얼마나 후회되는지 모른다. 내가 '왜 그 쉬운 표현을 한 번도 하지 못했을까?' 생각하면 내 자신이 너무도 어리석었음을 통탄하지 않을 수가 없다. 내가 잘 되기 위해서라면 온몸이 부서지도록 그토록 나를 위해 헌신적으로 애쓰셨던 분인데 내가 그에게 사랑한다는 말 한마디 제대로 못 하고 영원히 헤어졌다니 아, 이 얼마나 애석한 일인가! 그야말로 영원히 돌이킬 수 없는 너무도 큰 잘못을 저지른 것이다.

우리들은 살면서 누구나 부모님께 알게 모르게 잘못을 저지르는 경우가 참 많다. 그리고 그 때문에 참으로 많은 사람들이 평생을 살면서 두고두고 후회하게 된다. 아마도 살면서 그보다 더 후회되는 일은 없을 것이다. 그것은 죽을 때까지 두고두고 후회해도 아마 부족할 만큼 참으로 애석하기만 한 일이다. 아마도 많은 사람들이 이렇게 되뇌면서 살아가지 않을까? '만약에 부모님이 지금 살아만 계신다면, 다만 며칠만이라도 살아계실 수 있다면……. 아, 내가 그때 차마 못 해드렸던 것 원 없이 한번 해드릴 수 있을 텐데' 하면서 말이다.

삶이 요구하는 것은 무엇인가?

- 우리는 무엇인가? 그리고 우리는 무엇 때문에 이 세상에 왔는가?
- 우리는 사랑이다. 우리는 사랑 때문에 이 세상에 왔다. 우리는 마음껏 사랑을 이루기 위해 이 세상에 온 것이다

사랑은 생존하는 모든 존재의 가장 근본이 되는 것이다.

우리의 모든 것은 사랑이며 모든 것은 사랑으로 이루어진다.

여기에서의 사랑이란 추상적인 개념의 사랑이 아니다. 매우 실질적이고도 직접적으로 살아 숨 쉬는 사랑이다. 그 사랑은 손으로 만질 수 있고 가슴으로도 껴안을 수 있는 생생한 체험적인 사랑을 의미한다.

사랑은 생명이 있는 모든 것들의 본질 속에 살아 숨 쉬는 가장 아름답고 진실된 것이다. 우리는 결국 그 사랑 때문에 살 수 있는 것이고 그 사랑을 위해 살 수 있는 것이다.

우리의 모든 것은 사랑으로 나타난다. 우리의 세상이 이리 아름답고 삶이 또한 그리 아름답다는 것을 증명할 수 있는 것은 오직 사랑을 통해서만이 이루어진다. 세상에 사랑보다 더 진실 되고 귀한 것은 아무것도 없다.

우리는 결국 아름다운 사랑을 하기 위해 이 세상에 나온 것이다. 우리의 최고의 본질은 사랑이다.

우리는 사랑 안에 있을 때 가장 평화롭고 자유로우며 무한한 확장을 할 수 있다. 그때 우리는 그 어떤 두려움으로부터도 해방될 수 있고, 우리의 능력은 활짝 피어나 무한한 평화와 자유 그리고 지고의 행복감을 느낄 수 있다. 그토록 사랑은 위대한 것이다.

우리는 서로와 서로가 구별되면서도 또한 서로가 서로의 일부가 되기도 한다. 그리고 그 서로를 연결하고 묶어주는 것이 바로 사랑이다. 이 세상 모든 존재는 이렇게 서로 아름다운 사랑의 끈으로 연결되어 있기 때문에 존재할 수 있는 것이다.

그러므로 우리는 사랑을 알지 못하고는, 우리가 누구인지 그리고 우리가 무엇인지조차 이해할 수가 없다. 우리는 사랑을 앎으로써 우리가 누구인지 그리고 삶이 무엇인지 알 수가 있다. 사랑을 빼놓고는 우리는 그 어느 것도 논할 수도 없고, 그 어느 것도 이해할 수가 없다.

사랑이란 우리의 존재 모두를 나타낼 수 있는 가장 진실된 감정이다. 그러니 '우리에게 사랑이 없으면 우리는 그 아무것도 아니다.'

진리 중에 진리는 사랑이며, 살아 숨 쉬는 모든 것의 본질은 사랑이다.

우리는 삶의 의미를 내면에서 찾아야 한다.

우리는 육체로 존재한다기보다는 하나의 영혼으로 존재한다는 것이 더 맞는 얘기다. 우리는 우연한 물질을 넘어서는 필연의 영적인 존재임을 잊어서는 안 된다.

그러므로 우리의 기쁨은 육체적인 기쁨이라기보다는 차라리 영적인 기쁨으로 존재할 때, 그것이 더 진실에 가까운 참된 기쁨이 될 수 있다.

우리가 단지 육체적인 기쁨만을 위하여 존재한다면 우리의 고통은 그칠 날이 없다. 그때에 우리들은 물질과 탐욕 그리고 성적인 것들에 항상 매여 살 수밖에 없다. 그러한 감각적이고 육체적인 기쁨은 단지 피상적이고 일시적인 것일 뿐이다. 그리고 그러한 기쁨은 조건이 사라지면 그 기쁨 또한 곧 바로 사라지게 되는 한낱 불완전하고 불안정한 기쁨일 수밖에 없다. 또한 그러한 기쁨은 계속되는 반복을 요하게 되는데, 그 반복은 결국 지루함을 낳게 되고 또한 그 지루함은 점차 더 강해지는 쾌락을 요하게 된다. 그 결과 그것의 끝은 비참함으로 끝날 수밖에 없게 된다.

우리의 중심은 육체가 아니고 의식이며 영혼이다. 따라서 우리의 기쁨 또한 의식과 영혼에 그 바탕을 두게 될 때 거기에서 진정한 기쁨을 얻을 수가 있다. 그러한 기쁨은 결코 외부에서부터 오는 그런 기쁨과는 질적으로 다르다. 그러한 기쁨은 어떤 조건에 따라, 어떤 요인에 의해서 촉발되는 그런 기쁨이 아니다.

때문에 그 기쁨은 다른 어떤 것에 의지하지도 않고, 그 무엇에 속박되지도 않으며, 외부의 어떤 조건에 따라 동냥 받는 그런 기쁨이 아니다. 그 기쁨은 내면에서 나오는 순수한 자유의 기쁨이다. 그 기쁨은 주변 환경의 변화에도 상관없이 늘 가슴속에서 샘솟는다. 그 기쁨은 나타났다 금방 사라지는 그런 하찮은 기쁨이 아니다. 그 기쁨은 조금도 흔들림 없이 멈추지 않고 꾸준히 내면에서 샘솟는 실로 아름다운 진정한 기쁨이 된다.

우리는 점점 나이가 들어감에 따라 육체적으로는 점점 노쇠해가고 퇴화될 수밖에 없다. 그렇지만 영적으로는 점점 더 성숙해져간다. 따라서 우리의 삶의 의미도 점점 나이가 들어감에 따라 육체적인 풍요에서 그 의미를 찾기보다는 영적인 풍요로움, 즉 영적인 성장에서 그 의미를 찾게 될 때 그것이 더 바람직한 것이 될 수 있다.

우리가 단순히 물질적인 것에만 집중하지 않고, 의식적인 것에 집중된 삶을 살게 될 때, 우리는 한껏 새로운 삶을 살 수가 있다. 그때는 전혀 다른 차원의 삶을 살 수가 있는 것이다.

우리가 물질중심적인 삶에 집중하게 될 때는, 우리의 기쁨은 상당히 단순하고 한정적이며 순간적일 수밖에 없다. 그러나 우리가 삶의 방향을 의식에 그 중심을 두게 되면 우리는 한껏 폭넓고 다양한 기쁨을 경험할 수가 있다. 그때에 우리들은 지금까지와는 전혀 다른 더 아름답고 섬세하며 질 높은 심오한 기쁨을 맛볼 수가 있다.

단순히 외면적인 삶에만 집중하기보다는 이와 같이 내면적인 삶에 집중하게 될 때, 우리의 삶은 더욱더 매력적일 수 있으며, 폭넓은 아름다운 삶이 될 수가 있다.

아름다움은 밖에 있는 것이 아니다. 그것은 이미 우리의 안에 있다. 우리의 안에 있는 그 아름다움이 진짜 아름다움이 된다.

아름다움이란 그 자체로서의 특성이 아니다. 그것은 다만 응시하는 이의 마음속에 있을 뿐이다. 응시하는 이의 마음속에서 빛을 발하는 아름다움, 그 아름다움이 진정한 우리의 아름다움이 된다. 즉 우리의 내면에 있는 그 아름다움이 훨씬 더 매력적인 아름다움이 된다는 말이다.

아름다움이란 단순히 우리의 눈을 매혹시키는 것이어서는 안 된다. 진정한 아름다움이란 우리의 영혼까지 아름답게 할 수 있는 그런 아름다움이 진정한 아름다움이다.

그리고 아름다움은 그것이 안으로 감추어지게 될 때 더욱더 매력적이게 된다. 아름다움이 밖으로 드러나게 되면 그 아름다움은 이미 생명의 빛을 잃게 된다. 그 아름다움은 곧바로 시들어버린다. 그러므로 아름다움은 그것이 안으로 감추어지게 될 때, 그 아름다움이 진정 생명 있는 아름다움이 된다. 그런 아름다움이 진정 살아있는 생생한 아름다움이다. 그러한 아름다움이 한층 더 심오한 빛을 발하게 된다.

아름다움이란 눈으로 보아야 하거나, 귀로 들어야 하거나, 혹은 손으로 직접 만져보아야만 느낄 수 있는 그런 것이 아니다. 아름다움이란 눈 아닌 눈으로도 볼 수 있고, 귀 아닌 귀로 들을 수 있고, 손 아닌 손으로 만질 수 있는 그런 아름다움이 더 귀한 아름다움이 된다.

아름다움이란 어느 하나의 일정한 아름다움이 아니다. 진정한 아름다움이란 천 사람이 즐기면 천 개의 아름다움이 생겨나고, 만 사람이 즐기면 만 개의 아름다움이 생겨나는 그런 아름다움이 진실한 아름다움이다.

아무리 아름다운 경치라 할지라도 그것을 몇 번만 보고 나면 그것은 바로 싫증 나게 되어 있다. 우리의 눈은 그렇게 단순하다. 눈으로 보는 아름다움 그것은 그저 잠깐일 뿐이다. 몇 번만 보고 나면 우리의 눈은 더 보고 싶어 하지 않는다. 바로 싫증 나게 되어 있다. 우리의 뇌가 그렇게 싫증을 내기 때문이다.

아름다움은 오히려 내면의 눈으로 볼 때, 그 아름다움이 훨씬 더 매력적이다. 아름다움을 우리 내면에 담게 될 때 우리는 그것을 얼마든지 더 확장시키고 창조할 수가 있기 때문이다.

사랑하는 사람들이 왜 그토록 아름답게 보이는가? 그것은 우리가 사랑하는 사람의 아름다움을 볼 때는 그 아름다움을 내면에서 더욱더 확장시키고 창조할 수 있기 때문에 그렇게 더 아름답게 보이는 것이다.

듣는 것도 마찬가지다. 귀로 듣는 소리보다는 내면의 귀로 들을 때 그 소리는 더 아름다울 수 있다. 아무리 듣기 좋은 소리도 몇 번만 들어보라. 그것은 곧바로 싫증 나게 되어 있다. 그러나 우리가 내면의 귀로 들을 때는 그렇지 않다. 내면의 귀로 듣게 될 때는 조금도 지칠 수가 없다. 내면의 귀로 듣게 되면 우리는 그 아름다움을 얼마든지 더 확장시키고 창조할 수 있기 때문이다. 내면으로 듣게 될 때 그 아름다움은 우리의 내면에 더욱더 감미롭게 울려 퍼지며 오랫동안 머무르게 된다.

우리가 만져서 느낄 수 있는 아름다움도 그렇다. 그것도 역시 손으로 만지는 아름다움보다는 상상으로 만지는 아름다움이 훨씬 더 감미롭고 아름답다.

이와 같이 우리가 추구하는 모든 아름다움은 순수한 의식에 집중하게 될 때 그 아름다움은 한층 더 심오해지고 더 진한 빛을 발하게 된다. 우리들이 잘 몰라서 그렇지 보이는 세상의 것보다는 보이지 않는 세상의 아름다움이 훨씬 더 아름다운 것이다.

우리는 마음으로 산다. 그러므로 우리는 마음 안에서 모든 아름다움을 얼마든지 더 아름답게 창조할 수도 있고 또한 확장시킬 수가 있다. 이것이 바로 우리가 의식에 집중된 삶을 살게 될 때, 그 삶을 한층 더 아름답고 행복하게 살 수 있는 비결이 되는 것이다.

이와 같이 우리가 우리의 아름다움을 내면에서 스스로 만들어낼 수 있게 될 때 우리의 삶은 결코 지루하지가 않다. 그때의 그 아름다움은 우리의 내면에서 끊임없이 샘솟는, 지칠 줄 모르는 아름다움이 된다.

우리는 무엇인가 커다란 것을
놓치며 살고 있다

누구든지 자신의 마음 중심에 이르러 한번 깊이 생각해보면 알 것이다. '내가 지금 살고 있는 삶이 진정 내가 추구해야 할 삶을 살고 있는 것인가? 지금 살고 있는 삶을 계속 유지한다 해도 결국 내가 죽음에 이르러서도, 한평생 살았던 나의 삶에 대하여 후회하지 않게 될까?'라고 생각해본다면 지금 자신의 삶이 어떠한가를 가늠해볼 수 있을 것이다.

아마도 대부분의 사람들은 지금 자신들이 살고 있는 삶이 원래 추구해야 할 삶과는 뒤틀린 삶이라는 것을 알 수 있을 것이다.

그들은 자신이 지금 아무리 외적으로 성공했다 할지라도 그것은 본래 자신이 추구했어야 할 삶과 비교해본다면 많이 못 미친다는 것을 깨닫게 될 것이다. 설령 아무리 많은 부와 대단한 권력과 명예를 얻었다 할지라도 혹은 이 세상의 모든 것을 다 얻었다 할지라도 그것이 정작 본래 추구해야 할 삶과 다른 것이라면 그것은 아무 소용이 없는 것이다. 그것은 죽음의 순간에 이르면 단지 후회의 대상밖에는 되지 않는다. 이처럼 대부분의 우리들은 정작 우리들이 살아야 할 삶을 살고 있지 못하고 있다. 그리고 죽을 때가 되면 후회한다. '내가 왜 정작 살아야 할 삶을 살지 못했을까? 내가 왜 미처 그런 생각을 하지 못했을까?' 하고 후회하게 된다.

대부분의 사람들은 한참 살 때는 뭐가 뭔지 모르며 그저 정신없이 미쳐 산다. 그리고는 죽을 때가 되면 그들은 깨어난다. 그때서야 그들은 지난 삶을 거울에 비춰 보고는 깜짝 놀라 후회하게 된다. 그러나 그때는 이미 늦은 것이다.

그러니 우리는 일찍 깨달아야 한다. 그래야 후회 없는 제대로 된 삶을 살 수 있게 된다.

그렇다면 우리들은 결국 어떠한 삶을 추구해야 할 것인가?

그것은 바로 우리 자신에 대한 탐구여야 한다. '나는 누구인가? 나는 어디서 왔는가? 나는 무엇 때문에 여기 존재하는가? 나는 어디로 가는가?' 등에 대한 질문을 충족시킬 수 있는 그런 삶을 살 수 있도록 노력해야 한다. 우리가 어떠한 삶을 살든지, 무엇을 추구하든지 그것은 결국 우리 자신에 대한 추구여야 한다. 그것을 모른다면, 그것을 놓치고 지나간다면 그 삶은 진정한 삶을 놓친 삶밖에는 되지 않는다.

사람들이 왜 그토록 돈이나 권력 그리고 명예 같은 것을 지향하며 살까? 그것은 바로 그들은 자신이 누구인지, 그리고 왜 이 세상에 존재하게 되었는지 등과 같은 그런 자기 자신에 대한 깊은 탐구 같은 것에 대해서는 알지를 못하거나 아니면 그러한 것들에 대해서는 알기도 원치를 않기 때문에, 그 어둠에서 달아나 돈을 향한 욕망을 갖거나, 아니면 권력을 향한 욕망을 갖거나, 아니면 명예를 향한 욕망을 갖게 되는 것이다. 그것은 방향설정이 완전히 잘못된 것이다. 그것은 외적인 추구에서 자신의 내적인 공허함을 메꾸려하는 것밖에는 되지 않는다. 그렇지만 그 외적인 추구가 결코 내적인 추구를 만족시킬 수는 없다.

아름다운 집을 가지고 있어야 우리가 아름다운 생활을 할 수 있는 것이 아니다. 좋은 차를 갖고 있어야 우리가 좋은 생활을 할 수 있는 것이 아니다. 돈을 많이 갖고 있어야, 그리고 많은 권력과 명예를 가지고 있어야만이 우리가 풍요롭게 잘 살 수 있는 것이 아니다.

사람들이 그토록 애정을 쏟는 집에 대해서 한번 생각해보자.

집은 본래가 쉬는 곳이다. 우리들이 일하다가 피로하면 푸근하게 쉴 수 있는 곳이 집이다. 그렇게 집에서 쉬거나 힘을 비축하면 우리들은 다시 또 세상으로 나가 일해야 한다. 집이 자신의 모든 것이 되어서는 안 되는 것이다. 집 자체가 삶의 전적인 목적이 되어서는 안 된다는 말이다. 집은 삶의 한 방편일 뿐이다. 집은 그저 쉬는 방편일 뿐이다. 그런데도 집이 자신의 모든 것이나 되는 것처럼 살고 있는 사람들이 많은데 그것은 잘못된 생각이다.

세상은 삶을 배우는 한 학교이다. 세상은 일터이고 영혼의 훈련장이다. 삶이란 궁극으로 향하는 다리인 것이다. 그리고 우리는 그 삶의 다리를 거쳐 끊임없이 궁극을 향해 달려가고 있다. 우리 모두는 우리의 신성을 깨우기 위한 훈련을 하기 위하여 이 세상에 살고 있는 것이다. 이 세상은 우리가 궁극의 세계로 가기 위해 잠시 거쳐야 다리에 불과할 뿐이다. 그런데 그러한 다리 위에 거창한 집을 지을 필요는 없다. 다리 위에 좋은 집을 지어봤자 아무 쓸모 없다. 오히려 다리를 건너는 데 방해만 될 뿐이다.

세상은 고정된 것이 아니다. 세상은 끊임없이 변한다. 그리고 집은 우리가 삶을 훈련하다 지치면 들어가 쉬는 곳이라 했다. 집에서 쉬고 나면 우리는 또다시 훈련장으로 나가 삶의 경험을 쌓아야만 한다. 그런데 집이 좋아 그저 집에만 집착하고 거기에만 붙들려 있다 보면 우리는 어떻게 되겠는가? 집이 좋다 하여 집에만 붙들려 있다 보면 우리는 어느새 '집사람'으로 묻혀버리고 만다. 그때는 내가 집을 소유하는 것이 아니라 집이 나를 소유하게 된다. 내 영혼은 그 집에 매몰되고 마는 것이다. 그런 경우는 오히려 좋은 집이라 하여 그것이 자신의 삶을 훈련시키는데 도움을 주기는커녕 오히려 방해가 될 뿐이다. 그러한 집은 우리로 하여금 튼튼하고 아름다운 영혼을 만드는데 도움을 주는 것이 아니라 오히려 그것은 우리를 나태하고 유약한 영혼으로 만드는 방해물만 될 뿐이다. 우리는 어디를 가나 차라리 세상 모두를 다 푸근한 내 집처럼 만들 수 있어야 한다. 온 세상을 나의 커다란 집처럼 만들 수 있어야 한다. 가서 머물고 쉬는 곳마다 모두가 다 푸근하고 아늑한 내 집이 될 수 있어야 한다. 그래야 그것이 세상을 잘 사는 것이다. 그래야 그것이 세상을 풍요롭게 잘 사는 것이다. 그렇게 살 때 그가 진정으로 삶을 잘 사는 사람이다.

집은 평온함과 아늑함이 담겨있는 집이 좋은 집이다. 우리들의 본래 맨 처음 집은 어머니의 자궁이라 했다. 집은 그런 자궁 같은 집이어야 한다. 집이 크다고 그것이 결코 좋은 것은 아니다.

그저 자궁같이 자그마한 집이 좋은 집이다. 집이 화려하다고 그것이 결코 좋은 집이 아니다. 집은 그저 고요한 쉼을 주는 그런 집이 좋은 집이다. 평생을 살 집이라 하여 완벽하고도 화려한 큰 집을 가져야겠다는 생각에 너무 골똘하다 보면 우리는 삶의 많은 부분을 놓치게 된다. 우리는 겉으로 보이는 풍요에 치우치기보다는 내적인 풍요와 자족감으로 행복할 수 있어야 하기 때문이다.

집은 작아야 그 집에 살고 있는 주인의 마음이 그 집에 꽉 찬다. 그래야 거기 사는 주인은 커지고 그의 마음은 한껏 풍요롭고 아름다워질 수가 있다. 또한 그때 우리는 삶의 집중도를 더욱더 높일 수 있게 된다. 집이 크면 거기에 사람은 보이지 않는다. 집이 작아야 거기에 사는 사람이 커지게 된다. 그래야 그때 우리는 자신을 더 잘 돌아볼 수 있게 된다. 집이 크면 거기에 사는 주인은 보이지 않는다. 집이 작아야 우리는 자신을 돌아보기가 더 쉽다. 그리고 그때 우리는 자신의 본성으로 돌아가는 데에 더욱더 유리하게 된다.

나중에는 알 것이다. 진짜 집은 내 안에 있는 집이 진짜 집이고 내 밖에 그 집은 가짜이고 결코 거기에 집착할 것이 못 된다는 것을 잘 알게 될 것이다. 내 안에 있는 집이 영원한 진짜 집이다. 그 집이 그 어떤 것으로도 허물어트릴 수 없는 영원한 나의 집이 되는 것이다.

겉으로 눈에 좋아 보이는 것들은 그저 잠깐일 뿐, 그러한 것들은 금방 사라지고 만다. 길가에 그 아름답던 꽃들을 보라. 그 아름답던 꽃들도 며칠이 지나면 바로 시들어 그 모습이 얼마나 추하게 보이던가. 이처럼 외적으로 아름답게 보이는 것들은 그저 잠시일 뿐 그것들은 결코 우리에게 오랫동안 아름다움으로 남아있지 못한다.

그러나 내적으로 아름다운 것들은 그렇지 않다. 그것들은 쉽게 변하지 않는다. 그 아름다움은 시간이 지나도 그렇게 쉽게 사라지거나 지워지지 않는다. 오히려 시간이 지날수록 그 아름다움은 얼마든지 더 큰 아름다움으로 남아있을 수가 있다. 그리고 그런 아름다움은 그 어떤 평가나, 비교 그리고 경쟁의 대상이 되지 않은 채 오롯이 나만의 절대적인 아름다움으로 남아있을 수가 있다.

우리가 몰라서 그렇지 사실 좋은 차를 갖고 사는 것, 좋은 물건 많이 가지고 사는 것, 맛있는 음식 배불리 먹고 사는 것, 많은 권력과 명예를 가지고 사는 것, 그 모든 것들은 사실상 내가 진정으로 나를 돌아보고 진정한 나로 돌아가는 것을 방해하는 장애물일 뿐이다. 사실상 재산은 영적으로는 우리에게 주는 것보다는 빼앗아가는 것이 훨씬 더 많다.

그것은 우리가 우리의 궁극적 영혼과 일치할 수 있는 행복의 요인을 저해하기 때문이다. 즉 우리의 시선이 물질적인 것으로 향할수록 사실 그 의식은 궁극적 영혼과 뒤틀릴 수밖에 없다.

우리들은 잘 알아야 한다. 무엇이 결국 궁극적인 나를 이루는데 이득이 되는 것인지 잘 헤아려봐야 한다. 지금 당장 내가 편하고 지내기 좋다할지라도 그것이 결국 궁극적인 나를 이루는데 해로운 것이라면 우리는 과감하게 다른 길을 선택할 줄 아는 용기가 필요하다. 무엇 때문에 그토록 지혜로운 붓다나 마하비라 같은 사람이 왕위를 버리고 그 험난한 고행을 택했을까? 한번 생각해봐야 한다.

많은 것을 가지고 풍요롭게 사는 것이 행복한 것은 아니다. 오히려 적당히 가난하게 사는 것, 그것이 더 행복할 수가 있다. 그것이 실제론 영적으로 축복받은 일이다. 그러나 사람들은 그것을 모른다.

어느 정도 가난한 사람들 그들은 이미 가난하기에 축복받은 사람들이다. 그들은 할 일이 많은 사람들이다. 그들은 돈도 벌어야 하고 집도 지어야 하고 할 일이 참으로 많다. 그리고 그러한 희망들은 그들이 앞으로 나아갈 길을 탄력 있게 만들어준다. 가난이 있는 한 희망은 있는 것이다. 가난한 사람들은 이미 영적으로 풍요롭다. 가난은 그들의 영혼을 더욱더 훈련시킬 수 있는 훌륭한 디딤돌이 될 수 있기 때문이다. 그러므로 그들의 영혼은 언제나 생생하게 살아있고 빛이 난다. 따라서 우리는 가난이 영혼을 해치지 않는 한 가난은 우리의 영혼을 위해서 더욱 이로울 수 있다는 사실을 잊어서는 안 된다.

우리가 그토록 좋아하는 부는 사실상 우리의 영혼을 더 가난하게 만들 뿐이다. 물질적으로 부유하게 산다는 것, 그것은 이미 영적으로는 가난하게 살고 있다는 것을 의미한다. 그래서 예수께서도 성경에서 '낙타(약대)가 바늘귀로 들어가는 것이 부자가 하늘나라에 들어가는 것보다 쉬우느니라'라고 말하지 않았던가. 왜 그가 그렇게 말했을까? 그것은 바로 우리가 정신적으로 좋은 집이라든가, 좋은 차, 좋은 물건들, 권력과 명예 등에 집착하면 할수록 우리의 영혼은 그러한 대상에 구속되고 그로부터 자유로울 수 없다는 것을 알려주기 위해서 그렇게 말한 것이다. 즉 그 말은 하늘나라는 영적으로 관계가 있는 것이지 물질적인 것과는 상관이 없다는 것을 가리키기 위해서 한 말이다.

석가모니는 그 좋은 왕궁을 버리고 나왔다. 그가 그 좋은 왕의 자리, 왕궁, 그리고 그 아름다운 아내며 자식까지 버리고 왜 집을 나왔겠나?

그것은 그가 외적인 물질보다는 물질 이상의 내적인 영혼을 추구했기 때문이다. 그 누가 그 화려한 왕궁, 아름다운 아내, 그리고 그 귀한 자식까지 버리며 집을 나올 수 있었겠는가! 그 화려한 모든 것을 버리기까지 그는 얼마나 괴로워했겠는가? 그렇지만 만약 그가 왕궁에 살면서 호의호식하였다면 그가 그처럼 훌륭한 깨달음을 얻을 수 있었을까?

진정한 삶의 의미는 나를 찾는데 있다. 산다는 것은 본성의 나를 찾아가는 여정이며, 삶의 모든 기회는 진정한 나를 찾아가도록 돕는 여정일 뿐이다.

우리는 물질인 몸을 바탕으로 해서 영원히 영적으로 진화하는 영적인 존재이다. 그리고 우리가 사는 목적은 그 영혼을 최대한 아름답도록 진화시키는 것 그것이 바로 우리의 궁극적 목적임을 우리는 알아야 한다.

'나는 누구일까? 어디서 와서 어디로 가는 것일까? 삶이란 무엇인가? 과연 나는 어떻게 살아야 할 것인가?' 그러한 것들을 모르게 될 때 우리는 방황하게 된다. 우리가 진정한 나를 모르게 되는 한, 모든 것은 우리에게 불안과 고통으로 다가올 수밖에 없다. 삶도 고통이요. 죽음도 두려움과 공포의 대상이 될 뿐이다.

살면서 우리가 겪게 되는 이러한 모든 괴로움과 두려움은 진정한 나를 모르는 데서 오는 것이다. 진정한 나를 놓치고 사는 한 우리는 이렇게 늘 방황하고 괴로울 수밖에 없다.

그러나 진정한 나를 이해하고 그 나를 찾아가는 여정이 무엇인지 잘 아는 사람들은 그렇지 않다, 그들은 어떻게 사는 것이 잘 사는 것인지, 그리고 어떻게 사는 것이 훌륭한 삶인지를 잘 이해하고 넘어간다. 그리고 그렇게 살고 있는 사람들은 삶은 물론 죽음까지도 두렵지 않다. 그들은 그 어떤 두려움으로부터 자유롭다.

좋은 집, 좋은 차, 좋은 물건들, 맛있는 음식들, 그리고 높은 명예와 권력 그것들은 겉으로 보기에는 우리를 한껏 높아보이게 만드는 것 같지만 사실 내면에서는 그렇지가 않다. 그것들은 오히려 본성의 우리를 찾아가는 데 방해가 되는 장애물일 뿐이다.

자신의 행복을 그러한 외부의 화려한 환경들과 결부시켜 얻으려 한다는 것은 어리석은 짓이다. 그것은 자신의 행복을 그 하찮은 것에 매어놓고 호들갑 떠는 것밖에는 되지 않는다.

행복은 내면에서부터 우러나와야 한다. 깊은 샘에서 솟아나오는 우물이 신선하듯이 깊은 내면에서 우러나오는 그 행복이 진정한 행복이다.

우리의 삶은 그리 길지가 않다. 우리가 그 하찮은 것들에만 정신이 팔려 살기에 우리의 삶은 너무나 짧고, 세상은 넓기만 하다.

차 같은 문제도 그렇다. 좋은 차에만 붙들려 매어 살기보다는 우리는 될 수 있으면 세상을 많이 걸어 다니는 것이 좋다. 물론 먼 곳을 갈 경우에는 그렇지 않을 수도 있겠지만 될 수 있으면 많이 걷는 것이 좋다. 세상에는 걸어서 돌아봐야 할 아름다운 곳이 얼마나 많은가. 내가 좋은 차에 묶여 끌려 다니다 보면, 나는 없어지고 차만 남게 된다. 차가 좋다하여 항상 차에 앉아서만 생활하다 보면 나는 어느새 앉은뱅이가 되고 만다. 결국 다리는 퇴화되고 힘은 빠져 나중에는 기우뚱거리며 걷게 될 것이다. 그때는 이미 늦은 것이다. 우리는 될 수 있는 대로 많이 걸어야 한다. 그래야 튼튼한 다리가 건강한 몸을 유지할 수 있는 것이다. 걷는 것이 건강에 얼마나 좋은지 모른다. 내가 아는 의사 한 사람은 차 없이 늘 대중교통을 이용한다. 될 수 있으면 그는 차를 타지 않고 주로 대중교통을 이용하며 걷는다. 그리고 그는 마라톤까지 한다. 그는 나이가 60이 가까이 됐는데도 마라톤 풀코스를 뛴다.

우리가 눈으로 보기에 좋다고 하는 모든 것들은 시간이 가고 조건이 변하면 모두가 다 퇴색되고 별수가 없다. 진정으로 좋은 것은 우리의 내면에서 볼 때 좋은 것이어야 한다. 그것이 진정한 아름다움이 될 수 있다. 우리가 아름다움을 내면에서부터 만들어낼 줄 알게 될 때, 그런 아름다움이 진정한 아름다움이 되는 것이다. 감각적으로만 잠깐 느끼는 그런 아름다움은 진정한 아름다움이 될 수 없다.

그렇다면 어떻게 사는 것이 잘 사는 것일까?

그것은 우리의 영혼을 살찌우고, 그 영혼을 아름답게 가꾸며 사는 것, 그것이 잘 사는 것이다.

무엇인가가 아름답다는 건 마음이 아름다워야 아름다울 수 있는 것이다. 받아들이는 바탕의 마음, 즉 수용하는 뇌가 아름다워야 세상 모두가 아름다울 수가 있는 것이다. 우리의 눈은 단지 전달만 할 뿐이다. 아무리 아름다운 것도 받아들이는 뇌에서 아름답게 각색하지 못한다면, 그것은 아름다울 수가 없다. 느끼고 판단하는 것은 눈이 아니다. 그것은 뇌가 하는 일이다. 그러니 보는 것도 뇌가 본다고 하는 말이 옳을 것이다.

그리고 우리가 먹는 음식도 그렇다. 우리가 먹는 음식도 혀로 느끼고 미각으로 느낀다고 하겠지만 결국 모든 것이 종합되어 판단하는 것은 뇌가 하는 것이다. 아무리 맛있는 음식도 배가 부르면 그 맛은 별것 아니다. 또한 아무리 맛있는 음식도 자꾸만 먹으면 그 맛 또한 알 수가 없다. 그러니 우리가 음식을 먹는 것도 입이 먹는다기 보다는 뇌가 먹는다고 해야 더 적합한 표현일 것이다.

우리들은 맛있는 반찬은 없더라도 얼마든지 왕의 밥상처럼 풍요롭게 먹을 수가 있다. 우리들은 열심히 일하고 허기져 배가 고플 때에는 김치 한 가지를 놓고 먹더라도 꿀맛 같이 맛있게 먹을 수 있다.

그러면 그것은 왕의 밥상보다도 더 훨씬 더 맛있고 훌륭한 밥상이라고 말할 수 있을 것이다.

우리들은 좋은 집에 살게 되면 정신은 온통 집에 팔려있게 된다. 차가 좋으면 마음은 온통 차에 매달리게 된다. 그리고 명예와 권력을 좋아하게 되면 결국 명예와 권력에 중독되게 된다. 그때는 땅위를 걷지 않는다. 그때는 공중을 떠다닌다. 오직 가난한 자들만이 땅위를 걷는다.

화려한 조건을 갖추고 사는 사람들 그들은 모든 것을 얻었다고 생각할 것이다. 그들은 이 세상의 열쇠를 얻었다고 생각할 것이다. 남들보다 좋은 집, 좋은 차, 좋은 물건들을 많이 가지고 있으면 그들은 세상에서 완전 성공했다고 믿을 것이다. 그러나 그들은 모르고 있다. 그 모든 것들은 한 순간에 아무것도 아닌 것이 된다는 사실을 모르고 있다.

세상은 하나의 커다란 영화 한편이 돌아가고 있을 뿐, 사실은 아무것도 아니라는 사실을 그들은 모르고 있다. 어느 순간에 모든 것은 한낱 무가 되고 만다. 그러나 그들은 아무리 얘기해주어도 영원히 존재할 것처럼 착각하며 살고 있다.

그들의 세상은 눈에 보이는 세상 그것만이 그들에게는 모두이다. 그들은 눈만을 믿고 산다. 그들은 깊이 느낄 줄을 모른다. 눈이 아닌 다른 눈으로는 조금도 볼 줄을 모른다. 이 세상 너머 다른 세상은 조금도 상상조차 하지 못하는 것이다. 이 세상은 새벽안개와 같고 아침 이슬방울과 같은 세상이 이 세상이라는 것을 그들은 조금도 모른다. 참으로 안타까운 일이다. 그들은 영영 꿈에서 깨어날 줄을 모른다.

사람들은 모두가 이 세상의 술에 취해있다. 그러기에 그들은 다른 세상에 대해서는 조금도 갈증을 느끼지 못한다. 영적인 갈증을 조금도 느끼지 못한다는 뜻이다. 그들이 좋아하고 집착하는 물질이 그들의 눈을 가리고 귀를 막은 결과이다. 그들에게는 이미 물질의 풍요가 그들의 신이 되어버린 사람들이다. 좋은 집, 좋은 차, 좋은 물건, 대단한 명예, 막강한 권력 그런 것들이 그들의 신이 되어버린 것이다. 그들은 무엇이 귀한 것이고 무엇이 하찮은 것인지 구별할 수조차 없다. 그들은 이미 안을 볼 수 있는 영혼의 눈을 잃어버린지가 오래다.

그들의 의식 또한 마찬가지다. 그들은 어쨌든 물질적으로 남들보다 위에 있으면 그것이 성공이라고 여긴다. 그들은 이처럼 세상을 다 가진 것처럼 여기고 있지만, 사실 그들은 진짜 중요한 보물을 잃어버린 사람들이다. 그들은 정작 자신이 누구인지는 모르는 아주 가난한 사람들이다.

잘 산다는 것, 그것은 보이지 않는 마음을 아름답게 잘 가꾸고 어떤 고통에도 매이지 않으며 마음을 풍요롭게 살찌우며 사는 것, 그것이 잘 사는 것이다. 세상에 살면서 가장 중요한 것, 그것은 바로 내 영혼을 바르고 풍요롭고 아름답게 만드는 일이다. 그것은 내가 그 영혼을 죽음 너머에까지 가지고 가기 때문이다. 내 영혼을 바르고 아름답게 만드는 일보다 세상에 더 중요한 일은 없다.

그대 불안한가?

우리들은 누구든지 불안 없는 안정된 삶을 살고 싶어 한다. 그것이 바로 우리들의 한결 같은 소망이다. 그런데 그것이 가능할까? 우리가 불안 없이 산다는 것이 가능할까?

그러나 우리의 걱정과 불안은 그칠 날이 없다. 우리의 삶은 그렇게 늘 불안하기만 하다. 하는 일이 잘못되지는 않을까 불안하고, 사랑하는 사람이 어떻게 잘못되지나 않을까 불안하고, 혹은 몸에 큰 병은 생기지나 않을까 불안하고, 우리의 마음은 그렇게 늘 불안하기만 하다. 삶은 그렇게 늘 불안으로 가득하다. 그리고 그러한 불안 때문에 우리는 늘 초조하고 안절부절못한다.

우리의 삶은 그 자체가 끊임없는 불안으로 이루어져 있다. 우리의 삶에 안정이란 있을 수가 없다. 잠시 안정이다 싶으면 바로 또다시 불안이 찾아오는 것, 그것이 우리의 삶이다. 삶이 있는 한 불안은 그칠 수가 없다. 불안이 없으면 삶은 이어질 수가 없는 것이다. 안정이 있는 한 그 뒤에는 반드시 불안이 뒤따르게 마련이다. 그것이 바로 우리의 삶이다.

안정과 불안은 하나로 이루어져 있다. 그것들은 뗄래야 뗄 수가 없는 아주 깊은 관계이다. 그 둘은 항상 붙어있게 마련이다. 즉 안정이라는 알맹이는 불안이라는 껍질이 있기 때문에 존재할 수 있는 것이다. 그래서 삶이 유지되는 것이다. 그러므로 우리가 안정이라는 알맹이를 얻기를 바란다면 우리는 반드시 불안이라는 껍질을 벗겨내야 한다. 그래야 우리는 그 안정이란 알맹이를 얻을 수가 있다. 그러니 불안은 바로 삶이 먹고 자라야 할 밥이 되는 셈이다. 그것이 삶의 핵심이다.

그러므로 우리는 불안이 찾아온다 해서 조금도 걱정하거나 두려워할 필요가 없다. 우리들은 특히 이 점을 잘 알고 넘어가야 한다.

삶을 영원히 안정된 것으로만 만들려 한다면 그것은 잘못된 생각이다. 삶은 외줄타기와 같은 것이다. 삶은 항상 그렇게 아슬아슬한 것이다. 그래서 삶이 아름다운 것이 아닌가? 삶이란 매 순간 알 수 없는 미지의 것과 마주하는 것 그것이 바로 우리의 삶이다. 거기에 삶의 묘미가 있다. 그것이 바로 삶의 핵심이 된다. 또한 그러한 삶이 진정 스릴 있는 삶이 된다.

삶이란 끊임없는 불안으로 이루어질 수밖에 없다. 그것이 삶의 본질이다. 우리는 이 점을 명심해야 한다. 사실 우리의 삶은 불안의 연속이라 해도 지나친 말이 아니다. 그러니 불안이 찾아왔다 해서 매번 그리 과민하게 반응할 필요가 없다. 불안이 오면 그저 오는가보다 하고 그 불안을 당연한 것으로 여기고 슬기롭게 대처하는 것이 좋은 방편이다. 불안은 단지 우리 일상의 지루함을 깨트리고 잠시 우리에게 긴장을 초래하는 한 과정에 불과할 뿐이라고 생각하는 것이 좋다.

우리에게는 시시각각 예기치 않은 불안이 찾아오기 마련이다. 그렇지만 이런 때에 우리가 그 불안에 저항하지 못하고 그저 갇혀버리기만 해서는 절대 안 된다. 또한 그 불안을 피하려고만 해서도 안 된다. 우리는 불안을 만날 때 그것을 그저 해로운 것으로만 여기고 그 불안을 피하려고만 한다면 우리의 발전은 퇴보될 수밖에 없다. 그러한 불안을 맞게 되면 우리는 두려워하기 보다는 그 불안을 받아들이고 그것을 이겨낼 수 있어야 한다. 그래야 그때 그것이 승리하는 삶이 된다.

그러므로 우리에게 불안이 오면 우리는 우선 그 불안을 잘 살펴보고 그것과 부딪쳐 이겨내야 한다. 그래야 우리는 우리의 삶에서 한 걸음 더 발전하고 성숙할 수가 있게 된다. 그리고 그때 그 불안의 경계 벽이 높으면 높을수록 우리가 성장할 수 있는 가능성은 더욱더 커지게 된다.

불안이 찾아오는 것은 그냥 오는 것이 아니다. 불안이 오는 데에는 다 그 이유가 있다. 불안은 우리에게 무엇인가를 예고하는 것이다. 불안은 우리가 아직 무엇인가 미성숙 단계에 있다는 것을 경고하는 것이다. 아직은 미성숙 단계에 있으니 한 발자국 앞으로 더 나아가라고 충고하는 것이다.

우리가 충분히 성숙한 단계에 있을 때에는 불안이 우리에게 찾아오지 않는다. 불안은 우리가 새로운 것을 맞이하거나, 친근하지 못한 것을 만난다거나, 아니면 아직 경험하지 못한 것들을 만나게 될 때 늘 우리에게 찾아온다. 이렇게 불안은 우리가 발전을 요하는 지점지점마다, 그리고 낯설고 새로운 미지의 경계선을 넘을 때마다 으레 우리에게 찾아온다. 때문에 이러한 불안은 우리의 발전 한 단계 한 단계 그리고 성숙의 한 단계 한 단계와 깊이 결부되어 있다고 말할 수 있다. 이때 우리가 그러한 불안의 경계선을 넘지 못하고 그저 주저앉게 된다면 우리의 삶은 그저 정체되고 말게 된다. 그러므로 불안을 대하는 우리의 태도는 매우 중요하다.

늘 삶에 들러붙는 불안은 우리가 그 불안을 이겨내느냐, 아니면 그 불안에 굴복하고 마느냐에 따라 우리의 삶에 지대한 영향을 끼친다. 그러니 그러한 불안을 대하는 우리의 태도는 우리의 운명을 결정지을 만큼이나 매우 중요하다. 만약 우리가 그러한 불안을 맞게 될 때 그것을 딛고 넘어서면 한 단계 성숙할 수 있지만, 그러나 그 불안에 빠져 굴복하고 헤어나지 못한다면 우리는 결국 상당한 퇴보를 할 수밖에 없다. 그리고 이겨내지 못한 그러한 불안은 우리의 삶을 몹시 해롭게 만든다. 그러한 불안은 우리의 심신을 좀먹고 무너트릴 수도 있으며, 심각한 경우에는 우리의 삶을 아주 마비시킬 수도 있다. 그러므로 우리는 우리에게 다가오는 그 불안에 아주 지혜롭게 대처할 필요가 있다.

우리는 불안을 그저 나쁜 것으로만 간주하고 회피하려고만 해서는 절대 안 된다. 불안은 우리가 꼭 딛고 넘어가야만 하는 장애물이기 때문이다. 우리는 그 장애물을 넘어서야 다음의 삶과 이어질 수 있고 발전할 수 있는 것이다. 그 장애물을 넘지 못하고 거기에 주저앉는다면 우리는 그저 퇴보할 수밖에 없다. 우리에게 불안이 찾아올 때 우리가 그 불안과의 대결을 회피하고 그저 소극적인 자세만을 취한다면, 그것은 바로 우리가 먹고 살 음식을 거부하는 것이나 마찬가지다. 우리는 그 불안이라는 음식을 섭취하고 소화해내야만 튼튼한 삶을 살 수가 있는 것이다. 그래야만 앞으로 전진할 수 있고 우리의 삶은 튼튼하게 계속 이어질 수가 있게 된다.

그 불안에서 우리가 멈춘다면 우리의 삶도 멈추는 것이나 마찬가지다. 그리고 이때 우리가 그 불안을 소극적으로 대처하게 되면 그 불안은 점점 더 커져 마침내 그 불안은 우리를 삼켜버리게 된다. 그러므로 무엇보다 우리는 다가오는 불안에 적극적으로 대처할 필요가 있다. 적극적으로 대처하게 될 때만이 우리는 그 불안을 딛고 한 단계 업그레이드 할 수 있게 된다.

불안이 찾아올 경우 우리는 무엇보다 우선 그 불안을 인정하고 받아들일 줄 알아야 한다. 그 불안으로부터 숨거나 회피하려고만 해서는 안 된다. 불안이 오면 우선 그 불안을 잘 살펴봐야 한다. 무엇 때문에 그 불안이 오게 됐는지 그 원인을 잘 관찰해야만 한다. 어느 때는 관찰하는 것만으로도 대부분의 불안은 해소되는 경우가 많다. 불안은 사실 별 것도 아닌 것이 그저 이유도 없이, 사건들이 서로 엉켜서 찾아오는 경우가 많기 때문이다. 특히 우리가 현실에 충실하지 못하고 심약한 마음을 갖고, 생각이 쓸데없이 과거나 미래로 향할 경우 그러한 불안은 칡넝쿨처럼 우리를 쉽게 덮어버릴 수가 있다.

흔히 우리가 과거를 생각하게 될 때면 우리의 두뇌는 과거의 불만스런 회로와 접속되기가 쉽다. 그리고 그 불만스런 과거는 또 미래와 다시 연결되어 더 큰 불안으로 다가오는 것이다. 그러니 우리는 우선 과거의 걱정거리로부터 자유로워야 한다. 안 좋은 과거의 짐을 질질 끌고 다녀서는 안 된다. 그렇게 우리가 과거로부터 해방될 때, 우리는 자연히 미래의 불안으로부터도 자유로울 수 있게 된다.

생각이 미래로 향할 경우도 그렇다. 우리가 미래를 걱정하게 될 때면, 거기에서 오는 불안의 강도는 과거로부터 오는 불안의 강도보다도 더 크다. 모든 것을 확신할 수가 없는 것이 바로 미래이기 때문이다.

미래에는 언제 무엇이 어떻게 변할지 아무도 모른다. 그야말로 미래는 불안 그 자체일 수밖에 없다. 그리고 우리가 미래의 불안에 휩싸이게 될 때면, 우리는 사소한 걱정거리도 잘못된 오해로 인해 얼마든지 큰 불안거리로 부풀리게 된다. 어쨌든 우리는 과거의 불안 원인을 파헤칠 필요도 없고, 또한 미래의 불안 원인에 갇힐 필요도 없다. 우리는 과거나 미래로부터 모두 자유롭게 되어 지금 여기에 적극적인 자세를 취하는 것이 무엇보다도 중요하다.

그리고 우리가 불안을 만날 때 그 불안을 슬기롭게 대처할 수 있는 또 다른 방법으로는, 지금 여기의 삶에 최대한 충실히 사는 것이다. 지금 여기의 삶에 완전 몰입하고 집중하는 것이다. 그럴 경우 우리는 불안에 휩싸일 가능성이 매우 낮아진다. 지금 여기에 집중하게 될 때 우리는 불안과는 거리가 먼 완전 안정된 평화를 누릴 수가 있다.

지금 여기에 몰입할 수 있는 사람 그는 불안과는 상관없이, 언제나 삶을 마음껏 노래 부를 수가 있다. 그에게는 불안할 틈이 없다. 불안은커녕 그의 가슴에는 언제나 평화의 꽃비만이 내린다.

그러나 대부분의 사람들이 지금 이 순간을 제대로 살고 있지 못한다. 그들은 적극적으로 살기보다 확실히 보장받는 미래의 삶만을 만들기에 급급하다. 그들은 지나칠 정도로, 미래의 삶을 확실한 것으로 만들려고 온갖 애를 다 쓴다. 그들에게 지금은 어떻게 되든 상관이 없다. 그들은 미래만 보장받는다면 지금의 삶 같은 것은 모두 희생하고 만다. 그러나 그것은 미래를 위해 지금 이 순간의 삶을 죽이고 있는 것밖에는 되지 않는다.

그들에게 지금은 중요하지 않다. 그들에게 중요한 것은 다만 미래의 삶뿐이다. 그러니 그들은 미래의 삶을 지금 미리 만들어 놓기 위해, 지금 이 순간은 물론 미래의 시간까지 모두 죽이게 되는 꼴이 된다. 그것은 지금의 삶도 제대로 사는 것이 아니요, 미래의 삶도 또한 제대로 사는 것이 못 된다. 그것은 현재의 삶도 미래의 삶도 그 아름다움을 모두 죽이는 것밖에는 되지 않는다. 그러한 것은 삶을 제대로 사는 방식이 되지 못한다. 그러한 삶에선 스릴이나 신선한 맛이라곤 전혀 찾아볼 수가 없다. 그러한 것은 단지 다람쥐 쳇바퀴 도는 삶일 뿐, 아무 재미가 없다. 그러나 사람들은 그런 삶을 살면서도 삶이 재미가 없다는 둥, 삶이 무의미하다는 둥 투덜거린다.

사실 우리의 삶에서 실재하는 것은 지금 여기 이외에 그 아무것도 있을 수가 없다. 과거는 이미 지나가 버린 것으로 기억 속에나 있지 지금 여기에 없고, 미래 또한 아직 나타나지 않은 것으로 상상 속에나 있지 지금 여기에 실재하지 않는다. 오직 실재하는 것은 지금 여기밖에는 아무것도 있을 수가 없다. 그런데도 사람들은 없는 과거나 미래를 쓸데없이 만들어 놓고 불안을 사서하고 있는 것이다. 아무튼 우리는 그러한 과거나 미래의 걱정거리로부터 자유로워야 한다. 그러기 위해 우리는 지금 여기 현실의 땅에 굳건히 발을 딛고 정열적으로 일하는 것만이 최고의 선택이 될 수 있다는 확고한 믿음을 가져야 한다. 지금 이 순간을 충실히 사는 사람들 그들은 과거나 미래 때문에 조금도 불안해할 이유가 없다.

몰입하는 기쁨

살면서 우리가 가장 깊은 행복감을 느낄 수 있는 때는 언제일까? 너무도 행복한 나머지 주변은 물론 자신의 존재마저도 잊을 만큼 황홀한 만족감과 심오한 기쁨을 느낄 수 있는 그런 때는 언제일까?

그것은 바로 우리가 무엇인가에 완전히 몰입되어 있을 때일 것이다. 몰입만큼 우리에게 깊은 충족감을 주고, 삶을 귀하고 가치 있게 만들어주는 그런 것은 없다. 우리가 무엇인가에 전적으로 몰입되어있을 때, 그때 우리들은 그야말로 무아지경의 황홀경에 빠지면서 자신만의 신적인 세상에 들어가게 된다. 거기에서는 전혀 다른 현상이 벌어지게 된다. 그때 우리들은 온 세상은 물론 자신마저도 잊을 만큼 무한한 행복감에 빠져들게 된다. 그보다 우리에게 더 깊은 만족감을 주고, 우리 자신을 더 확장시키는 그런 때는 없다. 그때에 우리의 잠재능력은 최고도로 발휘되게 되고, 우리에게는 최고의 자기 확장의 순간이 된다.

살면서 몰입의 순간만큼 우리를 더 행복하게 만들고 창조적으로 만들어주는 그런 순간은 없다. 몰입은 우리의 행복의 질을 최고조로 높여준다. 우리가 몰입할 때에 느끼는 그 깊고도 풍부한 행복감은, 물질적인 풍요에서 느끼는 그런 단순한 행복감과는 전혀 다른 심오한 성취감과 만족감을 느끼게 한다.

거기에서 느끼는 행복감은 그 깊이와 질이 완전히 다르다. 그 행복감은 단순한 쾌락 같은 그런 것이 아니며 지극히 심오하고도 깊다. 그때의 행복감은 표면적으로만 느끼는 그런 순간적인 행복이 아니다. 그 행복감은 내면 깊숙한 곳에서 솟아오르는 은밀하고도 아주 깊은 진정한 행복감이 된다.

우리의 마음은 언제나 그 대상을 필요로 한다. 마음은 그 무엇인가를 붙들고 있을 때 조금이라도 더 안정감을 느끼기 때문이다. 그리고 이때 대상을 붙들고 있다는 그 느낌의 강도가 강하면 강할수록 우리의 마음은 더욱더 안정감을 느끼고 힘을 얻게 된다. 우리는 이렇게 마음을 한 곳에 모을 수 있을 때만이 대체로 안정감을 느끼고 힘을 발휘할 수 있게 된다. 그리고 그때 그 몰입의 강도가 높으면 높을수록 우리는 더욱더 큰 힘과 행복감을 느끼게 된다.

이처럼 우리의 행복은 전적으로 의식의 차원과 관련이 있다.

우리가 불행할 때에도 그렇다. 그것도 물론 우리의 의식의 문제와 관련이 깊다. 우리는 마음을 지금 여기에 집중하지 못하고 흩트리게 될 때 일반적으로 불안과 불행을 느끼게 된다. 갈라지고 분산되는 마음이 문제가 되는 것이다. 모든 것은 갈라지고 분산될 때 그 힘을 잃게 된다.

우리의 마음도 그렇다. 우리의 마음도 분산되고 갈라지게 될 때 거기에서 무력감과 불행감을 느끼게 된다.

우리들은 좀처럼 마음을 지금 여기에 집중하지 못하는 경향이 있다. 마음이 늘 쓸데없이 다른 데로 향하는 것이다. 우리는 자신을 견디지 못하고 지금 여기를 견디지 못한다. 늘 지금 여기가 불만인 것이다. 그 모든 것은 우리가 자신과 함께 있는 법을 모르기 때문에 그렇다. 그리고 그 때문에 우리는 그렇게 마음이 늘 편치 못하고 불행하기만 하다. 그것이 우리의 삶에서 가장 큰 문제가 된다.

우리가 지금 여기에 몰입할 수 있다면 우리는 얼마든지 행복할 수가 있다. 그러나 지금 여기에서 몰입할 수 없다면 우리는 결코 행복할 수가 없다. 행복해지기 위해 지금 여기에 몰입하는 것보다 더 중요한 것은 없다. 지금 여기에 몰입할 수 있어야만 우리는 모든 순간이 행복할 수 있다.

우리가 행복함을 느끼지 못하고 불행을 느끼게 되는 대부분의 경우는 마음이 지금 여기에 편안하게 중심을 잡지 못하고 그 마음이 흔들려 다른 무엇인가에 오염되어있기 때문에 그렇다.

만약 우리의 마음이 조금도 오염되지 않고 순수한 마음으로 지금 여기를 바라볼 수 있다면 우리는 얼마든지 행복할 수가 있다. 그때의 지금 여기는 순수한 축복의 장소가 될 수 있고, 또한 매 순간이 신선한 경이의 순간이 될 수가 있다. 그때는 순간순간 맞이하는 모든 사건이 항상 새롭고도 특별한 의미를 지닐 수 있게 된다. 그때의 지금 여기는 조금도 오염될 수 없는 완전히 새로운, 순수한 순간이 된다.

그리고 우리의 마음이 지금 여기로만 몰입할 수 있다면, 그때는 과거나 미래에 대한 근심걱정도 지금 여기에 조금도 끼어 들 틈이 없게 된다.

모든 불행의 원인은 대체적으로 과거라는 불순물에서부터 비롯되기가 쉽다. 미래에 대한 불안도 마찬가지다. 미래의 걱정도 결국은 우리가 과거라는 불순물에 오염되어 그 속에서 뒤섞이다보면 미래의 걱정으로까지 뻗어나가게 된다. 미래는 달리 미래가 아니다. 미래란 과거보다 더 나은 것을 바라는 수정된 과거가 미래이기 때문이다.

우리는 그런 미래를 바라보며 살다가 항상 지금 여기를 놓쳐버리곤 한다. 그러므로 우리가 과거로부터 자유롭게 된다면 우리는 미래의 불안이나 걱정으로부터도 얼마든지 자유롭게 될 수 있다. 그러므로 우리는 과거라는 불순물부터 제거시켜야 한다. 그렇게 될 때 지금 여기는 조금도 오염되지 않은 순수한 축복의 순간이 될 수 있게 된다.

시간에 관한한 실제로 존재하는 것은 지금 여기밖에 없다. 그런데 사람들은 마음으로 과거나 미래를 만들어 놓고 그 덫에 걸려 항상 문제를 일으킨다. 과거나 미래는 지금 여기에 존재하지 않는다. 존재하는 것은 지금 여기밖에 없다. 그것만이 모두이고 진실이며 살아있는 모두의 감동이 될 수 있다.

세상의 중심은 바로 지금 여기에 있는 나이다. 실재하는 것은 지금 여기에 있는 나로서, 그것이 세상의 모두이고 그 중심이 된다. 내가 존재하는 것도 지금 여기를 통해서만이 존재할 수 있는 것이다.

결국 지금 여기에 있는 내가 세상 모두가 되는 것이다. 즉 지금 여기만이 바로 나의 전적인 세상이 된다는 뜻이다. 그러므로 우리가 실제로 경험하는 순간은 지금 여기밖에는 아무것도 없다. 항상 문제가 되는 것은 지금 여기에 있는 '나'이다. 지금 여기에 있는 내가 온전하다면 나머지 모든 것은 다 온전할 수가 있다. 그러니 '지금'과 '여기'와 '나', 이 셋이 모두 온전한 하나로 일치되어야 한다. 그렇게 될 때 모두가 다 온전한 것이 될 수 있다.

마음이 '지금'을 벗어나 과거나 미래로 향해서는 안 된다.

마음이 '여기'를 벗어나 다른 데로 향해서도 안 된다.

마음이 또한 '나'를 벗어나서도 안 된다. 나는 언제나 내 마음을 지금 여기에 꼭 붙들고 있어야 한다. 잠시도 그 마음을 놓쳐서는 안 된다. 우리에게는 항상 지금 여기가 문제가 된다. 지금 여기는 모든 것의 중심이 되기 때문이다. 내가 지금 여기에 있으면서 지금 여기가 못마땅하다면 그것은 잘못된 것이다. 그때부터는 문제가 발생하기 시작한다.

지금 내가 불행한 것은 지금 여기가 만족스럽지 못해 그런 것이고, 지금 내가 외로운 것도 지금 여기가 못마땅해 그런 것이다. 지금 여기가 세상의 중심이 되지 못하고, 지금 여기를 피하고 싶어서 그러는 것이다. 지금 여기가 부담스러운 것이다. 그렇게 될 때 문제가 발생하기 시작한다. 지금 여기가 편안하지 못하고, 안정적인 내 집이 되지 못할 때 그때부터 문제가 발생하기 시작한다.

그러니 우리는 무엇보다도 먼저 지금 여기를 온전하게 받아들이고 인정할 줄 아는 지혜가 필요하다. '지금 여기'를 온전하게 받아들이고 인정할 수 있다면 그것은 바로 최고의 선이 된다. 그리고 그때 나는 비로소 새로운 사람이 될 수 있고 그 앞에는 새로운 세상이 열리게 된다.

그때 '지금 여기'는 진정한 나의 세상이 되고, 온 세상의 중심이 된다. 지금 여기에서 다른 곳으로 피하려고 해서는 안 된다. 또한 다른 일이 일어나기를 바라서도 안 된다. 지금 여기 상황을 부정하고 지금 여기를 벗어나 다른 곳으로 달아나고자 하는 한, 그 올가미는 더욱더 조여 오고, 기회의 문은 열리지 않는다. 그러나 현 상황을 일단 인정하고 받아들이면 상황은 다시 전개된다. 상황을 일단 받아들이고 현재에 활짝 깨어있기만 하면 가능성은 얼마든지 다시 열리게 된다.

있는 그대로를 받아들이는 그 순수한 태도는 우리의 마음을 아주 편안하게 만들어주며 또한 앞에 놓인 문제를 바로 보고 해결할 수 있는 지혜 또한 매우 높여준다.

현 상황에 대해서 불평하는 마음을 가져서는 안 된다. 현 상황이 어떠할지라도 그것을 우선 조건 없이 받아들일 줄 아는 순수한 마음의 태도를 갖는 것이 중요하다. 모든 것은 있는 그대로 그 자체만으로도 얼마든지 귀하고 가치 있는 것이 될 수 있기 때문이다.

그러니 모든 존재를 감사하는 마음으로 받아들일 줄 알아야 한다. 현 상황이 문제가 되는 것이 아니다. 그것을 바라보는 내가 문제가 되는 것이다. 언제나 상황을 바라보는 나의 태도가 문제가 된다. 내가 바라보는 방식이 바뀌면 세상은 완전히 달라진다. 그때는 놀라울 만큼의 새로운 현상이 벌어질 수가 있다.

나는 가만히 있고 세상이 변하기를 바라서는 절대 안 된다. 내가 먼저 변해야 한다. 그것이 문제의 핵심이다. 내가 변해야만 나의 주변도 변하게 된다. 즉 내가 세상의 중심이 되어야 한다는 말이다. 내가 세상의 변두리가 되어서는 안 된다. 내가 세상의 그림자가 되어서는 안 된다.

내가 세상의 중심이 되어야만 세상은 나의 그림자가 될 수 있다. 내가 그렇게 변할 때 세상도 변하고 그 그림자도 변하게 된다.

그러니 언제나 지금 여기에 있는 나를 주목해야 한다. 어떤 일이 있더라도 나 자신을 놓쳐서는 안 된다. 끈기 있게 자신을 보살피고 주목해야 한다. 세상의 중심인 나를 놓쳐서는 결코 안 된다. 나를 놓치게 되면 그것은 세상 모두를 놓치게 되는 것이나 마찬가지가 된다.

내 마음이 나와 하나로 되는 것보다 세상에 더 중요한 것은 없다. 그리고 내 마음이 나를 벗어나는 것보다 더 해로운 것은 없다. 즉 내가 내 마음의 주인이 되는 것보다 더 중요한 것은 없다는 얘기다. 내 마음은 늘 나와 함께 하나로 있어야 한다.

우리에게는 항상 들떠있는 마음이 문제가 된다. 마음은 늘 밖을 향하기를 좋아하기 때문이다. 그것이 우리 마음의 속성이다. 그래서 그것이 문제가 된다. 그리고 그때부터 우리에게는 문제가 발생되고 불행이 시작되게 된다. 그때 우리의 내부는 갈라지고 마음은 평온을 찾지 못한 채 방황하게 된다.

그러나 우리가 마음을 지금 여기에만 몰입할 수 있게 되면 우리의 마음은 쓸데없이 방황하지도 않고 얼마든지 평온할 수가 있다. 마음을 지금 여기에 매어놓을 수 있다면 우리는 과거의 후회나 미래의 걱정 따위에 조금도 흔들릴 틈이 없게 된다. 그리고 조금도 불안하거나 동요하지 않고, 그 어떤 어려움으로부터도 자유로울 수가 있다. 그렇게 될 때 지금 이 순간은 우리에게 최고의 행복하고 평화로운 순간이 된다.

행복의 비결은 자신이 처한 지금 여기를 얼마나 좋아하고 사랑할 수 있느냐에 달려있다. 지금 처한 상황이 어떠하든, 혹은 하고 있는 일이 어떤 일이든 그것들은 별 상관이 없다. 다만 그것에 임하고자 하는 자세, 즉 태도가 문제가 되는 것이다. 지금 처한 상황이 좋든 나쁘든 혹은 하는 일이 귀한 일이든 천한 일이든 그것들과는 별 상관 없다. 다만 자신이 하고 있는 일에 얼마만큼 자신의 열정을 다 할 수 있느냐 하는 그 마음 자세가 더 문제가 된다.

행복은 어떤 결과물이 아니다. 행복이란 다만 어떤 상황을 변화시키기 위하여 그 과정에 임하는 자신의 몰입 정도를 나타내는 것일 뿐이다.

우리가 행복하기 위해서 우리는 지금 여기와 깊은 사랑에 빠질 줄 알아야 한다. 너무나 사랑한 나머지 그 자체가 기쁨이 되어야 한다. 행복해지기 위해 그것보다 더 중요한 것은 없다. 어떤 일을 하느냐의 그 외면적인 사항이 중요한 것은 아니다. 그 일을 하고 있는 나 자신의 내면 자세가 더 중요한 것이다.

우리는 우리의 행복감을 전적으로 우리의 내면에서 느끼고 있다. 우리의 행복감은 단지 우리가 내면에서 느끼는 그 깊이와 감수성에 달려있다. 쓰레기를 줍는 일이든 화려한 사무실에서 사무를 보는 일이든 그것들은 별 상관이 없다. 만약 청소하는 일이 불행하다고 생각하는 사람이라면, 그는 대기업 사장이 된다 해도 불행할 수밖에 없다. 내면의 삶을 충실히 살지 못하는 사람은 외면적인 삶 또한 충실할 수 없기 때문이다.

우리는 지금 여기에서 행복해야 한다. 지금 여기에서 행복하지 못한다면 그 어디에 가더라도 행복할 수 없다. 그때는 어디에 가든 우리는 불행할 수밖에 없고 하루하루가 지루할 수밖에 없다.

지금 여기에 있으면서 저기에 있기를 바라서는 절대 안 된다. 그렇게 되면 그 뒤엔 불행이 뒤따를 수밖에 없다. 지금 여기가 완전한 목적지가 되어야 한다. 그 이외 다른 것은 있을 수는 없다. 지금 여기, 이 순간만 존재하는 것처럼 지금 여기에 모든 것을 쏟아부을 수 있어야 한다. 그렇게 모든 의식이 지금 여기로만 초점이 맞춰져 있을 때, 지금 여기는 가장 순수하고도 아름다운 순간이 될 수 있다.

우리는 지금 여기와 완전 사랑에 빠질 수 있을 만큼 지금 여기가 좋아야 한다. 또한 지금 여기는 가장 안락한 내 집처럼 편안하고 좋은 곳이 되어야 한다. 그 어떤 곳도 지금 여기보다 더 나은 곳은 없을 만큼 지금 여기가 좋아야 한다. 그래야만 그때 나는 지금 여기에서 나의 최고의 잠재능력을 발휘할 수 있게 된다. 지금 여기에서 내가 최선을 다 할 수 있다는 그 이유만으로도 나는 가장 행복한 사람이 된다.

내가 하는 일이 나를 만든다

우리는 일하는 방식으로 우리의 자아를 실현하고 형성해간다

우리가 일하지 않고 살 수 있을까? 그럴 수는 없을 것이다. 우리가 살기 위해서는 어쨌든 일을 해야 한다. 우리는 일과 함께 존재한다 해도 그것은 지나친 말이 아니다. 일이 없는 삶은 감히 생각조차 할 수 없을 만큼 일은 우리에게 아주 중요하다. 즉 '일이 곧 우리의 삶이다'라고 할 수 있을 만큼 일과 우리의 관계는 아주 밀접하다. 어찌 보면 일이 '나'이고 내가 일이라고도 말할 수 있을 만큼, 일은 우리의 모두를 나타내는 것이기도 하다. 또한 그러한 일은 우리의 삶에서 나 자신을 실현시키고 성취시키는 가장 훌륭한 도구가 되기도 한다. 그러므로 일할 때의 우리의 자세는 매우 중요하다고 말할 수 있다.

우리는 거의 언제나 일을 하며 살고 있다. 그리고 그 일을 통해 내가 나타나게 된다. 그러므로 우리는 살기 위해 일을 한다고도 볼 수 있지만, 한편 일은 우리 자신을 만드는 가장 훌륭한 도구가 된다

고도 말할 수 있다. 그러니 일이란 것이 우리의 삶에서 얼마나 중요한 것인지를 우리는 잘 짐작할 수 있을 것이다. 그래서 성경에서도 '일하기 싫거든 먹지도 말라'라고 말하지 않았던가.

일은 우리의 삶에서 정말로 중요하다. 그렇다면 일이 왜 우리의 삶에서 그토록 중요한 것이 될까? 그것은 무엇보다도 일을 통해 내가 표현되고 내가 만들어지기 때문이다. 그것보다 더 중요한 것은 없다. 내가 어떤 사람인가 하는 것은 바로 일을 통해서 나타난다.

내가 세상을 바라보는 태도, 내가 세상을 대하는 태도, 내가 세상을 사랑하는 태도가 바로 일로서 나타난다는 말이다. 즉 내가 일을 하면 나의 모든 것이 일 안에 녹아들게 된다. 그리고 그 표현 자체가 바로 나를 만드는 행위가 되는 것이다.

즉 일이란 내가 살기 위해 필요한 조건을 이루어내는 과정인 동시에 또한 그것은 나의 삶이 되고 내가 형성되는 과정이 되기도 한다. 지금 내가 행한 일이 바로 나의 삶으로 이어지고, 그것이 또한 다음 삶을 위한 나를 만든다는 말이다. 우리한테 일이 그토록 중요한 이유는 우리가 일을 할 때 그 하는 일마다의 태도가 내 안에 녹아들고 축적되어 그것이 변모하는 '나'라는 한 인간을 만드는 행위가 되기 때문에 일이 그토록 중요한 것이다.

우리들은 일을 함으로써, 그 일을 통하여 자신을 마음껏 나타내고 또한 마음껏 자신을 확장시킬 수가 있다.

우리가 언제 행복한가? 그것은 바로 우리가 힘들고 가치 있는 어떤 일을 성취하기 위하여 자발적인 노력으로 자신의 몸이나 마음을 최대한으로 확장시킬 수 있을 때, 그때 우리들은 더 할 수 없는 기쁨과 행복을 느끼게 된다. 그때가 우리의 삶에서는 최고의 순간이 되는 것이다. 삶에 있어서 그때보다 더 가치 있고 큰 보람을 느낄 수 있는 때는 없다. 그렇게 일에 몰두하고 있을 때보다 우리에게 더 행복한 순간은 없다. 이렇게 볼 때 실로 일은 우리의 삶에 있어서는 가장 신성하고도 숭고한 축복이 아닐 수가 없다.

일을 하는 것이 우리에게 주는 또 하나의 커다란 장점은, 우리가 일을 하면 그것은 우리의 영혼을 거룩하고도 아름답게 만들어준다는 점이다. 일을 하면 우리의 영혼은 순수해지고 맑아진다. 그리고 또한 그러한 행위는 신성하고도 소중한 우리의 창조 행위가 되기도 한다.

우리는 일을 통해 순간순간마다 우리 자신을 더 나은 존재로 만들어 나갈 수 있다. 그리고 그것은 나 자신뿐만이 아니라, 내 주변 그리고 나아가서는 세상까지도 더 아름답고 가치 있는 것으로 만들어 놓을 수 있는 매우 가치 있는 창조 행위가 된다. 그러기에 일은 위대한 것이다.

우리는 일을 하므로 소중한 우리의 삶을 만들어내게 된다. 우리의 삶의 가치는 바로 일로서 나타난다는 말이다. 일보다 우리의 삶을 더 가치 있게 만드는 것은 없다. 우리는 일을 함으로써 비로소 우리의 삶을 생생하고도 살아 있는 빛나는 삶으로 만들 수가 있는 것이다.

일은 참으로 중요하다. 그러나 일 자체보다도 더 중요한 것이 있으니 그것은 바로 일에 임하는 우리의 태도이다. 우리는 일하는 방식으로 우리의 자아를 실현하고 형성해간다. 즉 일하는 방식을 통하여 우리의 자아는 끊임없이 지속적으로 변화하고 성장한다는 말이다.

이처럼 일에 임하는 우리의 태도는 바로 우리의 내적인 존재를 형성하면서 그것은 우리 삶의 방식을 만들어간다. 어떤 일을 하든지 그것은 바로 '나 자신의 표현'이 되고 결국은 '나'가 되는 것이다. 즉 우리가 일을 할 때 일에 임하는 태도가 그 일에 녹아져서 그것은 결국 우리의 자아를 만드는 방식을 결정하게 된다는 말이다.

그러므로 어떤 일을 하느냐보다 어떤 태도로 일에 임하느냐의 그 태도가 더 중요한 것이 된다. 즉 일에 임하는 자세 그것이 바로 일로서 표현될 뿐만 아니라 '나'를 형성하게 되는 아주 중요한 결정 요인이 된다는 말이다.

이처럼 일하는 태도가 '우리 자신'을 형성하는 그 중요성을 생각하게 될 때, 우리가 일할 때는 절대 괴로운 마음이나 하기 싫은데 억지로 하는 그런 태도를 가져서는 안 된다. 일이 결코 우리에게 괴로움이나 고통을 주는 대상이 되어서는 안 된다는 말이다. 일하는 과정이 고통이라면 결국은 내가 나 자신을 고통으로 만드는 결과 밖에는 되지 않을 테니까 말이다.

일은 어디까지나 그 자체로서 즐거움이 되고 기쁨이 되어야 한다. 그것이 바로 일에 임하는 아주 중요한 핵심이 된다. 즉 우리들은 하고 있는 일을 될 수 있으면 즐길 줄 알고, 좋아할 줄 알며 또한 사랑할 줄 알아야 한다. 일을 하면서 짜증을 낸다거나 혹은 고통스러운 마음을 갖고 일에 임해서는 절대 안 될 것이다. 그래서 논어에서도 '천재는 노력하는 사람을 이길 수 없고, 노력하는 사람은 즐기는 자를 이길 수 없다'고 말하지 않았던가.

일에 쉽게 다가서기

우리는 해야 할 일이 있을 때 어떻게 하면은 거부감 없이 자연스럽게 그 일에 쉽게 다가설 수 있을까? 그리고 그 일에 열심히 정진할 수 있을까? 그것은 우리의 삶에서 매우 중요한 문제가 된다.

대부분의 사람들이 해야 할 일이 있을 때, 그 일에 쉽게 다가서지 못하고, 회피하거나 혹은 한참을 머뭇거리다가 힘겹게 간신히 그 일에 다가서는 경우를 흔히 볼 수 있다. 어떻게든 자신에게 이 핑계 저 핑계를 대며, 주저하거나 회피하면서 자신의 일에 쉽게 접하지 못하는 것이다. 이런 경우에 어떻게 하면 머뭇거리거나 망설이지 않고 자연스럽게 자신의 할 일에 쉽게 다가설 수 있을까? 만약 망설이거나 주저함이 없이 바로 자신의 일에 접할 수 있는 사람이 있다면, 그는 매우 성공에 가까이 다가선 사람이라고 말할 수 있을 것이다.

그러나 대부분의 사람들은 바로 일에 다가서는 것을 주저하며 시간을 미룬다. 그리고는 주변을 한참 맴돌다가 간신히 자신의 일에 다가서는 것을 볼 수가 있다. 또 어떤 경우는 딴짓을 하며 빈둥대다가 끝내 일에 다가서지 못하고, 결국 나중에는 자신의 결단성 없음을 탓하고 후회하는 경우도 종종 볼 수 있다. 그리고 일에 다가선다 해도 어떤 사람들은 길게 오랜 시간을 집중하지 못하고, 곧바로 또 자리를 뜨는 경우도 흔히 볼 수 있다.

그렇다면 우리는 자신이 하고 있는 일에 어떻게 하면 거부감 없이 쉽게 접할 수 있고 또한 열정적으로 자신의 일을 계속할 수 있을까? 어떻게 하면 자신이 하고 있는 일에 배고픔과 갈증을 느끼면서, 목마른 마음으로 쉽게 일에 다가설 수 있을까?

그 문제는 바로 자신이 하고 있는 일을 얼마나 좋아하느냐와 매우 관련이 깊을 것이다. 자신이 좋아하는 일이라면 쉽게 일에 임할 수가 있겠지만, 그러나 하고 싶지 않은 일일 때는 어떻게든 일을 미룬 다음, 시간이 임박해서야 간신히 그 일에 다가서게 될 것이다.

우리가 하고 있는 일에 쉽게 접하고 계속 심취하기 위해서는 무엇보다도 자신이 하고 있는 일이 좋아야 한다. 좋아하지 않는 경우라도 절대적으로 꼭 해야 하는 경우에는 좀 다르겠지만 어쨌든 일반적인 경우에는 우선 하고 있는 일이 호기심을 불러일으킬 만한 것이어야 한다. 그래야만 그 일에 더욱 쉽게 다가설 수 있을 것이다. 만약에 그 일이 놀이만큼이나 재미있다면 그것은 더 이상 바랄 것이 없을 것이다.

모든 것들은 게임으로 될 때 그것들은 즐겁고 재미있는 것이 된다.

일하는 데 있어서도 마찬가지다. 하고 있는 일이 놀이가 되고 게임이 될 때 그것은 최고가 된다. 그렇다면 하고 있는 일을 어떻게 하면 재미있는 놀이처럼 만들 수 있을까? 어떻게 하면은 내가 하고 있는 일이 놀이가 될 만큼 그 일을 즐길 수 있을까?

노는 것처럼 일하는 사람은 언제나 부러움의 대상이 된다. 만약에 자신의 일을 놀이처럼 즐거운 마음으로 할 수 있는 사람이 있다면 그는 그야말로 성공에 매우 근접한 사람이라 말할 수 있을 것이다. 그래서 미국의 그 유명한 발명가인 토머스 에디슨도 '나는 평생 하루라도 일을 하지 않았다. 그것은 모두가 재미있는 놀이였다'라고 말하지 않았던가. 그렇다. 일을 잘할 수 있는 비결은 그 일을 즐기면서 하는 것에 있다.

그렇다면 우리들은 어떻게 일을 놀이처럼 즐기면서 할 수 있을까?

일이 재미있고 즐거운 것이 되기 위해서는 우선 일이 게임이 되고 놀이가 되어야 한다. 그것이 일을 잘 할 수 있는 비결이다. 그보다 더 효과적인 방법은 없다. 일이 놀이가 되고 게임이 될 때 우리들은 지칠 줄 모르고 열정적으로 그 일을 해낼 수 있다.

놀이나 게임이 왜 재미있는가? 놀이나 게임은 우선 그것이 자발적이라는 데에 그 특징이 있다. 만약 누군가가 시켜서 놀이를 한다면 그 놀이가 재미있을 수 있을까? 재미있는 놀이도 아마 누군가가 시켜서 한다면 그것은 영 재미없는 것이 되고 말 것이다.

예를 들면 게임을 하는 중인데 누군가가 옆에서 이래라 저래라 하고 훈수를 둔다면 그 게임이 재미가 있겠는가? 그때는 우선 짜증부터 날 것이고 게임할 맛조차 사라지고 말 것이다. 게임의 재미는 자발성에 있는데 그 자발성을 훼손시킨다면 그 게임은 모두 망치는 꼴이 되고 말 것이다. 모든 것은 본인이 스스로 계획하고 행하는 데에 그 보람과 의미가 있다.

공부 같은 문제도 그렇다. 만약 한 학생이 모처럼 공부해야겠다고 마음먹고 있는데, 엄마가 와서는 "너는 이번 시험 성적이 왜 그렇게 안 좋으냐? 너는 왜 그렇게 공부하는 꼴을 못 보겠느냐"는 등 소리를 지르고 잔소리를 해댄다면 그 학생이 공부할 맛이 나겠는가? 모처럼 공부하려고 마음먹었다가도 그 잔소리를 듣고는 공부할 맛이 뚝 떨어지고 말 것이다.

사람들이 하기 싫어하는 청소의 경우를 예로 들어보자. 청소는 누구든지 하기 싫어하는 것이 보통이다. 다른 일들에 비해 특히 청소는 더 하기가 싫다. 청소는 어떤 경우에는 눈살을 찌푸리게 할 만큼 지저분하고 손이 가는 일이 많다. 그래, 청소는 아주 귀찮고 짜증나는 일이다. 내가 꼭 해야만 하는 것이라도 그것을 하기 싫어 계속 다음으로 미루는 것이 보통 청소이다. 그런데 만약에 누군가가 그 하기 싫은 청소를 억지로 시킨다면 어떻겠는가? 그때는 우선 무시당했단 느낌에 기분부터 상할 것이다. 그리고 청소해야겠다고 먹었던 마음도 어디론가 사라지고 오히려 그 상한 마음을 추스르기에 바쁠 것이다.

그러나 누군가가 자발적인 마음을 갖고 스스로 청소를 하게 되는 경우를 한번 생각해보자. 그 결과는 어떨까? 그때의 상황은 완전히 다르다. 그때 그것은 특별한 사건이 되고 만다. 누구든지 청소하기는 싫어한다. 그러나 선한 용기를 내어 기꺼이 청소에 나서는 사람들이 있다. 그들은 보통 사람들과는 의식이 완전히 다른 사람들이다. 그들은 다른 사람들의 눈치를 보며 사는 사람들이 아니다. 그들은 자신의 내적인 의식 판단 기준에 따라 결심하고 행동하며 사는 사람들이다. 그들의 마음은 순수하고 청량하기가 그지없다. 그들은 사사로운 남의 판단이나 감정에 조금도 흔들리거나 물들지 않는다. 그들의 의식세계는 확고하다. 마음씨가 어질고 아름다운 그들은 더러운 것을 보고는 그냥 지나칠 수가 없다. 그래 그들은 길을 가다가도 휴지 하나가 떨어져 있으면 그것을 줍고 가야만 마음이 개운하다.

그들의 자발성은 남들의 시선과는 상관없이 순수한 본 마음에서 우러나온다. 그리고 그 자발적인 결심에서 나오는 그 힘은 더 강력하다. 자신의 내적인 판단에서부터 동기화되는 그 의미와 가치는, 그들에게 있어서는 참으로 고귀한 삶의 가치가 된다. 그보다 더 자신의 존재가치를 높여주는 것은 없다. 그들이 살고 있는 그 의식세계는 보통 다른 사람들이 살고 있는 의식세계와는 다르다. 그들은 자신 안에 그들만의 또 다른 아름다운 의식세계를 갖추며 살고 있다.

보통 다른 사람들은 청소하는 것을 한낱 보잘 것 없는 사소한 행위로 여길지 모르지만 그들은 그렇지 않다. 그들은 사소한 일에서도 스스로 가치를 부여하고, 또한 자발적인 행동을 함으로써 거기에서 커다란 가치와 보람을 느끼며 산다.

우리는 언제나 일과 함께 살고 있다. 우리는 호흡하지 않고는 살 수 없듯이 일 없이는 살 수가 없을 정도다. 우리의 삶은 일이 아닌 것이 거의 없을 만큼 우리의 삶은 대부분이 일로 채워져 있다. 우리들은 하다못해 화장실 갈 때도 '나 볼 일 보러 간다'고 말하지 않던가.

그렇게 볼 때 우리는 일하는 것이 어쨌든 즐거워야 한다. 일을 앞에 두고 역겨워하거나 싫어하는 마음을 가져서는 안 된다. 무엇보다도 일하는 과정 그 자체가 즐거움이 되어야 한다.

그렇다면 우리가 어떻게 즐거운 마음으로 일할 수 있을까?

우선 무엇보다도 먼저 하고 있는 일에 마음을 주고 거기에 큰 의미를 부여할 줄 알아야 한다. 즉 하고 있는 일에 애정과 열정 그리고 깊은 의미를 부여할 줄 알아야 한다. 그래야만 일이 중요해지고 그 일을 좋아할 수 있게 된다.

지금 자신이 하고 있는 일이 무슨 일이든 간에 그 일을 좋아하고 사랑할 줄 알아야 한다. 일이 작은 일이건 혹은 사소한 일이건 그 일을 하찮게 여겨서는 절대 안 된다. 아무리 작은 일일지라도 거기에 더 큰 가치와 의미를 부여하고 그 일을 좋아할 수 있는 마음을 가져야 한다. 그렇게 거기에 의미와 가치를 높이게 될 때 그 일은 생명력을 갖게 되고 또한 우리는 그 일을 더욱더 아끼고 사랑할 수 있게 된다.

우리는 우리가 하고 있는 일의 의미가 크면 클수록 그 일을 더욱더 열정적으로 잘 해낼 수 있다. 즉 하고 있는 일에 의미를 더욱더 크게 부여할수록 우리는 그 일을 더욱더 사랑하고 사명감을 갖고 일할 수 있다는 얘기다. 그리고 그 의미는 자신의 삶은 물론 다른 사람의 삶에까지 기여를 할 수 있는 그런 것이어야 한다. 즉 자신에게도 이익이 되어야 하지만 또한 다른 사람에게도 기여할 수 있는 그런 것이어야 한다. 그래야만 하고 있는 일에 대한 의미가 더욱더 커질 수 있고 또한 그 일을 사랑할 수 있게 된다. 그리고 그렇게 될 때 그 일에 대한 만족도는 더욱더 높아지고 생산력 또한 더 클 수밖에 없게 된다.

그리고 우리가 일을 할 때는 그 일을 하는 의미를 단순히 외적인 보상에만 두어서는 안 된다. 대체적으로 보면 우리들은 일하는 의미를 너무도 외적인 보상을 받는 데에만 치우치는 경향이 있다. 그저 봉급만 많이 받을 수 있다면 그것을 최고의 가치로 여기는 것이다. 우리가 일하는 의미를 단순히 더 많은 보상만을 받는 데에만 강조하게 된다면, 그것은 처음에는 흥미와 자극을 불러일으킬 수 있을지 모르지만 시간이 지남에 따라 그 일을 하는 의미는 점점 퇴색되고 그 일에 대한 흥미 또한 점점 더 낮아질 수밖에 없게 된다. 다시 말해 일을 하는 의미를 외적인 보상에만 강조하게 된다면 그 일에 대한 내적인 동기와 의미는 점점 더 약화될 수밖에 없다는 얘기다.

그러니 일을 하는 데 있어서 우리는 그 의미가 단순히 외적인 보상 쪽으로만 치우치지 않도록 경계함은 물론, 내적인 동기와 의미가 약화되지 않도록 항상 주의해야 한다. 우리는 일을 하게 되는 의미가 내적으로 더욱 고결하고 높아지게 될 때, 하고 있는 일을 더욱더 좋아할 수 있고 또한 사랑하는 마음을 갖고 그 일에 임할 수가 있게 된다. 즉 일에 대한 내적인 의미가 강해질 때 우리는 일에 대한 사랑하는 마음을 더욱더 높이고 오랫동안 지속시킬 수가 있게 된다.

그러므로 우리는 일을 하게 될 때 너무 외적인 보수에만 신경 쓸 것이 아니라 내적인 동기부여에도 그 비중을 강화할 필요가 있다. 그렇게 할 때 우리는 지금 하고 있는 일에 지치지 않고 보람과 긍지를 갖고 일할 수 있다.

내가 일을 함으로써 나 자신은 물론 다른 누군가를 이롭게 하고 행복하게 할 수 있다면 나는 거기에서 얼마나 큰 보람과 가치를 느낄 수 있겠는가. 나아가 만약 내가 하고 있는 일이 다른 사람의 생명까지 살릴 수 있는 일이라면, 그때의 그 보람과 가치는 또한 얼마나 크겠는가. 그때는 비록 적은 보수를 받는다 해도 그 만족감과 행복감은 이루 말할 수 없이 클 것이다.

일에 몰입할 때의 행복

우리들은 무언가에 깊이 몰두해 있을 때 참으로 행복함을 느낀다. 한참 놀이에 빠져 있는 아이들을 보면, 그들은 그리 행복해 보일 수가 없다. 그들이 한참 신나서 놀 때 그들을 보면 마치 정신 나간 사람 같다. 그들은 놀이에 완전 미쳐있는 것이다. 그들이 한참 놀이에 빠져있을 때는 엄마가 옆에서 불러도 몰라 볼 만큼 그들은 놀이에 몰입되어 있다. 왜 그들은 그렇게 놀이에 흠뻑 빠져있을까?

그것은 바로 그들이 하는 놀이에 온 열정을 다 바치기 때문이다. 전력을 다하는 것이다. 다른 데에는 조금도 한눈을 팔지 않고 온 힘을 다해 놀이에만 빠져있다. 그들의 눈과 귀는 온통 놀이에만 집중되어 있는 것이다. 조금도 눈과 귀를 다른 데에 내주지 않는다.

이와 같이 재미와 기쁨은 집중력과 아주 깊은 관계가 있다. 집중력이 강하면 강할수록 거기에서 느껴지는 즐거움 또한 더욱 깊어지고 커지는 것이다. 적당히 재미를 느낀다는 것은 있을 수 없다.

우리가 일을 할 때에도 마찬가지로 우리는 쉬운 일보다는 오히려 힘든 일을 열정적으로 하게 될 때 더 많은 만족감과 즐거움을 느낄 수 있다.

누군가에게 농구공을 주고는 농구 골대가 있는 곳에 가 놀라고 하면 그는 어떤 방식으로 농구를 하며 즐길까?

그는 골대 아래로 가 골대에 공 넣는 연습을 해볼 것이다. 그때 그의 골 넣는 방식은 어떤 모습일까? 그는 골대에서 얼마나 떨어진 거리에서 골 넣는 연습을 하게 될까?

그는 골대에서 너무 가까운 곳에서만 공 넣는 연습을 하진 않을 것이다. 그것은 너무나 쉽기 때문이다. 10번 던져 8번 이상 골인 된다면 그는 거기에서 재미나 흥미를 느끼지 못할 것이다. 오히려 지루함을 느낄 것이다. 또한 골대에서 너무 떨어진 곳에서 공 넣는 연습도 하지 않을 것이다. 그때에는 공 넣기가 너무나 어렵기 때문이다. 10번 시도해 10번 모두 골인 못한다면 그는 좌절감을 느낄 것이다.

그렇다면 그는 어느 정도 떨어진 곳에서 골 넣기를 연습할까?

그는 아마도 공 넣기가 너무 쉽지도 않고 또한 너무 어렵지도 않은 적당히 먼 거리를 택할 것이다. 적어도 10번 던져 3번 내지 4번 정도 넣을 수 있는 거리를 택하지 않을까? 그래야 그때 그는 그의 최고의 집중력을 발휘할 수 있기 때문이다. 난도가 너무 높아도 지레 겁먹고 좌절하기 쉬우며, 또한 난도가 너무 낮아도 심심하고 지루함을 느끼며 집중력을 발휘할 수가 없기 때문이다.

우리가 일을 할 때도 마찬가지다. 일에 몰입하기 위해서는 적당히 어려운 일이 좋다. 그래야만 하고 있는 일에 완전 몰입할 수 있고 거기에서 깊은 행복감을 느낄 수가 있기 때문이다. 비교적 하기 쉬운 일에서는 몰입하기가 힘들고 대신 지루함을 느끼기가 쉽다. 그래서 우리들은 쉬운 일인데도 그것을 해야 할 경우, 그토록 하기 싫은 이유가 바로 거기에 있는 것이다. 몰입할 수 없는 경우 거기에서는 행복감을 느끼기가 힘들다. 참으로 역설적이지 않을 수가 없다. 어려운 일인데도 오히려 거기에서 재미와 행복감을 느끼고, 반대로 쉬운 일임에도 불구하고 거기에서 재미와 행복감을 느낄 수가 없으니 말이다.

그러고 보면 가난하지만 할 일이 많은 사람들이 부자임에도 불구하고 할 일이 없는 사람들보다 더 행복하다고 말할 수 있는 것도 그와 일맥상통한다고 볼 수 있다. 그러니 돈이 아무리 많더라도 몰입할 여지가 없는 사람들 그들은 결코 행복하다고 볼 수 없다. 그들은 여전히 지루한 삶만을 살 수밖에 없다. 그러나 좀 가난하더라도 열심히 일할 수 있고 몰입할 수 있는 사람들 그들이 오히려 더 행복하다고 말할 수 있다.

가난한 나라의 사람들이 왜 행복지수가 더 높은가? 그 이유도 바로 거기에 있다고 볼 수 있다. 할 일 없이 빈둥거리는 사람들 그들은 결코 몰입할 기회도 없으며, 여전히 불행할 수밖에 없다.

몰입만큼 우리에게 심오한 행복감을 주는 것은 없다.

모든 것을 잊을 정도로, 나아가 자신조차도 잊고 정신없이 일할 수 있을 때 그때 우리는 거기에서 최대의 몰입감과 행복감을 얻을 수 있다. 그때보다 더 행복할 수 있는 때는 없다. 어쨌든 우리가 하는 일의 효율을 높이고, 재미있게 만들기 위해서 우리는 최대한 몰입할 수 있어야 한다. 우리가 몰입하고 또 몰입하면 풀리지 않는 일이란 있을 수가 없다. 그리고 그러한 과정을 끊임없이 되풀이하게 될 때 우리는 어느 한 방면에 달인이 되고 천재가 될 수 있다. 일에 몰입도가 크면 클수록 우리들은 일을 더 잘 할 수 있고 또한 더 많이 할 수 있다. 나아가 어려운 일에도 더 많이 도전할 수 있게 된다.

결국 일에 임하는 몰입도가 높아짐으로써 우리는 일과 더 가까워지고 그것과 하나가 될 수 있다. 이렇게 일의 숙련도가 높아지게 됨에 따라 일과 우리 사이에는 더 큰 길이 만들어지게 된다. 그렇게 될 때 우리는 언제고 망설임이나 주저함이 없이 쉽게 일에 다가설 수 있으며 거기에서 우리는 최대의 잠재능력을 발휘할 수 있게 된다.

우리가 일을 하다 보면 우리에게는 늘 어려움이 따르기 마련이다. 그리고 그러한 어려움을 만나 그것을 해결하고 극복하는 과정은 우리에게 매우 중요한 의미를 갖게 한다.

어떤 사람들은 어려움이 닥치게 될 때 그 어려움을 잘 이겨내어 훌륭한 결과를 갖기도 하지만 또 어떤 사람들은 그것을 이겨내지 못하고 끝내는 포기하게 되면서 많은 정신적인 좌절감을 겪기도 한다.

이때 우리가 주의해야 할 점은 우리에게 다가오는 그 어려움을 그저 단순한 어려움이고만 생각해서는 안 된다는 것이다. 즉 그 어려움은 그저 한 번만으로 그치는 그러한 어려움이 아니다. 그것은 그 이후에도 우리에게 많은 영향을 미칠 수 있는, 중요한 교훈적인 어려움이 될 수 있다. 그러므로 어려움을 대할 때 그에 임하는 우리의 태도는 매우 중요하다. 어려움을 대하는 우리의 태도는 곧바로 우리의 성향이 될 수 있고 그 성향은 다음에 또 다른 어려움을 만나게 될 때 그를 다루는 중요한 방식이 되기 때문이다.

살면서 우리는 얼마든지 감당하기 어려운 고통을 만날 수 있다. 그러나 이러한 고통을 만나 그것을 극복했을 때와 그렇지 못할 때 그 결과는 사뭇 다르다. 우리는 그 점을 잘 이해하고 넘어가야 한다. 그 힘든 과정을 극복하는 과정에서 얻게 되는 교훈이 매우 중요하다는 말이다. 이렇게 어려움을 이겨내는 과정에서 얻게 되는 교훈은 우리를 얼마든지 성장시키고 확장시키며 또한 많은 삶의 지혜를 얻게 해 줄 수 있다. 그러나 그렇지 못하고 거기에 굴복하게 될 때 그것은 우리의 마음을 한없이 나약하고 피폐하게 만든다.

무엇보다도 고통은 육체적으로나 정신적으로 우리를 매우 단련시킨다는 데에 그 큰 의미가 있다는 것을 알아야 한다.

그러므로 일하면서 우리에게 고통이 찾아오면 우리는 기꺼이 그 고통속으로 들어갈 준비를 해야 한다. 그것을 피하려고만 해서는 안된다. 그렇게 되면 삶에 재미는 없게 된다. 고통의 문제를 만나면 우리는 그것을 순수한 마음으로 받아들이고 환영할 줄 알아야 한다, 그리고 그 문제를 해결하기 위하여 끊임없이 그 고통과 맞서 씨름할 줄 알고 또한 그 과정 자체를 즐기고 사랑할 줄도 알아야 한다. 그렇게 그 고통에 기꺼이 자신을 담금질할 수 있게 될 때 우리는 그 어디에서도 얻을 수 없는 불굴의 강단과 삶의 지혜를 얻을 수 있게 된다.

그래서 맹자의 고자 편에서도 다음과 같은 말이 나오지 않던가.

"하늘이 장차 큰 임무를 맡기려 하는 사람에게는, 먼저 그 마음과 뜻을 괴롭히고, 힘줄과 뼈를 깎는 고통을 주며, 그 몸을 굶주리게 하고, 생활을 빈궁에 빠트려 일마다 어렵게 한다. 그것은 마음을 두들겨서 참을성을 길러주고 지금까지 할 수 없었던 일을 할 수 있게 만들어준다."

우리는 삶에서 쓰디쓴 시련이나 역경 그리고 고난 등을 겪어봐야만 비로소 삶의 진정한 행복과 기쁨이 무엇인지를 알 수 있다. 즉 우리가 만나는 모든 고통과 싸워 이겨낼 수 있을 때만이 우리는 삶에서 더욱더 성숙하고 강해질 수 있다는 말이다. 또한 진정한 기쁨은 반드시 고통의 대가를 치러야만이 얻어질 수 있다는 훌륭한 교훈을 얻게 된다. 고통이 크면 클수록 거기에서 얻어지는 기쁨은 더 커질 수밖에 없다.

그렇게 고통을 통해 오는 진정한 기쁨의 맛을 알게 될 때, 오히려 우리들은 그 어려움에 감사하게 되고 거기에서 많은 삶의 비결들을 배울 수가 있다. 그처럼 어려움을 이겨낼 때 우리들은 성장하게 된다.

우리가 어려움을 이겨냈을 때 거기에서 얻는 기쁨이란 참으로 이루 말할 수 없이 크다. 그 기쁨의 맛은 얼마나 감동적이고 의미가 깊은지 모른다. 그 어떠한 기쁨도 그 기쁨에 비할 수가 없다. 그에 비한다면 나머지 기쁨들은 그저 사소한 것에 지나지 않을 뿐이다.

무엇 때문에 많은 등산가들이 그 오르기 힘든 험악한 산을 오르려고 애쓰는가? 그 험악한 산을 오르려다 얼마나 많은 사람들이 생명을 잃기도 하는가? 산에 오르는 그것이 자신의 생명을 내어줄 만큼 그 무슨 가치가 있을 수 있을까? 그 험난한 정상을 오른다고 해서 어떤 특별한 보상을 받기라도 하는가? 그렇지 않다. 아무 보상도 없다. 그렇지만 그들은 어떠한 위험도 무릅쓰고 기어이 그 험난한 산을 오르려고 애쓴다. 그것은 왜 그런 것일까? 그것은 바로 고통이라는 요소가 그들을 마약처럼 끌어당기기 때문이다.

고통이라는 요소가 없으면 삶의 재미도 없다. 고통과 위험이라는 요소가 곳곳에 도사리고 있어서 우리의 삶이 재미가 있는 것이다. 삶에 고통과 위험이라는 요소가 없다면 그 삶은 이미 삶의 매력을 잃은 김빠진 삶밖에는 되지 않는다. 우리는 극적인 어려움을 극복하게 될 때 비로소 거기에서 극적인 희열감도 느낄 수 있다. 그 희열감이야말로 강력한 마약만큼이나 황홀한 것이다. 그래서 우리들은 그 힘든 인간의 한계에 도전하기도 하는 것이다.

일은 신나게 해야 한다. 아이들은 놀이를 하면서 몹시 즐겁고 재미있을 때에는 '야! 신난다!'라고 외친다. 어른이 되어서도 마찬가지다.

무엇인가를 할 때, 너무도 흥겨워 자신을 주체하지 못할 정도가 되면 우리는 자신도 모르게 '야 신난다, 신바람 난다, 신명난다'라고 소리를 지른다. 왜 그렇게 신난다는 말이 자신도 모르게 튀어 나오는 것일까?

그것은 그가 하고 있는 것에 너무도 몰입되어 있어 마치 딴 세상에라도 들려 있는 듯한 기분을 느끼기 때문에 그런 말이 튀어나오는 것이다. 그는 마치 자신 안에 신이 생겨나기라도 하는 듯 놀라운 경지를 일별하는 것이다. 그때는 너무도 황홀해 자신을 주체를 하지 못한다. 그때는 마치 자신이 신의 경지에라도 있는 듯한 그런 기분을 느끼는 것이다. 너무도 흥겨워 어쩔 줄을 모르는 것이다.

'신난다'라는 말이 무슨 말인가? 그것은 내 안에 신이 나온다는 말이다. 내 안에 신이 생겨난다는 말이다. 그렇다. 우리가 무엇인가에 극도로 몰입하게 되면, 우리는 그때 자신 안에 신적인 힘을 느끼게 된다. 그리고 자신도 모를 만큼 무아지경에 빠지게 된다.

그때 우리는 주위의 모든 것을 잊은 채 오직 몰입되어있는 대상만을 느끼게 된다. 만약 내가 춤에 몰입되어 있는 경우라면, 춤추는 나만 있고 다른 모든 것은 사라진다. 거기서 더 깊어지면 그때는 나 자신마저도 사라지고 춤만이 남아있게 된다. 가장 황홀한 순간이 되는 것이다. 그때 거기에서는 나 이상의 신적인 힘이 나오는 것이다. 그래서 우리들이 일을 할 때 그토록 흥에 겨우면, '야, 신난다'라는 말이 그렇게 자신도 모르게 튀어나오는 것이다. 우리가 일할 때에는 그렇게 신나게 해야 한다.

우리의 모습이 가장 아름답게 보이는 때는 언제일까? 그것은 아마도 자신의 일에 온 정열을 다해 열심히 일하고 있을 때일 것이다. 그보다 더 아름다워 보이는 때는 없을 것이다. 누군가가 열심히 일하고 있는 모습을 보고 있으면 왜 그렇게 아름다워 보이는지 그리 아름다워 보일 수가 없다.

우리는 거리에서 가끔 청소하는 사람들을 볼 기회가 종종 있다. 그때 어떤 사람은 마지못해 청소하는 모습을 볼 수가 있다. 그는 청소는 하고 있지만 그 청소한다는 사실 자체를 못마땅하게 생각한다. 그는 자신이 청소하고 있다는 사실을 수치스럽게 생각하고 있는 것이다. 그는 청소하면 받을 보상 때문에 마지못해 그 청소를 하고 있을 것이다. 그때의 그의 모습은 그를 바라보고 있는 사람조차 참 민망하게 만든다.

그렇지만 비록 적은 수당을 받을지라도 열심히 기분 좋게 청소하는 사람도 목격할 수가 있다. 그들은 자신이 할 수 있는 한 열심히 한다. 그들은 그들의 청소를 정말 사랑하는 마음으로 하고 있다. 그들이 최선을 다하여 청소하는 모습을 바라보면 그 모습은 어찌나 아름다워 보이는지 그리 아름다울 수가 없다. 그리고 그런 아름다운 모습은 보는 사람에게도 많은 감동을 준다. 같은 청소를 하는 모습이지만 어떤 사람은 참 보기에도 역겨운 반면 또 어떤 사람은 일하는 그 모습이 그리 아름다워 보일 수가 없기도 하다.

청소하는 사람들은 그 일이 좀 깨끗하지 못한 일이라 하여 절대 수치스럽게 생각해서는 안 된다. 그들은 오히려 자부심을 갖는 것이 좋다. 다른 사람들은 감히 할 수 없는 일을 그들은 하고 있기 때문이다. 청소는 누군가는 꼭 해야 하는 일이다. 그러나 다른 사람들은 그 일이 하기 싫어 피하지만, 그들은 다른 누군가를 대신해 봉사하고 있는 것이기 때문에 그들은 오히려 자신의 일에 긍지를 갖는 것이 좋다.

그리고 그것을 바라보고 있는 사람들도 마찬가지다. 청소하고 있는 사람들을 가련한 모습으로 보아서는 안 된다. 그 일은 바로 내가 하기 싫어 피하는 것을 그들이 대신하여 주는 것이라 생각하고 고맙게 여겨야 한다. 그들을 절대 얕보는 눈초리로 보아서는 안 된다.

우리는 일을 할 때 하찮은 일이라 하여 그 일을 저주라고 생각하거나 불행이라고 생각해서는 절대 안 된다. 일은 어떤 일이든지 모두가 신성한 것이다. 우리는 일을 할 때는 어떤 일이든지 구별하지 말고 사랑하는 마음으로 일을 해야 한다. 그래야 그가 일을 사랑하는 사람이다.

우리가 일을 할 때는 어떤 일을 하든지 그것은, 자신이 사랑하는 사람을 위해 하는 일이라 생각하고 그 일에 열정과 사랑을 불어넣어야 한다. 즉 자신이 하고 있는 일에 생명과 영혼을 불어넣을 줄 알아야 한다는 말이다. 그렇게 할 때 그 일은 생명의 빛을 발하게 된다. 그리고 그 결과는 다시 우리 자신에게로 되돌아온다. 즉 하고 있는 일에 쏟아 부은 사랑과 열정은 결국 우리 자신에게로 되돌아온다는 말이다. 우리는 그 사실을 결코 잊지 말아야 한다. 일은 바로 우리의 사랑이 일로 나타난 것이기 때문이다. 우리가 수치심을 가지고 일을 한다면 그 수치심은 결국 우리 자신에게로 되돌아온다. 그리고 우리가 사랑으로 일을 한다면 그 사랑 역시 우리 자신에게로 다시 되돌아온다.

나쁜 습관 놓아버리기

살아가면서 어떤 좋지 않은 습관이 자신의 삶에 해를 끼치고 있다는 것을 알면서도 우리는 그것을 단절하지 못한 채 계속 거기에 붙들려 사는 경우가 있다. 그런 때는 어떻게 하면 좋을까? 대부분의 사람들이 좋아해서는 안 될 일을 좋아하면서 거기에 붙들려 사는 것이다. 좋아한다는 그 이유 하나 때문에 놓아야 할 것을 놓지 못하며 살고 있는 것이다.

그것은 감정이 이성보다 앞서 자신의 이성이 감정에 붙들려 살고 있는 꼴이다. 이성이 감정의 집착에 붙들려 어쩌지를 못하는 것이다. 이성은 바른 말을 하지만 감정은 그 말을 듣지 않고 집착에 붙들려 헤어나질 못한다. 이성은 단절해야 한다고 결심하고 또 결심하지만 감정은 미련을 버리지 못한 채 계속 거기에, 귀신에 붙들려 있듯 한다. 그리고는 그것에 여전히 미혹되어 그 구덩이에서 빠져나오질 못한다. 빠져나오겠다고 결심하고, 또 단절하겠다고 다짐하지만 소용이 없다.

처음에는 잠깐 좋아해 거기에 발을 들여놓았지만 이제는 깊숙이 빠져 도저히 어떻게 할 도리가 없다. 지독한 습성이 붙어 이제 완전히 붙들려버리고 만 것이다. 그런 때는 어떻게 하면 그 구렁텅이에서 쉽게 빠져나올 수 있을까?

그런 경우에는 빨리 실망하는 방법을 택하는 것이 좋다. 그보다 더 좋은 방편은 없다. 자신에게 해가 되는 일이라면 그 일에 빨리 실망해야 한다. 그 일을 이제 않겠다, 끊겠다 하고 다짐하고 결심해봤자 소용없다. 결심한다고 해서 될 일이 아니다. 결심이 감정을 이기지는 못한다. 우리 인간은 이성보다는 항상 감정이 더 앞서기 때문에 감정에 얽매여 살기 쉽다. 그러므로 그 감정을 이길 수 있는 방편을 마련해야 한다. 그렇다면 그것이 무엇이겠는가?

그것은 이성을 앞서는 감정까지도 내려놓을 수 있는 방법을 찾아야 한다. 그것은 바로 마음 깊은 곳에서부터 실망하는 것이다. 아예 낙담하는 것이다. 거기에 이어지는 마음 자체를 아예 끊어버리는 것이다. 지진이 일어나 길이 절벽처럼 떨어져 끊기는 것처럼 그 대상에서 떨어져 나오는 것이다. 거기에 감정이 들어설 자리를 아예 없애버리는 것이다. 흔적조차 없이 그 자리를 지워버리는 것이다. 거기에 이어질 끈조차 아예 지워버리는 것이다.

그러한 때는 체념하고 또 체념해야 한다. 그것이 몸에 밸 정도로 체념해야 한다. 그쪽으로는 완전 낙담해야 한다. 그리고 거기에서 돌아서서 가능한 빨리 다른 길을 만들어 놓아야 한다. 그렇게 할 때 결국 우리는 그 구덩이에서 빠져나올 수 있게 된다.

예를 들면 우리들은 별 필요도 없이 계속 TV를 보는 데에 빠져 드는 경우가 많다. 누구나 할 것 없이 많은 사람들이 시간만 나면 TV를 켜놓는다. 너나 할 것 없이 보면, 사람들은 그저 TV를 켜놓고는 거기에 마음을 빼앗긴다. 시간만 나면 그저 TV를 켜놓고 죽쳐있는 것이다. 어떤 사람들은 망령 들린 사람처럼 TV를 켜놓는다. TV를 켜놓지 않으면 좀이 쑤셔 살 수 없는 사람처럼 TV를 켜놓고 산다. 어떤 사람은 너무도 버릇이 되어있어, 심지어는 손님이 와있는데도 손님에는 아랑곳하지 않고 TV를 켜놓고 거기에 빠져있는 사람들도 볼 수가 있다.

그러한 사람들한테 TV에서 본 것 중 쓸 만한 내용을 한 번 기억해내 보라고 한다면 그들은 얼마나 기억하고 있을까? 아마도 많은 사람들이 거의 아무것도 기억 못할 정도일 것이다. 그래도 그들은 TV를 켜놓고 시간만 죽인다. 그들은 이제 이미 TV를 켜놓지 않고는 살 수가 없을 정도가 되버리고 말았다. TV를 안 키겠다고 다짐하고 또 다짐하지만 소용이 없다. 이제는 깊은 병이 들어 도저히 어떻게 할 방도가 없다. 아마도 이것이야말로 병중에 가장 큰 병일 것이다.

TV가 아닌 경우에도 마찬가지다.

우리들은 일상생활에서 이런 경우를 많이 경험할 수가 있다. 삶에 이득은 되지 않지만 처음에는 유혹에 이끌려 시작했다가 나중에는 중독이 되어 끊지 못하고 허우적거리는 경우를 많이 볼 수 있다. 대부분 담배 피는 사람들의 경우도 그렇고, 특히 남녀관계에서도 그러한 경우를 많이 볼 수 있다.

만나서는 안 될 두 남녀가 처음에는 유혹에 못 이겨 몇 번 만났다가 끝내는 파탄 지경에까지 이르는 경우를 우리는 흔하게 목격할 수 있다. 그들은 안 만나겠다 안 만나겠다 하면서도 다시 또 만난다. 아무리 다짐 해봤자 소용없다. 그들은 신들린 사람처럼 다시 또 만난다. '이번 한 번만 이번 한 번만' 하지만 소용없다. 얼마의 시간이 지나면 언제 그랬느냐는 듯이 또 만난다. 그리고는 결국 파국에 가서야 손들고 만다. 그렇다면 이런 경우에 어떻게 대처해야 할 것인가?

'안 하겠다 안 하겠다'하는 것은 해결방법이 되지 못한다. 뼛속 깊이까지 배어있는데 어떻게 안 할 수가 있겠는가? 결심한다고 해서 그것은 해결되지 않는다. 방법은 빨리 실망하는 것이다. 그 방법이 가장 효과적이다. 아주 체념을 하는 것이다. 그 쪽에는 아예 조금도 마음을 두지 않는 것이다. '안 하겠다 이제 그만 두겠다'고 결심하는 것이 아니고, 그쪽 방면에 아예 마음을 내려놓는 것이다. 그것에 조금도 기대를 두지 않는 것이다.

비결은 마음 깊이 실망하는 것이다. 실망하게 될 때 마음은 물론 감정까지도 떨어져나가게 된다. 그것만이 방편이 된다. 무엇보다도 빨리 실망하는 편이 가장 좋은 방편이다. 실망하고 나면 차라리 마음이 편하고 좋다. 마음이 얼마나 홀가분한지 모른다. 될 수 있는 한 빨리 잊는 것이 좋다. 거기에 무엇이라도 좀 있지 않을까 하고 자꾸 되돌아보면 안 된다. 조금이라도 미련을 둔다는 것은 다른 일을 하는 데 많은 지장을 주게 되고 많은 시간을 허비하게 만들 뿐이다.

그렇지만 대부분의 사람들이 그 점을 의식하지 못한 채 그저 한 가닥의 끈이라도 있지 않을까 하고 미련을 버리지 못하고 자꾸만 뒤를 돌아보곤 한다. 그래서는 안 된다. 아예 그곳에 발조차 붙일 생각을 말아야 한다. 거기에 완전히 발을 끊고 자유롭게 될 때 그 홀가분한 마음은 얼마나 개운하고 좋은지 모른다. 그야말로 앓던 이를 뽑아버린 것만큼이나 시원하고 홀가분하다.

그러니 빨리 실망하고 다른 가치 있는 일을 찾아 시작하는 편이 훨씬 더 유익하다.

부정적인 마음에 빨리 실망하고 좌절하게 되면 우리의 마음은 긍정적인 쪽으로 옮겨가기가 매우 용이하다. 그러므로 빨리 실망하고 자신의 마음을 빨리 다른 곳으로 돌려놓아야 한다. 무언가 있지 않을까 하고 자꾸만 주변을 기웃거리다가 삶은 다 좀먹고 만다. 아무 것도 얻지 못한 채 시간만 다 허비하고 만다. 아니다 싶으면 빨리 실망하는 편이 좋다. 그쪽에 조금도 미련을 두지 말아야 한다. 실망을 하게 될 때 미련은 빨리 떨어져 나가게 된다. 그리고 실망을 하고나면 마음은 오히려 아주 편해지고 안정이 된다.

문제는 미련의 끈을 빨리 잘라 내야 한다는 것이다. 미련의 끈이 조금이라도 붙어있게 될 때 우리의 마음은 늘 흔들리고 출렁거린다.

그렇지만 실망을 하게 되면 바람은 잦아들고 마음은 평온해지며 홀가분해지게 된다. 항상 출렁거리는 마음이 문제인데 실망을 하고 나면 그 출렁거리던 마음은 고요하고 잠잠해진다.

해봤자 결국 아무 이득이 없는 것이라면 될 수 있는 한 빨리 실망하는 것이 최선의 방책이 된다. '많은 되풀이를 해봤지만 결과는 빤한 것이었다. 결국 그것은 아무 가치도 없고 별 것도 아닌데, 내가 괜히 애만 쓰고 말았다. 남는 것이라곤 아무것도 없다. 결국 그것은 시간이 지나면 있는 것이나 없는 것이나 마찬가지이다. 그것은 그저 시간 낭비이고 금전 낭비이고, 노력 낭비일 뿐, 가치를 둘 것이라곤 아무것도 없다. 나는 그것 없이도 얼마든지 잘 살 수 있다'라고 생각하면서 내려놓는 마음으로 실망해야 한다.

그리고 나쁜 습관을 내려놓게 될 경우, 그 비워지는 자리는 빨리 다른 것으로 대체해 놓아야 한다. 그래야만 마음이 다시 그곳으로 향하지 않는다. 마음이 다시 그곳으로 향할 여유를 주지 말아야 한다는 것이다.

그때는 자신이 아주 좋아할 수 있는 다른 것을 시작하게 되면 그것은 나쁜 습관을 놓아버리는 데 많은 도움을 준다.

예를 들면 TV를 보는 데 중독이 되어있다면, TV를 볼 그 시간에 대신 자신이 좋아하는 운동을 하는 것이다. 운동을 시작하면 얼마나 좋은 점이 많이 생기는지 모른다.

집안 실내에서도 할 수 있는 간단한 운동들이 참 많이 있다. 유튜브에 들어가 보면 허벅지 운동이라든지 혹은 종아리 운동 등 우리가 집안에서 즐길 수 있는 운동들이 많이 소개되고 있다. 허벅지 운동이나 종아리 운동 등을 하게 되면 해당 부위에 근육을 키울 수 있음은 물론, 혈액 순환까지 좋게 되어 심장 건강에도 많은 도움을 주게 된다.

이 운동들은 본인이 실제 경험해봐서 잘 알 수가 있다. 본인 같은 경우에도, 나이가 들면서 허벅지나 종아리가 눈에 띌 만큼 가늘어져 걱정을 많이 했었는데, 마침 이 운동들을 하고 나서 허벅지는 물론 종아리까지 굵어지고, 또한 평소에 좋지 않았던 심장까지 좋아지게 되는 것을 느낄 수 있었다.

운동을 하게 되면 그것은 우리의 육체적인 건강에도 도움을 주지만, 또한 그것들은 우리의 정신 건강에도 많은 도움을 준다. 무엇인가에 중독되어 있는 경우, 운동을 열심히 하게 되면 그것은 우리 뇌에 도파민 호르몬 분비를 촉진시켜 좋지 않은 중독 증상을 없애주는 한편, 또한 그것은 우리 몸에 엔도르핀을 분비케 하여 우리 몸의 불안과 스트레스를 해소시켜주는 데 많은 도움을 준다.

마음

"마음은 신의 불을 켜는 촛대이다"

우리는 전적으로 마음으로 살고 있다. 삶의 모두를 마음으로 인식하고 마음으로 나타내며 살고 있다. 즉 마음은 우리의 모두이며, 우리의 삶 모두는 마음에서부터 비롯된다고 하여도 그것은 지나친 말이 아니다. 그러므로 살면서 마음을 잘 가꾸고 다스리는 것, 그것은 우리의 삶에서 가장 중요한 덕목이라 말할 수 있다.

마음은 있기도 하고 없기도 한 것이 마음이다. 마음은 만들어내면 바로 생기고, 지워버리면 바로 없어진다. 따라서 우리는 우리의 마음속에 얼마든지 값진 것도 만들어낼 수 있고, 또한 얼마든지 해로운 것도 만들어낼 수가 있다. 그야말로 우리 안에 천당도 만들어낼 수 있고, 지옥도 만들어낼 수 있는 것이 우리의 마음이다. 글자 그대로 모두가 마음대로다. 그리고 그러한 마음을 자유자재로 만들어낼 수 있는 우리야말로 창조주를 닮은 절대적인 마음의 창조자라 말할 수 있다.

우리 마음은 세상 모두의 중심이 되어야 하고, 우리는 항상 그 마음 중심에 있어야 한다. 그 중심에 있게 될 때 우리는 절대적인 평온과 평화를 누릴 수 있다. 그렇게 차분하고 고요한 마음 상태를 유지하며 사는 것 그보다 더 중요한 것은 없다. 그 때 우리는 모든 번뇌와 두려움으로부터 자유로울 수 있다. 그리고 더욱더 아름답고 행복한 삶을 살 수 있게 된다. 그렇지 않고 마음이 중심을 잡지 못하고, 흔들리며 평정심을 잃게 될 때 우리는 참으로 불행한 삶을 살 수밖에 없다.

우리는 무엇보다도 행복의 근원이 내면의 중심에 있다는 것을 깨닫고 마음이 항상 그 중심에 머무를 수 있도록 힘써야 한다.

마음이 모든 것의 중심이 되고 그 근원이 될 때 우리는 삶을 깊이 깨달을 수 있고 또한 진정한 행복을 누릴 수 있게 된다.

우리는 무엇보다도 자신의 내면에 고요와 평온 그리고 평화를 유지하며 사는 것 그것이 삶에서 갖추어야 할 가장 중요한 덕목이라는 것을 깊이 깨달아야 한다. 삶에서 그보다 더 중요한 것은 없다. 우리가 고요하고 평온한, 안정된 마음을 갖게 될 때, 우리는 본래 우리의 근원에 이를 수 있으며, 그때 거기에서 우리는 전능의 우주 의식과 연결된 무한한 지혜를 끌어올릴 수 있게 된다.

어쨌든 우리는 고요한 마음을 바탕으로 항상 안정된 평정심을 유지해야 한다.

어떠한 나쁜 상황이나 두려울 만큼 위험한 상황에 처했을지라도 절대 불안에 떨거나 두려워하지 말고, 우선 고요하고 평온한 마음 상태를 유지해야 한다. 그러한 상태에서 우리는 마음의 편안함과 안정을 얻을 수 있으며 어떠한 어려움도 훌륭하게 해결할 수 있는 최고의 지혜와 용기를 얻을 수 있다.

우리가 마음의 집중을 하지 못하고 흔들릴 때 우리는 정신적으로나 육체적으로 가장 해롭다. 그때 우리는 제대로 볼 수 없고, 제대로 들을 수 없으며 또한 제대로 판단을 할 수가 없다.

흔들리지 않는 평온한 마음을 갖고 있는 상태에서만이 우리는 바로 보고, 바로 듣고, 바로 판단할 수 있는 힘을 얻을 수 있다. 온 마음을 모아 언제나 평온을 유지하며 사는 것, 그것만이 우리 삶에서의 최고의 행복이라는 것을 우리는 잘 알아야 한다.

어떤 일이 있더라도 온 마음을 모아 고요와 평온을 유지하며 자신의 최선을 다하게 될 때 우리들은 잘못된 판단이나 행동을 할 염려가 거의 없다. 그러므로 어떤 상황에서도 마음의 고요와 평온 그리고 평정심을 유지해가며 자신의 최선을 다하는 것 그것이 살아가면서 갖추어야 할 가장 중요한 덕목이다.

우리는 생에 가장 중요한 순간인, 마지막 숨을 거두는 죽음의 상태에서만큼은 온 마음을 모아 꼭 고요와 평온 그리고 평정심을 유지해야 한다. 우리들은 그때 모든 것을 잃는다는 불안감과 그리고 온 세상과 단절된다는 극도의 두려움과 공포에 휩싸여 평정심을 잃기가 쉬운데 절대 그래서는 안 된다.

우리는 신성의 일부이며 신과 분리될 수 없는, 영원한 신의 보호를 받고 있는 영원의 영혼이라는 굳건한 믿음을 갖고 평온한 죽음을 맞이할 수 있어야 한다. 또한 우리의 삶과 죽음은 별개가 아니고, 그것은 하나의 큰 원을 이루고 있는 하나의 영원이라는 확고한 믿음을 가지고 있어야 한다. 그러한 평온하고 충만한 상태에서 죽음을 맞게 될 때 우리는 죽음을 두려워하지 않고, 아름답고 평화로운 죽음을 맞이할 수가 있다. 또한 그렇게 함으로서 우리는 지극히 아름답고 평화로운 그 다음으로 이어질 수 있다.

마음 붙들기

마음을 모으지 못하고
밖으로 흩트리는 마음
들떠 있는 마음
기웃거리는 마음을 갖게 될 때
그것은 우리 삶을 가장 해롭게 만든다.
그때 마음은 갈피를 잡지 못하고 사방으로 흩어지며
넝마조각이 되어 지옥 속을 헤매게 된다.
그러니 우리는 마음의 끈을 놓치지 않고
항상 차분한 마음 가질 수 있도록 노력해야 한다.

마음의 끈을 놓쳐 깊은 수렁에 빠지게 되면
처절한 무력감과 상실감을 갖게 된다.

그것은 자신을 얼마나 비참하게 만드는지 모른다

그것은 자신을 가장 추하고 볼품없는 거지로 만든다.

그러므로 우리는 언제나 지금 여기를 주시하며

마음 흩트리는 일 없도록 늘 조심해야 한다.

우리는 안으로 집중하는 마음 가질 때 행복하다.

언제나 진지하고, 열정적이며,

주변 모두를 존중하고 사랑하는 마음을 갖고

지금 여기 모든 대상을 지극한 정성으로 대해야 한다.

간혹 마음이 힘들 때가 있더라도 절대 낙담하지 말고

마음 잘 가다듬어 '나는 잘 할 것이다 모두는 잘 될 것이

다'라며 항상 자신을 위로하고 북돋우며

최선을 다하는 마음 가져야 한다.

그리고 나의 영원한 영적 자아는

무한한 사랑과 신성으로 창조주와 연결된

창조주의 일부임을 인정하고,

늘 창조주의 사랑과 보호를 받고 있다는 확고한

믿음과 넉넉한 마음을 갖고 살아야 한다.

마음이 나는 아니다

우리의 삶에서 가장 위대한 탐구 그것은 무엇일까?

그것은 바로 자신의 마음을 탐구하는 일이 아닐까? 삶에서 자신의 마음을 탐구하는 일보다 더 중요하고 가치 있는 일이 또 있을 수 있을까? 우리의 삶에서 자신의 마음을 탐구하고 그 마음을 잘 아는 것보다 더 가치 있고 중요한 일은 아마도 없을 것이다. 자신의 마음을 잘 알아차린다는 것은 우리의 삶에서 그토록 중요한 일이 된다.

그러면 왜 마음을 탐구하는 일이 그토록 중요한 것일까?

그것은 바로 우리가 우리의 삶을 전적으로 마음에 의존하며 살고 있기 때문이다. 우리는 우리 삶의 모두를 마음으로 인식하고 마음으로 나타내며 살고 있다. 즉 우리가 기쁘거나 슬플 때는 마음이 기쁘거나 슬픈 것이고, 행복하거나 불행할 때도 마음이 행복하거나 불행한 것이며 또한 불안하거나 두려울 때도 마음이 불안하거나 두렵기 때문에 그러한 것이다. 그 모든 것들은 마음에서 비롯해 그런 것이다. 마음이 그렇지 않으면 그럴 수가 없다. 이처럼 우리는 우리 삶의 모두를 마음으로 살고 있다. 다시 말해 우리 삶의 모든 것은 마음에서 만들면 만들어지고, 마음에서 지우면 지워진다는 뜻이다. 글자 그대로 삶의 모든 것은 마음 가는 대로 만들어진다. 이렇게 마음은 우리 삶의 모두가 된다. 그래서 마음을 탐구하고 그것을 잘 아는 것이 그토록 중요하고 가치 있는 일이 된다.

정말이지 우리는 마음을 잘 알아야 한다. 마음을 잘 아는 일보다 세상에 더 중요한 것은 없다. 그리고 마음을 잘 알면 얼마나 좋은 일이 생기는지 모른다. 마음을 잘 알면 우리에게는 가히 혁명적인 일이 일어날 수가 있다.

우리는 지금까지 마음을 잘못 알며 살아왔다.

마치 자신의 그림자가 자신이라도 되는 것처럼 그렇게 마음을 잘못 알며 살아온 것이다. 즉 우리는 마음이 자신이고 자신이 곧 마음이라고 착각하며 살아왔다. 마음이 우리의 모든 것인 것처럼 잘못 알며 살아온 것이다.

이렇게 우리는 자신과 마음을 구분하며 살지 못했다. 그저 마음에 꼼짝 못하며 살아온 것이다. 이것이 우리의 삶에 가장 큰 문제였다. 우리는 그렇게 평생을 마음에 흔들리는 삶을 살아온 것이다.

그래서 우리는 한시도 마음 편할 날이 없었다. 그 때문에 우리에게는 항상 불안한 마음과 두려운 마음이 그칠 날이 없었던 것이다. 그 모두는 우리가 마음에 속고 살아왔기 때문이다. 우리는 이렇게 마음을 모르면 평생을 마음에 속고 불행한 삶을 살 수밖에 없게 된다.

그러면 우리가 왜 그렇게 마음 때문에 늘 흔들리는 불안한 삶을 살게 되는 것일까? 그것은 바로 마음 자체가 바로 흐름이기 때문이다. 마음 자체가 흔들림이란 말이다.

자신의 마음을 한번 잘 관찰해보자. 그러면 우리는 마음 그 자체가 흐름이라는 것을 알 수 있을 것이다. 마음은 흐름이다. 그리고 마음이 있는 한 그 흐름은 멈출 수가 없다. 그 흐름이 멈추면 마음은 죽어버리게 된다. 그러니 마음이 있는 한 그 흔들림은 멈출 수가 없는 것이다. 그래서 우리는 그 흔들리는 마음을 알아차리기가 그렇게 힘든 것이다.

그렇다면 이러한 마음을 우리는 어떻게 잘 관리하며 살아야 할 것인가? 그것은 삶에서 우리가 깨달아야 할 가장 큰 주제 중에 하나가 된다. 삶에서 이보다 더 큰 주제는 없다.

마음은 참으로 알 수 없을 만큼 애매하고도 미묘한 것이다. 마음은 언제 어떻게 변할지 모른다. 마음은 흐르는 물 같기도 하고 어쩌면 불타는 어떤 현상 같기도 하다. 정말이지 참으로 알 수 없는 것이 우리의 마음이다.

마음은 어느 한 곳에만 머무르는 것이 아니다. 그것은 두뇌에 있는 것 같기도 하도, 어느 때는 가슴에 있는 것 같기도 하고, 또 어느 때는 아무것도 없는 것 같기도 하고, 또 어느 때는 생겨났다가 다시 없어지는 것 같기도 하고 또 어느 때는 허공에 있는 그 무엇 같기도 하고, 참으로 알 수 없는 것이 우리의 마음이다. 그것은 어디에서 어떻게 작용하는지 우리들은 정확하게 잘 알 수가 없다.

그것은 육체와 육체가 아닌 것을 즉 물질과 비물질 사이를 넘나드는 아주 섬세하고도 미묘한 것이기 때문이다. 그러니 그것을 가늠한다는 것은 여간 어려운 일이 아니다. 순간순간마다 변할 수 있고 언제 어떻게 변할지 모르는 참으로 애매한 것이 우리의 마음이다.

그러한 마음을 우리는 지금까지 우리의 주인으로 모시며 살아왔다. 그 동안 우리는 그러한 마음에 꼼짝 못하고 휘둘리며 살아온 것이다. 지금까지 그렇게 우리는 마음과 나를 구분하지 못하며 마음의 노예로만 살아온 것이다. 마음이 나이고 내가 마음인 줄로만 알고 살아온 것이다. 그래서 우리는 그렇게 늘 불안과 긴장 속에서 살 수밖에 없었다.

마음은 가만히 있지 못한다. 마음은 어느 한 가운데에 정지하고 있는 것이 아니라 항상 여기 저기 떠돌아다닌다. 마음은 형태를 가지고 있는 어떤 고정된 것이 아니다. 그것은 그저 하나의 흐름일 뿐이다. 그리고 그 흐름이 있는 한 거기에는 늘 긴장과 불안이 따를 수밖에 없다.

거기에 멈춤이란 있을 수가 없다. 만약 멈춤이 있게 되면 마음은 사라지고 만다. 마음은 이렇게 늘 움직여야 살 수가 있는 것이다.

마음은 어디 안 다니는 곳이 없고 어느 것 하나 안 건드리는 것 없이 늘 떠돌아다닌다. 별 오만 가지를 다 건드리며 떠돌아 다닌다.

그래 마음은 붙잡을래야 붙잡을 수도 없다. 어느 한 가지 생각을 단 5분 동안만이라도 한번 붙들고 있어 보라. 그것이 가능할까? 다른 잡념이 조금도 끼어들지 않고 그렇게 붙들고 있다는 것이 가능할까?

마음은 마치 허공에 떠 있는 안개와도 같다.

그것은 있다가도 없고, 없다가도 금방 다시 생겨나는 참으로 헤아리기 어려운 것이 우리의 마음이다. 이런 마음은 언제나 우리를 흔들어놓고 불안하게 만들어 놓는다.

마음은 우리 자신이 진정 누구인지 알 수 없게끔 항상 우리를 가려놓는다. 잠시도 우리를 평온한 가운데 놓아두질 않는다.

마음은 우리가 잠시도 무엇인가를 하지 않고는 도저히 견딜 수 없을 만큼 항상 우리를 불안하게 만들어놓는다.

이런 마음은 언제나 우리를 가려놓고 자신이 주인인척 한다. 사실 마음은 아무것도 아닌데 그것은 우리의 모두인 척 하는 것이다.

그런 마음은 우리의 피를 빨아먹고 산다. 우리의 모든 불행은 이런 잘못된 마음 때문에 생겨나게 되는 것이다.

마음은 내 안에 살고 있지만 사실 마음이 나는 아니다.

그러나 우리는 마음이 '나'이고 내가 마음인 것처럼 항상 착각하며 살고 있다. 이렇게 우리들은 삶에서, 진정한 나와 마음의 관계를 잘못 인식하며 살고 있다. 이것이 바로 우리들이 불행해지는 이유이다.

이제 우리는 마음을 이겨내는 삶을 살아야 한다. 지금까지 우리는 항상 마음에 굴복하는 삶만을 살아왔다. 그것은 마음을 나로부터 분리해낼 줄 몰랐기 때문에 그랬던 것이다. 내가 나를 모른 채, 오직 마음이 나의 모든 것이나 되는 것처럼 우리는 그렇게 잘못된 삶을 살아온 것이다. 그래서 우리의 삶이 그렇게 불행할 수밖에 없었던 것이다.

이제 우리는 이러한 마음을 어떻게 다룰 것인가 그 방법을 찾아야 할 때가 되었다. 지금까지 마음과 우리의 관계가 주종 관계였던 것을 청산할 때가 되었다. 이제는 우리가 주인이 되고 마음은 그 하인으로 되어야 한다. 우리는 지금까지 그러한 문제에 대하여 제대로 의식하지 못하고 또한 잘 다루지도 못하며 살아왔다. 마음을 우리로부터 따로 분리할 줄 모르며 살아온 것이다. 그저 마음이 우리의 모든 것으로만 알고, 마음과 나를 하나로만 여기며 잘못 살아온 것이다. 그것이 지금까지의 우리의 삶의 가장 큰 문제였던 것이다.

그러나 사실 알고 보면 마음도 내가 아니고 몸도 내가 아니다. 나는 사실 지금까지 몸과 마음에 갇혀 살아온 것이다. 자유의 영혼이 물질의 구속에 갇혀 그것이 나인 줄 착각하며 살아온 것이다. 우리는 이렇게 늘 마음과 몸에 구속되는 삶을 살아왔다. 그것이 바로 우리의 모든 불행을 초래하게된 가장 큰 원인이 된다.

그리고 만약 우리가 앞으로도 계속 이러한 구속에서 벗어나지 못한다면 우리의 불행은 결코 그칠 날이 없게 된다. 만약 우리가 여전히 마음을 우리 자신으로부터 가려내는 삶을 살지 못하는 한 우리는 마음의 노예에서 벗어날 길이 없다. 우리는 반드시 이러한 마음의 구속에서 벗어 나야 한다. 그래야 우리는 마음껏 자유로울 수가 있다. 그렇게 될 때 우리는 훨씬 더 자유롭고 행복한 삶을 살 수 있게 된다.

우리에게는 늘 몸과 마음이 문제가 되어왔다. 지금까지 우리는 늘 몸과 마음의 구속 때문에 불행한 삶을 살아온 것이다. 우리가 그 구속에서 벗어나기만 하면 우리는 얼마든지 더 행복한 삶을 살 수가 있다. 그렇게 될 때 우리의 삶은 얼마나 자유롭게 되는지 모른다.

우리가 '몸이 내가 아니다 마음이 내가 아니다'라며 몸과 마음을 우리에게서 분리시켜, 잘 지배할 수 있기만 하면 우리는 정말이지 놀라울 만큼 자유롭고 만족하는 삶을 살 수가 있다. 그 때 우리는 죽음으로부터도 자유로울 수 있다. 죽음이라는 두려움까지도 모두 날려버릴 수 있게 된다. 내가 마음이 아니고 몸이 아닌데 어찌 나한테 죽음이 다가올 수 있겠는가?

우리에게는 몸과 마음이 있어서 태어남이 있고 죽음이 있다. 그리고 그 몸과 마음이 바로 우리를 죽음의 착각에 빠트리고 있는 것이다. 만약 우리가 몸과 마음의 구속에서 벗어날 수만 있게 된다면 우리는 그 어떤 구속으로부터도 자유로울 수 있다. 죽음으로부터의 구속에서도 자유로울 수 있게 된다. 여기에 우리의 삶의 모든 비결이 숨어 있다.

우리가 우리 마음의 주인이 된다면 우리는 그 어떤 것도 우리의 뜻대로 조정하며 잘 살 수 있다. 이것만 잘 실행할 수 있다면 우리는 지금까지 살던 세상과는 완전 다른 세상을 살 수가 있다. 정말이지 그것만 잘 실행할 수 있다면 우리는 그야말로 마법의 세상에서 살 수가 있다.

'마음이 내가 아니다. 몸이 내가 아니다'라는 사실을 분명하게 깨닫게 될 수만 있다면, 그때는 그 어떤 것도 우리를 속박 할 수 없으며 우리를 해칠 수가 없다. 그야말로 우리는 자유의 천국에서 살 수 있게 된다.

문제는 내가 내 마음을 잘 알아차려야 한다는 것이다. 내가 나를 항상 잘 주시하고 있어야 한다. 나는 항상 내 마음을 잘 살펴봐야 한다는 것이다. 내가 마음의 주인이 되기 위해서는 진정한 내가 나의 모든 감정을 잘 살피고 지배할 수 있어야 한다.

내가 중심이 되고 몸과 마음을 그 외곽으로 분리시켜 놓을 수만 있다면 우리는 그 어떤 흔들림으로부터도 영향 받지 않고 잘 살 수가 있다. 그때는 표면에 이는 분노나 욕망 그 어떤 감정의 소용돌이에도 휩쓸리지 않고 그 모두를 게임을 즐기듯이 즐길 수 있다.

우리의 마음은 언제나 혼란스럽다. 그것은 우리들이 좀처럼 자신의 내면을 살펴보지 않기 때문에 그런 것이다. 우리가 우리의 내면을 잘 살펴보기만 한다면 우리의 마음은 결코 혼란스러울 수가 없다. 우리가 마음을 자신으로부터 분리시켜 주시할 수만 있다면 우리는 아무리 혼란스럽던 마음이라도 바로 고요하고 평온한 마음으로 가라앉힐 수가 있다.

우리가 혼란스러워 지는 것은 우리가 마음과 자신을 구분 짓지 못하고 늘 마음과 한 덩어리가 되어 휩쓸리기 때문에 그런 것이다.

평소 우리의 마음은 언제나 무질서한 광기의 마음이다. 자신의 마음이 얼마나 산만한지 한 번 잘 관찰해보자. 순간순간마다 자신의 사념이 얼마나 무질서하게 움직이고 있는지 마음을 한 번 기록해보자. 그리고 잠시 후에 그것을 한 번 살펴보자. 정말 놀라울 뿐이다. 실로 경악을 금치 못할 정도로 우리의 마음은 정말이지 광기의 집합체에 불과하다. 얼마나 많은 사념들이 왔다 갔다 하고 또한 나타났다 사라지고 하는지 정말 놀랍기만 하다.

그러나 우리가 마음을 가다듬고 마음을 주시하게 될 때 그 무질서하고 혼란스럽던 마음도 차차 질서를 잡아가고 정돈되기 시작한다. 우리가 내면을 주시하는 것 자체만으로도 우리 내면에서는 참으로 많은 긍정적인 변화가 일어나기 시작하는 것이다. 우리가 마음을 주시하고 있기만 하면 무질서하고 혼란스럽던 마음의 상태가 질서 있고 조화로운 상태로 변하기 시작한다. 마음은 곧바로 평온해지고 평화의 마음이 자리를 잡게 된다. 그리고 심신은 매우 조화로워 진다. 우리의 깊은 내면에서는 평온과 평화가 그 본질이기 때문에 그렇다.

그리고 평소 우리들의 마음이 그리 불안하고 안정을 찾지 못하며 흔들리는 원인은 바로 우리의 마음이 끊임없이 밖을 향하고 있기 때문이다.

우리의 마음은 늘 밖을 내다보며 욕망의 환상을 만들어낸다. 그리고는 그것들과 동일시하기 시작한다. 그러면서 마음은 끊임없이 흔들리며 안정을 찾지 못하는 것이다. 행복은 밖에서 오는 줄 알고 마음은 온통 밖을 향하고 있기 때문에 그런 현상이 온다.

그러나 밖에서 오는 기쁨 그것은 우리의 욕망을 잠시 채울 수 있을지 모르지만 그것은 잠시일 뿐 곧 사라지고 만다. 그러면 우리는 또 다른 욕망을 찾기 시작한다. 그러나 그것 또한 마찬가지다.

우리들은 그렇게 그러한 과정을 계속 되풀이하고 또 되풀이할 뿐 우리의 욕망은 그 끝을 모른다. 결코 채워지지 않는 것이 바로 우리의 욕망이다. 욕망은 끝이 없다. 채우면 채울수록 더 많은 욕망을 만들어내는 것이 바로 우리의 욕망이다. 결국 밖에서 오는 그 어느 것도 우리의 욕망을 다 채울 수는 없다. 결코 만족되지 않는 것이 바로 욕망의 본질이기 때문이다. 욕망은 항상 충족되지 않은 상태로 남아있을 뿐이다. 끝없는 추구일 뿐 결코 손에 잡히지 않는 것이 바로 우리의 욕망이다.

우리들은 끊임없이 무엇인가를 밖에서만 찾으려고 한다. 모든 것이 다 밖에서 오는 줄로만 알고 있는 것이다. 우리들은 좀처럼 자신의 내면을 들여다보려고 하지 않는다. 특히 우리의 모든 감각기관이 밖으로 향하고 있기 때문에 더더욱 그렇다. 보는 것도 그렇고 듣는 것도 그렇고 냄새 맡는 것도 그렇고 우리의 모든 감각기관은 모두가 다 그렇게 밖으로만 향해있다. 그래서 우리들은 자신을 만족시켜 줄 가치 있는 모든 것들을 그렇게 모두 밖에서만 찾고 있는 것이다.

우리들은 결코 자신의 안을 들여다보려 하지 않는다. 보물은 자신 안에 있는데도 그것을 모르고 우리는 모든 것을 그저 밖에서만 찾고 있다. 심지어는 자신마저도 밖에서 찾으려 하고 있다. 그러나 그것은 지붕 위에서 낙타를 찾는 꼴밖에 되지 않는다. 진정한 자신은 내면에 있는데도 우리들은 그것을 모르고 있다.

우리의 마음이 내면을 향하게 될 때 마음은 고요해지고 평온해진다. 그리고 그때 비로소 우리는 지극한 평화와 행복감을 느끼게 된다. 모든 행복감과 평화는 그 근원을 내면에 두고 있기 때문에 그러하다. 우리에게는 밖에서 아무리 훌륭한 조건이 들어올지라도 그것을 내면에서 받아들이지 않는다면 그것은 한낱 무용지물에 불과하다. 그러나 밖에서는 비록 사소한 것에 불과할지라도 그것을 내면에서 크고 귀하게 받아들인다면 그것은 얼마든지 크고 값진 것이 될 수가 있다.

진정한 행복은 내면에서부터 비롯된다는 것을 우리가 알게 될 때 우리의 삶은 정말이지 놀랄 만큼 달라질 수가 있다. 그때 우리는 삶을 마음껏 누릴 수 있고 풍요롭게 살 수 있다.

지금까지 우리들은 너무도 밖으로만 치우친 삶을 살아왔다. 이제 우리는 우리의 시선을 안으로 돌려야 할 때가 되었다.

이제 우리는 가슴으로 살아야 한다. 그래야 삶이 아름답고 풍요롭다. 그렇게 되면 세상은 완전 달라진다. 그때의 세상은 눈에 보이는 대로의 세상이 아니다. 그때는 눈으로 받아들이는 모든 것들이 가슴에서 다시 태어나는 놀라운 세상이 된다. 그렇게 되면 세상의 그 어느 것도 하찮은 것이 없다. 세상 모든 것은 우리의 가슴에 소중하고도 귀한 것으로 다시 태어나게 된다. 그때는 세상 모든 것이 우리를 위해 존재하게 되고 그 모든 것들은 우리의 기쁨과 행복의 원천이 된다. 그때는 세상에 아름답고 귀하지 않은 것이 하나도 없다. 그 모든 것은 우리의 가슴에 귀하고도 값진 것으로만 다가온다. 그때는 우리가 이 세상에 존재한다는 것 자체가 무한한 기쁨이 되고 행복이 된다. 그야말로 행복으로 충만한 우리들은 늘 감사하는 마음만을 가질 수밖에 없다.

마음의 고요와 평온

마음은 우리의 몸을 움직인다. 그리고 우리는 그 마음을 통제할 수 있다. 우리는 그동안 마음이 우리의 모든 것이라도 되는 것처럼 늘 마음에 종속되는 삶을 살아왔다. 그러나 이제 우리는 마음을 우리 자신으로부터 분리시키고 그 마음을 통제할 수 있다는 사실을 알게 됐다. 그러니 우리가 우리의 마음을 잘 통제하고 다룰 수만 있다면 우리는 우리의 삶에 획기적인 변화를 가져올 수 있다. 우리가 마음관리만 잘 할 수 있다면 우리는 얼마든지 더 행복하고 아름다운 삶을 영위할 수 있는 것이다.

그렇다면 행복한 삶을 이루기 위하여 우리는 평상시에 어떠한 마음가짐을 갖고 살아야 할까? 어떤 마음가짐을 갖고 사는 것이 삶을 아름답고 바른 선으로 이끄는 길이 될까? 아름답고 바른 삶을 살기 위해 가장 중요시되는 우리의 마음 자세는 무엇일까?

그것은 무엇보다도 자신의 내면에 고요와 평화를 유지하면서 사는 것이다. 삶에 있어서 마음에 평온함을 유지하면서 사는 것보다 더 중요한 것은 없다.

자신의 내면에 고요와 평화를 유지하며 사는 것, 그것이야말로 삶에서 가장 근본적으로 요구되는 밑바탕이라 말할 수 있다.

그렇다면 평온한 마음을 가지는 것이 왜 중요할까? 무엇 때문에 평온한 마음 상태를 유지하며 사는 것이 그토록 중요한 것일까?

그것은 마치 배가 바다에서 가장 이상적인 항해를 하기 위해서는 풍랑이 없는 고요한 바다를 필요로 하는 것과 같은 맥락일 것이다.

바다에 풍랑이 없고 고요하다면 거기에서 항해하는 배는 얼마나 평화롭게 항해할 수 있을까. 어떠한 방해나 어려움도 없이 마음껏 자유롭게 항해를 할 수 있을 것이다. 그러나 반대로 바다에 거친 풍랑이 일고 파도가 친다면 그때는 또 어떻겠는가? 그때에 배는 거친 파도와 싸우느라 아무것도 못할 것이다.

우리도 마찬가지다. 우리의 삶도 망망대해에서 항해하고 있는 배에 견줄 수가 있다. 우리도 아름다운 삶의 항해를 하기 위해서는 우선 우리 마음의 바다가 고요하고 평화로워야 한다. 그래야만 자유롭고 아름다운 삶의 항해를 할 수가 있다.

우리가 생활하다 보면 가끔 사고 날 때가 있는데 그러한 사고들은 왜 일어나는 것일까? 그것은 바로 우리 마음의 바다에서부터 이미 풍랑이 일기 때문에 그런 사고가 일어나는 것이다. 밖에서 일어나는 모든 사고의 원인은 이미 내면의 사고에서부터 시작된 것이다. 이미 내면의 의식 회로에서부터 사고가 나서 밖에서도 똑같은 사고가 일어나게 되는 것이다. 본래 의도한 의식의 회로에 다른 방해물이 끼어드니 그 본래 의도했던 의식의 회로가 뒤죽박죽 혼란의 상태가 돼서 그런 것이다. 처음 무엇인가를 하겠다고 마음먹었지만 다른 방해물이 끼어들어 그 일은 제대로 할 수 없고, 다른 엉뚱한 짓을 하게 되는 것이다. 그런 상태에서는 그 무엇도 분간할 수 없고 그 무엇도 제대로 판단을 내릴 수가 없게 된다. 그런 상태에서는 하는 일마다 모두가 제대로 될 수가 없다.

고요한 물 위에 돌 하나 던질 때는 처음의 물결 모습이 그대로 잘 유지되지만, 그러나 거기에 돌 하나 다시 던지면 그 물결 모습은 어떻게 되던가? 먼저의 모습은 온데간데없이 일그러지고 다른 이상한 모습이 생겨나게 될 것이다. 우리의 의식회로도 마찬가지다. 우리의 의식회로도 처음 어떤 내용을 각인시킬 때는 그 모습이 뚜렷하지만 다른 내용이 그것을 덮쳐 방해하게 되면 먼저 그 본래의 모습은 엉뚱한 모습으로 일그러지게 된다.

우리가 한번 사고가 나면 설상가상으로 연속해 다른 사고들이 나기 쉬운데 그것들도 마찬가지다. 뒤에 연속되는 사고들은 이미 앞서 일어난 사고가 다음에 일어날 일의 의식회로를 이미 내면에서부터 강하게 방해하기 때문에 그런 일이 일어나는 것이다. 이렇게 우리의 의식은 내면에서 서로가 다투고 싸운다. 그러므로 우리는 우선 내면에서부터 고요함을 유지할 수 있어야 무슨 일이든지 순조롭게 잘 해낼 수 있게 된다.

우리의 본래는 고요이고 평화이다. 그리고 평온과 평화는 우리 모두의 지혜의 샘이 되고 또한 그 끝없는 바다가 된다. 모든 지혜와 선 그것의 시작과 끝은 평온과 평화로써 존재하며 모든 선은 바로 그 근원에서 비롯된다고 할 수 있다. 평온은 곧 지혜의 요람이요 밭이 되는 것이다.

그러므로 우리는 어느 무엇을 하든지 그 모든 것들은 고요와 평온의 바탕 위에서 이루어져야 한다. 고요와 평화야말로 우리의 모든 것을 바르게 시작하고 올바르게 유지하며 결국 선에 이르게 할 수 있는 가장 중요한 근본 바탕이 되기 때문이다.

참된 지혜의 물길은 이미 우리의 내면 깊은 곳에서 흐른다. 모든 진리의 가능성은 이미 우리의 내면에 있는 것이다. 그러므로 우리는 언제나 평온한 가운데 그 내면 깊은 곳에서 궁극의 지혜를 구할 수 있도록 노력해야 한다. 우리는 마음이 고요하고 안정될 때 힘을 모을 수 있고 강한 의식의 빛을 발할 수 있다. 그리고 그때 우리는 거기에서 빛나는 지혜를 얻을 수가 있다. 즉 지혜를 볼 수 있는 눈을 거기에서 얻을 수 있는 것이다. 평온해야 우리는 비로소 분명하게 볼 수 있고 또한 바르게 볼 수 있다.

그리고 평온은 또한 우리에게 내면의 소리를 듣게 해준다. 평소에는 듣지 못하던 소리도 우리는 평온해지면 듣게 된다. 평온해지면 우리는 전에는 듣지 못했던 아주 귀한 지혜의 소리까지도 들을 수 있게 된다. 그리고 평온이 무엇보다도 또 중요한 것은 그것이 흔들리는 우리의 마음을 붙잡아 우리를 그 중심에 설 수 있게 해준다는 점이다. 평온할 때 우리의 마음은 내면으로 향하게 된다. 평온은 사방으로 흩어지는 우리의 마음을 내면 깊은 곳으로 모아 자신을 바라볼 수 있게 해준다. 우리가 마냥 흔들리다가도 일단 마음이 평온해지게 되면 우리의 마음은 바로 중심을 향하게 된다. 그리고 그때 그 평온이 깊으면 깊을수록 마음은 더욱더 중심으로 가까워지게 된다.

어쨌든 우리는 마음을 한 데 모으고 생각과 감각의 기능을 잘 다

스려 늘 평온 가운데 있을 수 있도록 힘써야 한다. 삶에서 그보다 더 중요한 것은 없다.

그리고 평온의 상태에 있는 것이 무엇보다도 중요한 또 하나는 그것이 우리를 어떠한 두려움으로부터도 자유롭게 해준다는 점이다.

마음이 평온한 상태에서는 그 어떤 두려움도 생길 수가 없다.

우리들은 살면서 많은 두려움으로부터 시달리게 되는데, 삶에서 두려움보다 우리의 삶의 질을 더 나쁘게 만드는 것은 없다. 두려움은 우리의 삶에서 가장 부정적인 요소 중의 하나이다. 삶에서 두려움보다 더 해로운 것은 없다.

두려움이 무엇보다도 해로운 것은 그것이 우리의 인식을 위축시키고 삶에서 우리의 자신감을 빼앗아간다는 점이다. 그것은 또한 우리 안에 잠재능력까지도 모두 무력화시킨다. 실로 두려움보다 우리의 마음을 더 위축시키고 나약하게 만드는 것은 없다.

그러나 내면이 평온해지게 되면 거기에 두려움은 끼어들 틈이 없다. 두려움은 흔들리는 마음에서부터 시작되기 때문이다. 즉 두려움 자체가 흔들리는 마음이다.

우리가 두려움을 느낀다는 것은 어떤 무엇에 대해 지나친 걱정이나 불안으로 인해 위협을 느낀 나머지 마음이 몹시 흔들리고 있는 상태를 말한다. 흔들리고 있는 그 마음 상태가 문제인 것이다.

특히 우리가 힘 있는 그 무엇과 연합되어 있지 못하거나 또한 그로부터 보호받지 못하고 홀로의 개체로 분리되어 있다는 느낌을 받게 될 때 특히 우리는 그러한 불안과 두려움을 더 느끼기가 쉽다. 이러한 때 우리는 어떻게 해야 할 것인가? 그 두려워하는 마음에서 자유로워지기 위해서는 우리는 무엇을 어떻게 해야 할 것인가?

무엇보다도 우리에게 가장 중요한 것은 흔들리는 마음을 진정시키고 마음의 안정을 찾아야 한다. 내면에 일고 있는 마음의 파도를 가라앉히고 마음을 차분히 해야 한다. 아무리 두려운 상황에 접한다 할지라도 마음만 고요하게 유지할 수 있다면 우리는 두려울 수가 없다. 그러니 우리는 무엇보다도 고요한 마음을 유지할 수 있도록 힘써야 한다. 그러기 위해 우선 해야 할 일은 주변을 잘 살피고 통찰하는 일이다.

두려움의 원인이 무엇인지 하나하나 잘 간파하면서 마음은 점점 내면 중심으로 깊숙이 들어가야 한다. 마음이 그렇게 내면 깊숙이 들어가게 되면 그때 흔들리던 마음은 바로 가라앉고 마음은 고요해지면서 놀라운 평온이 찾아오게 된다. 그때에 두려움은 두려움이 아니다. 그 두려움은 아무것도 아닌 것이 되고 만다.

바다의 겉표면에서는 거친 파도가 일지라도 바닷속 깊이 들어가면 거기에선 파도 한 점 없이 오로지 고요만 있는 것과 마찬가지로, 우리의 겉표면에서는 아무리 마음이 흔들리고 있어도 우리의 내면 깊숙이 중심에 이르게 되면 거기에는 오로지 고요함과 평온만이 존재하고 있다. 우리가 그곳에 머무르게 되면 우리는 어느새 자신도 모르게 평온과 평화 그 자체가 된다.

이렇게 우리가 내면 깊이 들어가 그 고요와 평온의 평화를 맞이하게 될 때 우리는 그 어떤 두려움도 가질 수가 없다.

평온한 마음 유지하기

우리가 어떤 대상을 대할 때 어떻게 하면은 차분하고 평온한 마음 가운데 흔들림 없이 자신의 뜻을 온전히 표현할 수 있을까? 그것은 아주 중요한 문제다. 우리들은 보통 대상을 대할 때 마음은 분위기에 휩싸여 자신의 뜻을 제대로 잘 나타내지 못하고 나중에는 '내가 왜 참지 못하고 그 말을 해버렸을까' 혹은 '내가 왜 들뜬 마음에 그 하고 싶었던 말을 미처 하지 못했을까?'하고 후회하는 경우가 종종 있는데 그것은 왜 그럴까?

그것은 우리들이 대상을 대할 때 접하는 대상이나 상황의 분위기에 곧바로 휩쓸려 자신의 중심을 잃기 때문에 그러한 일이 생기게 된다. 그러므로 그러한 때는 마음의 중심을 잡고 평온한 마음의 상태를 유지하며 분위기에 휩쓸리지 않도록 평소 마음관리를 잘해두는 것이 매우 중요하다.

그러한 경우에 우리는 우선 대상에 거리를 두고 언제나 자신을 잘 살펴볼 줄 알아야 한다. 우리들은 자신도 모르는 사이 감정이나 감각의 대상에 쉽게 빨려 들어가 거기에 휩쓸리기가 쉽다.

그럴 때에 우리는 바로 우선멈춤을 하고 대상에 거리를 둔 채, 빨리 자신을 돌아볼 수 있도록 해야 한다. 시선을 빨리 자신에게로 돌려야 하는 것이다. 그러기 위해 우리는 늘 마음을 자신의 중심에 모으고 자신의 마음을 잘 지켜볼 줄 아는 그런 습성을 평소 길러놓아야 한다.

대상에 쉽게 휩쓸리지 않기 위해 우리는 우선 자신부터 잘 돌아볼 줄 알아야 한다. 문제가 되는 상황이다 싶으면 우선 자신의 마음 상태부터 잘 살펴보아야 한다. '문제는 나로부터 시작된다. 그러니 내가 잘하면 문제는 해결될 수 있다'라고 생각하고 우선 자신부터 잘 관찰할 수 있어야 한다. 우리들은 대부분 자신의 마음 상태를 돌아보는 일에는 언제나 인색하다. 시선과 마음은 항상 상대방에게로만 쏠려 있기 때문이다. 이때 우리는 우선 자신의 마음이 평온한 상태인지 아니면 흥분된 상태는 아닌지 살펴봐야 한다. 즉 자신의 마음이 중심에 잘 서 있는지 아니면 흔들리고 있는 상태는 아닌지 먼저 자신의 마음 상태부터 잘 알아차려야 한다는 말이다. 일반적으로 우리들은 자신의 내면을 바라보는 일에는 매우 소홀하고 어색하기가 쉽다.

우리들 대부분은 분위기에 휩싸이는 것이 먼저다. 그리고 자신의 반응에 관심을 갖는 일에는 익숙하지 못하다. 그렇다면 무엇 때문에 우리들은 감정에 휩싸인 채 자신의 반응을 돌아보지 못하는 것일까?

그것은 바로 우리가 대상에 접하게 될 때 우선 자신한테 다가오는 대상에 먼저 '좋다 싫다'의 감정의 평가부터 내리기 때문에 그렇다. 상대방의 반응에 판단을 내리기 시작할 때부터 우리의 반응은 더욱 민감해지며 흥분하기가 쉽다. 그리고는 자신도 모르는 사이 먼저 대상의 감정에 휩싸이게 되는 것이다. 특히 분위기가 감정적으로 될 때는 더욱 대상에 빠져들기가 쉽다. 그렇게 될 때 우리의 주의력은 더욱 흩어지고 마침내 관심은 지금 여기를 벗어나 또 다른 방향으로 빠져들기까지 한다. 감정이 날카로워지게 되면 우리는 본래의 길을 벗어나기가 쉽다. 그리고는 완전 또 다른 방향으로 빠져들게 된다. 그러면 마음은 마침내 안정을 잃고 불안한 나머지 끝내는 평정심까지 잃게 된다.

우리는 감정이 앞서는 판단을 하게 되면 볼 것을 제대로 보지 못하고 흥분부터 하기가 쉽다. 그리고 판단 또한 제대로 할 수 없다. 상대방의 잘못된 부분만 보이고 나 자신에 대한 잘못된 부분은 보이지 않기 때문이다. 그리고 자신의 주관적 감정만을 고집하며 상황에 대한 객관성을 잃게 된다. 그러면서 마음은 더욱 흔들리고 마침내 평정심을 잃게 된다. 그러므로 그처럼 감정적인 상태가 될 때는 바로 대상에 반응하는 것을 멈추고 한 번 크게 심호흡을 한 다음, 한 템포 늦추고 자신을 돌아볼 수 있도록 해야 한다.

그렇게 할 때 우리는 자신과 주변 사람들 그리고 주변 상황에 대하여 곧바로 판단하는 행위를 멈추게 되고, 마음이 감정적인 상태로 빠져들게 되는 것을 막을 수 있다. 특히 분노를 일으킬만한 좋지 않은 감정에서는 더욱 그러하다. 이때에는 먼저 '잘못됐다'라고 판단부터 하지 말고 그것을 우선 있는 그대로 받아들이는 자세가 중요하다.

상황을 그저 흘러가는 대로 내버려 두고 지켜만 보는 것이다. 계속 지켜만 보고 있다가 결국 판단해야 할 경우가 생기면 모든 것을 끝까지 지켜보고 난 다음, 상황을 종합해서 판단을 하는 것이 좋다. 그리고 그러한 비판적인 마음이 일어날 때는 그것을 빨리 알아차리고 즉시 주의력을 원래 안정된 마음 상태로 되돌려놓을 수 있도록 해야 한다.

그렇게 할 때 우리들은 마음이 쉽게 흔들리지 않고 상황에 차분하게 대처할 수 있게 된다. 어떤 상황에서도 차분한 마음으로 고요하고 평온한 마음 상태를 유지하는 것이 무엇보다도 중요하다.

감정적인 상태에서 우리는 올바른 판단을 하기가 어렵고 행동 또한 어색하기가 매우 쉽다. 그러므로 좀 더 균형 잡힌 삶을 유지하기 위해서는 감정적인 평가와 반응을 자제할 줄 알아야 한다. 그리고 좀 더 철저한 감정의 통제력을 발휘하여 자신을 돌아보고 상황에 알맞는 올바른 판단과 행동을 할 수 있도록 항상 조심해야 한다. 다시 말해 우리들은 순간순간마다의 자신의 반응에 대한 자각의 힘을 키우고 또한 자신의 감정에 대한 통제력을 증진시킴으로써 감정적인 상황과 분위기에 빠지지 않도록 항상 조심해야 한다는 말이다. 그렇게 할 때 우리는 자신의 내면에 차분한 고요와 평온을 유지할 수 있게 된다.

아무리 불리하고 두려운 상황에 접할지라도 우리는 무엇보다도 마음의 안정과 평온을 유지해야 한다. 특히 불안하거나 두려운 상황에 접하게 될 때 우리는 잘못된 판단과 행동을 하기가 매우 쉽다. 그때 우리는 끊임없이 동요하며 결단력을 잃고 방황하기가 쉽다.

어떠한 상황에서든 불안한 마음이나 두려워하는 마음을 갖는다는 것은 우리의 감정을 흔들어놓고 압박하는 가장 좋지 않은 해악이다. 그것은 우리의 판단을 흐리게 할 뿐만이 아니라 우리의 지혜를 가리며 결국은 우리로 하여금 잘못된 행동을 초래하도록 만드는 가장 나쁜 요인이다.

그렇다면 그러한 불안과 두려운 상황을 접하게 됐을 때 우리는 어떻게 하면 그러한 불안과 두려움으로부터 벗어나 자유로울 수 있을까?

여러 가지 방편이 있을 수 있을 것이다. 그러나 그중에서도 가장 중요한 것은 '어떤 최악의 상황이 닥치더라도 그것을 감수하겠다'는 굳건한 마음의 자세를 견지하는 것이다. 그것은 어떠한 상황이 일어날지라도 그것을 능히 이겨내겠다는 굳건한 마음의 준비를 하는 것이다. 그러한 각오를 하게 될 때 우리의 마음은 절대 흔들리지 않는다. 그리고 불안하거나 두렵지도 않다. 그때 우리의 마음은 오히려 가벼워지고 담담해진다. 각오한다는 것은 마음의 준비를 한다는 것이다. 마음의 준비를 하게 될 때 우리의 마음은 우선 안정되고 차분해질 수 있다. 각오를 한다는 것은 미리 마음을 굳게 대비하는 것으로 이것은 매우 적극적인 자세이다. 적극적인 자세에서의 우리의 마음은 절대 흔들리거나 불안할 수가 없다. 그때에 우리는 당황하지 않고 사건에 침착하게 대응할 수 있게 된다. 그러한 각오를 한다는 것은 현재보다 더 나쁜 상황이 일어나더라도 그것을 능히 이겨내겠다는 적극적인 마음의 자세이기 때문이다. 그것은 어떠한 어려운 상황도 모두를 감수하겠다는 확고한 마음의 의지이다. 그렇게 할 때에 우리의 마음은 오히려 가벼워지고 편안해진다. '이 일을 못하면 어떻게 될까?'하는 식으로 마음을 졸인다면 마음은 불안하기 그지없다. 그러나 어떠한 최악의 상황에 이르게 될지라도 그것을 감내하겠다는 굳은 마음의 준비만 한다면 우리의 마음은 조금도 두려울 수가 없고 마음은 오히려 고요하고 편안해진다.

일이 원하는 대로 이루어지지 않게 될 경우, 그보다 더 큰 희생으로 그것을 감당해내겠다는 그런 각오하는 마음을 갖게 될 때 우리의 마음은 오히려 가벼워지고 안도감마저 들게 된다. 그때 우리의 모든 불안은 사라지게 된다. 마음은 더할 수 없이 평온해지고 우리는 참다운 마음의 평화를 느끼게 된다. 그리고 그때 우리는 침착한 마음으로 다시 문제의 핵심에 집중할 수가 있게 된다.

그러니 어떤 상황에서도 그 모두를 감당하겠다는 각오하는 마음의 자세를 갖는 것이 무엇보다도 중요하다.

어떠한 상황에 부딪치더라도 모두 감수하겠다는 마음의 준비만 한다면 우리의 마음은 조금도 불안할 수가 없다. 최악의 상황도 모두 감수하겠다는 그런 용기만 가질 수 있다면 우리는 조금도 두려울 게 없다. 각오하는 마음보다 우리에게 더 힘과 용기를 주는 것은 없다. 모든 것을 감수하겠다는 그런 각오만 할 수 있다면 그때 우리에게는 그 무엇도 이겨낼 수 있는 놀라운 힘이 생기게 된다.

마음의 평온을 이루기 위해서 우리가 할 수 있는 또 다른 하나는 최대한 현재에 충실하는 것이다. 지금 여기에 전심전력하는 것이다. 그렇게 지금 여기 자신에게 몰입할 수 있을 때 우리의 마음은 조금도 불안하거나 흔들림 없이 깊은 평온과 평화를 느낄 수 있다. 모든 두려움은 '지금 여기'를 벗어날 때 생기기 때문이다.

우리의 마음은 항상 여기저기를 떠돌아다니는 경향이 있다. 그것은 우리의 뇌가 어느 한가운데에 오래 머물러 있길 싫어하기 때문에 그렇다. 마음은 언제나 대상을 옮겨 다니며 밖을 헤매기를 좋아한다. 마음은 그렇게 걸핏하면 과거나 미래로 미끄러져 들어간다. 그리고는 쓸데없는 걱정이나 불안에 휩싸인다. 그것이 보통 우리들의 습성이다.

　과거나 미래는 겉으로 보기에는 달콤한 것 같아 보이지만 사실은 그 자체가 혼란이고 불안이다. 과거나 미래는 대부분이 쓸데없는 걱정이나 불안으로 오염되어 있기 때문이다.

　오염되지 않은 순수한 시간은 지금 이 순간밖에는 없다. 우리가 현재에만 머물면 우리는 절대 불안하거나 괴로울 수가 없다. 지금 이 순간에만 머물 수 있다면 우리들은 이 순간을 무한한 축복의 순간, 축제의 순간으로 만들 수가 있다.

　의식의 초점을 오로지 지금 여기에만 맞출 수 있다면 거기에는 오직 고요와 평화만이 존재할 뿐 그 모든 혼란과 불안은 조금도 끼어들 수가 없다. 지금 여기에 집중하는 의식이야말로 그 자체가 궁극의 행복이고 평화이다.

　그러므로 우리는 늘 의식의 초점을 지금 여기에 집중하는 훈련을 해야 한다. 의식의 초점을 지금 이 순간에 맞추고 지켜보고 있게 되면, 마음이 지금 여기를 떠나 다른 곳으로 미끄러져 들어갈 경우 우리는 그것을 곧바로 자각할 수 있다. 다른 생각이 떠오르는 것을 바로 알아챌 수 있는 것이다. 그때 우리는 순간의 마음을 알아차리고 그것이 흩어지거나 흔들리는 것을 막고 그 마음을 잘 통제할 수 있게 된다.

　세상에 마음이 갈라지는 것보다 더 해로운 것은 없다. 또한 자신의 마음을 지배할 수 있는 능력보다 더 위대한 능력은 없다. 어쨌든 우리는 끊임없는 주의 집중을 통해 우리의 통찰력을 적극 증대시키고 감정조절 능력을 최대한 향상시켜야 한다. 그렇게 할 때 우리는 다루기 힘든 감정을 자유자재로 다룰 수 있는 막강한 마음의 주인이 될 수 있다.

그리고 현재에 몰입할 수 있는 마음보다 더 우리를 행복하게 만드는 것은 없다. 온전히 지금 여기의 일에만 몰입할 수 있는 사람, 그는 정말 행복한 사람이다. 그야말로 그는 신들의 놀이터에 온 사람만큼이나 순수하고 복된 사람이다. 그는 그의 일과 함께 영원의 순간으로 들어갈 수 있는 정말 행복한 사람이다.

마음의 집

나는 내 집을 찾기 위해 온 세상을 돌아다녔다
그러나 그 어디서도 내 집은 찾을 수가 없었다
그래 나는 눈을 감고 방향을 내 안으로 돌렸다
그때 나는 집은 내 안에 있다는 것을 알게 되었다

내 안에 집은 볼 수는 없다
그러나 나는 분명히 알고 있다
그 집이 내 안 깊숙한 곳에 자리하고 있다는 것을
그 집이 세상에 가장 아늑하고 안전한
영원의 내 집이라는 것을

그 집은 밖에 집처럼 허물어지거나
무너지거나 사라지는 집이 아니다.
그 집은 무엇도 침범할 수 없는,
불로도 태울 수 없는,
불멸의 집, 궁극의 집, 영원의 집이다

그 집은 온 세상의 중심

내가 그 중심에 서면

그 어떤 불안이나 두려움도

그 집에 든 나를 흔들어놓지 못하고

어떤 해악도 나를 해치지 못한다

언제나 나를 바로 세워놓는

그 집은 내가 태어나기 전부터 있었고

내가 죽은 다음에도 있을 나의 영원의 집이다.

내 마음의 집

영원한 고향, 영원한 집 그것은 내 안에 있다

우리는 왜 그렇게 의식 깊은 곳으로부터 늘 불안하고 방황하는 것일까? 우리에게 불안과 방황은 그칠 날이 없다. 그것은 끊임없는 불안이고 방황이다. 잠시라도 안정인가 싶으면 바로 또다시 불안이고 방황이다. 실로 우리의 불안과 방황은 도저히 어쩔 수가 없는 본래적인 불안이고 방황이기만 하다.

그것은 도대체 왜 그런 것일까? 무엇이 잘못된 것일까?

그러나 거기엔 아무 잘못된 것이 없다. 그것은 본래적인 문제일 뿐이다. 본래가 이 땅은 우리에게 낯선 곳이기 때문이다. 이곳에 우리는 낯선 사람들이기 때문이다. 이 세상은 본래 우리의 세상이 아니다. 우리는 본래 이 세상에 없었다. 우리가 본래 있었던 곳은 이곳이 아니다. 우리의 본래는 먼 우주의 의식계이다. 우리는 이 세상에 새롭게 던져진 그저 낯선 생명체일 뿐이다. 우리가 이 땅에 살게 된 것은 우주의 영혼이 잠시 개체화 되어 인간 체험을 하러 온 것에 불과하다. 그것이 우리에게는 이 땅에서의 우리의 탄생인 것이다.

우리는 이 땅에 어느 곳을 가나 그곳들은 모두가 낯선 곳일 뿐이다. 어딜 가든지 우리는 그곳에서 불안하고 방황할 수밖에 없다. 그것은 이 땅이 우리의 땅이 아니기 때문이다. 우리는 이곳에 오래 머물지 않는다. 우리는 이곳에 잠시 여행 온 것이다. 그 여행이 끝나면 우리는 본래의 고향으로 다시 돌아가야 한다. 그것이 우리에게는 이 땅에서의 우리의 죽음이 된다. 이 땅은 우리의 의식이 잠시 머물렀다 가는 낯선 땅일 뿐이다. 이곳은 본래의 우리 땅이 아니다. 그러니 우리가 이 땅에 사는 것은 우리가 잠시 남의 집에 들어앉아있는 꼴밖에는 되지 않는다. 그래서 우리는 그렇게 늘 불안하고 방황하는 것이다.

우리가 왜 그렇게 늘 불안하고 방황해야만 하는가?

그것은 우리의 의식이 집밖을 나와 그런 것이다. 우리의 의식이 집을 찾지 못해 그런 것이다. 우리들은 늘 집밖을 나와 방황한다.

잠시도 집 안에 들어있질 못한다. 심지어 우리는 진정한 우리의 집이 어디에 있는지도 모른다. 그러면서 우리는 집을 찾아 헤맨다. 우리들은 우리의 집이 그저 밖에 있는 줄로만 알고 있다. 우리의 집이 이 땅 어딘가에 있는 줄로만 알고 있다.

그러나 이 땅에선 우리는 결코 우리의 집을 찾을 수가 없다. 이 땅은 우리가 잠시 여행 나온 곳에 불과하기 때문이다. 우리는 이 땅엔 결코 우리의 집을 둘 수가 없다. 그러나 사람들은 그것을 모른다.

우리가 이 땅 어느 곳에 집을 짓는다 한들 그곳은 하룻밤 머무는 여인숙에 불과하다는 것을 사람들은 모른다. 우리는 결코 이곳에 우리의 영원한 집을 둘 수가 없다.

이 세상에 집은 진정한 우리의 집이 되지 못한다. 이 세상에 집을 짓는다면 그것은 다리 위에 집을 짓는 것밖에는 되지 못한다. 이 세상은 그저 잠깐 스치는 곳에 지나지 않기 때문이다. 이 세상은 저쪽 세상으로 건너가기 위한 잠깐 지나는 다리에 불과할 뿐이다. 우리는 이곳에 오래 머물지 않는다. 왔다 싶으면 바로 가야 할 준비를 해야 한다. 그러한 곳에 영원한 집을 짓는다는 것은 넌센스일 뿐이다.

이 곳에 집을 지어봤자 그 집은 비가 오면 잠깐 비를 피하고 바람이 불면 잠깐 바람을 피할 수 있는 임시 집밖에는 되지 못한다. 우리는 이곳에 오래 머물 것 같지만 사실은 그렇지 않다. 잠깐 머물고 나면 우리는 바로 또 떠나야 한다. 우리는 이 땅에선 어디를 가든지 내 집을 지을만한 곳을 찾을 수가 없다. 그러니 우리는 그 어느 곳을 가든지 그곳은 아무것도 되지 않는다는 것을 깨닫게 된다. 어디를 가든 그곳은 늘 불안이고 방황일 수밖에 없다.

그렇다면 우리의 집은 어디에 있는가?

그것은 바로 우리 안에 있다. 진짜 내 집은 내 안에 있다. 진짜 집은 우리 마음이 들어앉은 집이 진짜 집이다. 그 집은 우리의 내면 깊숙한 곳 그 중심에 들어앉아 있다. 그 집만이 영원히 나와 함께 할 수 있는 영원한 나의 집이 된다. 그러나 우리들은 마음의 눈이 멀어 그것을 잘 의식하지 못하며 살고 있다.

내면 깊은 곳으로 들어가면 우리는 우리의 진정한 집을 볼 수가 있다. 진정한 삶은 우리의 내면에 있기 때문이다. 그곳에 들어가면 우리는 그 무엇으로도 파괴될 수 없고 죽음도 모르는 그 무엇이 있음을 알 수가 있다. 그리고 그 집은 영원의 우주와 함께 연결되어 있다는 것도 알 수가 있다. 그 집이 바로 우리의 영원의 집인 것이다. 우리의 생명을 붙들고 소유하고 있는 것도 바로 그 영원의 집이다.

그렇지만 우리는 지금까지 늘 그 집밖에 머물며 살아왔다. 때문에 우리는 그 내면의 집을 볼 수가 없었던 것이다. 그래서 우리는 그렇게 늘 불안하고 방황했던 것이다.

내면의 집에 비하면 사실 우리 밖의 집은 아무것도 아니다. 그것은 실로 먼 메아리에 불과할 뿐 바로 허물어지고 마는 그림 같은 집에 불과할 뿐이다.

그러나 우리 마음의 집은 그렇지 않다. 그것은 그 무엇도 어쩔 수 없는 불로도 태울 수 없고 칼로도 어쩔 수가 없는 그야말로 영원의 진짜 집이다.

우리들은 누구나 자신 안에 그와 같은 마음의 집을 짓는다. 그리고는 거기에서 영원한 평안과 안정 그리고 무한한 지혜와 힘을 구한다. 그 진정한 집은 우리에게 무한한 힘을 준다. 그 안에 있으면 우리는 못 이룰 것이 없다. 그 집은 우리가 어떠한 곤경에 처할지라도 포기하거나 쓰러지지 않고 끝까지 버티어 이겨낼 수 있는 힘을 준다. 어떠한 공포나 두려움의 지옥 같은 암흑 속에서도 조금도 굽히지 않고, 용감하게 싸울 수 있는 불굴의 힘을 준다.

그 집은 또한 우리를 품어준다. 우리의 영혼을 안온하게 품어준다. 그 집에 있으면 우리는 어떠한 두려움도 느낄 수가 없다. 그 집은 우리를 어떠한 두려움으로부터도 지켜준다. 그러면서 우리에게 더할 수 없는 평화와 안정감을 가져다준다. 우리는 거기에서 그 무엇도 어쩔 수 없는, 죽음조차도 어쩔 수 없는 영원한 안식과 평화를 느낄 수 있다. 그것이 바로 우리의 영생의 집이다.

그러므로 우리는 언제나 우리의 집을 벗어나는 일이 없도록 해야 한다. 집을 벗어난다는 것은 결국 나를 놓치는 일이 된다. 그때 우리는 자신을 잃기 시작한다. 그때 우리는 갈 길을 잃고 방황을 하게 된다. 그러므로 우리는 결코 우리들의 집을 놓치는 일이 없도록 항상 집을 주시하고 늘 그 안에 머물 수 있도록 애써야 한다.

그러나 우리의 삶은 늘 바깥만을 향하고 있다. 삶은 늘 바깥에만 머물러 있는 것이다. 좀처럼 안은 보려 하지 않는다. 그것이 바로 우리들이 그토록 불행한 이유이다. 우리들이 보는 것은 그저 바깥 세상일 뿐 안은 결코 들여다 보려 하지 않는다. 안을 보면 실로 놀라운 세상이 있는데도 우리들은 그 안을 보기를 꺼려하는 것이다. 그리고 그 내면의 세계에 대해서는 모두가 그저 깜깜할 뿐이다.

우리는 모든 것을 그저 바깥에서만 찾고 있다. 집은 내 안에 있는데도 우리는 멀리 집밖에서 집을 찾고 있는 것이다. 그러니 그 집이 보일 턱이 있겠는가? 그런데도 우리들은 먼 곳으로 갈수록 좋은 집이 있을 줄 알고 그저 먼 곳으로만 달려가려고 애쓴다. 그렇게 우리들은 집밖을 헤매다가 길을 잃는다.

집은 내 안에 있는데 도대체 어디 가서 집을 찾는단 말인가! 우리가 바깥에서 집을 찾는다면 그것은 산에 가서 고래를 잡겠다는 꼴밖에는 되지 않는다. 우리는 바깥에서의 방황을 멈추고 존재의 근원으로 돌아갈 때만이 그 안에서 우리 본래를 발견할 수 있다. 그곳이 바로 영원한 내 집인 것이다. 그곳이 바로 우리의 영원한 고향인 것이다. 거기엔 온 평화와 자유가 있을 뿐, 그곳보다 더 편안하고 아늑하게 쉴 수 있는 곳은 그 아무 곳도 없다. 나를 가장 안전하게 지킬 수 있는 집 그것은 바로 내 영원한 마음의 집일 뿐 그 나머지의 모든 것은 다 소용이 없다.

우리가 이 세상을 떠날 때는 모든 것을 다 놓고 가야 하지만 그러나 단 하나 함께 하는 것이 있으니 그것은 바로 내 마음의 집이다. 그 것만이 내가 세상에 나올 때 함께 한 유일한 것이고 저세상으로 떠날 때 또한 함께할 유일한 것이다.

마음을 모아야 힘이 생긴다

우리의 마음은 그 속성이 물과 비슷한 점이 많다.

사실 인간과 물의 관계는 조금도 갈라놓을 수가 없는 아주 긴밀한 관계이다. 그 둘은 하나라고 해도 될 만큼 도저히 떼려야 뗄 수 없는 아주 깊은 관계이다.

인간은 본래 물에서 태어났다. 인간은 태어나기 전 수정란에서는 99%가 물이었고, 태어날 때도 90%가 물이었으며, 성인이 되어서도 70%가 물로 구성되어있다고 한다. 그러니 인간은 평생을 물과 함께 사는 셈이다. 그야말로 우리의 모든 생명현상은 물속에서 일어나고 있다. 이렇게 물은 인간을 품고 있고 인간은 그 물속에서 살고 있는 셈이다.

우리는 물 속에서 탄생하였고, 물을 통해서 발육하고 성장하고 있다. 우리의 모든 삶은 그야말로 물을 통해서 그 생명현상을 이어가고 있는 것이다. 그러니 우리는 처음부터 끝까지 물속에서 살고 있는 셈인 것이다. 우리는 몸에 물을 50%만 유지하지 못해도 생명을 유지할 수 없다고 한다. 물은 우리의 생명의 바다나 마찬가지다.

물은 우리 몸에서 우리 몸의 모든 정보를 전사하고 기억한다고 한다. 일본의 에모토 마사루가 실험한 바에 의하면, 인간의 마음을 물에 비추면 그 비추는 마음에 따라 물의 모양이 달라진다고 한다. 물에 아름다운 음악을 들려주면 아름다운 결정을 만들고 분노와 저항의 의미를 담은 음악을 들려주면 그 결정이 뿔뿔이 흩어지고 찌그러진 모양을 나타낸다고 한다. 참으로 신비로운 현상이 아닐 수가 없다.

물을 보고 있으면 마치 우리의 마음을 보고 있는 것 같기도 하다.

특히 물의 흐름을 보면 그것은 우리 마음의 흐름과 참으로 많이 닮아 있다. 그 흐름을 보면 마치 우리 마음의 흐름을 보고 있는 것 같기도 하다. 물의 흐름은 참으로 종잡을 수가 없다. 그것은 언제 어디로 어떻게 흐를지 참으로 가늠하기가 힘들다. 특히 고요한 물에 갑작스런 힘을 가하면 그 물은 어디로 어떻게 튈지 정말이지 예측하기가 힘들다.

어느 정도 평평한 판에 물을 몇 방울 떨어트리고 그 흐름을 한 번 살펴보자. 판의 높낮이를 조절해가며 물의 흐름을 살펴보면 그 흐름은 정말이지 종잡을 수가 없다. 물은 언제 어디로 새버릴지 모른다. 전혀 생각지도 못한 방향으로 튀거나 흐르기가 일쑤다. 어디로 어떻게 흐를지 그 가늠하기란 정말 어렵다. 조금이라도 방심하면 물은 엉뚱한 방향으로 흐르기가 일쑤이다.

흐르고 있는 무엇인가를 다룬다는 것은 그렇게 참 어려운 일이다.

우리의 마음도 그렇다. 우리 마음의 흐름도 물의 흐름만큼이나 불안하기가 짝이 없다. 아니 오히려 마음의 흐름은 물의 흐름보다도 훨씬 더 가늠하기가 힘들다고 하겠다. 마음은 언제 어디로 향할지 정말이지 예측하기가 힘들다. 마음은 그냥 내버려두면 제멋대로 새버리고 만다. 언제 어디로 새어버리는지 모르게 새버리고 만다. 조금만 방심해도 마음은 어느새 엉뚱한 데로 새고 만다. 참으로 종잡을 수가 없는 것이 우리의 마음이다.

마음은 자신의 것이라 할 수 있겠지만 그러나 이렇게 늘 요동치고 있는 우리 마음을 자신이 원하는 방향으로 모으기란 정말이지 힘들다. 마음은 틈만 생기면 다른 데로 새버리기 때문이다. 조금만 구멍이 나 있어도 쥐도 새도 모르게 그곳으로 새고 만다. 마음만큼 엉뚱한 곳으로 잘 새버리는 것도 아마 세상에는 드물 것이다.

그러니 마음을 모은다는 것은 아마도 구멍 난 그물로 물을 모으는 것만큼이나 힘들다 할 수 있을 것이다. 마음은 아무리 붙잡는다 해도 그것은 언제 어떻게 새버리는지 모르게 잘 새버리고 말기 때문이다.

우리에게는 이렇게 늘 흩어 갈라지는 마음이 항상 문제가 된다. 마음이 그렇게 갈라지고 흩어지게 되면 우리는 힘을 쓸 수가 없다. 그 무엇도 제대로 하기가 힘들게 된다.

물은 잘 모아 저장해두면 참으로 많은 부분에 용이하게 사용할 수 있다. 비가 오지 않는 가뭄 때에는, 저장해놓았던 물을 농작물에 잘 사용하면 많은 농작물의 생산량을 늘릴 수도 있으며 또한 많은 물을 저장해 댐을 만들어 놓게 된다면 그 물로 발전기를 돌려 생활에도 유익한 많은 전기를 생산할 수도 있을 것이다. 그렇게 될 때 그 전기는 우리 삶에 많은 에너지원으로 사용될 수 있을 것이다. 그 가치란 이루 헤아릴 수 없을 정도로 우리의 삶에 많은 이득을 가져다줄 수 있다.

우리의 마음도 마찬가지다. 우리가 우리의 마음을 잘 모아 저장하고 집중하여 사용할 수 있게 된다면 우리는 거기에서 놀라운 힘과 지혜를 얻을 수 있게 된다. 그리고 그 결과 우리는 훨씬 더 행복한 삶을 누릴 수가 있다.

우리가 마음을 분산시키지 않고 모을 수 있을 때라야 우리들은 마음의 부자가 될 수 있다. 마음을 집중적으로 모을 수 있을 때 우리들은 거기에서 강력한 힘을 얻을 수가 있는 것이다. 그렇지만 대부분의 우리들은 마음을 밖으로 흩트리며 사는 것을 너무도 습관처럼 하고 있다. 참으로 애석한 일이다. 마음을 함부로 누출하며 사는 것이 얼마나 해로운 것인지를 사람들은 잘 모르고 있다.

우리한테는 마음을 안으로 모을 수 있다는 것 자체가 큰 힘이 되고 행복이 된다. 마음을 안으로 깊이 끌어 모으면 모을수록 우리는 더 살아있게 된다. 그리고 더욱더 자신을 깊이 있게 인식할 수 있게 된다. 그때 우리들은 더욱더 내면의 충만함을 느낄 수가 있으며 더 완전하고도 깊이 있는 자신을 발견할 수가 있게 된다. 그리고 그때 우리는 깊은 행복감을 느낄 수도 있게 된다. 또한 그렇게 할 수 있을 때 우리는 거기에서 새삼 우리 존재의 아름다움과 축복 그리고 평화, 나아가 내면의 깊은 진리를 깨달을 수 있다.

모든 에너지를 내면으로 모을 수 있는 것 그 자체가 우리에게는 커다란 축복이며 행복이 된다. 그렇게 될 때 우리들은 자신과의 깊은 사랑에 빠질 수 있으며 또한 깊은 내면의 진리에도 도달할 수 있게 된다. 진리는 밖에 있는 것이 아니다. 진리는 자신의 내면 깊은 곳에 존재하고 있다. 진리 탐구란 객관적이라기보다는 오히려 깊은 자신을 발견하는 데에 더 큰 의미가 있기 때문이다.

그러나 우리가 마음의 에너지를 내면으로 모으지 못하고 밖으로 분산시키게 될 때 우리의 마음은 흔들리고 갈라지며 조금도 집중할 수 없게 된다. 결국 자신마저 잃게 되고 만다. 마음을 흩트린다는 것 그것은 그 자체로 불안이고 불행의 원인이 된다. 우리에게 일어나는 모든 문제는 이렇게 우리가 마음을 흩트리고 분산시킬 때 그때부터 시작된다.

마음을 흩트린다는 것 그것은 자신을 잃는 것이며 나아가 자신을 저버리는 것이나 마찬가지라고 말할 수 있다.

그러므로 우리는 일상생활을 하면서도 혹시 화나는 일이 있다 해도 그저 화나는 대로 마음을 다 발산시켜 버려서는 안 된다. 그것은 강력한 에너지의 낭비가 된다. 화가 난다 해서 자신의 분을 있는 대로 다 터트려버린다면 그것은 상대방에게도 해를 끼칠 수 있지만 그것은 자신에게도 많은 해를 끼치는 것이 된다. 그것은 상대방뿐만이 아니라 자신의 몸에도 독을 뿌리는 것이나 마찬가지다.

그러니 화가 날 때에는 상황을 주시할 뿐 그 상황에 휩쓸려 들어가지 않도록 우리는 항상 조심해야 한다. 화가 날 때에는 특히 상대방이 자신의 마음 중심이 되지 않도록 하고, 또한 자신의 마음이 상대방에게로 향하지 않도록 계속 잘 경계하고 있어야 한다. 자신의 마음 상태를 잘 살펴보는 것이 매우 중요하다. 마음과 자신이 하나가 되어 거기에 휩쓸려 들어가 자신의 마음을 빼앗겨서는 절대 안 된다.

우리는 자신 안에 있는 에너지를 함부로 낭비하지 않고 그것을 아낄 줄 알아야 한다. 그래야 후일에 그것을 강력한 에너지원으로 사용할 수 있기 때문이다. 무엇인가를 하려면 우리는 우선 우리의 마음부터 모으고 정리할 줄 알아야 한다. 그렇지 않고서는 아무것도 할 수가 없다. 마음을 모아야 힘을 모을 수가 있는 것이다. 집중하는 마음을 갖지 않고서는 우리는 그 어느 것도 이룰 수가 없다. 집중하는 마음보다 더 강력한 힘을 발휘할 수 있는 것은 그 아무것도 없다. 모든 것은 우리가 마음 집중을 얼마나 잘 할 수 있느냐 그 여하에 따라 달라진다. 잘 모아지고 집중된 마음이야말로 그 자체가 힘이 되고 지혜가 되며 행복이 된다.

쾌락으로 기우는 마음

대지는 모든 물체를 자신 쪽으로 끌어당긴다. 우리의 몸은 물론 우리의 생명 에너지까지도 자신 쪽으로 끌어당긴다. 중력의 법칙이 작용하는 것이다. 따라서 우리의 에너지 역시 자연적으로 대지와 가까이에 있는 섹스센터 쪽으로 향하게 되어있다.

특히 우리는 대지에서 나온 음식물을 섭취하고 그 에너지를 만들어냈으니 그것이 대지 쪽으로 향하게 되는 것은 어쩌면 당연한 일이기도 할 것이다. 자연의 어머니인 대지는 그렇게 모든 것을 내주었다가는 다시 자신의 품으로 거두어들인다. 모든 것은 결국 그 근원으로 돌아가게끔 되어있다. 그것이 자연의 법칙이다.

문제는 우리가 특별한 의지를 내지 않는 한, 우리의 에너지가 늘 아래쪽으로 향한다는 데에 그 문제가 있다. 그때 우리는 감각적이거나 쾌락적이며 성적일 수밖에 없다. 그리고 그렇게 될 때 우리의 불행은 그칠 날이 없게 된다.

우리의 에너지는 척추의 양극단을 따라 움직인다. 즉 우리의 생명 에너지는 척추를 중심으로 섹스센터 쪽으로 향하던가 아니면 윗부분의 머리 쪽으로 향하던가 둘 중에 하나다. 그리고 그 에너지가 척추의 위쪽인 머리 부분을 향할 때 우리는 그 성향이 신성에 가까워질 수 있지만, 그렇지 않고 그 에너지가 척추의 아래쪽인 섹스센터 쪽으로 향하게 되면 우리는 성적이거나 감각적이게 된다.

우리의 마음은 그냥 내버려 두면 그것은 자꾸만 아래쪽으로 향하게끔 되어있다. 그 점이 문제가 된다. 그리고 마음의 에너지가 그렇게 아래쪽으로만 향하게 될 경우에 우리에게는 문제가 생기기 시작한다. 그때 우리의 관심은 육체적이거나 성적이며 쾌락적일 수밖에 없게 된다.

그리고 우리의 성향은 감각적이거나 자극적인 쾌락에 한 번 맛들이게 되면 그 끝은 한이 없게 된다. 쾌락을 계속 되풀이하고 싶은 욕망에서 헤어 나오지를 못하는 것이다. 결국 우리들은 그 육체적인 쾌락에 빠져들게 되고 거기서부터 우리의 불행은 시작되게 된다.

쾌락은 매우 순간적이며 오래 가지 못한다. 그것은 왔다 싶으면 벌써 지나가고 만다. 그러므로 우리는 더욱더 강도 높은 쾌락을 찾을 수밖에 없다. 그리고 그 끝은 한이 없다. 우리의 욕망은 끝이 없다. 그리고 그 끝은 결국 극단적이고도 불행한 것이 될 수밖에 없다. 끝내 우리들은 헤어 나올 수 없는 고통과 불행의 수렁으로 빠져들고 말게 된다.

왜 그렇게 많은 사람들이 마약에 빠져들고 마는가? 그것은 쾌락을 즐기고 즐기다 끝내는 그 욕망을 다 채울 길이 없어 결국에는 마약에까지 손대고 말게 되는 것이 아닌가.

이렇게 쾌락은 결국 우리를 더 큰 비참함 속으로 몰아넣고 만다.

우리는 무엇인가를 처음 경험할 때는 새롭고 참신한 맛을 느끼게 되지만 그러나 그것이 두 번, 세 번 되풀이되게 되면 그 새로운 맛은 시들해지고 우리는 거기에서 지루함을 느낄 수밖에 없게 된다. 처음에 색다르고 신선했던 맛은 온데간데없이 사라지고 그 자리엔 김빠진 지루함만 남게 된다. 이렇게 모든 쾌락의 끝은 시들해질 수밖에 없고 그 끝은 결국 불행으로 치달을 수밖에 없게 된다.

쾌락은 전적으로 그 어떤 조건에 의지한다. 전적으로 타자에게 의존하는 것이다. 그리고 그것은 조건이 사라지고 나면 금방 사라지고 만다.

그렇기 때문에 쾌락을 바라는 사람들은 늘 주변의 눈치만을 살필 수밖에 없다. 그래서 그들은 어디 쾌락을 갖다 줄만한 것은 없는지 그저 주변만을 살피기에 바쁘다. 그러다 결국 나중엔 쾌락의 거지가 되어 그것을 구걸하느라 정신들이 없다.

그러한 쾌락은 속박이고 감옥일 수밖에 없다. 그렇게 되면 그때는 남들이 온통 나를 좌지우지하게 된다. 그리고 나는 그들에 장단을 맞추며 춤출 수밖에 없는 쾌락의 꼭두각시가 되고 만다. 이렇게 우리가 육체적이고 감각적인 쾌락만을 추구하게 될 때 거기에 불행과 고통은 결코 사라질 수가 없다. 쾌락의 뒤에는 반드시 고통과 불행이 따르기 마련이다. 둘은 항상 같이 갈 수밖에 없다. 쾌락은 그냥 얻어지는 것이 아니고 그 쾌락을 얻기 위해서는 반드시 고통의 대가가 뒤따르기 때문이다.

쾌락은 불완전한 것이다. 그것은 매우 피상적이고 전혀 깊이가 없다. 그리고 쾌락을 맛보고 난 다음의 그 허망함과 허탈감 그것들은 도저히 어떻게 말로는 표현되지 않는다. 그러한 허탈감을 맛보고 나면 그때 우리들은 '이게 도대체 무엇이란 말인가? 이것은 아무것도 아니잖아!'라고 되뇌이며 깊은 후회와 상실감에 빠지게 된다.

우리 에너지의 흐름이 위로 향하지 않고 그렇게 아래로만 향하게 될 때 우리의 고통과 불행은 결코 끝날 수가 없다. 우리가 육체적이고 감각적으로만 살게 될 때 우리는 물질과 탐욕 그리고 성적인 것에 얽매일 수밖에 없다. 그리고 거기서 얻어지는 기쁨은 매우 단순하고 순간적인 것이다. 우리는 그러한 단순히 육체적이고 감각적인 기쁨에서 벗어나야 한다. 그래야만 우리는 새로운 아름다운 삶의 나래를 펼칠 수가 있게 된다.

이제 우리는 단순한 감각적인 기쁨보다는 다른 새로운 깊이 있는 기쁨을 만들어낼 줄 알아야 한다. 쾌락을 넘어서는 그러한 창조적인 기쁨 말이다. 즉 우리는 육체를 넘어서고 감각을 초월하는 그런 기쁨 쪽으로 우리의 의식의 방향을 돌려야 한다.

우리의 본질은 영혼이다. 우리의 중심은 육체가 아니라 영혼이다.

우리는 영혼으로서 존재한다. 육체는 단지 영혼의 피상적인 수단에 불과할 뿐이다. 그리고 우리는 그 단순한 피상적이고 수단적인 그런 기쁨에 얽매여서는 안 된다.

우리는 우리의 기쁨을 영혼 쪽으로 그 방향을 돌려야 한다.

그렇게 될 때 거기에 의식에 집중된 새로운 아름다운 세계가 펼쳐질 수가 있다. 감각이 만들어내는 기쁨은 그 바닥과 끝이 빤히 보이는 아주 피상적인 기쁨일 뿐 그 기쁨은 잠시 일별에 지나지 않는다. 그것은 그저 꿈같은 허상에 지나지 않을 뿐이다. 행복하다 싶으면 그저 금방 지나가 버리고 마는 순간적인 기쁨밖에는 되지 않는다.

그러나 영혼이 만들어내는 기쁨은 그렇지 않다. 그의 아름다움은 그 끝이 보이지 않을 만큼 무한하다. 그리고 그 달콤함과 감미로움의 깊이는 한없이 깊다. 그 기쁨은 언제나 그칠 줄 모르고 끝없이 샘솟는 무한한 기쁨이다. 우리는 그러한 기쁨을 추구해야만 한다.

우리의 생명 에너지가 위로 향하고 의식의 방향이 밖에서 내면으로 향하게 될 때 우리는 거기에서 절대적인 지복을 누릴 수가 있게 된다. 그것은 잠깐 비치고 마는 그런 순간적인 기쁨이 아니다.

진정한 아름다움은 밖에 있는 것이 아니다. 그것은 우리의 내면에서 빚어진다. 진정한 아름다움은 눈으로 보거나 귀로 듣기만 해서 얻어지는 그런 피상적인 아름다움이 아니다. 그러한 아름다움은 그저 일별에 지나지 않을 뿐 곧 사라지고 만다. 진정한 아름다움이란 그것이 가슴에서부터 뿜어져 나올 수 있을 때 그것이 진정한 아름다움이 된다. 우리의 생명 에너지가 위로 향하면서 축복 가득한 충만한 에너지를 갖게 될 때, 그리고 그것을 세상 모두의 가슴에 흠뻑 뿌려줄 수 있을 때 그때 온 세상은 진정한 아름다움이 된다. 그때의 아름다움은 순수한 아름다움 그 자체이다. 그것은 그 자체로 완벽하다. 그때는 세상의 그 어느 것 하나라도 아름답지 않은 것이 없게 된다.

이처럼 진정한 아름다움은 우리의 생명에너지가 충만한 가슴에서 위로 흘러넘칠 때 시작된다. 그것은 아름다운 가슴만이 할 수 있는 일이다. 그러한 그 아름다움은 식을 줄을 모르고 그칠 줄도 모른다.

그러한 아름다움은 우리가 눈을 두리번거리며 찾거나 혹은 귀를 세워 찾는 그런 아름다움이 아니다. 진정한 아름다움은 눈을 감고 있어도 언제나 보이는 정겨운 황홀경이며, 귀를 닫고 있어도 언제나 들리는 감미로운 노랫소리, 그런 아름다움이 진정한 아름다움이다. 그러한 순수한 의식과 황홀경 속에서 맛보는 그 아름다움, 그것은 그윽하고 감미롭기가 그지없으며 그 깊이와 넓이가 무한하기만 하다.

부정적인 감정에 대처하는 방법

어제만 해도 기분이 좋다가 오늘 돌연 부정적인 감정이 떠올라 그것이 우리의 기분을 적잖이 침울하게 만들어놓을 때가 있다. 별문제 없이 지내다가도 순간적으로 부정적인 감정이 떠올라 그것이 우리의 마음을 영 혼란의 상태로 몰아넣는 것이다.

우리의 마음은 언제 어떻게 변할지 모른다. 마음은 하루에도 수십 번이나 변한다. 우리에게는 언제 그렇게 부정적인 감정이 예기치 않게 떠올라 우리를 그토록 침울하게 만들어놓을지 우리는 아무도 모른다.

어느 때는 우리가 추스를 수 없을 정도로 깊은 부정적인 감정이 떠오를 때도 있다. 그리고 그것은 순식간에 마음 전체에 퍼져 우리를 꼼짝 못할 만큼 깊은 수렁에 빠트리기도 한다. 도대체 왜 이러한 감정이 예기치 않게 갑자기 떠올라 우리를 그토록 괴롭히는 것일까? 어떻게 해서 이러한 부정적인 감정이 자신도 모르게 슬며시 떠올라 우리를 그토록 괴롭히는 것일까?

그러한 감정은 자세히 들여다보면 처음에는 그리 심각한 문제로 나오지 않는다. 처음부터 그렇게 큰 문제로 대두되는 건 아니다. 그것은 처음에는 아주 작은 것으로부터 시작되는 경우가 많다. 그리고 또한 그것은 나오는 이유조차 모른 채 슬며시 나올 때도 가끔 있다. 또 어느 때는 현재에 처한 조건과도 상관없이 원인 모르게 나올 때도 있다. 그렇지만 그것은 순식간에 마음 전체로 퍼져가면서 거대한 문제로 변해 결국 우리를 지독한 감정의 구렁텅이로 빠트리기도 한다. 그리고는 우리를 심히 허우적거리게 만들어놓기도 한다.

어떻게 해서 이런 부정적인 감정이 이유도 없이 스며 나오게 되는 것일까? 어떻게 하면은 우리는 이러한 부정적인 감정에 엮이지 않을 수 있을까? 그리고 이러한 감정이 아예 처음부터 나오지 못하도록 통제할 수 있는 방법은 없을까? 우리 깊이 있게 한번 생각해보자.

우선 우리에게 가장 근본적으로 문제가 되는 것은, 조금도 쉬지 않고 끊임없이 움직이고 흔들리는 우리들의 마음이 문제가 된다. 언제고 마음이 문제가 되는 것이다. 대체로 우리의 마음은 가만히 있지 못하고 끊임없이 옮겨 다니기를 좋아하기 때문이다.

마음은 그렇게 늘 그 무엇인가에 붙어 옮겨 다니길 좋아한다. 참으로 묘하고 알 수 없는 것이 우리의 마음이다. 우리의 마음은 항상 그 어느 무엇인가에 기생을 해야 살 수가 있다. 늘 그 대상이 필요한 것이다. 그렇지 않으면 마음은 혼자로는 살 수가 없다. 그리하여 여기에도 붙고 저기에도 붙어 끊임없이 옮겨다니는 것이 우리의 마음이다. 그러나 마음이 그렇게 무엇인가에 붙어 있다가 그 무엇인가가 조금이라도 뒤틀리거나 덜거덕거리면 그때부터 우리의 마음은 흔들리기 시작한다.

마음은 하루에도 얼마나 많이 옮겨 다니는지 모른다. 우리의 마음에는 하루에도 수천수만 가지 생각이 끊임없이 떠올랐다 사라진다. 어느 경우에는 때와 장소에도 불구하고 전혀 생각지도 않은 것들이 떠올라 우리를 심히 괴롭히기도 한다. 도대체가 왜 그럴까?

우리의 좌뇌는 끊임없이 재잘거린다. 우리 두뇌에는 긍정과 부정의 감정 회로가 공존하는데 거기에서는 긍정적인 사고이건 부정적인 사고이건 생각과 감정의 회로가 끊임없이 돌아간다. 그래야 우리 감정의 생체리듬이 유지될 수 있기 때문이다. 어느 때는 잠시 평화의 감정 회로가 돌아가다가도 또한 언제 또 어떻게 분노, 질투, 두려움, 슬픔 등의 감정의 회로가 돌아갈지 모른다.

문제는 우리의 마음이 어떤 상태에 있고 또 어떤 자세를 취하고 있느냐가 문제가 된다. 우리가 마음의 끈을 느슨하게 풀어놓고 있으면 우리의 마음은 언제 어떤 감정의 회로에 가 닿을지 모른다. 우리가 평상시에 사고 나는 경우를 보면 우리의 사고는 대부분 우리가 마음을 챙기지 않고 풀어놓고 있을 때에 잘 일어나게 되는데 그것을 보면 그 내용을 잘 알 수 있다.

우리의 부정적인 감정은 우리가 마음의 끈을 느슨하게 하고 있을 때 잘 새어나오기가 쉽다. 그것은 분명 우리들의 마음 챙김이 자신도 모르게 풀어져버렸을 때 그렇게 되는 것이다. 우리의 마음 챙김이 단단히 잘 되어 있을 때는 그러한 감정이 새 나올 틈이 없다.

그리고 이러한 감정이 처음 나올 때 보면 그것은 그리 크지 않은 것으로 나온다. 처음에는 사소하고도 작은 것으로부터 시작된다. 그러므로 우리가 처음부터 마음 챙김을 단단히 하고 있으면 그러한 감정은 나오기가 매우 힘들다. 그리고 그것은 평소 잘 억제만 한다면 얼마든지 잘 통제될 수가 있다. 우리가 그러한 감정이 나오면 안 된다는 강력한 마음의 암시를 주고 또한 조심하고 있으면 그러한 감정은 나올 수가 없다.

우리가 몸이 피로하거나 감정적으로 힘들어 긴장을 놓고 있을 때도 불현듯 이런 부정적인 감정이 새어 나오기가 쉽다. 혹은 잘 될 거라고 믿었던 일이 뜻하지 않게 잘 안되면서 그것이 다른 좋지 않은 감정과 함께 얽히면서 그런 부정적인 감정이 나오기도 한다. 이때 마음은 갑자기 다운되고 깊은 수렁으로 빠져 들게 된다. 그리고 이러한 감정에 한 번 빠져 들어가기 시작하면 그것은 걷잡을 수 없이 우리의 온 마음을 휘젓고 온 종일 기분을 망쳐놓는다. 따라서 우리는 자신의 기분이 좋지 않은 상태에 있다 싶을 때는 자신의 감정 상태를 잘 주시하고 있어야 한다. 자신의 마음 상태가 이런 부정적인 감정으로 넘어가기 쉬운 상태는 아닌지 항상 자신의 마음을 잘 간파하고 경계하며 또 조심하고 있어야 한다. 특히 우리는 어느 일정한 상황 속에 들어가게 될 때 거의 비슷한 감정을 나타내는 경우가 많다. 그러므로 어떠한 상황 속에서 어떤 감정이 반복적으로 생겨나며 또한 어떠한 관계 속에서 어떤 감정에 빠져들게 되는지 그 과정을 그때그때마다 잘 살펴볼 필요가 있다.

어떤 종류의 분위기에서 어떤 느낌이 반복되고 어떤 종류 관계 속의 만남에서 어떤 느낌이 반복되는지 그 반복되는 과정을 잘 지켜보아야 한다는 얘기다. 차분하고 행복한 감정이 생기는 경우는 어떠한 상황 속에서 그런 감정이 생기며 또한 만족스럽지 못한 느낌이 생길 때는 어떤 상황에서 그런 감정이 생기게 되는지 잘 지켜보아야 한다. 그 과정을 반복적으로 지켜보게 되면 우리는 그러한 외부의 상황에 부딪히게 될 때마다 그에 어떻게 대처할지 그 방안을 모색해낼 수가 있다. 다시 말해 어떤 비슷한 관계 속에서 어떻게 같은 느낌이 반복되어 생겨나는지 그 과정을 잘 지켜봄으로써 그에 대비할 수 있는 마음의 방안을 강구할 수 있다는 말이다.

그렇게 할 때 우리는 우리가 기대하는 방향으로의 좋은 감정을 계속 유지시킬 수 있다. 마음의 평화를 잃지 않으려면 우리는 순간순간 마음 가꾸기를 게을리해서는 안 된다. 항상 자신의 마음의 정원을 아름답게 가꿀 수 있기 위해 우리는 하루에도 수백 번 수천 번 긍정적인 마음의 결정을 내릴 수 있도록 계속 훈련하고 애써야 한다.

부정적인 감정이 나올 듯한 기미가 나타난다면 우리는 우리 자신에게 강력한 어조로 말해야 한다. '나는 너 같은 감정이 나오는 것을 원치 않는다. 나는 네가 누군지 안다. 나는 이제 너하고는 상관이 없다. 나는 더 이상 그런 데에는 관심이 없다. 나는 이제 너를 조종하는 방법을 알고 있다. 너는 나오면 안 된다. 네가 나오면 나는 몹시 힘들어진다. 그러니 제발 나오지 마라'라고 자신에게 말하면 금방 나올 듯한 부정적인 감정도 들어가기 마련이다. 어느 때는 강력한 어조로 말할 수도 있겠지만 또 어느 때는 자신을 달래는 듯한 부드럽고 간곡한 어조로 자신에게 주문할 때 자연스럽게 들어가기도 한다. 그러나 이렇게 자신에게 말할 때는 진실한 마음가짐을 갖고 진심어린 목소리로 말하는 것이 좋다. 그저 스쳐 지나가는 것처럼 하는 둥 마는 둥 가볍게 말해서는 안 된다. 간곡한 어조로 말해야 그 효과가 크다.

우리에게는 언제나 마음가짐이 문제가 된다. 우리들은 사소한 일도 절대 소홀하게 대하지 말고 무엇이든 항상 소중하게 다루는 습관을 가져야 한다. 언제나 조심하고 또 조심해야 한다. 조심하는 마음보다 더 중요한 것은 없다. 대상이 사소한 것이라 하여 조심하는 마음을 늦추게 되면, 우리의 마음은 언제 부정적인 감정의 회로로 미끄러져 들어갈지 모른다. 그러므로 부정적인 상황에 이른다 싶으면 재빨리 마음을 가다듬고 정신을 차려야 한다. 대상을 다룰 때는 언제나 신중하고도 존중하는 마음을 가지고 최선을 다 해야 한다. 그것보다 더 좋은 예방책은 없다.

우리가 마음 챙김을 잘하기 위해서는 우선 우리는 우리의 마음 중심에 대한 앎이 매우 중요하다. 이 마음 중심에 대한 앎은 우리를 거대한 한 사람의 주인으로 만들어 줄 수 있기 때문이다. 그를 모르는 한 우리의 마음은 늘 흔들리고 혼란스러울 수밖에 없다. 그리고 그때 우리는 주변의 감정의 노예가 되기 쉽다.

우리에게는 언제나 흔들리는 마음이 문제가 된다. 흔들리며 중심을 잡지 못하고 주변을 맴돌게 될 때 그때 거기에서 문제가 발생하는 것이다.

삶에서 흔들리지 않고 언제나 내면에 고요한 평온과 평화를 유지하며 차분한 마음을 유지하며 사는 것 그보다 더 중요한 것은 없다. 그리고 그러한 평온과 평화는 우리의 마음이 내면의 중심에 이르게 될 때 비로소 얻어질 수 있다는 것을 우리는 알아야 한다. 그렇게 될 때 우리의 마음은 더욱더 풍요롭고 충만해질 수 있다. 어쨌든 우리는 항상 마음의 중심에 머물러 있을 수 있도록 애써야 한다. 그래야 모든 혼란과 번뇌로부터 벗어날 수가 있다. 마음에 혼란이 일어난다 싶으면 재빨리 마음의 시선을 중심으로 모아야 한다. 그렇게 할 때 내면에서는 큰 변화가 일어나기 시작한다. 그때 내면의 혼란은 서서히 사라지고 마음은 차분해지면서 마음의 질서가 잡히기 시작한다. 그리고 몸과 마음은 평화롭게 조화를 이루면서 깊은 평화를 얻게 된다.

어쨌든 우리는 모든 행위에서 항상 그 중심에 있어야 한다. 그래야 흔들리지 않는 자신의 주인이 될 수 있다. 주인이 된다는 말은 주변의 어떤 상황에도 흔들리지 않고 모든 것을 자신의 의지대로 통제할 수 있다는 것을 의미한다. 우리가 마음을 잘 이겨내고 그를 잘 통제만 할 수 있다면 우리에게는 참으로 좋은 많은 일이 일어날 수 있다. 그리고 그때 우리는 절대 자신의 마음에 지는 일은 일어나지 않게 된다.

우리가 행위를 할 때는 그 변두리에 서는 일이 없도록 늘 조심해야 한다. 변두리에 서게 되면 우리는 그 변두리의 노예가 될 수밖에 없다. 그리고 주변의 모든 것들로부터 항상 조종을 받게 된다. 곧 타인의 지배를 받게 되는 것이다. 그리고 그때 우리들은 다른 대상의 수중에서 꼭두각시처럼 놀아나게 된다. 다른 사람들의 감정의 노예가 되고 마는 것이다.

그러나 우리가 마음의 중심에 있게 되면 그 어떠한 바람이 불거나 파도가 쳐도 우리는 거기에 조금도 흔들리지 않는 주인이 될 수 있다. 그때 우리 주변의 모든 번뇌와 혼란의 파도는 폭풍이 가라앉듯 가라앉게 된다. 만약 우리가 중심에 있으면서 흔들림 없는 상태를 계속 유지할 수만 있다면, 우리는 어떠한 변두리의 욕망이나 분노, 동요들도 게임을 즐기듯 즐길 수 있다. 그리고 그때 우리는 세상의 중심이 되게 된다.

어쨌든 우리는 무슨 일을 하든지 항상 마음의 중심에 서 있을 수 있도록 애써야 한다. 그래야 우리는 자신의 주인이 될 수 있고 왕이 될 수 있다.

분노의 감정 다스리기

순간적으로 부정적인 감정에 사로잡히게 될 때 우리들은 일반적으로 그저 저항 못하고 블랙홀에 빨려들 듯이 그 감정에 휘말리고 만다. 좋지 못한 감정이 갑자기 차오를 때 특히 그러하다. 그때 우리는 차오르는 감정에 대해 어떤 반응을 내야 할지 선택조차 하지 못한다. 그리고는 상황을 주체하지 못한 채 꼼짝 못하고 그저 당연한 듯이 거기에 빨려들고 만다.

우리가 시간적 여유를 갖고 인지적 사고를 하며 결정을 내릴 때는 그렇지 않다. 그때 우리는 여유 있게 살펴보고 옳다고 생각하는 방향으로 선택하고 그 결정을 따를 수가 있다. 그렇지만 감정이 갑자기 차오를 때는 그와는 사뭇 다르게 함정에 빠지듯 그저 어이없이 거기에 빠져들고 만다. 대부분의 많은 사람들이 감정이 솟구칠 때는 자신의 감정을 제대로 자각하지도 못하며 또한 그에 대해 어떤 반응을 나타낼지 선택조차 하지 못한 채 그 감정에 빨려들고 마는 것이다. 자신의 몸에 차오르는 감정에 대한 반응을 스스로 어떻게 결정할 수 없다고 여기는 것이다. 그리고는 그저 무방비의 상태로 그 감정에 말려들고 만다. 그러한 것은 감정이 순간적으로 폭발할 때 특히 그러하다. 폭발하는 감정이 너무 커서 그 폭탄 같은 감정에 어떻게 대처하겠다는 의지조차 느끼지 못한 채 그 감정에 무너지고 말게 된다. 자신의 감정을 도저히 어떻게 주체를 하지 못하는 것이다.

그러나 잘 생각해보면 우리는 그 순간에도 우리의 감정을 선택할 수 있는 여지가 있다. 자신의 감정을 잘 살펴보고 또한 그 감정이 어떻게 차오르고 어떻게 풀어지는지 그 반응하는 원리를 잘 깨닫게 되면 그러한 상황을 맞이해서도 여유 있게 얼마든지 원만하게 대처할 수 있는 방법을 찾을 수가 있다.

우리가 그런 상황을 맞이할 때, 특히 일차적으로 주의해야 할 것은 자신의 의식이 상대방에게로만 향하고 있지 않은지 살펴보고, 만약 의식이 상대방에게로 집중되어 있다면 그 의식을 빨리 자신에게로 되돌려야 한다.

그러나 우리들 대부분이 그러한 상황을 맞이하게 되면 우리들은 자신의 의식을 대상에게로만 향할 뿐 당황만 한 채 어찌할 줄을 모른다. 그렇게 되면 대상은 항상 나 자신의 의식의 중심이 되고, 시선은 오로지 대상에게로만 향하게 된다. 즉 그 대상은 나의 의식의 초점이 되고 나는 자신을 보지 못하게 된다는 얘기다. 거기에서 바로 문제가 생긴다.

문제의 핵심은 바로 자신의 감정을 살피지 못한다는 데에 있다. 반응을 나타내야 할 주체는 자신인데, 나 자신의 의식은 상대방에게만 가서 꽂혀 굳어져 버린 채, 나 자신을 어떻게 주체하지 못하는 것이다. 즉 자신의 의식은 상대방에게 쳐박혀 꼼짝하지 못하고 굳어버린 채 어떤 반응을 나타내야 할지 감정의 선택 조차 못하게 된다는 말이다.

그때는 잠시 멈추고 우선 내가 나를 살펴봐야 한다. 그것이 문제의 핵심이 된다. 문제는 내가 나를 보지 못하는 데에 있다. 이런 때는 순간적인 감정에 사로잡혀 상대방의 반응에 묶여 있는 자신부터 풀어 내야 한다. 지금 자신은 걷잡을 수 없는 깊은 수렁에 빠져 있는 것이니 우선 정신을 차리고 자신부터 돌아 봐야 한다. 그리고 의식의 방향을 자신에게로 돌려놓고 자신의 감정을 돌봐야 한다. 감정이 차오를 때는 그 차오르는 감정이 모두인 것처럼 꼼짝 못하고 굳어져 버리지만, 그러나 사실 자신을 잘 살펴보고 있으면 그 감정은 곧바로 누그러지게 된다는 것을 알 수 있다. 어떤 혼란스런 경우에도 자신을 똑바로 주시해야 한다. 그러면 모든 것은 해결될 수 있다.

분노의 감정을 차오르게 한 생화학 물질이 우리 몸에 확 퍼져 사로잡았다가도 그것이 풀어지는 데는 채 2분도 걸리지 않는다고 한다. 딱 2분만 기다리며 자신을 살펴보면 흥분된 마음을 가라앉힐 수가 있게 된다. 우리 뇌에서의 분노 회로는 항상 돌아가는 것이 아니다. 그것은 어떤 위협이나 어떤 부정적 감정의 충격을 받게 될 때만 활성화된다. 그리고 그것은 그 생리적 반응이 혈류에서 빠져나가면 곧바로 우리는 다시 정상적인 감정 상태로 되돌아올 수 있다. 그러므로 우리는 감정이 차오를 때 우리의 생리적 반응이 어떻게 일어나는지 그것을 잘 이해하고 또한 그것을 생활에 잘 적용하게 된다면, 우리는 순간 차분해질 수 있으며 다시 평온한 마음 상태를 유지할 수 있게 된다.

우리는 우리의 감정과 행동을 그저 뇌의 산물로만 여기는 버릇이 있다. 그리고는 아무런 감정의 선택권이 없는 것처럼 뇌에 종속된 감정을 나타내고 행동하는 것을 습관으로 하고 있다.

갑자기 감정이 북받쳐 오를 때 우리는 그 감정을 어떻게 생각하고 판단할 것인지에 대한 분명한 선택권이나 결정권이 없는 줄 알고 있다.

그러나 그러한 상황에 처했을 때에도 우리에게는 생각과 행동을 좌우할 수 있는 감정을 우리가 직접 선택할 능력이 있다는 것을 우리는 알고 있어야 한다.

우리의 우뇌에서는 행복의 회로가 여전히 돌아가고 있다. 그리고 분노의 회로는 항상 돌아가는 것이 아니다. 그것은 우리가 위협에 직면했거나 부정적인 감정의 충격을 받았을 때에 잠시 활성화 되었다가 사라진다. 우리는 어느 순간에도 우리의 행복의 회로를 선택하고 가동시키면 행복한 감정을 얼마든지 유지할 수 있다.

그러나 분노의 회로가 활성화 되어있는 상태에서 그것을 놓지 못하는 이유는, 우리가 갑작스럽게 분노나 좌절, 질투 등의 부정적인 감정이 솟구칠 때는 뇌에서의 복잡한 회로가 적극적으로 돌아가기 때문에 그것이 자신에게 매우 친숙하게 느껴지고 또한 그 때문에 자신이 강한 사람처럼 느껴지기 때문에, 우리는 그 분노의 회로를 놓지 못하게 되며, 그 분노의 회로는 여전히 그렇게 활성화되어있는 것이다.

그래서 우리들은 한번 화가 나게 되면 한동안 분노를 이기지 못하고 계속 힘들어하게 된다.

그러나 감정에 사로잡혀 있을 때 그 감정을 유발시킨 생화학 물질은 발생한 지 채 2분도 안 되어 혈류에서 빠져나간다는 것을 알게 되면, 우리는 바로 다른 상황을 이끌어 낼 수 있게 된다. 그때 바로 다시 행복의 회로를 선택하게 되면 우린 바로 행복해질 수가 있는 것이다.

그런데 우리가 한 번 감정이 폭발되었을 때 곧바로 진정되지 못하고 여전히 그 감정에 사로잡혀 있는 까닭은 생화학 물질이 사라진 다음에도 우리는 또 곧바로 다시 감정의 방아쇠를 당기기 때문에 그렇게 계속 분노의 상태에 사로잡혀 있을 수밖에 없는 것이다.

그러니 일차적으로 생화학 물질이 빠져나갔을 때 감정의 방아쇠를 당기지 않고 자신의 감정을 살펴보고 자신에게로 바로 마음을 집중할 수 있게 되면 상황은 원만하게 진정되고 우리는 다시 정상적인 진정 상태로 돌아갈 수가 있게 된다.

우리는 왜 불행한가?

오늘날 우리들은 많은 물질적 풍요를 누리며 살고 있지만 그러나 그에 비해 그렇게 행복한 삶을 살고 있지 못하다. 그 많은 물질적 풍요를 누리면 더 행복해야 할 텐데 우리는 왜 그러질 못하는 것일까? 그것은 왜 그럴까? 우리는 왜 그렇게 늘 불행하기만 한 것일까? 무엇이 잘못된 것일까?

우리들은 누구나 행복하게 살기를 원한다. 그런데도 우린 행복하지 못하고 불행할 때가 더 많다. 그것은 왜 그럴까? 우리 삶에서 무엇이 잘못된 것일까?

그것은 바로 내가 내 삶을 살지 못해서 그런 것이 아닐까? 즉 내가 내 삶의 의미와 욕구를 충족시키는 삶을 살지 못해서 그런 것이 아닐까? 그렇다. 그것은 바로 내가 내 삶을 내 방식대로 사는 것이 아니라 남들의 방식대로 사느라 자신의 삶의 의미를 찾지 못해 그런 것이다.

우리들은 보면 누구나 다 자신의 삶을 살고 있지 못하다. 우리들은 대부분 남이 바라는 대로의 삶을 사느라 헐떡이고 있다. 내가 나를 보며 사는 것이 아니다. 내 삶을 남을 보며 남에 맞춰 사는 것이다. 그것이 오늘날 우리들 삶의 커다란 비극이다.

모두가 다들 그저 남의 얼굴만 쳐다보며 살기에 바쁘다. 모두가 다들 남들의 삶을 흉내 내느라 넋이 빠져있다. 남들이 정해준 대로의 엉뚱한 삶을 살기에 혈안이 되어있는 것이다. 자신의 방식대로 자신을 충족시키는 그런 삶이 아니라 남의 방식을 가지고 자신의 삶을 충족시키려는 엉뚱한 삶을 살고 있는 것이다.

그러니 그러한 삶이 행복한 삶이 될 수가 있겠는가?

요즘에 보면 모두가 다들 정신적으로는 남의 집에 들어앉아 살고 있다. 정신적으로 제집에 들어앉아 살고 있는 사람들은 정말이지 찾아보기가 힘들다. 모두가 다들 제정신이 아니고 다들 남의 얼굴로만 살고 있다.

우리에게는 언제나 내 앞에 나타나는 대상 때문에 문제가 생긴다. 그 대상은 늘 우리를 우리 안에서 끄집어내 허공에 들려놓는다. 그리고는 나를 나 아닌 딴 사람으로 만들어놓고 만다.

오늘날 보면 우리들은 대부분이 그저 다른 사람들의 눈 속에서만 살고 있다. 주변은 온통 남들의 눈들뿐이고 우리는 자신의 모습을 그 남들의 눈 속에서만 찾고 있는 것이다.

내가 나를 보는 것이 아니다. 남의 눈을 통해서 나를 본다. 그것이 문제가 된다. 우리들은 잠시도 혼자서 자신을 둘러볼 여유를 갖지 못한다. 자나 깨나 우리는 온통 남들의 눈 속에만 묻혀 살고 있다. 그러니 자신의 본래는 놓친 채 내가 남이 되어 살고 있는 꼴이다. 그래서 우리의 삶이 그렇게 불행한 것이다.

너나 할 것 없이 모두가 다들 그저 남들의 눈치만 보며 살기에 바쁘다. 우리는 꿈속에서조차 남의 눈치를 보며 산다. 나는 없고 주변에는 온통 남들의 눈들뿐이다.

그리고 우리는 그 속에 묻혀 그들로부터 듣고 싶은 소리만 들으며 살고 싶어 한다. 결코 내가 나를 보는 것이 아니다. 남들이 나를 봐주는 대로 나 자신을 보는 것이다. 그것이 문제가 된다.

자신을 보고 확인하는 일들이 자기 스스로에 의해 이루어지지 않는다. 그러한 것들은 모두가 다 남이 나를 봐주는 대로, 남의 말을 통해서 나를 인정하게 된다. 타인의 눈이 곧 내 거울이 되는 것이다. 그러므로 자신의 본래 모습은 똑바로 볼 수가 없다. 잠깐 자신을 보고 스스로 평가를 내려봤자 그것은 잠시일 뿐 소용없다. 자신이 내리는 평가는 언제나 남들이 내리는 평가에 조금도 상대를 하지 못한다. 언제나 남들이 내리는 평가가 우위에 서게 된다.

자신이 이룬 모든 성과나 현재의 모습은 모두가 다 남의 눈을 통해서 측정된다. 자신에 대한 스스로의 평가보다는 남이 내린 평가를 더 우선시 하는 것이다. 누군가가 자신이 입은 옷에 대해 조금이라도 흠을 잡게 되면 그의 관심은 온통 옷 쪽으로 향한다. 누군가가 조금이라도 자신의 재산에 관해 경시하는 말을 했다면 그의 관심은 온통 재산 쪽으로 움직이게 된다. 그러니 입은 옷이며, 살고 있는 집이며, 재산 등에 대한 모든 평가는 오로지 타인의 눈을 통해서만이 이루어지는 것이다.

누군가가 아무리 만족할만한 돈을 모았어도 이웃집에 사는 사람이 그보다 더 많은 돈을 가지고 있다면 그의 마음은 편할 날이 없다.

그의 마음은 언제나 불만이고 속이 쓰리다.

우리들은 스스로의 풍요로움과 행복을 위해 사는 것이 아니다. 모두가 다들 그저 남들의 눈에 풍요롭게 비치기 위한 삶을 살고 있을 뿐이다. 자신의 삶을 스스로 타인의 눈 속에 가둬놓고 거기에 얽매인 삶을 살고 있는 것이다. 그래서 우리가 불행한 것이다.

내가 나의 주체자로 살지 못하기 때문에 우리들은 대부분 불행을 느끼게 된다. 내 삶을 남의 장단에만 맞춰 사니 그 삶이 온전한 삶이 되겠는가. 그 삶이 자신에 대한 삶의 의미를 조금이라도 충족시킬 수가 있겠는가.

그러나 사람들은 그것을 알아차리지 못한다. 내가 누구인지, 내가 무엇을 하며 살고 있는지, 사람들은 까마득히 모르며 살고 있다. 사람들은 자신을 잊고, 자신을 속이며 그저 불행한 타인의 삶을 살고 있다는 것을 조금도 모른다. 내가 남들의 눈과 혀에 상관없이 자유인이 되어 나 스스로의 삶을 산다면 우리는 얼마든지 행복하게 살 수 있을 텐데도 사람들은 그것을 깨닫고 있지 못한다.

우리가 불행한 이유 중 가장 큰 것은 바로 내가 내 자신으로 살지 못한다는 점이다. 내가 나 스스로 살지 못하는 것이다.

우리의 불행은 대부분이 남을 의식하는 데서 온다. 내가 나 아닌 남으로 살기 때문에 그런 것이다. 우리는 남을 의식하지 않고 진정한 자기 자신으로만 살 수 있다면 우리는 얼마든지 행복한 삶을 살 수가 있다. 우리들은 자신의 삶을 끊임없이 남의 눈으로 바라보며 살고 있기 때문에 그렇게 불행한 것이다. 삶은 내가 살고 그것을 남의 눈으로 쳐다보니 그 삶이 온전한 삶이 될 수 있겠는가? 나의 삶을 남이 바라는 대로 살고 있으니 그 삶이 온전한 나의 삶이라고 말할 수 있겠는가? 그것은 바로 내가 나의 삶을 사는 것이 아니라 남의 삶을 살아주고 있는 꼴밖에는 되지 않는다.

주변을 보면 너나 할 것 없이 거의 모든 사람들이 그저 나 아닌 타인으로 살고 있다. 나로 태어나서 남의 삶을 살고 있는 것이다. 서로가 서로를 바꿔 가며 남으로 살고 있다. 진정한 나는 없고 그저 주변은 온통 남들 천지이다. 모두가 다 그저 남의 거울 속에서 자신을 남으로 착각하며 살고 있다.

그리고 사람들은 죽음에 이르러 후회한다. '내가 나의 삶을 도대체 어떻게 산 것일까? 내 삶을 제대로 산 것인가? 내가 나의 삶을 제대로 살지 못했는데 벌써 죽음은 찾아왔구나. 삶은 그저 모두 허무하게 지나고 말았구나'라고 후회하게 된다. 이러한 후회는 사람들이 죽어가며 가장 많이 후회하는 것 중에 하나이다. 사람들은 이렇게 진정한 자신만의 삶을 살지 못하고 가는 것을 가장 많이 후회하게 된다.

순수한 가슴에서 나오는 진정한 자신만의 삶을 사는 사람들은 정말 찾아보기 힘들다. 사람들은 생각하기도 전에, 행동하기도 전에 벌써 남이 되어있다. 그들에게는 자신들의 모습이 남들의 눈에 어떻게 비칠까 걱정하는 것이 그들의 삶에서 제일 중요한 위치를 차지한다.

참으로 이상하다. 사람들은 다른 모든 것은 다 잘 소유할 줄 알면서도 진정한 자기 자신은 소유할 줄을 모른다. 그것은 도대체 왜 그럴까?

그것은 바로 내가 누구인지 모르며 살기 때문이다. '당신은 누구인가? 당신은 어디에서 왔는가? 당신은 무엇을 목적으로 하며 살고 있는가?'라고 물으면 도대체 제대로 대답할 수 있는 사람이 몇 사람이나 될까? 내가 누구인지도 모르며 사는데 그 삶이 제대로 된 삶이라고 할 수 있을까? 그것은 살아도 제대로 사는 것이 아니다. 그것은 본질을 놓치고 사는 삶일 뿐이다. 자기 자신을 모르는 한 무엇을 하건 그것은 제대로 된 삶이라고 할 수 없다.

우리는 본래의 자신을 얻지 못한다면 그 무엇을 얻든 그것은 아무것도 아닌 것이 된다. 왜 우리는 진정한 자신이 되지 못하는 것일까? 왜 우리들은 진정한 자신의 삶을 살고 있지 못하는 것일까?

그것은 바로 우리가 늘 우리의 집 밖을 나와 헤매기 때문에 그렇다. 내가 내 중심 밖으로 나와 살기 때문이다. 내가 내 중심에서 나오는데 어떻게 내가 진정한 내가 되겠는가? 대부분의 사람들은 모두가 다 자신의 집에 들어있지 못하고 있다. 모두가 다들 남의 집에 들어 앉아 있는 꼴이다. 내가 내 집에 들어 앉아 있어야만이, 나는 진정한 내가 될 수 있는데 사람들은 그러질 못한다.

우리는 자신의 중심 안에 본질을 가지고 있다. 거기에 자신의 근원을 갖고 있는 것이다. 그러기에 본래의 자신의 존재 안으로 들어가지 못한다면 그때 우리들은 진정한 자신의 모습을 볼 수가 없다. 남의 눈을 통해서는 결코 진정한 자신을 바라볼 수 없는 것이다. 그러나 대부분의 사람들이 남의 눈 속에서 살고 있으며 그 눈으로 자신을 바라보고 있다. 그러니 진정한 자신을 볼 수가 있겠는가?

다른 사람들은 나의 내부를 들여다 볼 수 없다. 그들은 진정한 나를 모른다. 그들이 볼 수 있는 것은 단지 나의 겉으로 나타나는 모습일 뿐이다. 사람들이 나를 볼 수 있는 것은 단지 '내가 재물을 얼마나 가지고 있나? 내가 얼마나 출세를 했나? 내가 얼마나 값진 옷을 입고 있나? 내가 그들에게 얼마나 호감 있게 보이나?' 그런 것들이 전부이다.

만약 그들이 나를 보고 내가 가난하다는 생각을 하게 되면 나는 재물을 모으기 위해 온 힘을 기울일 것이다. 만약 그들이 나를 향해 내가 호감 없다는 생각을 하게 될 때 나는 그들에게 호감을 얻기 위해 별짓을 다 할 것이다.

그러니 내가 하는 일은 오로지 타인에게 풍족하게 비춰지기 위해서 그리고 호감 있게 비춰지기 위해서 하는 일이 전부일 뿐이다. 그러므로 나는 자연히 나의 내면의 세계와는 멀어진 생활을 할 수밖에 없다.

그러면 이렇게 자신의 내면세계와 동떨어진 삶을 살게 될 때 그 삶이 과연 제대로 된 삶이라고 할 수 있겠는가? 자신의 내적인 존재가 무시되는 삶 속에 과연 진정한 행복이 존재할 수 있을까? 그렇지 못하다.

진정한 행복은 외부에 있는 것이 아니다. 그것은 바로 우리의 내면 깊숙한 곳에 존재한다. 진정한 행복은 눈으로 보아야 하거나 귀로 들어야 하거나 혹은 손으로 만져야 하는 그런 겉껍질이 아니다. 그 모든 것은 가면에 불과하다. 진정한 행복은 우리의 뜨거운 가슴에 있고, 순수한 영혼에 있다. 그것은 바로 우리 내면 깊숙이 아름다운 의식과 황홀경 속에 존재하는 것이다.

우리는 자신의 본래를 얻지 못한다면 그 어떤 귀한 재물을 얻는다 한들 그 모든 것들은 다 소용없는 짓일 뿐이다. 우리는 물질 자체에는 행복이란 의미를 부여할 수 없다. 삶의 의미를 느낀다는 것은 단지 내면적인 인식으로서만 가능한 것이다. 그리고 우리는 그 내면 깊은 곳에서만 진정한 나를 만날 수 있다. 그것만이 영원히 사라지지 않는 본래의 '나'이다. 우리가 소유할 수 있는 것은 단지 그 본래의 자신뿐이고 우리는 그밖에 그 어느 것도 소유할 수 없다.

우리는 진정한 본래의 집을 이미 우리 안에 갖고 있다. 우리에게는 그것이 전부이다.

우리는 세상 어느 곳을 간다 한들 그곳이 우리의 집이 될 수는 없다. 그 모든 것들은 그저 잠깐 스치는 여관이 될 뿐이다. 우리는 우리의 집을 단지 우리 안에서만 가질 수 있다. 그리고 우리는 그 집을 최대한 아름다운 집으로 가꾸어야 한다. 그것만이 우리 삶의 최대의 의미가 될 수 있다. 그리고 그 아름다운 자신의 집에 있을 때만이 우리는 진정한 우리 자신이 될 수 있다. 그럴 때에만 우리는 거기에서 진정한 우리의 삶의 의미를 찾을 수 있고 진정한 행복을 누릴 수 있다.

우리들은 모든 행복의 근원을 우리 안에 갖고 있다. 그리고 그 행복의 근원은 우리 본래의 집 안에서만 꽃피울 수가 있다. 만일 우리가 우리 자신의 그 근원으로 들어가지 못한다면 우리들은 다만 자신에 대한 타인이 될 뿐이며 그때에는 이 세상 전부를 얻는다 해도 그는 한낱 가난한 사람에 지나지 않을 뿐이다. 우리가 진정한 우리를 찾지 못하는 한 우리는 그저 빈곤할 뿐이며, 아무리 재물이 많다 할지라도, 아무리 권력을 많이 갖고 있을지라도 그는 그저 가난한 사람에 불과하다. 그가 외면적으로는 부자처럼 보일지 모르지만 그의 내면은 그저 한낱 가난한 사람에 지나지 않는다. 그리고 그가 외면적으로 더 부자이면 부자일수록 그의 내적인 가난은 더욱 심하다. 왜냐하면 그는 그의 내면 모두를 팔아 그의 외적인 부를 샀기 때문이다.

그러나 대부분의 사람들이 그 사실을 인식하지 못한다. 그저 남들의 눈 속에만 들기 위해 미쳐 춤추고 있을 뿐, 그리고 그저 귀에 달콤한 소리만을 듣기 위해 내가 누구인지도 모른 채 남의 종노릇 하며 타인의 삶을 살기에 바쁠 뿐이다.

우리가 우리 안을 들여다보면 우리는 거기에 얼마든지 행복한 우리의 집을 지을 수가 있다. 우리가 우리 안을 주시만 하면 우리는 거기에 얼마든지 행복하고 아름다운 우리의 왕국을 건설할 수가 있다. 문제는 우리가 남의 눈으로부터 얼마나 빨리 자유로워지느냐이다. 타인은 언제나 나를 나의 중심에서 끄집어내는 훼방꾼일 뿐이다. 그 훼방꾼 때문에 우리들은 언제나 불행할 수밖에 없는 것이다.

우리는 삶의 방향을 내부로 돌려야 한다. 이제 우리는 삶의 새로운 여행을 시작해야 한다. 이제 시선을 자신의 존재 내부로 돌려야 할 때가 되었다. 잠시 눈을 감고 자신의 내면을 한번 들여다보자. '나는 누구인가? 나는 어떤 삶을 살고 있나?' 한번 생각해보자. '나는 결국 어디로 가고 있는 것일까? 이렇게 살고 있는 내 삶이 과연 옳은 길인가? 도대체 나는 내 삶을 걸고 무엇을 하고 있는 것인가?' 하고 한번 깊이 돌아보아야 할 때가 되었다. 그렇지 않으면 이제 곧 죽음은 나에게 다가올 것이고 나는 빈손으로 사라지게 될 것이다.

우리는 사회 속에서 태어나 사회 속에서 죽어간다. 우리들은 자나 깨나 언제나 남들의 시선에 얽매여 살고 있다. 심지어 꿈속에서조차 남들의 시선에 얽매여 꼼짝 못한다. 우리들은 꿈속에서만큼은 자신이 하고 싶은 것 원대로 할 수도 있으련만 그렇지가 못하다. 꿈속에서조차 남의 눈치 보느라 그토록 하고 싶었던 것도 제대로 못한다. 그래 꿈을 깨고 나서도 후회하지 않던가. '꿈속인데 내가 왜 그토록 하고 싶었던 것을 못 했을까? 꿈속인데, 실제론 아무도 보는 사람 없었는데, 한낮에는 남의 눈 때문에 못한다 하지만 꿈속에서는 사실 아무도 보는 사람 없는데 왜 내가 그 하고 싶었던 것을 맘껏 못했을까?' 하며 꿈속에서의 자신을 탓하기도 하지 않던가.

그러나 지금의 삶도 마찬가지다. 지금의 삶도 단지 꿈에 지나지 않는다. 깨어나고 보면 알 수 있다. 모든 것은 다 금방 지나간다. 그리고 남는 것은 아무것도 없다. 남는 것이라곤 다만 나의 본질, 그것밖에는 아무것도 남는 것이 없다. 모두가 다 그저 꿈일 뿐이다. 그러니 살면서 그렇게 남을 의식하며 살 필요가 없다.

우리는 이제 시선을 진실로 돌려야 한다. 지금까지는 남들 눈치 보느라 거짓으로 살았지만 이제 진정한 삶으로 마음을 돌려야 한다. 삶의 진실이 무엇인지 깨달아야 한다. 세상을 보면 너도 나도 모두가 남의 눈 속에 갇혀 진실을 보지 못하고 있다. 이제 삶의 방향을 바꾸어야 한다.

지금의 삶에서는 희망이라곤 찾아볼 수가 없다. 모두가 다 그저 남에게 풍요롭게 보이기 위한 쇼 천국의 세상에서 살고 있을 뿐이다. 실제 자신은 풍요롭지도 못하면서 남에게 풍요롭게 비치기 위해서 자신을 기만하는 거짓된 삶을 살고 있으니 이 모두가 얼마나 허황된 짓인가!

우리들은 보면 모두가 다 자신이 행복해지기 위해서보다는 남에게 행복하게 보이기 위해 더 애를 쓰고 있다. 남에게 행복하게 보이기 위해서보다 스스로 행복하기 위해 애쓴다면 우리들은 얼마든지 더 행복하게 잘 살 수도 있을 텐데 그러지 못한다. 결국 우리는 남에게 행복하게 보이려는 그 허영심 때문에 자신의 진짜 행복을 놓치며 살고 있다.

거짓된 삶으로 아무리 잘 살면 무엇하나? 그것이 거짓인데.

혼자만이라도 삶을 바꾸어야 한다. 진정한 본래 삶이 의도된 대로 삶을 바꾸어야 한다. 이제 우리는 무엇이 진실된 삶인지 크게 깨달아야 한다. 거짓된 삶을 백년을 살면 무엇 할 거고 천년을 살면 무엇할 것인가!

그 모두가 거짓된 것들인데! 내가 나를 얻지 못한다면, 내가 진정한 내가 되지 못한다면, 그것은 세상 그 모두를 다 얻는다 해도 소용없는 짓이다. 우리는 이러한 세상에 좌절할 수밖에 없다.

과연 현명한 사람이란 어떤 사람인가? 그는 진정한 나를 찾기 위해 모든 것을 던질 수 있는 사람이다. 어리석은 사람은 어떤 사람인가? 그는 자신을 버려 쓸데없는 재물을 모으거나 자신을 팔아 명성을 사려는 사람들이다. 그러나 재물과 명성은 모으면 모을수록 그의 삶은 덧없이 사라지고 만다. 그의 내면은 공허해질 뿐 그의 삶은 모두가 그저 허황된 삶으로 끝나버리고 만다. 그의 재물과 명성은 모두가 그의 삶을 대가로 해서 산 것이기 때문이다.

우리는 타인과 함께 살고 있지만 그러나 그 타인들 속에서 자신을 잊은 채 그의 삶을 허황된 삶으로 낭비해서는 안 된다. 그런 삶을 산 사람들은 늦게서야 후회하게 된다. 그들은 죽음에 이르러 반드시 후회하게 된다. '내가 왜 진정한 나의 삶을 살지 못했을까? 내가 왜 남들의 눈치 보느라 진정으로 내가 살고 싶었던 삶을 살지 못했을까?' 하고 반드시 후회한다. 그들은 돌이킬 수 없는 잘못된 삶에 대해서 깊이 후회할 것이며 잃어버린 시간에 대해서 쓰디쓴 아픔을 맛보게 될 것이다.

우리는 가끔 사회에 철저히 눈을 감고 자신을 깊게 성찰하는 절대 고요의 시간을 가질 필요가 있다. 자신과 정면으로 마주할 시간을 갖는 것이다. 그리고 깊이 생각해 보아야 한다. '나는 누구인가? 내가 지금 어떤 삶을 살고 있나? 나는 끝내 어디로 갈 것인가? 나는 그저 육신으로만 존재하는 몸인가?' 하고 자신에게 물으며 자신을 돌아볼 시간을 가질 필요가 있다. 대부분의 사람들이 일에 떠밀려, 그리고 세상 조류에 떠밀려 그저 헛되이 시간만 보내다가 죽음에 이르러서야 깊이 후회하게 되는데 그래서는 안 된다. 그때는 이미 늦은 것이다. 결코 삶의 시간은 돌이킬 수가 없기 때문이다.

우리 모두는 기적보다도 더한 기적으로 이 세상에 왔다. 우리는 결코 육신으로만 존재하는 몸이 아니다. 우리는 거대한 영혼으로 존재한다.

우리는 우리의 의식을 진정한 '나'가 있는 내면 그 깊은 곳으로 모아야 한다. 그리고 그 깊은 중심 세계가 우리의 진정한 본래의 세상임을 깨달아야 한다. 그 세계가 우리의 영원한 본래요, 영원한 고향이고, 영원한 집이라는 것을 우리는 깨달아야 한다.

그리고 그 영혼에 이르기 위해 진정한 삶을 사는 것 그것이 우리 삶의 최고의 목적이라는 것을 우리는 알아야 한다. 그리고 그곳에 이른 자만이 진정한 자신을 얻게 되며, 그가 또한 참된 부자이고 진정으로 행복한 사람임을 우리는 잘 알아야 한다. 결국 영적으로 풍요로운 자, 그가 진실로 풍요로운 자이다.

마음의 왕

나는 나의 삶에 왕으로도 살 수도 있고 또한 노예로도 살 수가 있다. 그것은 전적으로 내 마음 여하에 달려있다. 내가 내 마음을 하인처럼 잘 부리며 그 주인이 되어 산다면 나는 나의 삶에 왕으로 살 수 있고, 그렇지 않고 내 마음이 나의 주인으로 되어 산다면 나는 그 하인으로밖에 살 수가 없다. 그 모든 것은 모두 내 마음 여하에 달려있다. 그러니 우리는 자신의 마음을 어떻게 사용하느냐에 따라, 삶의 왕으로도 살 수가 있고 또한 노예로도 살 수가 있다.

우리 모두는 자신 안에 자신만의 삶의 왕국을 가질 수가 있다. 그리고 우리는 그 왕이 될 수 있다. 자신만의 삶의 왕이 되는 것이다. 그리고 그 왕은 그의 삶 모두를 지배한다. 이처럼 자신의 삶에서 그 왕이 되어 사는 사람 그가 삶을 가장 잘 사는 사람이다.

마음의 왕은 현실 세계에서의 왕과는 전혀 다르다. 현실 세계에서의 왕보다는 마음의 왕이 진짜 왕이다. 현실 세계에서의 왕은 노예나 다름없다. 세상 사람들은 너나할 것 없이 왕이라 하면 그저 천하의 가장 부러운 대상으로 생각할지 모르지만 사실은 그렇지가 않다. 그것은 무엇인가를 깊이 모르는 사람들의 이야기이다.

사실은 천하에 가장 불쌍한 사람이 왕이다. 왜냐하면 그의 마음은 끊임없이 다른 모든 사람의 눈치를 보며 살아야 하기 때문이다. 그는 자신의 삶을 사는 것이 아니라 남의 삶을 살고 있기 때문이다. 그는 한시도 자기 영혼을 살필 틈이 없다. 그의 마음은 남의 눈치를 보느라 하루도 편할 날이 없다. 그의 정신세계는 온갖 다른 사람들의 생각들로만 꽉 차 있다. 한 나라의 온갖 것들을 다 챙겨야 하니 그는 제정신이 아닌 것이다. 그는 이 사람들 눈치도 봐야 하고 저 사람들 눈치도 봐야 한다. 그의 마음은 갈피를 잡지 못한다. 그는 꿈속에서조차 자신이 되지 못한다. 그는 왕이라 하지만 사실 그는 정신적으로는 노예나 다름없다.

오늘날에 대통령이나 정치가라고 하는 사람들도 마찬가지다. 그들의 정신세계는 온갖 잡동사니의 창고일 뿐이다. 그들은 아마도 꿈속에서조차도 제정신이 되지 못할 것이다. 그들의 마음은 사방팔방으로 찢어진 상태이다. 그들은 모든 사람들의 눈치를 다 봐야 하기 때문이다. 부자들의 눈치도 봐야 하고 또한 거지들의 눈치까지도 봐야 한다. 그들의 마음은 중간에 서서 이리 찢기고 저리 찢겨 갈피를 잡지 못한다.

왕이나 대통령이라고 하는 사람들, 그들은 자신이 누구인지 모르며 사는 사람들이다. 그들은 모든 사람들의 정신적인 하인일 뿐이다. 그들의 마음은 온갖 나 아닌 다른 것들에 정신이 팔려있는 사람들이다. 그들이 구하는 것은 오직 명예와 권력뿐이다.

그들은 나 자신은 모른다. 나 자신을 쳐다볼 겨를이 없다. 그들의 시선은 오로지 남들에게로만 가있다. 그러기에 그들의 마음은 천 갈래 만 갈래로 찢어져야만 한다.

이 세상에 살면서 가장 중요한 것 그것은 내가 나를 찾고 아는 일인데 그들은 내가 누구인지 모르며 사는 사람들이니 이 얼마나 불쌍한 사람들인가! 세상에 가장 불쌍한 사람들이 그들이다. 그들의 마음은 아마 죽어서도 갈피를 잡지 못할 것이다.

그들은 세상에 가장 고귀한 자신의 영혼을 팔아 온갖 잡동사니를 다 산 사람들이다. 그들은 자신의 권력으로 다른 사람들을 부려먹는다 하겠지만 사실은 그렇지가 않다. 사실 그들은 자신의 고귀한 영혼을 팔아 권력과 욕망만을 산 사람들이다. 그들은 모든 사람들을 소유하고 있는 것 같지만 사실은 그렇지가 않다. 그들은 모든 사람에게 소유당해 있는 사람들이다. 그들에게 자신은 없다. 그들의 삶은 오로지 남의 눈에만 맞추어져 있다. 한 사람 비위 맞추기도 어려운데 그들은 천 사람 만 사람 아니 셀 수 없을 만큼의 많은 사람들, 그 모두의 비위를 다 맞춰줘야 하니 그 얼마나 복잡하고 고달프겠나. 그들이 오로지 하는 일이란 남의 눈치 보는 일 이외 그 어느 것도 없다.

그들은 완전히 자신을 놓친 사람들이다. 철저하게 자신을 놓친 사람들이다. 그들은 선거에 이기기 위해서라면 양심은 말할 것도 없고 아마 팔 수 있는 것은 모두 다 내다 팔 사람들이다.

내가 나를 놓치면 그것은 세상 전부를 놓치는 것이나 다름없다. 그러나 그들은 자신을 놓친 사실도 모른 채 세상 모두를 다 얻은 것처럼 허세를 부린다. 그들은 자신의 영혼은 땅속에 묻어둔 채, 허공에 발을 디디며 사는 사람들이다.

이렇게 세상의 왕은 자신 밖으로 나가 세상을 향해 구걸하는 사람들이다. 그가 있어야 할 자리에 있는 것이 아니라 오직 밖으로만 들려 다니며 사람들이 던져주는 표심만 받아먹기에 혈안이 된 거지들이다. 그들은 표심 받아먹는 일에만 미쳐 결코 그들의 안은 들여다볼 줄 모르는 제정신이 아닌 사람들이다.

진짜 왕은 마음의 왕이다. 자신의 마음을 가장 충성스러운 신하로 둔 사람 그가 진짜 왕이다.

참으로 다루기가 힘든 것이 우리의 마음이다. 마음은 언제 어떻게 될지 모른다. 온갖 요술을 다 부리는 것이 우리의 마음이다. 마음은 보이지도 않는 것이, 있는 듯 하기도 하고, 없는 듯 하기도 한, 참으로 알 수 없는 것이 우리의 마음이다. 그런 알 수 없고 다루기 힘든 마음을 자신의 충직한 신하처럼 잘 다룰 수 있는 사람 그가 진짜 왕이다.

나의 모두는 내 마음가짐에 따라 좌우된다. 내 주변에서 일어나는 모든 것들은 모두 다 내 마음에서 비롯된다. 그렇지만 대부분의 사람들은 마음이 어떤 모양새인지 그리고 때에 따라 어떻게 변하고 어떻게 작용하는지 알려고 하지 않는다.

마음을 잘 알고 나면 세상이 얼마나 달라지는지 그리고 나의 삶이 얼마나 많이 달라지는지 사람들은 잘 모른다.

나의 마음이 곧 '나'이다. 그런데도 사람들은 자신의 마음을 자세히 살펴보거나 탐구해보려고 하지 않는다. 그저 마음 내키는 대로 사는 것이다. 그러니 마음이 주인이고 자신은 하인으로 사는 꼴이다. 대부분의 사람들이 마음의 하인으로 살고 있는 것이다.

사람들은 마음을 하인으로 잘 부릴 줄 알면 얼마나 좋은 일이 벌어지는지 모른다. 내가 마음의 주인이 된다면 나는 세상 모두의 주인이 될 수 있는 데도 사람들은 그러지 못한다. 그럴 수만 있다면 나는 그야말로 내 삶의 왕이 될 수 있는데도 말이다. 내가 내 마음만 잘 조절할 수 있고 조종할 수 있다면 모든 문제가 다 잘 해결될 수 있다.

그때 나는 마음껏 만족할 수도 있고 마음껏 행복할 수가 있다. 내가 내 마음의 왕으로만 산다면, 그때는 천하가 모두 다 내 하인이 되는 것이다. 이 얼마나 놀랍고도 멋진 얘기인가! 문제는 내가 나의 마음을 어떻게 조절하고 조종할 수 있느냐 하는 것이 문제가 된다.

마음만 잘 훈련시킬 수 있다면 우리는 우리 앞에 아무리 요염한 여자가 있더라도 조금도 마음 흔들림 없이 그저 부처처럼 앉아있을 수 있으며, 그 누구로부터 치욕적인 모욕을 당한다 할지라도 조금도 마음의 상처 받지 않고 그저 태연한 상태로 있을 수도 있다. 설령 죽음을 맞이한다 해도 마음 흔들림 없이 미소지으면서 죽을 수 있다. 이 얼마나 마법같은 이야기인가!

마음을 잘 이해하고 또한 그것을 최대한 잘 다룰 줄 안다면 우리는 그 무엇이든지 원하는 대로 자유자재로 구사할 수 있다. 그야말로 삶에서 왕이 될 수 있는 것이다. 마음은 이렇게 우리 삶의 모든 것을 좌우할 수 있다. 우리는 비록 슬픈 일을 당한다 해도 마음만 바꾸면 바로 그것을 기쁨으로 변화시킬 수 있다. 또한 불행한 일을 맞아서도 잠깐 마음을 바꾸면 그것을 행복을 위한 밑거름으로 만들 수도 있다. 모든 것이 다 내 마음 먹기에 달려있다.

티베트의 승려들은 명상으로 자신의 발가락 온도를 7도까지 더 올릴 수 있다고 한다. 그들은 극한의 추위 속에서도 명상을 함으로 땀을 흘릴 정도로 자신의 체온을 올릴 수도 있고 또한 내릴 수도 있다고 한다. 보통 사람들로서는 상상도 할 수 없는 일이다. 그러니 이 얼마나 대단한 마음의 위력인가!

우리에게는 몸이 있고 마음이 있듯이 또한 영혼이 있다. 그리고 그들은 서로가 매우 조화롭게 연결되어 상호작용을 한다. 그것들은 서로가 분리된 개체들이 아니다. 그것들은 몸 안에서 너무도 신비로울 만큼 긴밀하고도 미묘한 관계로 결합되어 서로 간에 상호작용을 한다.

그중에 몸은 실제 여기 있어 우리 눈으로 직접 볼 수 있고 손으로도 만질 수 있는 솔직한 존재이다. 그러나 마음과 영혼은 그렇지가 않다. 마음과 영혼은 우리 눈으로는 볼 수 없는 아주 미묘한 것들이다, 그렇지만 그것들이 존재한다는 사실만은 우리가 부인할 수 없다. 이 중에서도 특히 문제가 되는 것은 마음이다. 마음은 우리 가까이 있지만은 파악하기가 참으로 힘들다. 마음은 그 정착지를 알 수 없을 정도로 참으로 애매하다. 볼래 야 볼 수도 없고 있긴 있어도 어디 있는지 모른다.

마음은 언제 몸을 떠나는지 그리고 언제 다시 오는지도 모르게 또 찾아온다. 마음은 있기도 하고 없기도 한 것 같은 것이 마음이다. 우리가 굳은 결심을 하고 마음을 붙들어 맨다고 하더라도 그것은 붙들어 맬 수가 없다. 아무리 단단히 붙들어 맨다 해도 그것은 언제 어떻게 달아나는지도 모르게 손가락 사이로 물 빠져나가 듯이 빠져나가고 만다.

그리고는 이상한, 뜻하지도 않은 다른 엉뚱한 것이 벌써 마음 안에 찾아와 있기도 한다. 이러한 마음을 우리들은 어떻게 우리 뜻대로 잘 조정할 수 있을까? 그것이 참으로 문제의 핵심이다. 이러한 마음을 우리가 잘 조정하고 다룰 수만 있다면 우리는 우리가 바라는 그 무엇도 못 이룰 것이 없으며, 우리의 삶은 지금보다 훨씬 더 행복한 삶을 누릴 수가 있을 것이다.

우리의 가슴에는 이미 심오한 영혼의 글자판이 새겨져있다. 우리는 그 글자판이 언제나 마음의 거울 위에 선명하게 비쳐질 수 있도록 마음을 항상 고요하고 깨끗하게 유지해야 한다.

우리의 몸에는 마음 이외에도 그보다 더 섬세한 한 단계 위인 그 무엇이 있음을 우리는 인정하지 않을 수가 없다. 마음은 우리 가까이에 있기 때문에 우리는 그것의 존재를 쉽게 인정할 수가 있다. 그러나 딱히 무엇이다라고는 쉽게 꼬집어 말할 수는 없지만, 마음을 앞서고, 마음을 인식하고 조정하는 그 어떤 심오한 무엇인가가 존재하고 있음을 우리는 인정하지 않을 수 없다.

우리는 우리 마음에서 어떤 무엇인가가 잘못되고 있을 때는 그 잘못되는 것을 감시한다거나 혹은 우리로 하여금 더 옳은 방향으로 나아가게끔 방향을 제시하고 재촉하는 그 무엇인가가 우리 안에 있음을 인정하지 않을 수가 없다. 예를 들면 우리가 무엇인가 일을 하게 될 때 일이 중간에 막히고 잘 안 되어 한참을 기진맥진한 다음 멈춰 쉬고 있을 때 자신도 모르게 직감적으로 명쾌한 답이 튀어나온다거나 혹은 어떤 일을 하다가도 선택의 여지가 있을 때 '그것은 아니다. 그렇게 하면 안 돼. 이렇게 해야 돼'라고 하며 우리의 마음에 번개처럼 스치며 우리를 옳은 방향으로 이끌어주는 그런 무엇을 우리는 경험할 수가 있다.

그때 우리는 그것을 단순히 마음이 하는, 모든 것이라고 볼 수는 없다. 그것은 바로 우리의 마음을 넘어서 우리를 옳은 방향으로 이끄는 그 섬세하고도 심오한 무엇인가가 우리 안에 있음을 나타내는 것이다.

마음은 매우 단순하다. 마음은 순간적인 감정에 따라 좌우되거나 혹은 외부에서 오는 조건 등에 따라 매우 민감하게 반응할 수가 있다. 그때 우리들은 그러한 순간적인 감정에 휩쓸려 얼마든지 잘못된 방향으로 나갈 수가 있다.

그렇지만 그러한 조건에도 흔들리지 않고 그 마음을 똑바로 지켜보며 그것이 잘못된 길로 갈 경우에는 그 잘못을 지적하고 바로 잡으며 우리에게 올바른 방향으로 나아갈 것을 촉구하는 그 무엇인가가 우리 내면 깊숙한 곳에 있으니, 그것이 바로 마음의 한 단계 위에 있는 우리의 영혼인 것이다.

그 영혼은 참으로 파악하기가 힘들고 애매하다. 그 영혼은 마음보다도 더 미묘하고도 신비하게 우리 몸에 존재하고 있다. 마음은 우리 가까이에 있어 바로 파악할 수가 있지만 이 영혼은 마음보다도 더 깊숙이 미묘하고도 은밀하게 새겨져 있기 때문에 그 존재마저 파악하기가 힘들 정도다. 존재하기는 분명 존재하지만 어디에 어떻게 존재하는지 모를 정도이다. 그러나 그 영혼은 우리가 삶의 여행을 하면서 어둠의 길을 헤매고 있을 때, 그 길을 비추는 매우 중요한 등대 역할을 하고 있음에 틀림없다.

그 영혼은 우리가 나아갈 길을 밝혀준다. 우리가 먼 곳까지 볼 수 있는 지혜를 비춰주는 것이다. 하지만 우리는 그 영혼을 쉽게 만나거나 의식하기가 매우 힘들다. 그 영혼은 우리의 일상 의식을 넘어서는 초월적인 것이기 때문이다. 그러므로 평범한 우리의 의식은 그것에 접근하기가 쉽지 않다.

그것은 우리가 깊은 열망을 갖고 있거나, 아니면 어쩌다 번개 같은 깨달음이 우리에게 주어질 때에나 언뜻 희미하게 그 힌트가 나타날 뿐이다. 그것은 한 차원 더 높은 우리의 이상을 담고 있는, 삶을 한층 더 높은 곳으로 이끄는 우리의 이상향인 것이다. 종합적으로 볼 때 결국 그것은 우리가 목표하고 지향하는 우리 삶의 모든 지혜와 평화를 의미하는 것이다.

그것은 참으로 깊고도 깊은 우리 안에 섬세하게 새겨져 있다. 그러므로 우리의 마음이 혼란스러워 고요하지 못할 때에는 결코 거기에 가 닿을 수가 없다. 그것은 우리가 참으로 맑고 고요한 마음을 가지고 있을 때에나 우리의 의식에 희미하게 비출 뿐이다. 그러므로 우리는 거기 영혼의 세계에 가닿기 위해서는 언제나 맑고 고요한 마음을 유지하고 있어야 한다.

영혼의 세계, 그곳은 이미 거대한 지혜의 바다이다. 우리가 그곳 궁극의 지혜의 바다에 이르게 되면 우리는 이미 거기 놓여있는 우주의 의식과도 함께 할 수 있다. 그리고 거기에서 우리는 무한한 지혜를 퍼올릴 수가 있다.

삶의 나침반이 되어주는 우리의 영혼이 우리 마음의 등불을 더욱더 환히 비추도록 하기 위해서 우리는 우리의 마음 관리를 아주 잘 할 필요가 있다. 영혼은 우리의 삶에서 그 중심을 지켜주는 푯대가 되기 때문이다. 만일 삶에서 우리 마음이 영혼의 암시를 읽지 못한다면 우리의 삶은 길을 잃은 배만큼이나 무모한 삶이 되고 말 것이다.

우리의 영혼은 우리가 먼 곳까지 나아갈 이상의 경지를 밝혀준다. 그것은 흔들리지 않는 우리의 영원한 길잡이로서 우리가 길을 잃고 혼돈에 처하게 될 때마다 우리에게 나아갈 길을 분명하게 밝혀준다. 그리고 그러한 영혼의 글자판은 이미 원초부터 우리 내면 깊숙이 아주 신비롭게 새겨져 있다. 그러므로 우리는 혼돈 없이 평화 속에 행복한 삶을 영위하기 위해서는 이 영혼의 글자판이 언제나 우리 마음 위에 선명하게 비쳐질 수 있도록 항상 마음관리를 잘해야 한다. 우리는 마음의 문을 활짝 열어놓고 그 영혼의 글자판에 늘 민감하게 집중하고 있어야 한다. 우리의 마음은 언제나 그렇게 충실한 영혼의 불침번이 될 수 있도록 그 경계를 게을리 하지 말아야 한다. 그렇게 할 때 우리들은 한층 더 지혜롭고 평안한 행복한 삶을 영위할 수 있게 된다.

마음은 참으로 흔들리기가 쉽다. 그것은 마음이 감정이 움직이는 대로 움직이기 때문에 그렇다. 마음에 어떤 감정이 솟아오르게 될 때 우리는 어떻게 변할지 모른다. 어느 때는 전혀 의도치도 않은 부정적인 감정이 솟아올라 완전 기분을 망칠 때도 적지 않다.

마음은 몸에 쉽게 반응을 한다. 마음은 몸이 움직이는 대로 움직이기 때문이다. 이렇게 마음이 몸의 조건에 따라 반응을 하고 감정에 따라서 움직이게 될 때 우리에게는 문제가 생기게 된다. 그것은 우리가 움직이는 마음을 보지 못하고 그 마음을 놓쳐버리기 때문에 그런 문제가 발생하는 것이다. 즉 내가 마음의 주인이 되지 못하고 나 자신이 마음에 휩쓸려 들어가 어찌할 바를 몰라 그런 상황이 벌어지는 것이다. 즉 내가 나를 놓쳐버려 그런 상황이 벌어지는 것이다. 그러므로 평소 우리가 마음 챙김 하는 자세가 무엇보다도 중요하다.

그러면 우리는 어떻게 내가 마음의 주인이 되어 그 마음을 잘 다스릴 수 있을까? 어떻게 하면 내가 마음에 휩쓸리지 않고 마음을 나로부터 분리해내 그것을 잘 간파하고 그 마음을 잘 조종할 수 있을까?

그러기 위해 우리는 우선 내면의 고요를 잘 유지하고 있어야 한다. 그래야 볼 것을 제대로 볼 수가 있다. 그래야 우리는 자신의 마음을 잘 간파할 수 있다. 그때 우리는 그 흔들리는 마음을 볼 수가 있고 그것을 인식해 바로 잡을 수가 있다.

그런데 우리는 왜 그렇게 자신의 마음을 잘 분리하고 간파할 줄을 모르는 것인가?

그것은 우리가 태어나 처음부터 마음에 이끌려 마음의 하인처럼 살아왔기 때문이다. 우리는 태어나 어려서부터 마음의 노예로 사는 것에 너무도 익숙해져 있다. 마음의 종으로 사는 것에 너무도 오래 동안 습관화 되버린 것이다. 그래 우리는 마음이 나의 전부인 줄로만 알고 마음을 자신으로부터 조금도 분리해낼 줄을 몰랐던 것이다. 그것이 바로 우리가 지금까지 그토록 불행했던 이유이다.

그렇지만 우리가 어렸을 때 마음이 무엇인지 내가 누구인지 어떻게 알 수 있었겠나. 그렇기 때문에 우리들은 태어나 지금까지 마음의 하인으로밖에 살 수 없었던 것이다. 우리가 줄곧 이렇게 우리 안을 들여다볼 줄 몰랐고 마음을 항상 밖으로만 향해 살아왔던 것이 문제였던 것이다. 내 안에 자신은 살펴보지 못한 채 끊임없이 다른 대상들만 쳐다보며 살아왔던 것이 문제였던 것이다.

우리들의 문제는, 태어나 젖 먹을 때부터 지금까지 마음속에 쌓아놓은 그 묵은 때가 지금 우리의 모든 것으로 되어버렸다는 것이 문제가 된다. 이제는 그 묵은 때가 우리의 모든 세상이 되었고, 그것이 우리의 삶의 규칙이 되었으며, 거기에 그려진 상이 우리의 모든 일상이 돼버린 상태이다. 너무도 두텁게 끼어있는 그 마음의 때가 문제가 되는 것이다.

이제 우리는 바뀌어야 한다. 이제 다른 삶을 살기 위해서 그 모든 때를 지워버려야 한다. 그리고 삶의 방식을 완전히 바꾸어야 한다.

우리는 마음만 바꾸면 획기적인 다른 삶을 살 수가 있다. 그야말로 지옥 같은 삶을 완전 천국의 삶으로도 바꿀 수 있다. 단지 내 마음의 색깔만 바꾸면 모든 것이 바뀔 수가 있는 것이다.

우리는 마음이 내가 아니다 라는 것을 알게 되는 날 우리에게는 놀라운 일이 벌어진다. 내가 마음에서 빠져나오는 순간 마음은 어디 온데간데없이 사라지고 만다. 그리고 그 자리에는 깨어있는 나만 남아있게 된다. 지금까지 날이면 날마다 깨어있든 잠들어 있든 항상 나와 함께 붙어있던 마음이 갑자기 사라져 버리는 것이다. 이제 마음은 나한테 있기도 하고 없기도 하는 것이 된다. 다시 말해 내가 마음을 없애 버릴 수도 있고 살려낼 수도 있다는 말이다. 즉 나는 마음을 죽일 수도 있고 살릴 수도 있는 마음의 막강한 주인이 되는 것이다.

지금까지는 마음이 나의 주인이고 내가 그 종 노릇 하며 살았는데 이제는 거꾸로 내가 주인이고 마음이 종으로 전락해 버리게 된다. 그때에는 엄청난 일이 벌어지게 된다. 나에게는 완전 삶의 혁명이 일어나게 된다. 그리고 지금까지의 세상은 완전 딴 세상으로 바뀌게 된다.

이제 우리들은 마음이 내가 아니라는 것을 알기 시작했다. 마음의 속성을 이해하고 그것을 종처럼 부릴 수 있다는 놀라운 사실을 알게 된 것이다. 마음을 나로부터 분리하여 그것을 잘 조정만 할 수 있다면 그 어떤 것도 어렵지 않게 해결할 수 있다는 것을 알게 되었다.

그러니 이제 우리는 우리의 삶의 방식을 바꾸고 세상을 다른 방향으로 살아야 한다. 그 방식은 간단하다. 내가 내 마음만 내 자아에서 분리해 내기만 하면 된다. 내가 내 마음을 잘 알아차리고 그것을 나로부터 분리해 내 잘 다룰 줄만 알면 되는 것이다. '나는 마음이 아니다 마음이 내가 될 수는 없다'라고 생각하며 내가 마음만 잘 관리할 줄 알면 모든 것은 해결된다.

이 얼마나 놀라운 마법인가! 그러나 이것은 엄연한 사실이다.

우리가 우리 마음의 중심만 확고하게 잡을 수 있다면 우리들은 어떠한 번뇌도 없이 그야말로 지복을 누릴 수가 있게 된다.

나의 중심과 외곽이 완전히 분리되어 전혀 흔들림 없는 상태를 유지할 수만 있다면 밖에서 이는 어떤 욕망이나 분노, 동요 등도 놀이를 즐기듯이 즐길 수 있다. 그러기 위해 우리들은 무엇보다도 우선 나 자신에 대한 확고한 마음의 중심세계를 구축하는 것이 필요하다.

우선 자신의 마음 중심을 정하고 거기에 확고한 뿌리를 내려야 한다. 그리고 나의 중심과 외곽을 완전히 분리해 놓아야 한다. 중심과 외곽이 혼돈되어서는 안 된다. 또한 우리는 마음 중심의 끈을 놓치지 않도록 항상 조심하고 있어야 한다. 늘 그 중심의 끈을 꼭 붙들고 견고하게 유지하는 것이 무엇보다도 중요하다.

중심이 되는 중력의 끈을 놓치게 된다는 것은 한 시스템의 붕괴를 의미하는 것이 된다. 중심은 언제나 한 존재의 근원이 되고 뿌리가 되기 때문이다. 그 중심을 잃는다는 것은 모든 것의 붕괴를 의미한다. 중심을 지킨다는 것은 한 존재를 지키는 것만큼이나 중요하다.

결심하는 삶

무엇인가를 결심하게 되면 그 내면은 강해지고 깊어진다

마음속에서 두 가지 이상의 욕망이 다툴 때 그중에 꼭 하나를 선택해야만 한다면 우리들은 적지 않은 마음고생을 하게 된다. 그때 우리는 이러지도 저러지도 못한 채 매우 난감한 상태에 빠지게 된다. 그리고 시간이 지나면 지날수록 마음의 갈등은 점점 더 심해지고 더 많은 스트레스를 받게 된다.

마음이 갈등상태에 있다는 것은 우리의 마음속에 두 가지 이상의 마음이 서로 다투고 충돌하고 있다는 뜻이다. 이때에 머릿속은 혼란하고 감정은 뒤엉키어 무엇을 어떻게 해야 할지 참으로 난감하기만 하다. 어느 때는 마음의 갈등이 너무 심해 무엇을 어떻게 해야 할지 갈피를 잡지 못한 채 안절부절못하고 많은 애를 태울 수도 있다.

특히 선택 사항이 매우 중요하고 그 중요도가 서로 비슷할 경우에 그 갈등은 더욱 심화된다.

가령 상당한 과체중의 사람이 다이어트 하기를 마음먹고 정해진 시간과 정해진 양의 음식 이외에는 절대 어떤 것도 먹지 않기로 결심을 했다고 하자. 그런데 결심을 한 후, 채 이틀도 안 되어 누군가가 그에게 맛있는 음식을 권한다면 그는 적지 않은 마음의 갈등을 겪게 될 것이다. 특히나 사양하기에는 어려움이 있는 그런 사람이 권하게 될 때는 더욱 난처한 입장이 될 것이다. 그 제의를 받아들여야 할 것인가 아니면 사양해야 할 것인가? 그때의 고민은 대단할 것이다. 권하는 음식을 그대로 받아들이자니 자신이 한 결심을 깨는 것이 될 테고 안 받아들이자니 먹고 싶은 욕망은 물론 상대방의 제안까지 거절해야 되니 그때의 상황은 그야말로 진퇴양난이 될 것이다.

이러한 경우에 과연 어떤 선택을 해야 할까?

우리의 마음속에는 언제나 두 가지 마음이 공존한다. 즉 우리 마음속에서는 긍정적인 마음과 부정적인 마음이 늘 대립하고 있다. 만약 그 둘이 여전히 대립하고 다툴 경우 그 결과는 어떻게 될까? 그것은 말할 필요도 없이 우리가 어떤 마음에 먹이를 주느냐에 따라 달라질 것이다. 그래서 우리의 마음 관리가 아주 중요한 것이다.

모든 것은 우리 마음 관리 여하에 달려있다. 우리의 마음은 자신의 의지에 따라 얼마든지 잘 관리할 수도 있고 또한 그렇지 못할 수도 있다. 우리는 우리의 마음을 잘 관리하면 얼마든지 행복할 수도 있지만 그렇지 않고 잘못 관리하면 참으로 돌이킬 수 없는 불행에 빠질 수도 있다. 참으로 순간적인 마음의 결정에 따라 엄청난 차이를 만들 수가 있게 되는 것이다.

우리의 마음은 매우 가변적이어서 순간적으로도 변할 수 있다. 마음은 순간 있다가도 없고 또 없다가도 금방 생겨날 수 있기 때문이다. 우리의 마음은 우리의 의지에 따라 얼마든지 순간순간 달라질 수 있다. 따라서 우리는 순간 마음의 노예가 될 수도 있고 또한 마음의 주인이 될 수도 있다. 모든 것은 내 의지에 달려있다. 문제는 바로 내가 마음의 주인이 되느냐 아니면 마음이 나의 주인이 되느냐에 따라 달라진다. 그에 따라 모든 것은 결정되는 것이다. 그것은 참으로 중요한 문제가 된다.

우리는 결국 마음의 주인이 되기 위해서는 결심을 해야 한다. 그래야 우리의 의식이 한 단계 더 상승할 수 있다. 결심을 한다는 것은 우리의 의식을 한 단계 더 높여주는 결정적인 계기가 된다. 그때 그것은 무기력했던 우리의 무의식의 세계를 명확하고도 확고한 의식의 세계로 만들어준다.

무엇인가를 결심하면 우리의 내면은 강해지고 깊어진다. 그리고 그 결심의 계기로 우리는 자신의 일에 더욱더 마음을 집중할 수 있으며 더 큰 힘을 발휘할 수 있게 된다. 또한 우리가 결심을 하게 되면 우리의 의식과 존재감은 한껏 더 높아진다. 그리고 그 높아진 의식은 우리의 무기력한 상태를 깨어나게 해주면서 마음을 한껏 더 명확하고 강력하게 만들어준다.

결심의 상태에서 우리의 이해력과 판단력은 최고조에 달하게 된다. 그리고 우리의 의지와 책임감은 더욱더 강하고 확고해지게 된다. 그렇게 될 때 우리의 흔들리던 마음은 가라앉고 우유부단했던 마음 역시 자연히 사라지게 된다. 또한 그때 내면에서는 강한 의지가 생겨나면서 일을 추진하고자 하는 추진력 또한 더욱 높아지게 된다.

이렇게 내부에서 긍정적인 결단력이 커지게 되면 다른 한 쪽에서 움트던 부정적이고 변덕스런 우리의 마음 역시 자연히 수그러들 수밖에 없다.

다이어트를 하기로 결심한 자신 앞에 맛있는 음식이 놓일 경우 먹고 싶은 마음은 이루 말할 수 없이 클 것이다.

그리고 앞에 있는 상대방의 권유 또한 먹고 싶은 마음을 더욱 상 승시키므로 그때의 갈등은 이루 말할 수 없이 클 것이다. 이러한 경 우 우리는 어떻게 대처해야 할 것인가?

우리들은 늘 부정적인 면에 마음이 더 쏠리기가 쉽다. 대개 부정 적인 면이 당장 자신을 편하게 하고 호감을 갖게 하기 때문이다. 우 리의 마음은 늘 편하고 쉬운 쪽으로 기울기가 쉽다. 그렇지만 우리를 바르게 세우는 긍정적인 면은 당장 우리를 불편하고 힘들게 만든다. 그래 우리는 항상 마음속에 긍정적인 면과 부정적인 면 사이에서 갈 등을 겪게 마련이다.

아마 그러한 갈등이 없다면 우리의 삶에 에너지도 없고 인생도 없다 할 것이다. 갈등은 삶에서 긍정과 부정의 두 극을 만들어 우리의 삶에 에너지 를 발생시키기 때문이다. 그러나 그러한 갈등이 오래 지속될 수는 없 다. 그렇게 갈등이 오래 계속되게 되면 우리는 그러한 갈등으로 인해 너무 많은 에너지를 소비하게 된 나머지 우리의 마음은 말할 수 없이 피폐해지게 된다. 그러기 전에 우리는 마음을 정하고 결정을 내려야 한다. 이러한 상황에 이르게 될 때 우리에게는 바로 깨어있는 의식이 필요 하다. 우리의 결단력과 의지력에서 나오는 이러한 깨어있는 의식이야말로 그것은 우리로 하여금 무지에서 깨어나게 하고 상황을 똑바로 인식하게 만 드는 강력한 힘이 될 수가 있다.

이처럼 명료하게 깨어있는 의식은 우리의 어두운 마음을 밝게 비추고 혼돈을 깨부수며 또한 부정적인 마음을 거두어낼 수 있게 해 준다. 이때 우리는 우리의 의지력을 내면에서부터 강력하게 모아야 한다. 그렇게 강한 결단력이 나올 때 우리의 흔들리는 마음은 죽을 수밖에 없게 된다. 그렇게 될 때 또한 우리의 긍정적인 마음은 한껏 바르게 설 수 있다. 그렇게 하므로 우리는 올바른 판단을 내리고 또한 바른 처신을 할 수 있게 된다.

먹고 싶은 욕구는 큰데 그것을 억제하고 참는다는 것은 여간 고통이 아닐 것이다. 그리고 분위기상 상대방의 권유를 거절한다는 것도 여간 힘든 일이 아닐 것이다. 그렇지만 우리의 깨어있는 의식은 이러한 부정적인 면을 보기보다는 앞으로 있을 우리들의 긍정적인 면을 더 많이 볼 수 있게 해준다. 즉 다이어트를 잘함으로써 앞으로 있을 즐거운 모습들을 미리 보여 줄 것이다. 거울 앞에 섰을 때의 점차 나아지는 자신의 멋진 모습이며, 이제 남들 앞에 섰을 때는 거리낌 없이 떳떳한 마음으로 자신을 내보일 수 있는 자신감이며, 이제부터는 어떠한 옷도 마음껏 즐겨 입을 수 있다는 즐거움이며, 그 외 구차한 구속으로부터 벗어날 수 있다는 엄청난 자유에서 오는 그러한 즐거움을 미리 보여주게 될 것이다.

우리의 삶의 의미는 하루하루 성숙하는 데 매우 큰 의미를 두고 있다. 우리는 성숙하는 맛으로 삶을 살아가기 때문이다. 그리고 이러한 성숙은 자신의 삶을 매우 값지고 아름답게 만들 수 있으며 이렇게 될 때 삶은 그야말로 아름다운 축제가 될 수 있는 것이다.

그러므로 우리는 항상 자신을 값지고 아름답게 지키겠다는 강력한 결단을 내려야 한다. 나를 지킬 사람은 나밖에 없다. 과거에도 현재에도 미래에도 항상 나를 만드는 사람은 바로 '나'이다. '현재의 나'는 '과거의 나'가 만든 '나'이며 '미래의 나' 역시 '현재의 나'가 만드는 '나'인 것이다. 내 의지가 바로 나를 만드는 것이다. 남을 탓하고 환경을 탓할 이유가 전혀 없다. 강력한 결단에서 나오는 나의 의지만이 위대한 나를 만들 수가 있는 것이다.

다이어트를 하기 위해서 겪는 고통은 매우 심할 것이다. 먹고 싶은 것도 마음대로 먹을 수 없고, 먹는 문제 때문에 만나고 싶은 친구들도 제대로 만날 수 없고, 여러 동료들이 모이는 회식자리 같은 데에 참석할 것인가 말 것인가 하는 등의 자신을 구속하는 난처한 입장은 참으로 많을 것이다.

그러나 우리에게는 그러한 갈등의 어려움과 고통에 맞서 싸울 용기와 지혜가 필요하다. 그렇게 할 때 우리는 그 고통을 값진 기쁨으로 바꿀 수 있는 것이다. 거기에서 바로 우리의 위대한 삶의 혁명이 일어날 수가 있다. 우리가 그 갈등의 고통을 이겨내어 올바른 판단을 내리고 행동할 수 있는 그 용기와 지혜는 우리의 삶을 한층 높여준다.

먹고 싶은 욕망은 대단하지만 그 유혹을 이겨냈을 때 그 다음의 즐거움 또한 대단히 클 수 있다. '나는 그 힘든 유혹을 이겨냈다. 그러니 나는 다음의 어떤 어려움도 이겨낼 수 있을 것이다.' 등의 자신감은 자신의 자존감을 한껏 높여 줄 것이다. 이러한 과정에서 오는 우리의 즐거움은 그냥 즐거움이 아니다. 그러한 즐거움은 순수한 우리의 고통의 대가를 치르고 획득한 정말로 값진 진정한 즐거움이 된다.

고통은 그냥 오는 것이 아니다. 고통은 그 안에 행복의 알맹이를 감추고 오는, 얼굴 감춘 고통인 것을 우리는 잊어서는 안 된다.

결국 우리를 지키고 살릴 수 있는 길은 결심하는 길밖에 없다. 우리는 언제나 결심하고 또 결심하는 삶을 살아야 한다. 처음에는 작은 결심들을 하고 그것들을 이뤄내면 한 걸음 더 나아가 또 더 큰 결심들을 하고, 그리고 그것들을 잘 이뤄내다 보면 우리는 어느덧 자신도 모르게 위대한 일을 성취하고 있음을 보게 된다. 나중에 얼마의 시간이 지난 다음에는 자신도 모르게 기적 같은 일을 성취하고 있음을 보게 될 것이다.

우리가 염원하는 바를 항상 마음에 간직하며 그 해결 방법을 꾸준히 찾다 보면 그 해결책은 반드시 솟아나게 된다. 우리들은 이미 우리 안에 모든 것을 이룰 수 있는 그 가능성을 갖추고 있기 때문이다. 모든 것은 우리의 결심만 기다리고 있다. 그러므로 우리는 오늘도 결심하고 내일도 또 결심을 해야 한다. 그리고 그 결심을 오랫동안 염원으로 간직하고 있어야 한다. 그러다 보면 우리는 어느 덧 그 결심을 행하고 있음을 보게 된다.

'나는 내 문제를 어떻게 해결할 것인가?' 하는 생각을 항상 마음속에 두고 그 방법을 꾸준히 모색하고 결심하다 보면 우리는 어느 날 갑자기 놀라운 지혜의 바다에 이르게 된다. 그리고 그때 우리는 탄성의 '유레카'를 외치게 될 것이다. 우리는 결국 그토록 염원하던 그 문제를 성취하고 말게 된다.

외로움

신은 외로움을 통해 우리에게 자신을 돌아볼 기회를 준다

숨이 막힐 듯 도저히 어떻게 감당하기 어려운 그런 처절한 외로움을 맛본 적이 있는가? 사방 죽음으로 둘러싸인 듯한 그런 절망적인 외로움을 느껴본 적이 있는가?

만약 그러한 외로움을 만나게 된다면 우리는 어떻게 그를 맞아야 할까?

대부분의 경우 사람들은 어떻게든 그러한 외로움은 피하려고 할 것이다. 그런 때 우리들은 조금이라도 자신을 달래줄 어떤 지푸라기 하나라도 있다면 그것을 움켜쥐려고 안달할 것이다.

그러나 그러한 생각은 잘못된 생각이다. 그것은 목이 탈 때 잠시 한 입 먹여주는 아이스크림에 불과하다. 그 다음의 외로움은 더 갈증나는 외로움으로 다가오기 때문이다.

이때 우리는 그 외로움과 마주쳐야만 한다. 그 외로움을 받아들

여야만 한다. 그 외로움을 피하려 해서는 안 된다. 그 외로움에서 달아나려고 해서는 안 된다. 그 모두가 다 쓸데없는 짓이다. 아무도, 아무것도 그대의 깊은 공허함은 메꾸어줄 수가 없다.

외로움은 누군가와 함께 있는다 해도 그것은 다 채워지지 않는다. 옆에서 누군가 그 외로움을 달래줄만한 말을 건넨다 해도 그것은 소용없는 짓이다. 그것은 잠깐 한 입 먹여주는 아이스크림에 불과할 뿐, 밑바닥 본래의 외로움은 어찌하지 못한 채 그 갈증은 여전하다.

이때 우리는 우리 본래의 외로움과 마주치는 수밖에 없다. 그 외로움과 부딪치고 그것을 받아들여야만 한다. 그 모든 외로움을 가슴 흠뻑 받아들여 그것을 우리의 것으로 껴안아야 한다. 그것이 방법이다.

우리가 가슴 가득 그 외로움 받아들일 때 그때 거기에서 위대한 변화의 혁명이 일어날 수가 있다. 우리가 그 외로움을 받아들이는 순간 그것은 우리의 가슴에 녹아 그것의 질 자체가 완전히 바뀌게 된다. 그때 그 외로움은 외로움이 아니다. 그것은 다만 얼굴 가린 풍요로운 충만함이었음을 우리들은 뒤늦게 깨닫게 된다. 우리가 그 두터운 외로움의 껍질을 벗기게 되면 거기에서 우리는 알 수 없는 달콤한 풍요의 에너지가 숨어있음을 발견하게 된다.

이때 우리는 그 에너지를 위대한 우리의 삶의 창조 에너지로 바꾸어야 한다. 외로움의 반대편에는 그것의 상대 극성인 풍요로움의 에너지가 숨어 있다. 우리는 그 살아 숨어있는 엄청난 풍요로움의 에너지를 우리의 것으로 만들어야 한다. 그리고 그 에너지를 삶의 불쏘시개로 만들어야 한다. 우리는 그 에너지를 오히려 우리의 삶에 엄청난 반작용의 에너지로 사용할 수 있기 때문이다.

삶은 양극성으로 이루어진다. 외로움은 그냥 외로움이 아니다. 외로움은 그 반대편에 풍요로움을 함께 내포하고 있다. 외로움은 풍요로움을 맞대고 있는 맞은편일 뿐이다. 외로움과 풍요로움은 하나의 원을 그리면서 우리의 삶을 완성하게 된다. 우리는 풍요만을 선택할 수도 없고 외로움만을 택할 수도 없다. 우리가 풍요로움을 선택했다면 그때 우리는 그 배후에 있는 외로움도 함께 선택한 것임을 알아야 한다. 그리고 우리가 외로움을 선택했을 때도 마찬가지다. 그 뒤에는 반드시 풍요로움도 함께 내포되어 있음을 알아야 한다.

삶은 그렇게 외로움과 풍요로움이 함께 어우러져 하나의 원을 이루면서 돌아간다. 삶은 외로움만 있을 수도 없고 또한 풍요로움만 있을 수도 없다. 외로움이 있으면 거기엔 반드시 풍요로움이 함께 뒤따르고 또한 풍요로움이 있다면 그 뒤엔 반드시 외로움도 함께 뒤따르게 마련이다. 삶은 이렇게 서로가 서로를 떠받치며 하나의 원을 이룬다. 그러니 우리는 우리에게 다가오는 외로움을 껴안아야 한다. 그래야 그 껴안음 속에서 변화가 창조되는 것이다. 우리가 외로움을 흠뻑 껴안을 때 그것은 우리의 가슴에 녹아 엄청난 풍요로움으로 바뀌게 된다. 외로움을 피해 달아난다는 것은 그 안에 품고 있는 엄청난 풍요의 에너지를 포기하는 것이나 마찬가지다. 그러니 그 외로움을 통째로 받아들여야만 한다. 그러면 그 뒤에 상대극의 충만함은 우리에게 믿을 수 없을 만큼 풍요로운 삶의 기운을 안겨주게 된다.

외로움을 받아들인다는 것은 우리가 그 외로움을 수용한다는 것이다. 즉 그것을 인정하고 내 것으로 삼는다는 것이다. 그것을 내 것으로 삼아야만이 어쨌든 우리는 그것을 감당하고 이겨낼 수가 있게 된다.

외로움은 내가 나를 보게 한다.

우리는 대부분 주위에 아무도 없이 혼자만 있어 적적할 때 외로움을 느낀다고 말한다. 즉 주변에 아무 대상도 없이 혼자 쓸쓸한 상태를 말하는 것이다. 그렇지만 우리는 혼자 있더라도 외로움을 느끼지 않을 때가 있다. 혼자 있더라도 얼마든지 풍요롭고 충만한 마음 상태로 있을 수가 있다.

또한 반대로 많은 군중 속에 있더라도 우리는 외로움을 느낄 수가 있다. 주위에 아무리 많은 사람들이 있을지라도 진정한 마음을 나눌 수 없다면 그것은 외로운 것이다. 그러니 외로움을 느낀다는 것은 매우 주관적인 표현이라 말할 수밖에 없다.

그렇다면 외로움이란 무엇인가? 진정한 외로움이란 무엇인가?

그것은 자신에 대해 싫증을 느끼고, 지루함을 느껴 그 순간을 견디지 못하는 병적인 상태 그것이 바로 우리의 외로움인 것이다.

우리는 늘 다른 곳으로 가고 싶어 하고 또 다른 사람 안에서 자신을 잊고 싶어 한다. 그것이 바로 우리들의 병적인 성향이다. 거기에서 바로 우리의 외로움이 비롯되는 것이다.

우리는 혼자 있는 것을 견디지 못한다. 우리는 늘 대상에만 이끌려 살아왔기 때문이다. 그래 주위에 아무 대상도 없을 때면 우리는 혼자 적적하고 쓸쓸함을 느끼며 견디질 못한다. 즉 그것은 내가 내 자신을 받아들이지 못한다는 뜻이다. 그것은 자신에 대해 싫증을 내고 견디질 못하는 완전 병적인 상태인 것이다.

우리는 누군가 내 자신을 집밖으로 끄집어내 흔들어 놓아야 그것이 재미있는 것이고 그것이 당연한 삶인 줄 알며 살아왔다. 이렇게 우리는 자신과 마주하기를 꺼려하는 것이다. 우리는 잠시도 자신 안에 머물러 있질 못한다. 우리의 마음은 언제나 기댈 수 있고 매달릴 수 있는 누군가를 원하기 때문에 그런 것이다. 언제나 주위에 어떤 대상이 놓여있어야 우리는 마음이 놓이는 것이다.

신은 외로움을 통해 우리에게 자신을 돌아볼 기회를 준다

우리는 주위에 대상이 없게 될 때면 자신을 돌아볼 수밖에 없다. 그렇지만 우리는 자신의 내면을 보는 것은 두려워한다. 공허한 상태로 있는 것을 두려워하는 것이다. 우리는 홀로 자신을 보는 것에 익숙해 있지 않기 때문이다. 혼자 자신을 보기가 낯설고 두려운 것이다. 그러면서 우리는 그 순간을 외롭다고 말한다.

우리는 언제나 자신과 마주하는 것을 피한다. 우리는 그렇게 늘 자신이 누구인지도 모르며 살아온 것이다.

우리는 단지 세상에 던져진 하나의 존재일 뿐 내가 누구인지 그런 것에 대해서는 별로 관심이 없이 살아왔다. 그저 던져진 대로 살 뿐, 내가 어디에서 와서 어디로 가는지도 모른다. 내가 왜 사는지 그런 것은 더더욱 모른다. 그저 남들이 사는 대로만 살면 그만이다. 남들만 쳐다보고 사는 것이다. 그저 돈만 많이 벌고 아무 사고 없이 편안하게만 살면 그만인 것이다. 항상 남들과 비교하기가 일쑤이며 그들보다 뒤떨어지지 않고 살면 그것이 행복이라고 생각한다. 내 앞에 있는 남들이 나의 모든 것이 될 뿐이다. 나를 깊숙이 바라볼 기회란 도대체가 없고 생각할 기회도 없었다. 그 모두가 주로 앞에 놓여있는 대상들 때문에 자신을 돌아볼 여유가 없는 것이다. 그렇지만 내가 세상에 살면서 내가 누구인지도 모르고, 어디로 가는지도 모르고, 왜 사는지도 모르면서 사는 그 삶이 제대로 사는 삶이라고 할 수 있겠는가!

그러나 신은 우리에게 자신을 돌아볼 수 있는 기회를 준다. 그래 신은 우리 앞에 놓여있는 모든 대상을 치워버리는 것이다. 그것은 바로 신이 우리로 하여금 진정한 자신을 돌아볼 수 있도록 하기 위해 우리에게 외로움을 주는 것이다. 진정한 내가 누구인지 자신을 바라볼 수 있는 소중한 기회를 주는 것이 바로 우리의 외로움이라는 것을 우리는 깨달아야 한다.

우리는 우리의 내면 깊숙한 곳에 우리의 귀한 보물창고를 갖고 있다.

그것은 정말이지 보물 중에 보물이다. 지복 중에 지복이 거기에 숨어 있는 것이다. 신은 우리가 필요로 하는 모든 것을 그곳에 비밀스럽게 감춰 놓았다. 그러나 그곳은 외로움이라는 두꺼운 벽으로 가려져 있다. 그리고 우리가 거기까지 이르는 데에는 그리 쉽지가 않다. 거기에 이르기 위해서는 그 두꺼운 벽을 깨트려야 하는데 그 벽이 바로 외로움이라는 것이다. 그 두꺼운 외로움의 벽을 깨트리기 위해서는 가슴을 삭일만큼 고통스러운 외로움을 맛보아야 한다. 그러나 우리가 그 지독한 외로움을 깨고 그곳에 들어가게 될 때 우리는 상상도 못했던 황홀감을 맛볼 수 있다. 감히 밖에서는 느낄 수 없었던 참으로 고요한 신비의 행복감이다. 그것은 내부 깊은 곳에서부터 뿜어져 나오는 지극히 은밀한 충만감이다.

우리는 외로울 때 마음을 밖으로 향하기가 쉽다. 밖에서 무언가가 나타나 우리의 허전한 마음을 채워주기를 기대하기 때문이다. 우리의 마음은 언제나 마음을 붙들어 둘 그 대상을 원하고 있는 것이다. 그래야 마음이 잠시라도 안정이 되는 듯한 느낌을 갖기 때문이다.

그러나 그것은 잘못된 생각이다. 그것은 답이 되지 못한다. 그것이 금방은 외로움의 목마름을 달래주는 듯하지만 그러나 그 갈증은 다시 곧 반복된다. 그러한 행위는 되풀이하면 할수록 그 갈증은 더욱더 심해질 뿐 그것이 외로움의 해결책은 되지 못한다. 밖에서 오는 대상은 우리의 마음을 끌어내 공중에 흩트릴 뿐 외로움의 해소에는 별 도움이 되지 못한다.

우리는 오히려 우리의 마음을 내면으로 향해야 한다.

우리의 의식이 깊은 내면의 중심을 향할 때, 그리고 그것이 그곳에 이르게 될 때 우리는 온 우주 의식과 연결됨을 느낄 수 있다. 그때 우리의 의식은 온 우주가 되고, 거기에서 우리는 가득한 충만감을 느낄 수가 있다. 거기에서 우리는 외로울 수가 없다. 그곳에는 홀로의 풍요가 자리하고 있다. 그곳에선 그 누군가와 같이 있을 필요도 없다. 그곳에는 지극한 평화가 있고 자유가 있고 지복의 충만함이 있다. 그곳에서 우리는 신성의 일부로서 온 우주의 사랑과 연결되고, 영원한 신성과 연결됨을 느끼게 된다. 그곳이 바로 우리의 고향이다. 거기에서 우리는 조금도 외로움을 느낄 수도 없고, 언제나 충만하고 평온한 마음을 유지할 수가 있다. 어쨌든 우리는 우리의 마음이 내면 깊숙이 그 중심을 잡고 있을 때 결코 외로울 수가 없다. 그 중심에는 우리 마음이 필요는 하는 모든 것이 존재하고 있기 때문이다.

나에게는 내가 답이다.

이 세상의 그 어떤 우물도 그 어떤 포도주도 나의 깊은 곳에서의 갈증을 풀어줄 수는 없다. 잠시의 갈증이야 어떤 물이라 해도 잠깐 해소시켜줄 수는 있겠지만 마음 깊은 곳에서의 갈증은 그 어떤 우물도 그 어떤 포도주도 그 갈증을 해소시켜 줄 수는 없다.

나의 본래의 갈증은 오직 내가 나를 마실 때만이 해소가 된다. 그러나 사람들은 자신의 갈증을 풀어줄 그 어떤 해결책이, 멀리 다른 어디에나 있질 않나 하고 사방을 떠돌아다니며 찾는다. 그러나 아무리 돌아

다녀도 그 해답은 나오지 않는다. 사람들은 그 해답을 가까이 두고, 쓸데없이 먼 곳을 헤매는 것이다.

나의 우물은 먼 곳에 있는 것이 아니다. 그것은 바로 내 안에 있다. 오직 '나'라는 샘물에서 나온 그 우물만이 나의 진짜 목마름을 풀어줄 수가 있다. 그 이외의 세상 그 어떤 것도 나의 갈증을 풀어줄 수 있는 답은 없다. 오직 내가 나를 마실 때만이 나의 갈증은 풀어질 수가 있는 것이다. 그때 나는 세상의 그 어떤 물을 마시는 것보다도 더 시원하고 만족스러움을 느낄 수 있다. 그 이외 세상의 그 어떤 것도 나의 갈증을 해소시킬 수는 없다. 나의 문제는 나만이 풀 수가 있기 때문이다.

다른 어느 누구도 내 안 깊숙이 들어올 수는 없다. 내 갈증의 문제는 내 안에서 풀어야 한다. 그러나 대부분의 사람들이 잠시도 자신 안에 머물지 못한다. 그것이 갈증의 원인이다. 그저 틈난 나면 자신을 벗어나고 싶어 몸부림을 친다. 사람들은 잠시도 자신에 머무는 것을 참지 못한다. 자신에 싫증 나는 것을 참을 수가 없는 것이다. 그리고는 시선은 항상 밖을 향한다. 답은 항상 밖에만 있는 줄 착각하고 있는 것이다. 그리고는 답을 항상 밖에서만 구한다. 언제나 무엇인가 다른 것만을 찾고 있는 것이다.

그러나 나의 답은 내 안에 있다. 오직 나만이 나의 답이 될 뿐이다. 그 이외 어떤 것도 나의 답이 되지 못한다. 오직 내 것만이 나의 문제를 풀 수가 있다. 지금 여기에 있는 나만이 그 답이 될 수가 있는 것이다. 나를 떠나서는 결코 문제가 해결되지 않는다. 모든 것의 문제는 나서부터 시작되었기 때문이다. 나를 둘러싼 모든 것의 근원은 바로 나이다. 항상 내가 문제였든 것이다. 슬픈 것도 나 때문이었고 기쁜 것도 모두 나 때문이었다. 그러기에 나의 문제를 풀 수 있는 사람은 오직 나뿐이다. 나를 보호하고 지킬 수 있는 사람도 나이고, 나를 일으켜 세울 수 있는 사람도 나이다. 그러니 오직 내가 만들어낸, 내가 빚은 그 포도주만이 내 갈증의 답이 될 수가 있는 것이다.

나의 깊은 그곳의 비밀의 자물쇠는 내가 만든 그 열쇠만이 그 해답이 될 수 있다. 내 안 깊은 곳의 갈증은 나의 영혼의 샘물만이 그 갈증을 풀 수가 있는 것이다. 내 영혼의 샘물은 내 안에서 샘솟는 우물로, 나의 혼이 빚은 나만의 포도주이다. 그 우물을 마셔야만 나는 나를 마시는 것이고 세상을 다 마시는 것이 된다. 그것은 결코 나의 목 가까이에서 나오는 우물이 아니다. 그것은 내 안 깊숙이 영혼의 샘에서 나오는 우물이어야 한다. 그 우물은 결코 쉽게 만들어지지도 않고 또한 쉽게 솟아나오지도 않는다. 그것은 나의 온 마음을 달구어 녹여낼 때만이 나올 수 있는 고귀한 생명수이다.

나의 외로움은 나만이 그 답을 할 수가 있다. 다른 아무것도 나의 외로움에 답이 되지 못한다.

우리의 외로움은 원래가 본질적인 분리의 고통에서 온 외로움이다. 본래 우리는 영적인 존재로서 하나의 커다란 영혼 덩어리였던 것이, 개체로 분리돼 나오면서 그 분리의 고통 때문에 우리가 그렇게 늘 외로움을 느끼는 것이다.

우리의 본래는 모두가 함께하는 하나의 거대한 자유로운 영혼 덩어리였다. 그것은 서로와 서로의 경계가 구별되지 않는 하나의 흐름으로 된 거대한 평화롭고 충만한 의식 덩어리였던 것이다. 그러나 우리가 이 땅에 태어나며 각자 분리되고, 경계가 구별되고 그리고 개별화 되면서, 그 분리의 고통으로부터 우리의 외로움은 시작된 것이다. 한없이 자유롭기만 했던 그 영혼이 육체에 갇혀 개별화되면서 우리가 그토록 외롭게 된 것이다. 그러기에 우리의 외로움은 우리가 이 땅에 존재하는 한 어쩔 수가 없는, 실로 숙명적인 외로움이다. 우리가 이 땅에 분리된 개체의 존재로 살고 있는 이상, 우리는 어쩔 수 없이 이 영원한 외로움을 안고 살아야만 한다.

우리의 외로움은 우리가 본래의 자신에 이르지 못해 생겨나는 근본적인 외로움이다. 즉 우리가 외롭다는 것은 결국 우리가 자신의 본질에 이르지 못해 안달나 하는 우리의 병적인 마음 상태인 것이다. 내가 나의 본질을 만나지 못해 안달나 하는 마음이 곧 우리의 외로움인 것이다.

그러므로 우리가 그 외로움을 조금이라도 해결하기 위해서는 우리는 우리의 깊은 본질로 들어가 그 본질을 만나야 한다. 그 본질에 관계된 문제를 해결하지 않고는 그 어떤 것도 해결책이 되지 못한다.

그러므로 그 문제를 풀 수 있는 사람은 바로 나밖에 그 누구도 어쩔 수가 없는 것이다. 그 누구도 그 어느 것도 나를 대신해 그 외로움을 풀어줄 수는 없다. 겉으로 나타나는 잠시의 해결책은 있을 수 있을지 모르지만 그것은 순간적일 뿐, 그것이 본질적인 갈증을 풀어주지는 못한다. 뿌리부터 썩어지고 있는 병을 겉의 가지에서 치료할 수 있겠는가? 그것은 근본적인 해결책이 되지 못한다.

남이 내 안으로 들어와 내 외로움을 풀어줄 수는 없다. 내 안의 외로움의 문제는 결국 내가 풀어야 한다. 누군가가 잠시의 표면적인 외로움은 풀어줄 수는 있을지는 모르지만, 그러나 자신의 진짜 근본적인 외로움은 그 누구도 어쩔 수가 없는 것이다.

문제는 그 본질적인 외로움의 갈증이 내 안 원천적인 깊은 곳에 있으며, 그 안은 누구도 볼 수도 없고 또한 들어올 수도 없다는 것이 문제가 된다. 그곳은 나만이 볼 수 있고 나만이 해결할 수가 있는 아주 깊은 곳이다.

그리고 나조차도 내 안 깊숙이에 들어갈 때만이 그 문제를 해결할 수 있지, 단지 겉표면에서만은 결코 해결할 수 있는 문제가 아니다. 겉표면에서는 잠시의 해결책이 나올 수는 있겠지만 근본적인 해결책은 되지 못한다. 그래서 우리가 잠시 외로움의 문제를 해결하는가 싶다가도 얼마의 시간이 지나면 곧바로 다시 또 외로움의 늪에 빠져 허우적거리게 되는 것이다. 그러므로 그 외로움의 문제는 표면상으로 어떻게 완전히 해결할 수 있는 문제가 아니다.

문제는 내가 외로움을 안고 내 안 깊숙한 곳까지 스며들어 거기에서 본질의 나를 만나야 한다는 것이다. 그래야 그것만이 그 해결책이 될 수가 있다. 내가 본질로 들어가 그 본질과 만나 대화하고 그 본질에 녹아들어야 한다. 내 안의 깊숙한 영혼의 샘까지 내가 외로움과 함께 거기에 스며들어 그곳에 녹아들게 될 때 그곳은 지극한 충만함의 세상으로 바뀌게 된다.

우리가 이렇게 우리의 외로움을 내적으로 받아들이게 될 때 거기에서는 위대한 혁명이 일어나게 된다. 우리의 공허함과 외로움을 내적으로 받아들이는 순간 그것은 완전히 그것의 질 자체가 변화한다. 그것은 본질에 녹아 완전 풍요로움과 충만함이 되며, 우리의 넘치는 즐거움의 에너지로 변화하게 되는 것이다.

거기에서 우리는 이 세상에서처럼 우리가 개별화된 존재가 아니라 온 우주가 하나로 된 존재임을 깨닫게 된다.

그 깊은 내면의 세계로 들어가면 나는 개별화된 외톨이가 아니다. 거기에서는 모두가 함께하는 영원의 하나로 존재한다. 거기에서는 온 우주와 나는 함께이고 그 보호를 받고 있다는 지극한 충만함을 느끼게 된다.

이 땅에서는 누구 한 사람만 함께해줘도 그지없이 기쁠 텐데, 거기에서 온 우주와 함께라면 얼마나 기쁘겠는가! 그때 거기에서 우리는 외로울 수가 없고 온 우주와 함께하는 영원의 기쁨을 맛볼 수가 있다. 그때는 세상 모두가 하나가 된다. 하늘에 날아다니는 날벌레 한 마리도, 길옆에 풀 한 포기도 모두 내 식구가 된다. 그리고 그때 나는 절대 외롭지가 않다. 나는 온 세상의 충만함 속에서 황홀한 지복에 젖어있게 된다.

그리고 거기 고요한 풍요로움 속에서는 아름다운 노랫소리가 끊임없이 울려 퍼지며, 우리는 거기 풍요로움의 바다에서 유유히 헤엄칠 수 있게 된다.

나는 왜 외로운 것인가?

우리의 외로움은 우리가 본래의 자신에 이르지 못해 생겨나는
근본적인 외로움이다

내가 외롭다는 것은 내가 나를 놓쳐서 그런 것이다. 외면의 내가 내
면의 나를 놓쳐서 그런 것이다. 즉 그것은 내가 나를 보지 못한다는
뜻이다. 그때는 외면의 나와 내면의 '나'가 서로 뒤틀려 있는 상태이
다. 즉 마음이 본성의 나를 놓친 채 방황하고 있는 상태인 것이다.

그러한 것은 내가 나의 중심을 잃고 그 중심에서 멀어질 때 그런
현상이 벌어지게 된다. 즉 내 마음이 그 중심을 놓친 채 본성의 집에
들어있질 못하고 집 밖에서 서성이는 상태이다. 그러니 그때 나는 마
치 세상에 홀로 남겨진 것처럼 외로움을 느끼게 되는 것이다.

내가 외롭다는 것은 내 옆에 누군가가 없기 때문에 내가 외로운
것이 아니다. 주변에 많은 사람이 있을지라도 나는 얼마든지 외로움
을 느낄 수가 있다. 많은 사람이 함께 있는 순간에도 내가 나를 놓치
고 있으면 나는 외로운 것이다. 내 옆에 누군가 있을지라도 내가 본

성의 나와 함께 있지 못하면 나는 그때 외로울 수밖에 없다. 마치 무엇인가 함께 있어야 할 것이 없는 것처럼 그렇게 불안하고 외로움을 느끼게 되는 것이다. 그러나 나 혼자 있더라도 본성의 나와 함께 있으면 나는 외로울 수가 없다. 그때의 나는 얼마든지 넉넉한 마음으로 여유 있게 머물러 있을 수 있다. 조금도 외로울 수가 없다.

오히려 혼자이기에 더욱더 나만의 충만함을 느낄 수가 있다. 그것은 나의 본성이 충만한 우주의 의식과 함께 연결되어있기 때문이다. 그때의 나는 조금도 외로울 수가 없다. 그때의 나는 온 세상 모두와 함께 하나가 되기 때문이다.

그때의 내 몸은 나 하나 만의 몸이 아니다. 내 몸은 온 우주의 몸이 된다. 나와 우주는 한 몸이 되는 것이다. 내 눈도 내 것만의 눈이 아니다. 내 눈은 온 우주의 눈과 하나 되어 온 우주를 보게 된다. 내 심장도 마찬가지다. 심장도 나만의 심장이 아니고 온 우주의 심장이 되어 함께 뛰게 된다.

그때는 내가 죽어도 죽는 것이 아니다. 내가 죽어도 그것은 우주가 되는 것이다. 그때는 온 세상에 내 친구가 아닌 것은 하나도 없게 된다.

하늘에 나는 새 한 마리이며, 길가에 나무 한 그루이며, 들판에 핀 꽃 한 그루이며, 하늘에 나는 날파리 하나까지도 모두가 다 내 친구가 된다. 세상에 내 친구가 아닌 것은 하나도 없다. 그때는 죽음조차 내 친구가 된다. 그러므로 나는 죽음조차 조금도 두려울 수가 없다. 이런 상황이라면 그 누가 외로울 수 있겠는가. 살든 죽든 온 우주가 내 친구가 되는 마당에 그 무엇이 두렵고 외로울 수가 있겠는가!

우리가 왜 외로운 것인가? 그것은 우리가 진짜의 나를 놓쳐서 외로운 것이다. 진짜의 나를 놓치게 될 때 그때 그것은 온 세상 다를 놓치는 것이나 다름없다. 우리에게는 진짜의 나를 놓칠 때보다 더 두렵고 외로울 수 있는 때는 없다.

우리들은 걸핏하면 이것저것 찾아다니다가 자신을 놓치게 된다. 우리는 잠시도 가만있지 못한다. 옆에서 누가 잠깐이라도 움직일라치면 눈은 벌써 그를 쫓아가기에 바쁘다. 아무 이유도 없이 그저 남들을 쫓아다니기에 혈안이 되어있다. 남들이 하는 짓을 조금이라도 못 따라가면 우리는 그저 안절부절못하고 불안해한다. 그리고 그렇게 남을 찾고 쫓아 다니다가 결국은 자신을 놓치고 말게 되는 것이다. 그것이 바로 우리의 삶에서 가장 문제가 되는 점이다. 우리들의 옆구리는 그렇게 항상 비어있고 허전하다. 우리는 태어날 때부터 벌써 각자 갈라지면서 옆구리 한 모퉁이를 그렇게 비워놓고 있는 것이다. 그 빈 곳을 채우려고 우리는 그토록 낮이나 밤이나 항상 그 무엇인가를, 그 누군가를 찾으며 외로움을 느끼게 되는 것이다.

내가 내 본성을 향한 마음의 중력에서 벗어나게 될 때 나는 나를 잃고 외롭게 된다. 그때 나는 중심의 나와 연결이 끊어지면서 세상 모두와 단절된 것 같은 공허함을 느끼게 되는 것이다. 그래서 우리는 외로운 것이다.

그러나 우리의 본질은 외로움은 아니다. 본래 우리의 본질은 완벽할 만큼 충만한 것이다. 지금 우리의 외로움은 어디까지나 피상적인 외로움이다. 그러니 우리가 외롭지 않기 위해서는 우리는 우리의 본질로 들어가야만 한다. 내가 나의 본질로 돌아가면 나는 조금도 외롭지 않다.

우리가 우리의 창조주와 함께 연결되어있지 못하다는 의식을 갖게 될 때 그것은 모든 불안 심리의 원인이며 또한 외로움의 근본 원인이 된다. 우리는 언제나 사랑으로 창조주와 함께 연결된 영원한 존재라는 의식을 갖고 있을 때 우리는 조금도 외롭지 않다. 그러한 의식은 우리가 자신의 깊은 내면으로 들어갈 때만이 가능하다. 우리의 깊은 중심에서 우리는 창조주와 하나로 연결 되어 있다는 의식을 갖게 될 때 우리는 편안하고 안정되며 무한한 행복감에 젖을 수 있다. 그보다 더 큰 안정감을 줄 수 있는 것은 세상 그 어디에도 없다.

그러나 그렇지 않고 우리가 창조주와 분리되었다는 의식을 갖게 된다면 우리는 불행해질 수밖에 없다. 그때의 우리는 한낱 바람에 흩날리는 먼지로밖에 인식되지 않는다. 그렇게 될 때 우리는 거대한 분리의 공포감에 휩싸이게 된다.

섬들이 바닷물 때문에 외관상으로는 육지와 멀리 떨어져 있는 것처럼 보이지만 사실은 육지와 섬은 바다 밑에서는 땅덩이가 하나로 연결되어 있는 것처럼, 우리 모두는 깊은 밑바닥에서는 모두가 하나로 창조주와 함께 연결되어 있다. 그러므로 우리는 우리의 불안심리와 외로움으로부터 벗어나기 위해서는 우리는 창조주로부터 우리 자신을 분리시킬 수 없는 존재라는 것을 분명히 의식하며 살아야 한다.

우리가 외로운 것은 우리가 분리된 개체로서의 섬처럼 존재하고 있다는 그러한 의식 때문이다. 우리가 그러한 의식을 없애버릴 때 우리는 우리의 불안 심리와 외로움의 감정으로부터 벗어날 수가 있다.

더 큰 차원에서 볼 때 우리는 하나의 우주로서, 모두가 절대적인 사랑으로서 함께 연결되어 있다는 믿음을 가져야 한다. 그렇지 않고 우리 자신을 분리된 개체로 인식하게 될 경우, 우리는 이 본질적인 외로움을 세상의 그 어떤 물질적인 풍요로도 해소시킬 수가 없다.

우리는 우리 자신의 영혼의 본성을 마시지 않는 한 그러한 외로움의 갈증을 결코 해소시킬 수 없다. 우리는 겉으로 보이기에는 파도와 같이 흔들리는 별개의 존재처럼 보이지만 사실은 깊은 바다 밑바닥에서의 우리는 언제나 하나의 큰 덩어리로 존재하고 있음을 깨달아야 한다.

이러한 사실을 모르고 우리가 자신을 분리된 개체로만 인식하게 된다면 우리는 결코 그 본질적인 외로움에서 벗어날 수가 없다. 그리고 잠시도 혼자 있지 못하고 늘 누군가가 자신의 공허함을 채워주기를 기대하게 된다. 언제나 함께 할 대상을 필요로 하는 것이다.

그러나 그 누군가가 옆에 있어준다고 해서 그대의 외로움과 공허함이 해결될 수 있을까? 그렇지 않다. 아무도 그 공허함을 채워줄 수는 없다. 누군가가 옆에 있어준다 해도 그것은 잠시일 뿐 돌아서면 바로 또 외로움이다. 외로움은 더 가중될 뿐 모든 관계는 더 많은 불행과 고통을 몰고 올 뿐이다.

우리의 내면적인 외로움은 밖의 그 어떤 대상으로도 해결할 수는 없는 노릇이다. 외적인 도움이 잠시 외로움을 잊게 할 수는 있겠지만 내면적인 외로움은 여전히 그대로 남아있게 마련이다. 육체적인 외로움은 잠시 해소될 수는 있겠지만 영적인 외로움은 여전히 그대로 남아있기 때문이다. 궁극적이고 원천적인 내적인 결핍을 외적인 어떤 대체물로 그 근본적인 해결을 할 수 없기 때문이다. 외적인 대상은 그것이 아무리 풍요롭고 호화로운 것일지라도 그것이 내적인 결핍은 결코 어쩔 수가 없다. 내적인 치료는 내적인 해결 방법을 쓸 수밖에 없기 때문이다.

세상의 어떤 우물도 나의 갈증을 해소시켜줄 수 없다. 나의 갈증은 나의 것이다. 나의 갈증은 바깥의 것이 아니다. 그 갈증은 내 안에서 일어나고 있다. 나의 갈증은 내 안에서 일어나고 있으니, 그것은 내 안에서 해결해야만 한다. 그것은 밖에 그 어느 것으로도 해결할 수가 없는 문제이다. 설사 밖에 요인으로 해결한다 해도 그것은 잠시 일시일 뿐, 그 다음은 점점 더 큰 갈증으로 다가오기 때문이다. 내면적인 갈증에는 밖의 세상 모두를 다 갖다 바친다 해도 그 갈증은 결코 해소되지 않는다. 그것은 전적으로 내 안에서 해결해야 한다. 그 갈증은 나의 깊은 내면의 샘에서 솟아나는 그 샘물을 마실 때만이, 즉 나의 본성을 마실 때만이 그 갈증은 해소가 된다. 내가 나 자신을 마시지 않는 한 나의 갈증은 결코 해소되지 않는다.

내가 나와 함께 충만하게 있을 때만이 나는 충만한 존재가 될 수 있다. 내가 나와 함께 충만하게 있지 못한다면 나는 집 밖에서 나 아닌 남이 되어 떠돌 수밖에 없다. 내가 나와 함께 있을 때만이 나는 내 본래의 집에 들어앉아 있을 수 있다. 그때 그곳은 가장 평온한 나의 집이 된다. 그곳이 가장 평안한 나의 천국이 되는 것이다.

내가 나를 놓쳐서는 절대 안 된다. 나는 조금도 나를 놓쳐서는 안 된다. 나는 언제나 나와 함께 있어야 한다. 나는 항상 나를 꼭 붙들고 있어야 한다.

내가 나와 함께 있는 것으로 충분할 때 그때 나는 세상에 승리하게 된다. 그리고 그때 나는 우주의 충만함이 된다.

내가 외롭지 않기 위해서는 나는 언제나 나를 꼭 붙들고 있어야 한다. 조금도 나를 놓쳐서는 안 된다.

마음이 몸을 만든다

신은 내 안에 들어와 하나의 커다란 우주를 만들었다

성경에서 예수께서는 다음과 같이 말씀하신다.

"만일 육신이 영혼을 위하여 존재 속으로 들어왔다면, 그것은 하나의 기적이다. 그러나 만일 영혼이 육신을 위하여 존재 속으로 들어왔다면, 그것은 기적 중의 기적이다. 그리고 나는 어떻게 이 커다란 풍요로움이 이런 가난함 속에 거주할 수 있는지에 대해 여전히 경이로움을 느낀다."

새 한 마리가 하늘을 나는 것을 보면 얼마나 신기한지! 그것은 단순히 그저 하늘에 새만을 보고 있는 것 같지가 않다. 그것은 마치 그 안에 신을 보고 있는 것 같기만 하다. 어떻게 한 물체가 그렇게 자유자재로 하늘을 날 수 있을까? 그것이 단순히 새 자체만의 능력으로 가능할 수 있을까! 그렇게 하늘은 날 수 있도록 만드는 그 어떤 신비한 무엇이 그 안에 있지 않고서야 어찌 그것이 가능할 수 있을까?

새는 그만두고 길가에 풀 한 포기만 보더라도 그렇지 않은가! 그것이 자라는 모습이며 생긴 모습들을 자세히 살펴보면 그 얼마나 신비한지, 그것들이 신의 작품이 아니고서는 도저히 그럴 수가 없을 듯싶다.

그러나 나는 나를 보면 더 놀라지 않을 수가 없다. 새삼 내가 나를 바라보면 더더욱 놀랍다. 나는 무엇 때문에 지금 이 몸으로 여기 존재하고 있는지, 그것이야말로 엄청난 의문 덩어리이고 신비이다. 또 내 안의 세상은 어떤가? 밖의 세상도 참으로 놀랍지만 내 안의 세상을 들여다보면 그것은 정말이지 놀라움을 넘어 그저 경이로 울 따름이다. 얼마나 경이로운지 정말 아연실색할 정도다. 신이 내 안에 들어와 살지 않고서야 내가 어찌 이리 살아 움직일 수 있는지? 그 경이로움은 정말이지 말로는 어떻게 도저히 표현이 되지 않는다.

신은 내 안에 들어와 하나의 커다란 우주를 만들었음에 틀림없다. 나는 내 안을 들여다보면 신이 보이고 우주가 보인다.

우리는 개체의 생명체로 존재하기도 하지만 또한 우주의 생명체로 존재하기도 한다. 우리 모두는 서로가 서로의 일부이며 또한 거대한 하나이기도 하다. 우리는 완전히 서로 다른 두 가지 방식으로 이 세상에 존재한다. 나의 영혼은 나의 영혼일 뿐만 아니라 온 우주의 영혼이기도 하다. 나는 내 몸을 보면 내 영혼이 그려지고 우주가 그려진다. 내 몸은 우주와 함께 하나의 거대한 신전이 되는 것이다. 그리고 거기에 신이 함께 거주한다. 내 안에 영혼이 들어와 살고 있는 그 모습을 보면 이건 정말이지 기적 중의 기적이 아닐 수가 없다.

그래서 예수는 이를 보고 기적중의 기적이라 했던 것이 아니겠는가!

내 육신은 내 영혼이 잠시 거주하는 집일 뿐이다. 그 집을 보면 그 안에 살고 있는 영혼을 알 수가 있다. 즉 육체는 영혼을 담고 있는 그릇이며 저장소가 되는 것이다. 그리고 육신은 그냥 육신이 아니다. 그 육신은 영혼들이 살고 있는 모습 그대로를 모두 비춰주는 거울이 된다. 그 렇다. 육신을 보면 영혼들이 그 안에서 어떻게 살고 있는지 알 수가 있다.

우리 몸 안을 한 번 들여다보자. 세상에 이런 신비가 또 어디에 있을 수 있단 말인가! 도대체 신이 우리 안에 들어와 살고 있지 않고서야 어찌 우리가 이렇게 마음 놓고 편하게 숨 쉬며 살아있을 수 있단 말인가?

도대체 우리 안에 누가 있기에 낮이고 밤이고 그리 심장을 펌프질 할 수 있으며, 그리고 누가 감히 상상도 못할 그 무슨 기술로 몸 구석구석마다 거미줄보다도 가는 긴 파이프를 만들어 그 안으로 피를 돌게 하는가? 어디 그것뿐인가? 그 피 한 방울도 새나가지 않도록 비단결 같은 살로 모두 조각해 덮어놓았으니 세상 또 어디에 이런 신비의 조각품이 있을 수 있단 말인가!

우리의 마음을 보면 더욱 놀랍다. 우리 마음은 도대체 어떻게 생겼기에, 얼마나 크기에, 그 마음 안에 해이며 달이며 이 세상 모두를 다 담을 수 있고, 하늘보다도 더 넓은 그 공간에 온 우주를 다 품고도 남는 것일까?

우리의 가슴은 또 어떤가. 우리의 가슴은 하늘이며 땅이며 온 우주의 지성이건 감성이건 그 모두를 다 그리 쉽게 그려 넣고, 새겨놓을 수 있도록 만들어놓았으니, 도대체 세상 어느 천지에 이런 거대하고도 섬세한 신비의 그릇이 또 어디에 있을 수가 있단 말인가!

그렇다 영혼이 육신을 위하여 존재 속으로 들어오지 않고서는 도저히 이런 거대한 살아있는 그릇이 우리 가슴속에 만들어질 수는 없다.

그리고 우리 안에는 또 누가 있기에 먹고 싶은 음식 다 먹어도 요술 부리듯 그 모두를 소화해 몸 구석구석 손끝이며 발끝까지 다 퍼 나를 수 있으며, 또한 우리가 이리 뛰고 저리 뛰어도 우리는 몸 하나 어디 고장 나지 않고, 부러지지 않고 살아있을 수 있단 말인가! 혹시 상처가 나 살점이 떨어져 나가도 또 다시 원래대로 똑같이 만들어 놓으니 도대체 이 요술을 부리고 있는 자는 또 누구란 말인가!

우리 눈은 또 어떠한가? 우리 눈 속에는 누가 있기에 세상 모두를 그 작은 구슬 같은 눈을 통과시켜 한 줌밖에 안 되는 머릿속에 그 모든 상을 다 비춰주고 그것을 인식까지 시켜주니 그것은 또한 누가 하는 짓이란 말인가!

이뿐만이 아니다. 우리가 노래하고 춤추고 무궁무진한 꿈을 꾸고 거기에 그 아름다운 사랑까지도 나눌 수 있으니 도대체가 이러한 짓들은 어떻게 가능한 것이며 이 모든 행위는 누가 조종하는 것이란 말인가!

어디 이뿐인가. 두 남녀가 결합하면 또 다른 생명체가 탄생하게 되니 이 어마어마한 신비는 또한 어찌 가능한 일이란 말인가.

이 모두는 인간인 우리로서는 도저히 이해할 수조차 없는 노릇이다. 그 모두는 아마 우리가 세상 다할 때까지 아무리 알려고 해도 도대체가 알 수 없는 노릇일 것이다. 그러니 우리는 단지 생명의 구경꾼밖에는 되지 않는다. 모든 신비는 이렇게 빤히 우리 눈앞에서 이루어지고 있지만 우리는 그에 대하여 조금도 모르고 있다. 그러니 어찌 그러한 일들이 우리들에 의해 일어났다고 할 수 있겠는가. 신이 우리 안에 들어와 살지 않고서야 어찌 그토록 신비한 일들이 일어날 수 있단 말인가!

그렇다. 신이 우리 안의 생명이 아니고서야, 우리 몸이 그 생명을 담고 있는 그릇이 아니고서야 그토록 신비한 일들은 있을 수가 없다. 그러고 보면 우리의 몸은 그 안에 신들이 바라는 대로 그 집을 지어놓는 것이 우리 몸임을 알 수 있다. 우리 몸은 바로 그 신적인 지성이 만들어놓은 집인 것이다.

그렇다 육체는 영혼이 말하는 소리를 듣고, 그것을 이해하며, 또한 그것이 의도하는 대로 이루어진다. 즉 육체는 영혼이 의미하는 바를 받아들이고 축적하는 그릇이며 저장소가 되는 것이다. 이러한 육체는 바로 그 영혼이 살아온 특징, 현재의 태도, 사고방식 그리고 심리적 특징 그 모두를 담고 있는 그릇이 된다. 그러면서 또한 그것은 미래의 육체를 말해주는 전초기지가 되기도 한다.

육체는 영혼이 의미하는 집을 만들고 있다. 즉 육체는 영혼의 그림자이자 창조물이며 작품인 것이다. 육체는 영혼을 비추는 미묘하고도 심오한 거울이다. 그것은 우리의 과거를 비추고 현재를 비춘다.

그러니 영혼을 보고 싶으면 육체를 보면 알 수 있다. 육체를 보면 그의 과거와 현재를 알 수 있고 또한 그의 미래까지도 예측할 수 있다. 육체는 그 영혼이 사용하는 직접적인 산물이자 창조물이기 때문이다.

의식이 지배하고 있는 육체는 우리의 삶의 근원이 된다. 육체가 있기 때문에 우리의 삶이 존재 속으로 이어질 수 있는 것이다. 육체는 우리 삶의 시발점이 된다. 그리고 그 육체를 가지고 무엇을 하느냐는 전적으로 우리에게 달려있다. 우리는 그 육체를 잘못 사용할 수도 있고 또한 아주 유용하게 사용할 수도 있다. 그러나 우리는 육체를 최대한 보호하고 존중할 책무를 갖고 있다. 자신의 육체를 함부로 다루어서는 안 된다. 욕심 때문에 혹은 감정 때문에 육체를 무리하게 사용해서는 안 된다는 말이다. 우리는 순간적인 지나친 감정이나 욕심 때문에 육체를 혹사하는 경우가 적지 않은데 그래서는 안 된다. 우리는 우리의 육체를 항상 사랑과 감사로서 대해야 한다.

우리의 몸은 참으로 신비할 만큼 지혜롭다. 우리의 몸은 뛰어난 지성을 갖추고 있다. 지성은 단지 머리에만 있는 것이 아니다. 지성은 세포는 물론 그보다 작은 차원에까지도 지성을 포함하고 있다. 중추신경계라든가, 효소, 유전자, 항체, 호르몬, 뉴런 등 그 모두가 지성의 표현이다. 그것들은 모두가 지성을 소유하고 있다. 그리고 그것들은 그 지성을 가지고 각자의 기능을 완벽하게 수행한다. 우리의 몸은 가장 작은 차원에서부터 시작하여 전체에 이르기까지 모두가 지성의 집합체라 해도 무리가 아니다.

우리 삶의 체험의 80%를 차지하고 있는 눈의 예를 한 번 들어보자. 우리의 두 눈은 끊임없이 깜박거린다. 왜 그토록 끊임없이 깜박거리는 것일까?

우리의 눈에서 초점을 조절하는 근육은 하루에 약 10만 번 정도 움직인다고 한다. 이는 80km를 걷는 운동량이다. 참으로 대단한 운동량이다. 눈이 깜박거리는 것은 우리의 눈이 너무나 정교하므로 계속 깨끗이 청소를 해야 하기 때문이란다. 눈이 깜박거릴 때마다 우리 눈의 눈물샘에서는 눈물이 나와 눈꺼풀을 계속 위아래로 오르내리면서 눈을 깨끗이 청소하는 것이다. 그래야 사물을 선명하게 볼 수 있기 때문이다.

우리의 눈이 깜박거리지 않고 항상 떠져 있다면 어떻게 되겠는가? 그때의 우리 눈은 엉망이 될 것이다. 그렇지만 우리의 눈은 우리의 의지와는 상관없이 계속 깜박거리지 않는가. 이 얼마나 신비한 일인가!

우리 삶의 대부분을 차지하고 있는 눈은 대단히 중요한 부분이다. 그야말로 우리 삶의 모두를 비추는 창문인 것이다. 그러므로 우리의 육체는 엄청난 주의를 기울여 이 귀중한 눈을 보호하고 있는 것이다. 이 깜박거림을 우리의 의지에 따라 움직인다고 한 번 가정해보자. 그게 도대체 억만 분의 일이라도 가능한 일인가!

우리는 이처럼 우리의 눈 하나만 보더라도 우리의 신체 구조가 얼마나 신비롭고 지혜롭게 구성되었는지 생각하면 참으로 어안이 벙벙할 정도다.

그러나 이렇게 지혜롭고 완벽할 정도로 타고난 우리의 육체가 고장 나는 경우가 있는데 그것은 왜 그럴까? 무엇이 잘못되어 그렇게 우리 몸이 병이 나고 잘못되는 것일까?

우리의 생명체는 참으로 신비할 만큼 복잡하다. 우리의 몸은 영혼과 육체의 결합이니 그 얼마나 복잡하고 섬세하겠는가? 그야말로 물질과 비물질의 결합이니 사람인 우리로서는 그 모두를 이해한다는 것은 정말이지 도저히 불가능한 일일 것이다. 그러나 우리가 아주 미세한 부분까지는 모른다 해도 어느 정도 큰 그림으로서의 현상은 알 수 있다.

대체적으로 우리가 병나는 것은 우리 몸에 지성의 흐름이 잘못되어 병이 나게 된다는 것을 알 수 있다. 다시 말해 우리 몸 안에 지성의 흐름이 잘못돼 몸의 균형과 조화가 깨지고 그 조정 능력을 상실하게 되기 때문에 병이 나는 것이다. 바로 의식의 불균형 상태가 원인이 되는 것이다. 즉 병이란 의식의 불균형 상태에서부터 시작되어 몸의 증상으로 나타나는 현상인 것이다.

우리가 사물의 겉을 보아서도 어느 정도 그 속을 추측할 수 있지만 더 정확한 것은 겉의 현상을 알기 위해서는 그 속을 바르게 진단해야 한다. 즉 그 시작점인 원인을 찾아야 한다. 그 원인이 되는 시작점은 바로 우리의 영혼과 의식이며 그것이 우리 몸을 좌우하는 요인이 되는 것이다.

즉 영혼과 지성의 흐름을 보면 그의 육신의 흐름을 알 수가 있는 것이다. 그러므로 지금의 병은 지나온 그의 의식과 지성의 흐름이 그 원인이 되는 것이다. 또한 미래의 육신은 지금 그의 의식과 지성의 흐름을 보면 알 수가 있게 된다. 그러므로 병은 몸 안에 무엇인가 잘못된 것이 있으니 그것을 바로 잡으라는 자연적인 신호인 것이다. 어쨌든 의식적으로나 지성적으로 잘못된 그 무엇이 있다는 것이다. 그러므로 병이 나면은 우리는 그것을 무조건 없애려고만 하지 말고 자신의 생활을 반성해 볼 필요가 있다. 지금까지의 생활에서 무엇을 어떻게 잘못하며 살았는지 돌이켜 보는 반성의 시간을 가져야 한다.

예를 들어 현재 심장에 문제가 있는 사람은 지금까지 일상생활하면서, 늘 자신의 원만하지 못한 성격 때문에 자신을 억제하지 못하고 남들과 자주 과격하게 다투는 버릇이 있었는지, 혹은 가까운 주변에 누구와 오랜 시간 동안 깊은 한을 풀지 못한 채 말 못할 고민을 안고 혼자 가슴앓이를 하며 살지 않았는지, 혹은 심한 경쟁의식으로 주변 사람들과 원만하지 못한 대인관계로 말미암아 많은 스트레스를 받으며 살지는 않았는지 등의 자신을 되돌아볼 필요가 있다.

그리고 병을 무조건 나쁘다고만 탓할 일만은 아니다. 병이 오히려 삶에 약이 되는 경우도 적지 않다. 우리는 깊은 병을 앓고 난 후에는 산다는 것이 무엇인지 삶을 깊이 되돌아볼 기회를 가질 수도 있다. 지금까지는 그저 감사할 줄도 모르고, 남에게 자비를 베풀거나 용서하는 삶을 살지도 못하고 그저 인색하게만 살다가, 깊은 병을 앓고 난 다음에야 삶을 다시금 깨닫고는 남에게 자비도 베풀 줄 알게 되고, 용서할 줄도 알게 되며 또한 남을 도울 줄도 아는 그러한 값비싼 공부를 하게 되는 기회를 얻을 수도 있다. 사람은 아파 봐야 한다. 그래야 주변에 아픈 사람을 보면 그들의 사정을 이해하고 도울 줄도 아는 것이다. 또한 우리는 아픔을 경험해봐야 삶에서 힘든 경우를 만나게 될 때 이를 헤쳐 나갈 수 있는 튼튼한 면역력을 얻을 수도 있게 된다.

병이란 무엇인가? 그것은 바로 자연스럽게 흘러야 할 몸의 기운이 막히고 엉키고 뒤틀린 것이 병이다. 그러므로 병을 치료하기 위해서는 우선 자신의 몸속에 이러한 기운들을 바르게 풀어야 한다. 진짜 약은 우리들 자신 안에 있다. 병의 근본적인 치료를 하기 위해서는 먼저 우리 안의 의식과 지성의 흐름을 바르게 해야 한다. 무엇보다도 먼저 우리는 우리의 이러한 의식과 지성이 우리의 병을 치료할 수 있는 근본 치료약이라는 확고한 믿음부터 가질 수 있어야 한다. 우리가 그러한 인식과 믿음을 갖고 있을 때만이 의식과 지성은 그 본래의 역할을 다 할 수 있고 그 효과를 유감없이 다 발휘할 수 있는 것이다. 우리는 그렇게 순도 높은 순수한 믿음을 갖고 살아야 한다. 그 인식이 무의식에까지 깊숙이 뿌리박힐 수 있도록 각인시키고 또 각인시켜야 한다. 그래야 지성이 그 효과를 다 발휘할 수 있는 것이다.

그러나 이러한 치료하고자 하는 의식과 지성은 그냥 오는 것이 아니다. 거기에는 우리의 절대적인 의지가 필요하다. 무엇인가 하고

자 하는 강한 의지가 있어야 그에 합당한 지성을 갖출 수가 있게 되는 것이다. 그리고 지성은 우리의 의지 여하에 따라 그 강도를 달리하는데 우리의 의지가 강하면 강할수록 그 지성은 더욱더 빛을 발할 수가 있다.

우리의 육체는 몸 안에 병을 스스로 치료할 수 있는 신비한 자정 능력을 갖추고 있다. 우리는 무엇보다도 그 점을 잘 이해하고 넘어가야 한다.

치료과정에서 물리적인 약은 어느 정도의 도움을 주는 것에 그칠 뿐이며 병균과 싸워 잡아먹는 전사는 이미 우리 몸 안에 갖춰져 있다. 우리가 할 일은 그 몸 안의 전사들이 잘 싸울 수 있도록 여건을 잘 만들어주고 힘을 북돋우는 것이다. 그리고 그러한 여건은 우리의 마음이 평온과 평화 상태에 있을 때 그 최적의 조건이 될 수 있다. 우리의 마음이 혼란과 무질서의 상태에서는 전사들이 힘을 다 발휘할 수가 없다. 몸속의 여건이 좋지 않아 전사들이 몸 안에 침입한 병균들과 싸워 지게 되면 그때 우리는 병이 나게 되는 것이다.

우리에게는 우리 자신이 우리의 중심을 벗어나 혼란과 무질서 속에서 겉돌고 있게 될 때 그것이 항상 문제가 된다. 그러므로 우리는 우리의 삶에 항상 전적으로 집중하는 마음을 가져야 한다. 삶의 밖에서 서성거려서는 안 된다. 언제나 자신의 안쪽을 향한 삶에 최선을 다해야 한다. 나를 붙들고 소유하고 있는 것은 내 안에 있는 영원한 생명이다. 그 영원한 생명을 향한 중심 깊은 곳으로 들어갈 때 우리는 그 자정능력을 최대한 발휘할 수가 있는 것이다. 그곳에는 오직 평온과 평화만이 존재하는 내 고요의 집이 존재한다. 거기에서 우리는 조금도 흔들림이 없는 참 고요의 무한한 힘을 얻을 수가 있는 것이다.

우리의 몸과 정신은 서로 긴밀하게 연결되어있다. 그리고 정신을 의미하는 우리의 의식에는 평소에 감정과 의지를 주관하는 표면 의식이 있고 그 표면 의식 뒤에는 무의식이라는 거대한 세계가 존재하고 있다. 우리의 일상적인 활동은 대부분 의식 활동에 의해 조정되고 있지만 그러나 의식 활동을 비롯해서 우리가 알아차리지 못하는 그 이외 모든 활동들은 이 무의식의 실체 하에 조정되고 있다. 그러므로 우리는 우리 생명체의 무의식 활동에 대해서 그 본질적인 내용을 살펴보고 또한 그것을 우리의 생활에 도움이 될 수 있는 방향으로 그 원리를 잘 이용할 필요가 있다.

우리 몸의 무의식의 내용은 심리적 생활의 근원으로서 본능적이기도 하지만 그러나 우리의 일상생활에서 수많은 되풀이 과정을 통해 무의식화 되거나 아니면 강력한 심리적 충격 등에 의해 무의식화 되는 경우도 많다. 이러한 무의식의 기능은 우리 뇌의 뇌간(brainstem)이라는 부위에서 담당하고 있는데 이 뇌간은 뇌의 가장 밑바닥에 위치하고 있으며 거기에는 중요한 우리의 생명 중추가 자리하고 있다. 이 부위에는 우리 생명을 유지하는 데 필수적인 호흡중추, 혈압중추, 체온중추, 섭식중추 등이 자리하고 있으며 그곳은 우리 몸의 혈압, 체온, 심장박동, 호흡, 섭취, 소화, 안구운동, 홍채 수축 등 우리 몸의 기본 생명 유지에 필수적인 자율신경을 조절하는 아주 중요한 역할을 담당하는 곳이다.

우리가 낮에 살아서 움직이는 것도 거의 이 무의식의 활동에 의해서 유지되지만 밤에 잠자는 동안에도 우리의 무의식은 우리의 오장육부는 물론 그 외 몸의 많은 부위를 항상 가장 적합한 상태로 조정하기 위해 밤낮으로 많은 애를 쓰고 있다.

우리가 낮에 가벼운 병을 갖고 있거나 몸이 안 좋은 상태이다가도 밤에 잠을 푹 잘 자고 나면 언제 그랬느냐는 듯이 몸이 말끔히 나아지는 경우가 있는데 그것은 이 무의식의 활동 덕분이다. 이렇게 무의식의 활동은 우리 몸의 잘못된 부분이 있으면 그를 치료하여 우리 몸의 질서와 조화를 최적의 상태로 유지시킨다. 그러므로 우리는 항상 건강하게 살아 움직일 수 있는 것이다.

이 무의식 속의 질서와 조화 그리고 균형을 깨트리지 않고 계속 잘 유지하게 되면 우리는 건강한(ease) 상태가 되고 그렇지 않고 몸에 오랜 기간 스트레스를 받게 되거나 아니면 심한 감정적 충격 등을 받게 되어 이 질서와 조화가 깨지게 되면 우리 몸에는 에너지의 균형이 깨지고 부조화가 일어나면서 우리는 병(disorder)을 얻게 되는 것이다.

그리고 이러한 균형과 질서가 깨지는 것은 우리의 마음에서부터 시작된다. 그러므로 우리는 몸에 병이 나게 되면 물리적인 치료를 받는 것도 중요하지만 자신의 내면세계를 한 번 잘 살펴볼 필요가 있다. 우리 몸의 호르몬 체계나 신경계 등은 마음과 긴밀하게 연결되어 있어 상호 영향을 주고받기 때문이다.

그러므로 우리는 우리의 숨겨진 무의식 세계의 질서와 조화, 그리고 그 특성과 원리를 잘 알아내고 이용할 줄 알아야 한다. 그리고 잘못된 무의식 체계로 인하여 몸에 그 영향을 받고 있다면 그에 원인이 되는 생활 습관을 바꿀 수 있도록 부단히 훈련하고 노력해야 한다. 그렇게 꾸준히 노력하고 훈련하여 습관화시킬 수 있을 때만이 우리는 본래의 질서와 조화로운 무의식 체계를 회복할 수 있게 된다.

우리의 무의식은 우리 마음의 95%를 차지한다고 한다. 그러니 결국 우리가 의식하고 있는 것은 5%에 지나지 않는 것이다. 우리는 온통 의식으로 살고 있는 것 같지만 사실은 그렇지가 않다. 우리의 삶에서 무의식이 없다면 결국 의식세계도 없다고 할 만큼 무의식세계가 우리 삶에 미치는 영향은 참으로 지대한 것이다.

의식은 우리 정신의 표면에 불과하다. 우리가 우리의 깊은 정신세계를 잘 알지 못하는 것은 마치 우리가 지표면에 살면서 그 밑을 모르는 것과 비슷하다 할 것이다. 그러므로 나를 향상시키기 위해서는 나의 무의식의 특성을 잘 알아내고 이용하여 그 무의식 체계를 잘 개발시키고 향상시켜야 할 것이다.

우리가 행복해지기 위해서 우리는 먼저 우리의 뇌를 행복한 뇌로 바꾸어야 한다.

우리의 뇌는 외부 자극을 받게 되면 그것을 기반으로 해서 세포의 연결 구조를 바꿀 수 있는 탁월한 능력을 갖고 있다. 내가 내면에서 강렬하게 바라고 있으면 그것은 내가 바라는 대로 나의 무의식에 저장되는 것이다. 그렇지만 그것은 간단하게 말과 구호로서만이 되는 것은 아니다. 의도하고자 하는 바가 무의식에까지 저장되기 위해서는 지독하다 할 만큼의 강력한 훈련과 수련이 수반될 때만이 그것은 가능하다.

마음에 뚜렷한 자국을 남길 수 있을 만큼 꾸준하고도 계속적인 궤적을 그릴 수 있을 때만이 그것은 가능한 것이다. 그렇게 할 때 우리 무의식의 자율신경계는 그 저장된 대로 내 몸을 조절해줄 수 있는 것이다.

우리의 뇌는 무엇인가를 충분히 되풀이하면 그것을 정상적인 것으로 받아들이는 습성을 갖고 있다. '나는 아무렇지도 않다. 모든 것은 다 좋아진다'라는 문구를 계속 자신의 의식 속에 주입시키면 실제 뇌는 그것을 정상적인 것으로 받아들인다는 말이다. 그리고 그렇게 각인된 뇌의 지시에 따라 우리의 몸도 실제 그렇게 움직이게 되는 것이다. 그러므로 '나는 아무렇지도 않다'라는 문구를 머리에 되뇌이면서 실제 아무렇지도 않은 것처럼 행동하면 몸의 잘못된 부분은 원래 모습의 정상적인 상태로 돌아올 수 있는 가능성이 아주 많아지게 된다. 그리고 이러한 경우에 물리적인 치료를 병행하고 약을 함께 복용한다면 그 도움을 받아 그 효과는 더욱더 클 것이다.

우리는 무엇인가를 먹는 상상을 하면 입에 침이 고이게 되고, 과거에 화났던 일을 회상하면 금방 다시 분노에 휩싸인다. 우리는 실제 무엇인가 먹지 않고도 그 먹는 상상만 해도 뇌는 그에 대한 반응을 일으키며 또한 실제 화난 상태가 아니고 화난 상태를 상상만 해도 뇌는 그에 대한 반응을 보인다고 한다. 또한 우리의 뇌는 우리가 일부러 웃는 것과 진짜 웃는 것도 구별하지 못한다고 한다. 그러니 우리가 일부러 웃는 시늉을 하면 뇌는 실제 웃는 줄 알고 그에 상응하는 반응을 보이는 것이다. 즉 우리의 뇌는 상상과 현실을 구별하지 못하고 우리가 상상하는 그대로 반응한다는 것이다. 그러니 우리는 행복해서 웃을 수도 있겠지만 그 반대로 웃기만 해도 우리는 행복해질 수가 있는 것이다.

미국의 텍사스에 살고 있었던 오스틴 목사의 어머니가 암으로 인해서 거의 죽을 지경에 이르렀다가 긍정적인 생각의 영상화를 통해 암을 이겨낸 사실은 아주 유명하다.

그녀가 암 때문에 거의 죽음의 문턱까지 갔을 때 그녀는 자신의 거울 앞에 자신의 젊었을 때의 사진을 붙여놓고 날마다 아침이면 거울 앞에 서서 '나는 사진의 나처럼 아주 건강하다'라고 입으로 외치면서 마음속에 건강한 자신의 모습을 생생하게 영상화하였다고 한다. 이렇게 자신의 건강한 모습을 생생하게 영상으로 구체화하면서 긍정적인 생각을 가짐으로써 그녀는 암을 이겨낸 것이다.

이렇게 우리의 뇌는 상상과 현실을 구별하지 못하는 특징이 있다. 그러므로 우리는 우리가 생각하고 바라는 바를 계속 생생하게 소리로 구체화하고, 귀로 들으며 또한 그것을 다 이룬 것처럼 마음속에 그 모습을 구체적으로 영상화하면서 무의식에 각인시킬 때, 우리의 뇌는 그것을 현실로 받아들이고 자신이 목표한 바를 가까운 시일 안에 바로 현실화시킬 수 있는 것이다.

그러나 그러한 것은 말로만 몇 번의 소리를 내어 외친다거나 혹은 영상화시킴으로써 목표하는 바를 바로 이룰 수 있는 것은 아니다. 우리는 끊임없이 반복하고 또 반복해야 한다. 그 반복이 뇌에 깊은 자국을 남길 만큼 줄기찬 반복이 되어야 한다. 무의식중에도 자신도 모른 채 입에서 줄줄 나올 정도로 반복하고 또 반복해야 한다. 길을 가다가도 밥을 먹다가도 어떤 비슷한 상황만 보더라도 무의식중에 튀어나올 정도의 무수한 반복이 필요한 것이다.

반복은 엄청난 힘을 발휘할 수 있게 해준다. 우리는 무엇인가를 반복하는 만큼 그 반복하는 것이 되고 만다. 반복하는 것이야말로 그 반복하는 내용을 내 것으로 만들어 줄 수 있는 강력한 방편이 되는 것이다.

무엇이든지 나한테 오랫동안 머무르게 될 때 그것은 내 것이 될 수 있다(영어의 be long to 이면 belong to 가 되는 것이다).

잠깐 동안 머무르고 만다면 그것은 내 것이라 할 수 없다. 그때 그것은 내 것이 아닌 남의 것이다. 내가 원하는 마음이 내 것으로 되기까지 그것은 오랜 시간과 반복을 필요로 한다. 그것이 오랜 시간 동안 내 몸에 머물러 있어야 한다. 그렇게 오랜 시간 머무르게 될 때 비로소 그것은 내 것이 될 수 있는 것이다.

우리의 뇌는 무엇인가가 충분히 반복될 때 그것을 당연한 내 것으로 간주하는 습성이 있다. 내 마음이 몸이 되기까지는 오랜 시간이 필요한 것이다.

마음은 언제 어떻게 변할지 모르는 아주 가벼운 실체다. 그 마음을 잡아두기란 참으로 어렵다. 얼마나 어려운지 모른다. 어떠한 한 마음을 계속 잡아두려고 한 번 시도해보라. 그것이 얼마나 어려운지는 상상도 못할 것이다. 그러한 가벼운 실체가 내 몸으로 굳어지기까지는 얼마나 많은 시간과 노력이 필요한지 모른다. 그렇지만 그 가벼운 마음도 오랜 시간 동안 몸에 붙어 서로 상호작용만 잘 할 수 있다면 그것은 바로 내 몸으로 굳어져 버릴 수가 있다. 그렇게 그 가벼운 마음도 내 몸으로 굳어져 버리게 될 때 뇌는 비로소 그것을 내 것으로 인식하는 것이다. 이렇게 우리의 마음은 우리의 뇌를 바꿀 수가 있다. 훌륭한 마음이 우리의 뇌를 훌륭한 뇌와 행복한 뇌로 바꿀 수 있는 것이다. 마음이 뇌를 바꿀 때까지 뇌는 그대로이다.

그리고 무엇이든지 내 것으로 되기 위해서는 그것이 나한테는 귀하고 값비싼 것이 되어야 한다. 절대 잃어버려서는 안 되는 아주 귀중한 것으로 간주하고 소중하게 다루어야 한다. 몇 번 손에 쥐었다가 놓아버리게 되는 그런 시시한 것이어서는 안 된다. 나한테 귀중하지 못한 것은 쉽게 잊어버리고 놓칠 염려가 많다. 그러니 무엇인가 염원하는 바를 내 것으로 만들기 위해서는 그것을 귀하게 여기고 소중하게 다룰 줄 알아야 한다. 그렇게 할 때 그것은 나의 무의식에 깊숙이 그리고 뚜렷하게 각인 될 수 있다.

그렇게 우리의 마음을 수련하고 훈련함으로써 우리는 우리의 뇌를 바꿀 수가 있다. 우리가 행복해지기 위해서는 우리의 뇌를 바꾸어야 한다.

뇌를 바꾸지 않고는 결코 행복할 수가 없다. 우리는 우리의 뇌를 행복한 뇌로 바꾸어야 한다. 행복한 뇌가 되어야 우리는 건강하고 행복할 수가 있기 때문이다. 행복한 뇌가 되지 않고서 우리는 결코 건강하거나 행복할 수가 없다.

우리의 마음과 몸은 하나로 연결되어있다. 또한 몸은 마음을 저장하는 곳간이기도 하다. 그 곳간에서 나올 수 있는 것은 이미 저장된 것만이 나올 수 있는 것이다. 우리가 만약 곳간에 나쁜 것을 저장했다면, 거기에서는 결코 좋은 것은 나올 수는 없다. 곳간에 나쁜 것을 저장해놓고 거기에서 좋은 것이 나오길 기대한다면 그것은 콩 심어놓은 데서 팥 나오기를 기다리는 격일 것이다.

우리의 육체는 그 육체를 사용하고 있는 영혼의 산물이자 창조물이 된다. 그리고 뇌는 그 안에 영혼이라는 씨앗을 심어 그것을 꽃 피울 수 있는 하나의 거대한 정원이다.

우리의 몸은 우리의 지성과 감성이 구체적으로 표현된 구조물에 불과하다. 그리고 우리의 육체는 영혼을 나타내는 심오하고도 미묘한 거울이 되기도 한다. 즉 육체는 우리의 사고방식, 태도, 생활습관, 윤리의식, 사상 등 우리의 일거수일투족을 모두 담고 있는 거대한 우주만큼이나 큰 창고이다. 그러므로 우리들은 우리 영혼의 집인 몸을 아름답게 가꾸어야 할 책무가 있다.

우리는 일단 일차적으로 주어진 집을 선물로 받았지만 그러나 살아가면서 또한 그 집을 더욱 아름답게 가꾸어야 할 또 하나의 커다란 임무를 띠고 이 세상에 태어난 것이다. 얼마만큼 더 아름답게 변화시킬 수 있느냐 하는 것은 우리에게 주어진 또 하나의 엄청난 책무이다.

그리고 우리는 우리의 영혼이 머무르고 있는 뇌를 평화스럽고 행복한 마음의 집으로 최대한 아름답게 가꾸어야 한다.

그래야 그곳에서 향기롭고 평화로운, 값진 건강한 지혜의 소리가 나올 수 있다. 그리고 그때 거기에서는 끊임없이 건강의 아름다운 노랫소리가 울려 퍼지게 된다. 또한 그렇게 될 때 우리 안의 의식과 지성의 흐름은 바르게 되고, 우리 몸의 조화와 질서 역시 바르게 되어, 우리는 늘 멋지고 아름다운 건강한 삶을 향유할 수 있게 된다. 그리고 설령 우리가 잠시 몸에 질서와 조화를 잃고 잠깐 가벼운 병에 걸리는 일이 있더라도 그것은 잠시일 뿐, 다시 빠른 질서의 회복과 자기치유력을 복원함으로써 우리는 바로 다시 건강한 삶을 회복할 수 있게 된다.

다음은 본인이 생활하면서 몸소 겪었던 몸의 불편함을 의지력을 발휘해 실제 좋은 효과를 봤던 내용 하나를 소개하겠다.

남자들은 소변을 보게 될 때 자연히 자신의 소변이 나오는 모습을 보게 된다. 처다보고 있노라면 그리 신기할 수가 없다. 먹은 음식이 모두 소화되어 흡수된 다음, 소변은 소변대로 그리고 대변은 대변대로 묘하게 잘 분리되어 나오는 것을 보면 그리 신기할 수가 없다. 그때마다 나는 이런 생각이 들기도 했다. '만약에 이런 소변이 잘 안 나오게 되면 어떻게 되지?'

그런데 요즈음 바로 이런 문제가 나한테도 생기기 시작했다.

나이가 70 정도가 되면 대부분의 남자들이 전립선 비대증으로 많은 신경들을 쓰게 된다. 낮에도 소변보기가 불편해 신경이 쓰이기도 하지만 특히 밤에 잠잘 때 자주 일어나 소변을 보게 될 때가 있는데 그것은 여간 귀찮고 짜증나는 일이 아니다.

낮보다도 특히 밤에 자주 일어나 소변을 보는 것은 더 귀찮고 짜증나는 일이다. 그것은 수면시간을 단축시킬 뿐만 아니라 건강에도 좋지 않은 영향을 끼칠 수가 있다. 밤에 자주 일어나 잠이 부족하게 되면 그 부족 되는 수면을 보충하기 위해 낮에 낮잠을 자야 한다. 또한 낮에 낮잠을 자다 보면 낮잠 자는 시간은 자꾸만 길어지게 되고, 그 결과 밤에는 더 옅은 잠을 자게 되므로 그것은 수면을 방해하면서 더 자주 야간뇨를 보게 하는 악순환을 낳게 한다.

위와 같은 이유 때문에 나는 비뇨기과에 들러 검사를 받았다. 그리고 이에 대한 약도 처방을 받아 복용해 보았다. 그 결과 처음에는 좀 효과가 있는 듯 했지만 나중에는 별 효과가 없었다. 그래 그 개선방법을 모색하기 위해 나는 몇몇 비뇨기과 의사들의 조언을 참조하고 또한 나 나름대로의 개선방법을 찾아 열심히 노력했다. 그 결과 괄목할만한 효과를 보았다. 나는 전에는 밤에 네 번 내지 다섯 번까지 일어나 야간뇨를 봐야 했는데 요즘에는 밤에 한 번 아니면 두 번 정도 일어나 소변을 봐도 괜찮을 정도가 되었다.

그래 나의 경험을 토대로 하고 또한 비뇨기과 의사들의 조언을 참조하여 얻은, 야간뇨 횟수를 줄일 수 있는 방법을 아래에 한 번 제시해 보겠다.

1. 소변을 보는 것은 매우 습관적이다. 그리고 그 행위는 신경에 매우 예민하게 반응한다. 특히 소변보는 시간은 매우 습관적이다. 소변

이 마려워 자주 소변을 보게 되면 그것은 결국 습관화 되어 차츰 더 짧은 시간 간격으로 소변을 보게 된다. 그리고 그 습관화로 인해 밤에도 야간뇨를 자주 보게 되는 결과를 낳는다.

그러나 소변을 보고 싶어도 조금씩 참고 소변보는 시간 간격을 늘리다 보면 그것이 또 습관화 되어 자주 소변을 보지 않아도 되고 소변보는 시간 간격을 늘릴 수가 있다. 또한 밤에도 소변보기 위해 일어나는 시간 간격을 늘릴 수 있어 야간뇨 보는 횟수도 줄일 수가 있다.

2. 본인 같은 경우에는 소변을 보고 싶은 대로 보니까 어느 경우에는 소변 본지 한 시간도 안 되어 또 소변을 봐야 하는 경우도 있었다. 그러나 소변보고 싶어도 어느 정도 참고 견딘 결과 나중에는 대략 네 시간 정도 지나 소변봐도 괜찮게 되었다. 어느 경우에는 다섯 시간, 혹은 여섯 시간이 지나서 소변봐도 괜찮았다. 그러니 소변보고 싶더라도 좀 참고 견디는 습관을 기르다 보면 나중에는 소변보는 시간 간격을 어느 정도 더 늘릴 수가 있게 된다.

3. 소변보고 싶은 충동은 신체가 접하는 조건에 따라 예민하게 반응하는 경향이 있다. 예를 들어 신체에 찬물이 닿거나 혹은 양치질 할 때 찬물이 입안에 닿게 될 때 또는 몸이 갑자기 차갑게 느껴지게 될 경우에도 바로 소변을 보고 싶은 충동을 느낀다. 어느 때는 수도꼭지를 틀고 물 내리는 소리를 듣기만 해도 소변을 보고 싶은 충동을 느끼기도 한다. 이런 때에도 소변보고 싶은 충동을 느끼더라도 좀 참고 견디는 습관을 길러야 한다. 그러다 보면 그러한 경우를 자주 접하게 되더라도 그것이 습관화 되어 나중에는 소변보고 싶은 충동을 안 느낄 수가 있다.

여름철에 비해 겨울철에는 소변을 더 자주 보게 된다. 수분이 몸 밖으로 잘 배출되는 여름철에는 비교적 소변보는 횟수가 적지만 그렇지 못한 겨울철에는 소변을 더 자주 보게 된다. 그러므로 겨울철에도 항상 몸을 차게 하지 않고 따뜻하게 유지시켜주는 것이 좋다.

4. 몸이 추우면 말초 혈관들이 수축하고 밤의 소변량을 줄여주는 항이뇨호르몬이 적게 생성되면서 밤에 소변량이 늘어나므로 되도록 이면 따뜻하게 잠을 자는 것이 좋다.

잠 잘 때는 방 안의 온도가 매우 중요하다. 잠 잘 때 몸에 찬 기운을 느끼면 그때도 소변을 보고 싶은 충동을 더 느끼게 된다. 그러므로 잠잘 때는 되도록 방 안의 기온을 따뜻하게 하고 자는 것이 좋다. 이때 기온은 최소 18도 이상을 유지하는 것이 좋다. 그리고 이불도 비교적 따뜻한 이불을 덮고 자는 것이 좋다. 잠잘 때는 약간의 소변보고 싶은 충동은 어느 정도 이겨내고 잠들 수 있지만 좀 강한 충동은 잠에 방해가 되므로 이겨내기가 힘들다.

본인 같은 경우에는 전에 야간뇨를 세 번에서 다섯 번까지 봐야 했는데 이렇게 참는 습관을 기르다 보니 이제는 야간에 소변을 한 번 내지 두 번 봐도 괜찮게 되었다.

5. 낮에 전체적으로 소변보는 시간 간격이 습관화되다 보면 그것이 밤에 잠잘 때에도 어느 정도 비슷하게 적용된다. 본인 같은 경우에 낮에 소변보는 시간 간격이 대략 네 시간 정도 되니까 잠잘 때에도 그 시간 간격과 비슷하게 되어 대체로 세 시간 정도 간격으로 소변을 보게 되었다.

6. 우리가 어느 일에 심취하게 될 때 우리는 다른 특정한 곳에서 오는

느낌을 늦출 수 있다. 우리가 육체적인 일이나 혹은 정신적인 일에 깊이 몰입하게 될 때 우리는 소변보고 싶은 충동을 덜 느낄 수 있다. 그러므로 우리는 소변보고 싶은 충동을 덜 느끼기 위해 어떤 일에 심취하는 것이 중요하다. 그렇지 않고 방광 쪽에 자꾸만 더 신경을 쓰다 보면 우리의 소변보고 싶은 충동은 더욱 참기가 힘들게 된다.

7. 마음이 안정적이고 푸근하게 될 때 우리는 소변보고 싶은 충동을 덜 느낄 수 있다. 마음이 조급해지거나 신경이 예민해지고 혹은 마음이 불안하게 될 때 소변보고 싶은 충동도 더 강해지게 된다. 그러므로 될 수 있으면 쫓기는 마음을 갖지 않고, 언제나 느긋하고 자신감 있는, 평온하고도 따뜻한 마음을 갖는 것이 중요하다.

8. 마시는 물의 양을 조절하는 것이 좋다. 취침 전 과도한 수분 섭취와 커피, 알코올 등은 더 많은 야간뇨를 보게 할 수 있으므로 저녁 식사 후에는 수분 섭취를 줄이는 것이 좋다. 그리고 많은 수분 섭취를 방지하기 위해서는 음식을 싱겁게 먹어야 한다. 음식을 짜게 먹어 체내에 나트륨이 과다하게 축적되면 신장은 나트륨을 소변으로 배출하려는 활동을 증가시키므로 음식을 짜지 않게 먹는 것이 좋다.

9. 밤에 야뇨의 횟수를 줄이기 위해서는 무엇보다도 깊은 잠에 드는 것이 중요하다. 만성 불면증 등 수면장애가 있으면 잠을 푹 잘 수가 없으므로 자다가 일어나서 소변 보러 가야 하는 일이 더 쉽게 생긴다. 일반적으로 수면장애가 있는 환자는 소변보고 싶은 충동을 더 강하게 느껴 소량의 소변을 자주 보게 된다. 그러므로 수면장애가 있는 사람들은 먼저 그 치료를 하는 것이 좋다.

10. 호박씨는 전립선 건강에 좋은 것으로 잘 알려져 있다.

호박씨는 칼륨, 칼슘, 인 등의 미네랄 성분과 각종 아미노산을 함유하고 있어 전립선 기능에 좋은 효과를 발휘한다. 특히 호박씨에서 나오는 오일과 아연은 양성전립선 비대증을 예방하는 데 도움을 준다고 알려져 있다. 그러므로 호박씨를 섭취하게 되면 배뇨문제에 많은 도움을 받을 수 있다. 또한 호박씨에는 다량의 트립토판이 함유되어 있어 그것이 체내에 흡수될 경우 수면을 유도하는 물질인 멜라토닌으로 전환되어 숙면을 취하는데 도움이 되고, 불면증을 예방하는 데에도 효과가 있으며 또한 심장 건강에도 좋다고 알려져 있다. 그래 본인은 매일 호박씨와 호박죽을 섭취하는데 그것은 나의 배뇨문제를 해결하는 데 많은 도움을 주었다. 그 결과 요즘 본인은 낮에는 전혀 배뇨 곤란을 느끼지 못하고 있으며, 밤에도 야뇨를 1회 내지 2회 정도 가짐으로써 비교적 건강한 생활을 유지하고 있는 편이다.

밤에 소변보는 횟수를 줄이려면 또한 깊은 잠에 들어야 하는데 깊은 잠에 들기 위해서는 다음과 같은 사항들에 유의하는 것이 좋다.

1) 우리들은 보통 육체적으로 노동을 한 다음 피곤함을 느끼게 될 때 비교적 깊은 잠에 들 수 있다. 그러므로 밤에 잠을 잘 자기 위해서는 낮에 어느 정도 피곤함을 느낄 정도의 일을 하거나 아니면 운동을 하는 것이 좋다. 육체적인 노동이 아니더라도 정신적으로도 피곤함을 느낄 정도의 정신적 노동을 하는 것도 깊은 수면을 갖는 데 도움이 된다.

2) 정신적으로 긴장 상태이거나 정신이 맑은 상태에서는 깊은 잠이 들기가 쉽지 않다. 특히 정신적인 강한 충격으로 인해 마음에 뒤틀림이 있거나 어긋남이 있을 때는 잠들기가 몹시 어렵다. 몸에 순환 질서가 잠시 깨지는 것이다. 그런 경우에는 정서적으로 마음을 이완시킬 필요가 있다. 그런 경우에는 음악을 듣거나 아니면 따뜻한 물에 몸을 담가 이완시키면 숙면을 하는 데 도움이 된다.

3) 아름다운 삶을 산 다음에야 아름다운 죽음을 맞이할 수 있듯이 아름다운 하루를 보낸 다음에야 아름다운 잠을 이룰 수가 있다. 그러므로 낮 시간에 될 수 있으면 가치 있고 보람 있는 시간을 가질 수 있도록 애써야 한다.

4) 잠 잘 때는 방 안의 온도가 매우 중요하다. 방 기온이 차지 않게 하는 게 매우 중요하다. 대체적으로 방안의 온도를 18도 이상으로 유지하는 것이 좋다. 사람마다 잠들기 좋은 온도는 각자 다를 수 있겠지만 일반적으로 방안 기온이 14도 아래로 떨어지거나 혹은 25도 이상 높아지게 되면 수면에 방해를 받게 된다.

5) 환절기 같은 때 잠을 잘 못 잘 경우가 있다. 여름에서 가을, 가을에서 겨울로 옮겨갈 때 기온 변화로 인해 잠을 잘 못 들 때가 있는데, 이런 경우에도 기온에 조금씩 적응해가다 보면 며칠 지나지 않아 원래의 상태로 돌아갈 수 있다. 변화에 조금씩 적응해가다 보면 잠도 또한 조금씩 더 깊이 들 수가 있게 된다.

6) 손과 발의 온도는 숙면을 하는데 중요한 요인이 된다. 특히 발이 차게 되면 숙면을 하는 데 방해가 되니 잠잘 때는 발을 따뜻하게 하는 것이 좋다.

7) 우리들은 대개 낮 시간 중 오후 1~3시 사이에 각성도가 떨어지고 졸린 경우가 많은데, 낮잠은 될 수 있으면 3시 이전에 20~30분 정도 자게 될 때 밤 수면에 영향을 주지 않는다.

8) 잠을 억지로 자려고 하면 그것은 오히려 잠을 방해한다. 잠은 저절로 들어야 한다. 잠을 억지로 자려고 하면 의식은 더 깨어나게 되어있다. 그러므로 억지로 잠들려고 애써서는 안 된다. '나는 없고 잠만 있다'라는 식으로 마치 자신이 구름 속으로 들어간다는 그런 마음을 갖게 될 때 잠은 더 잘 온다.

죽음이 두렵지 않아야 삶이 행복하다

우리의 삶에서 죽음보다 더 큰 사건은 없다. 태어나는 것도 큰 사건이지만 죽는다는 것은 실로 어마어마한 사건이다. 이 사건은 너무도 끔찍해서 사람들은 아예 '죽음'이라는 말조차 듣기를 외면한다. 그렇지만 우리들은 죽음이라는 사실을 무조건 거부하고 피할 일만은 아니다. 죽음이라는 사실만큼은 바로 그 누구도 피할 수 없으며, 그것은 언젠가는 반드시 내 일로 다가오기 때문이다. 그 어떠한 사실도 이보다 더 분명한 사실은 없다.

우리들은 대체적으로 죽음은 자신한테서는 멀리에 있는 것처럼 생각하며 살고 있다. 대부분의 사람들이 본인한테는 죽음은 없을 것 같은 그런 기분 속에서 살고 있는 것이다. 그러나 죽음은 우리 가까이에 있다. 이보다 더 엄연한 사실은 없다. 우리는 다만 죽음이 우리에게서 멀리 있길 바라는 마음 때문에, 죽음은 그저 멀리에 있거나,

아니면 없을 것 같은 그런 기분 속에서 살고 있는 것이다.

삶과 죽음 사이는 아주 가깝다. 눈으로 볼 때는 삶과 죽음 차이가 엄청 멀고 다른 것 같이 보이지만 그러나 사실은 그렇지 않다. 삶과 죽음 사이는 매우 가깝다. 그리고 그것은 둘 다 하나에 속한다. 우리는 언제나 죽음을 달고 살고 있다. 우리 몸은 잠재적인 죽음이나 마찬가지다.

삶은 그저 찰나에 불과하다. 우리가 100년을 산다 해도, 아니 200년을 산다 해도 그것은 지나고 보면 찰나의 시간 밖에는 되지 않는다. 삶은 그저 한낱 꿈일 뿐이다. 온몸으로 꾸는 커다란 꿈일 뿐이다.

우리의 몸은 고정된 실체가 아니다. 우리의 몸은 끊임없이 변하고 있다. 마치 흘러가는 강물과도 같은 것이 우리의 몸이다. 우리 몸에서는 하루에도 약 3,300억 개의 세포가 교체되고, 80일이 지나면 우리 몸 대부분의 세포들이 교체되다시피 한다고 한다. 이렇게 끊임없이 흘러가는 강물과도 같은 이러한 몸을 '나'라고 할 수 있겠는가?

우리의 몸은 고정된 실체가 아니다. 우리는 그저 흐르는 강물과도 같은 존재일 뿐이다. 우리는 명사로서 존재한다기 보다는 차라리 우리는 동사로서 존재한다는 말이 더 맞는 말이 된다. 우리에게는 그저 현상만 있을 뿐이다. 그 행위자는 없다.

삶과 죽음은 그 차이가 없다. 삶과 죽음 차이가 그렇게 크게 보이는 것은 우리의 잘못된 눈 때문이다. 그것은 우리가 오래 살고 싶다는 그 희망 때문에 그렇게 크게 보일 뿐이다. 그러기에 우리들 대부분은 삶과 죽음 차이가 그렇게 엄청 다르고 먼 것처럼 느껴지는 것이다.

우리는 어떻게든지 다가오는 죽음을 미루려 한다.

누군가 한 사람이 중병으로 인해 앞으로 길어야 3개월밖에 못살 것이라고 의사의 선고를 받았다고 한다면, 그때 그는 어떻게든 다만 몇 달이라도 더 생명을 연장시키려고 온갖 애를 다 쓸 것이다.

그러나 죽음은 연장시키면 연장시킬수록 죽음에 대한 두려움은 더 클 뿐이다. 그 모든 것은 헛수고이다. 우리는 10년을 더 산다면 10년 동안을 더 죽음에 대해 걱정하고 두려워해야 하며, 50년을 더 산다면 50년 동안을 더 죽음에 대해 걱정하고 두려워하며 살아야 한다. 오래 살면 오래 살수록 죽음에 대한 두려움은 더 오래 더 크게 남아 있을 뿐이다.

죽음에 관한 문제는 언제나 우리의 뇌리에서 떠나지 않고 끈질 기게 우리의 생각을 붙들고 있다. 그러므로 우리들은 무엇보다도 죽음에 대해서 잘 알아둘 필요가 있다. 특히 평소 죽음에 대한 우리들의 생각은 우리의 삶에 지대한 영향을 미칠 수가 있기 때문이다.

우리가 태어날 때는 태어난다는 의식을 제대로 못하며 태어나지만, 죽을 때는 그렇지가 않다. 우리가 죽을 때는 자신의 죽어가는 상태를 고스란히 다 느끼면서 죽어가야 한다. 만일 죽음에 대한 준비 없이 맞는 죽음이라면, 죽음을 맞는 그 끔찍한 과정은 말로는 어떻게 도저히 표현 되지 않는다. 우리가 죽음을 목격하게 될 때 그것은 우리를 참으로 슬프게 만든다. 그보다 더 우리를 슬프고 고통스럽게 만드는 것은 없다. 우리의 모든 것을 다 앗아가는 그 죽음보다 더 우리를 비통하게 만드는 것은 그 무엇도 없다.

죽음에 임하면서 막상 죽음을 맞는 그 두려움과 놀라움, 그리고 그 허망함과 슬픔이란 이루 말할 수가 없다. 실로 죽음과 함께 우리가 이 세상에서 영원히 사라진다는 그 슬픔은 도저히 어떻게 말로는 표현될 수가 없다. 죽음에 대한 이러한 두려움은 우리에게 많은 것을 생각하도록 만든다. 죽음에 대한 생각은 우리의 삶을 얼마나 가로막고 또한 우리의 삶 모두를 부정적으로 만드는지 모른다. 그러한 생각은 실로 우리의 모든 것을 멈추게 만든다. 그 어느 것도 죽음 앞에서는 맥을 출 수가 없다. 제 아무리 큰 부가 주어졌든, 권력이 주어졌든 아니면 명예가 주어졌든 그 모든 것들이 다 무슨 소용이 있겠는가? 그 모든 것들은 그저 죽음 앞에서는 한낱 티끌에 불과할 뿐이다.

정말이지 죽음이란 우리에게 있어서는 참으로 극적인 사건이다. 이보다 더 극적인 사건은 있을 수가 없다. 우리가 평소에 죽음이라는 말에 너무도 익숙해져 있어서 그렇지, 실제 죽음에 바짝 다가가서 죽음 뒤에 일어날 일을 생각해본다면, 이것은 정말이지 온몸이 마비될 정도로 끔찍한 일이다.

죽음이 일어나게 되면, 바로 얼마 전에도 살아 움직이고 있던 사람이, 바로 불 속으로 들어가고 흙 속으로 사라져 없어지게 되는 일이니, 이 얼마나 황당하고도 끔찍한 사건인가! 이러한 일이 바로 내 일이라고 생각해보라. 이 얼마나 끔찍한 일인가! 이보다 더 우리를 놀랍고 두렵게 만드는 일은 없다. 그야말로 죽음이 우리를 덮어버리면 우리의 모든 것은 그저 한낱 안개가 사라지듯 사라지게 되는 것이니, 우리는 죽음이 그토록 두려울 수밖에 없는 것이다.

그러나 죽음이란 우리의 눈에 보이는 모습 그대로가 죽음의 전부일까! 절대 그렇지가 않다.

우리가 평범한 눈으로 볼 때는 태양이 지구를 도는 것처럼 보이지만, 자세히 알아보면 거꾸로 지구가 태양을 도는 것을 알 수 있듯이, 마찬가지로 우리가 우리의 죽음을 그저 눈에 보이는 대로만 평가

하지 않고, 더 깊이 살펴보면 평범한 견해로는 알 수 없었던 참으로 신비한 사실들을 알 수가 있게 된다.

우선 우리는, 죽음이란 것이 우리의 눈에 보이는 그대로가 죽음의 전부 아니라는 것을 알아야 한다. 그 모든 것은 우리들의 잘못된 인식에서 비롯된 것임을 알아야 한다. 죽음은 그저 그렇게 단순한 문제가 아니다. 죽음은 단지 눈에 보이는 외부의 물질적 변화일 뿐, 내부에서는 우리 눈으로는 볼 수 없는 다른 생명현상이 벌어지고 있다는 사실을 우리는 알아야 한다.

실로 우리의 육체는 생물학자들이 알고 있는 그 차원에 국한되지 않는다. 우리의 존재는 그 이상이다. 우리의 육체와 영혼은 함께하고 있다. 육체에 영혼이 결합되어 있고 영혼에 육체가 결합되어 있는 것이다. 이 둘 사이는 참으로 미묘하다. 다시 말해 육체의 비가시적인 부분이 영혼이고 영혼의 가시적인 부분이 육체인 것이다. 그 둘은 똑같은 실체의 다른 형상일 뿐이다.

그렇지만 우리 인간의 눈과 뇌만으로는 이러한 사실을 인식할 수가 없다. 우리의 눈은 우리의 내면 깊은 곳을 볼 수 없기 때문에 문제가 생긴다. 우리 눈으로는 육체의 내면 층은 볼 수가 없는 것이다. 그리고 우리가 보는 세상 역시 눈에 보이는 대로만의 그런 세상이 아니라는 것을 우리들은 깨달아야 한다. 우리들의 잘못된 인식은 우선 우리의 눈과 뇌에서부터 시작된다. 우리의 눈과 뇌는 그 깊은 내면을 인식하기에는 너무나 한정되어있다. 우리의 눈과 뇌는 단지 우리들이 살고 있는 세상의 삶에 알맞게 맞추어져 있을 뿐, 그 너머는 인식할 수가 없다. 우리들은 사실, 눈에는 보이지 않는 실제 엄청난 사실이 존재하고 있다는 것을 놓치고 있는 것이다. 한번 입장을 바꿔서 생각해보자. 땅속에서만 살고 있는 지렁이가 우리 인간 세상을 이해할 수 있겠는가? 그것은 상상도 할 수 없는 일이다. 우리들도 마찬가지다. 우리 눈과 뇌만으로는 도저히 그 엄청난 죽음 너머의 세상을 알지 못하는 것이다. 우리의 육체는 물질 덩어리라기보다는 차라리 의식적 덩어리에 더 가깝다.

그래서 프랑스의 샤르댕 신부는 '우리는 영적인 체험을 하는 인간이 아니라 인간이 된 체험을 하는 영적인 존재다'라고 말하지 않았던가. 참으로 맞는 말이다. 우리들은, 우리의 영혼이 몸이라는 육체를 받아 그 안에 살고 있는 영적인 존재라는 말이 맞는 말이다.

한번 잘 생각해보자. 우리가 단순히 이렇게 허무하게 죽으려고 그 어마어마한 탄생의 과정을 거쳤을까? 우리의 탄생은 그저 한낱 우연히 하늘에서 떨어졌을 만큼 그렇게 하찮은 탄생일까?

절대 그렇지 않다. 우리 탄생에서 그 어마어마한 신비의 과정을 조금이라도 살펴본다면 우리는 그 경이로움에 정말 놀라지 않을 수가 없다.

우리의 탄생은 물질적으로는 도저히 어떻게 설명할 수 없는 신비의 영적인 면을 포함하고 있다. 우리의 몸만 보더라도 그렇다. 몸 안에 새겨진 그 신비를 보면 우리는 정말이지 그 경이로움에 감탄하지 않을 수가 없다. 이렇게 생각해볼 때 우리는 단순한 물질적 존재를 넘어서는 영적인 존재임을 인정하지 않을 수가 없다.

우리는 우리의 몸 그 자체로만 보아도, 그것은 우리가 영적인 존재임을 증거하기에 충분하다. 우리 몸에 영혼이 존재하지 않고서야 우리가 어찌 이렇게 영적인 행위를 할 수 있단 말인가! 우리 인간만이 아니다. 세상에 모든 피조물을 보면 그 자체로서, 그것들을 지은 창조주가 있음을 증거 하기에 충분하고도 남는다. 그러니 우리의 일체 모두는 영적인 창조주에 속한 것으로서 그 보호를 받고 있음에 틀림없다. 그 보호가 없이는 우리는 단 한 순간도 존재할 수가 없지 않는가! 우리들은 그 창조주의 보호가 있기에 모두가 이렇게 완벽하게 순환하며 존재할 수가 있는 것이다. 그리고 그 보호는 지금 살아있을 때뿐만이 아니라 죽음 다음에도 계속 이어지고 있음을 우리는 믿어야 한다.

우리의 탄생과 죽음에 대한 신비는 실로 우리의 지식 한계를 벗어난다. 우리가 탄생을 바라볼 때, 우리는 얼마나 놀라운 탄성을 지르던가! 우리는 우리의 죽음에 있어서도, 탄생을 바라볼 때와 같은 그런 놀라움의 눈을 갖고, 우리의 죽음을 바라볼 필요가 있지 않을까?

우리는 단순한 물질적인 결합체 이상의 위대한 영적인 결합체이다. 그리고 우리가 죽을 때는 단순한 물질적 현상 이상의 보이지 않는 엄청난 생명 현상이 일어난다. 우리는 단순한 물질적 존재를 넘어서는 영적인 존재이고 영원히 창조주와 함께 하며 또한 영원한 창조주의 보호를 받고 있는 영원한 존재이다. 우리는 우리가 죽음에 임할 때, 그것은 단지 우리들이 미처 이해하지 못한 다른 세상으로 옮겨가는 것임을 알아야 한다. 죽는다는 것은 그동안 육체에 갇혀 있던 우리의 영혼이 단지 해방되는 위대한 순간임을 우리는 알아야 한다. 우리가 평소 이와 같이 생각하고 그 믿음을 확실히 하게 될 때, 우리들은 의외로 우리의 삶에 유리한 많은 장점을 얻을 수가 있다. 이렇게 믿는다 해서 전혀 손해 볼 것은 없다. 이렇게 믿는 것은 우리의 삶에 조금이라도 더 유리하면 유리했지 해가 될 것은 전혀 없다.

우리들은 죽음을 단순히 우리 눈으로 보이는 대로만 해석할 것이 아니라 그 너머까지 들여다볼 줄 아는 지혜를 가져야 한다. 죽는다는 것은, 눈에 보이는 세상에서 볼 수 없는 다른 세상으로 단지 옮겨가는 현상뿐임을 알아야 한다. 죽음을 통해서 우리는 단지 변화할 뿐이다. 그러므로 우리는 눈에 보이는 피상적인 과정 때문에 죽음을 두려워하고 외면하려고만 할 것만이 아니라 죽음을 가까이서 관찰하고 그 죽음과 친해질 필요가 있다.

우리는 죽음을 통해서 배워야 할 점이 참 많다. 우리가 죽음을 알게 되면, 세상은 지금까지 알고만 있던 세상과는 전혀 다른 세상이 된다. 죽음에 대해 잘 알게 되면, 그것은 우리로 하여금 세상을 지금까지 보아왔던 세상과는 달리 보도록 만들고, 지금까지 살아왔던 방식과는 달리 이 세상의 삶을 살게 만든다. 그리고 그것은 우리가 지금까지 세상에 대해 잘못 알고 있었던 우리의 모든 생각과 행동을 바로 세우도록 만든다. 그러니 죽음을 알기 전의 세상과 알고 난 후의 그 세상은 완전 다른 세상이 되는 것이다.

지금까지 우리는 죽음에 대해 너무 부정적인 면만을 보아왔다. 그러나 이제 우리는 그 죽음에 대한 우리의 생각을 고쳐야 한다. 그러고 나면 세상은 완전 뒤바뀌게 된다. 죽음에 대해 제대로 알기 전까지의 세상은 안개에 덮인 두려움의 세상이었지만 죽음에 대해 잘 알고 나면 그때의 세상은 완전 깨어난 세상으로 뒤바뀌게 된다.

어쨌든 우리는 죽음에 대한 두려움만큼은 이겨내야 한다. 이보다 더 우리의 마음을 황폐하게 만드는 것은 없기 때문이다.

우리가 대체로 어떤 대상에 두려워하는 마음을 갖는 것은 그 대상에 대해 아무것도 모르게 될 때 더욱더 심한 두려움을 갖게 된다. 그러나 그 대상에 대해 자세히 잘 알고 나면 그 두려움은 훨씬 더 가벼워지고 결국 그 두려움은 어디로 갔는지 온데간데없이 사라진 채 나중에는 오히려 그 대상과 더 친해지게 되는 경우를 우리는 종종 경험하게 된다. 죽음을 두려워하는 마음에 있어서도 마찬가지다. 우리가 그토록 두려워했던 죽음에 대해서도 그것을 제대로 잘 알고 그것과 친해지게 되면 죽음은 결국 아무것도 아닌 것이 되고 만다.

이와 같이 우리가 죽음에 대한 두려움을 모두 이겨내게 될 때, 우리는 우리의 삶에서도 승리하는 삶을 살 수 있다.

대부분의 사람들이 '죽음' 소리만 들어도 그저 거부하고 듣기 싫어했지만, 그러나 이제 우리가 죽음에 대한 그 깊은 사실을 잘 알고 또한 그 두려워하는 마음을 이겨낼 수 있게 된다면, 그때 우리에게는 죽음이 조금도 두렵지 않은 것이 된다. 죽음은 물론이고 삶에서 다른 어떠한 두려운 상황을 맞이한다 하더라도 우리는 조금도 두려워하는 마음 없이 모두를 자신 있게 잘 이겨낼 수 있게 된다.

죽음이 두렵지 않게 될 때, 우리에게는 세상에 그 어떤 것도 두려움의 대상이 될 수가 없게 된다.

세상에 죽음보다 더 두려운 것은 있을 수가 없다. 그러니 일단 우리가 죽음에 대한 두려움을 이겨낸다면, 그 나머지 두려움에 대해서는 어떠한 어려움도 없이 쉽게 이겨낼 수가 있게 된다.

만약 어떤 사람이 무게를 들어 올리는 운동을 한 결과 50kg 정도의 무게를 들어 올릴 수 있다고 하자. 그렇다면 그가 30kg 이나 40kg의 무게를 들어 올리는데 어떤 어려움이라도 있겠는가? 50kg 아래의 것이라면 그 어떤 것도 들어 올리는 데 문제가 되지 않을 것이다. 그 나머지 것들은 모두 다 힘들이지 않고 가뿐히 들어 올릴 수 있을 것이다.

우리의 두려워하는 마음 관리에 있어서도 마찬가지다. 만약 우리가 최악의 두려움을 잘 감수할 수 있다면, 그 나머지 것들은 문제가 되지 않는다. 그때 그것들은 그저 사소한 것들에 지나지 않을 뿐이다.

그렇게 되면 세상 살기가 얼마나 좋아지는지 모른다. 그 어느 것을 대하든 우리는 조금도 두려워하는 마음 없이 자신 있게 대할 수 있다. 가장 힘든 죽음을 이겨냈는데, 그 어떤 것이 두려울 수 있겠는가? 이제 우리는 그 어떤 무서운 일에 부딪힌다 하여도 조금도 두려워하는 마음 없이 모두 다 잘 감당할 수가 있게 된다.

우리가 죽음의 두려움에서 해방될 때 우리는 삶의 그 어떤 두려움에서도 자유롭게 될 수 있다. 그때 우리 삶의 방식은 완전히 바뀔 수가 있다. 그것은 놀라울 만큼 우리의 삶을 바꾸어 놓는다.

죽음은 전혀 두려워할 것이 아니라는 것을 깨닫게 될 때 우리는 살아가면서 그 어떤 것도 두려워하지 않으며, 상상을 초월하는 자유로운 삶을 만끽할 수가 있다.

죽음을 깊이 알고 나면 세상은 완전히 달라진다. 그때 죽음은 우리에게 그저 무의미한 것으로 다가온다. 그때는 삶과 죽음이 따로 있는 것이 아니다. 삶 속에 죽음이 있고 죽음 속에 삶이 있게 된다. 이렇게 될 때, 전에는 주변의 모든 개체들이 별개의 생명체로 보였지만, 그러나 이제 그 모든 것들은 사랑으로 이어진 하나라는 것을 알게 된다. 모든 것들이 하나에서 비롯된 하나의 생명임을 알게 되는 것이다. 그때 거기에 죽음은 없다. 오직 거대한 흐름만이 있을 뿐이다. 그리고 우리의 생명 역시 그중의 한 흐름일 뿐이다.

그렇게 되면 우리의 삶은 180도 바뀐다. 지금까지의 삶이 지옥이었다면 이제 우리의 삶 모두는 천국으로 바뀌게 된다. 순간순간의 삶이 얼마나 가치 있고 소중하며 행복한지 모른다. 그때는 우리의 삶 모두가 멋진 춤과 노래가 되며, 날마다의 삶 모두가 아름다운 축제가 된다. 주변의 모든 것들은 천국의 것들로 바뀐다. 우리가 살고 있는 지금 여기가 바로 천국이 되는 것이다. 그리고 우리의 가슴에서는 언제나 즐거운 노랫소리가 끊임없이 흘러넘치게 된다.

우리가 죽음을 가까이에서 살펴보면 죽음은 우리에게 많은 것을 가르쳐준다. 우리가 삶이 무엇인지 알고자 한다면 우선 죽음부터 이해하고 넘어가야 한다. 죽음을 이해하지 못하고는 삶이 무엇인지 진정으로 이해할 수가 없다.

우선 우리는 이 땅에서의 삶만이 전부가 아니라는 것을 알아야 한다. 이 땅에서의 우리의 삶은 단지 사람으로 태어나 사람 체험을 하는 것에 불과하다. 이 세상에서의 삶은 잠깐 동안 펼쳐지고 있는 한 드라마에 불과할 뿐이다. 우리는 우리의 시야를 넓게 볼 필요가 있다. 대부분의 사람들이 이 세상만이 전부인 줄 알고, 그저 이 세상에만 목매달고 처절한 삶을 살고 있는데 그것은 잘못된 삶의 방식이다.

이 땅에서의 삶만이 전부라고 여기는 사람들은 지금 그들이 갖고 있는 몸만이 전부인 줄 착각하고 있는 사람들이다. 그때 죽음은 그들에게 엄청난 두려움으로 다가온다. 그들은 그들의 몸이 죽으면 모두가 그저 끝장인 줄로만 알고 있는 사람들이다. 그들의 죽음에 대한 두려움은 이루 말할 수 없을 정도로 크다.

한번 잘 생각해보자. 우선 우리가 처음 이 땅에 생겨났을 때를 생각해보자. 우리가 처음 이 땅에 탄생 되었을 때 그것이 전혀 무에서 시작된 것이었겠는가? 그렇지 않다. 절대 그럴 수가 없다.

삶은 그냥 오는 것이 아니다. 삶은 죽음을 거쳐서 오는 것이다.

우리는 죽음을 통해 우리의 육체를 다시 바꾸는 것뿐이다.

죽음은 커다란 변화일 뿐이다. 이 세상에서의 육체라는 옷이 낡아져서 그것을 죽음을 통해 다시 바꾸어 입을 뿐이다.

삶과 죽음은 따로가 아니다. 삶과 죽음은 하나다. 우리는 언제나 죽음과 함께 살고 있는 것이다. 우리들은 살면서도 언제든지 죽음으로 돌아갈 수 있는 잠재적인 죽음을 짊어지고 산다는 말이다. 그러니 죽음은 그리 두려워할 것이 못된다. 그리고 이러한 삶과 죽음의 원리를 이해하고 있는 사람들은 죽음이 절대 두려울 수가 없다. 그들은 살면서 상상을 초월하는 엄청난 자유를 느낄 수 있다. 그들은 그 무엇에도 구속되지 않는다. 그들은 그들의 본질이 절대 자유라는 것을 깨닫고, 모든 구속에서 해방되는 절대 자유의 영혼이 된다.

어쨌든 우리는 죽음에 대한 생각을 완전히 바꾸어야 한다. 죽음을 그저 멀리 밀쳐내려고만 해서는 안 된다. 우리는 죽음을 도저히 있어서는 안 될 그런 끔찍한 것으로만 간주해서는 안 된다는 얘기다. 우리는 죽음을 당연한 것으로 받아들일 수 있는 충분한 마음의 준비와 여유를 갖고 있어야 한다. 죽음 앞에서 결코 허둥대거나 비참한 꼴을 보여서는 안 된다.

그럴수록 죽음은 우리에게 더 무서운 것으로 다가온다. 우리가 그토록 애써가며 최선을 다해 살아온 숭고한 삶의 마지막이 그렇게 비참한 꼴이 되어서는 안 된다. 마지막 그 순간만큼은 장엄하고도 숭고한 모습이어야 한다. 거룩한 삶을 마치고 가는 마지막 순간인 만큼 기품 있고 아름다운 모습을 갖출 수 있도록 해야 한다.

죽음은 육체의 옷을 벗어버릴 뿐, 우리가 죽을 때는 삶의 내용을 모두 다 갖고 가는 것이다. 그러니 우리가 아름다운 죽음을 맞기 위해서는, 우리는 죽음을 의연하게 맞고 또한 그것을 거룩한 것으로 받아들일 수 있는 충분한 각오와 마음의 준비가 되어있어야 한다.

또한 우리가 기품 있고 당당한 죽음을 맞이하기 위해서는 매일매일 자신을 내려놓는 연습을 해야 한다. 매일매일 자신의 애착심을 쳐내는 훈련을 해야 한다는 것이다. 그것은 바로 우리 자신의 마음을 내려놓는 연습이다. 우리는 육체에 그리 필요 이상의 심한 애착심을 가질 필요가 없다. 몸은 그저 끊임없이 변할 뿐이다. 육체는 순간순간 끊임없이 죽음을 향해 달려가고 있는 것이니, 우리는 그것을 절대 막을 수가 없다.

엄밀하게 따진다면 '나'라는 육체는 '나'가 아니다. 우리는 끊임없이 변화하며 흐르는 강물과도 같은 존재이다. 그러니 사실 내 몸을 '나'라고 할 수 있겠는가! 내 몸은 '나'랄 것이 하나도 없다. 우리는 그저 변화하는 자연현상일 뿐이다. 그러니 그 변화하는 자연현상을 어떻게 막을 수가 있겠는가. 우리는 우리의 육체를 '나'라고 동일시하게 되기 때문에 죽음이 그토록 두렵게 되는 것이다. 우리는 '나'를 육체와 동일시 하지 않게 된다면 죽음이 조금도 두려울 수가 없다. 그때 우리는 모든 두려움에서 벗어날 수 있으며, 또한 어마어마한 자유를 누릴 수 있게 된다.

죽음이 두렵지 않은 것이 되기 위해서는 또 하나 필요한 것이 있으니 그것은 바로 우리가 죽음과 친해져야 한다는 것이다.

죽음이 절대 나한테 다가와서는 안 된다는 그런 마음을 가져서는 안 된다. 평상시에도 우리는 죽음에 대하여 거부하고 부정적인 생각만을 가질 것이 아니라 죽음을 당연한 자연현상으로 여기고 받아들일 수 있는 마음의 여유를 갖고 있어야 한다.

죽음이 오면 '그래 네가 드디어 나한테도 오는구나. 나는 네가 올

줄 알았다. 그러나 나는 너를 두려워하지 않는다. 반드시 맞이해야 하는 너이니, 내가 너를 평화롭게 맞겠다. 나는 너를 통해 위대한 변화를 하게 되리라'라는 믿음을 갖고 죽음 앞에서 평화로운 마음을 갖고 죽음을 순순히 맞이할 수 있어야 한다. 우리는 언젠가는 꼭 죽음을 맞는다. 그러기에 우리는 언제든 죽음을 기꺼이 맞겠다는 충분한 각오가 되어있어야 하는 것이다. 그런 각오와 준비가 되어있을 때 우리의 마음은 참으로 편안해질 수 있다. 그때 우리는 삶의 모든 불안과 두려움에서 벗어나 자유로울 수 있으며, 우리의 삶 또한 한층 더 충만해지게 된다.

우리는 죽음 앞에서 불안하고 두려운 마음을 갖기보다는 언제나 고요하고 평온한 평화로운 마음을 유지하는 것이 매우 중요하다. 설령 죽음을 맞는다 해도 우리는 태어날 때와 똑같은 식으로, 죽을 때도 똑같은 신의 보호를 받는다는 그런 확고한 믿음을 갖는 것이 매우 중요하다.

우리가 죽는다는 것은 그토록 우리를 구속하고 있었던 육체를 벗어나서, 환상적인 변화의 세계로 들어가는 순간일 뿐이라는 확고한 믿음을 갖는 것이 꼭 필요하다. 죽음은 단지 육체라는 감옥으로부터 벗어나는 자유임을 우리는 믿어야 한다. 죽음은 육체만 벗어나올 뿐 우리의 영혼은 그대로 영원하기 때문이다. 그러기에 우리들은 '죽음은 아무것도 아니다. 나는 아름다운 변화만을 할 뿐 나는 영원하다'라고 받아들이며 기꺼이 죽음을 맞을 수 있어야 한다. 어쨌든 우리들은 죽을 때 잘 죽어야 한다. 우리의 삶에서 잘 죽는다는 것보다 더 큰 소망은 있을 수가 없다.

죽음의 두려움으로부터 벗어나기

우리의 삶에서 과연 어떤 것이 중요한 문제이고 어떤 것이 하찮은 문제일까? 대부분의 사람들은 무엇이 중요한 문제이고 무엇이 하찮은 문제인지 그 순서를 놓치며 살고 있다. 그중에서도 가장 심한 것이 바로 죽음에 관한 문제일 것이다. 대부분의 사람들은 죽음에 관한 문제에서만큼은 아예 생각조차 하기 싫어한다. 그리고 자신과는 영 상관없는 듯 의식 밖으로 밀어내며 살고 있다.

그러나 자신한테 다가오는 문제로서 죽음보다 더 확실하고도 더 큰 문제가 어디 있을까? 그렇지만 사람들은 죽음에 대해 모른 체 하며 아무렇지도 않은 듯이 살고 있다. 그 모습을 보면 참으로 이해가 되지 않는다. 그들은 삶에서 정말로 중요한 문제는 뒷전으로 하고 그저 하찮은 일에만 목매달며 살고 있다.

대부분의 사람들은 죽는다는 사실 그 자체조차 생각하기를 두려워하고 아예 그것을 외면하며 살고 있다. 그들은 죽음을 들여다보기도 전에 지레 겁먹고 죽음에서 도망치며, 어떤 일이 있더라도 죽음만큼은 그들의 시야에서 밀어내려고 애쓴다. 그러니 그들은 삶에서 아주 중요한 것을 놓치며 살고 있는 셈이다.

그러나 사람들은 평상시에는 죽음이라는 문제는 자신하고는 영상관이 없는 것처럼 지내다가도 막상 죽을병이 찾아오게 되면 그들의 모습은 완전 달라진다. 그들은 죽음이 오면 마치 하늘이 무너지고, 땅이 꺼지기라도 하는 듯 소스라치게 놀란다. 죽음의 노크 소리가 들릴 때는 그들은 그야말로 놀라 어쩔 줄 모르며 넋을 잃고 만다. 그때야 비로소 그들은 자신의 삶이 모두 헛되이 낭비되었음을 깨닫고 크게 절망하며 한탄하게 된다. 그리고 막상 죽음이 닥치면 그들은 거지처럼 죽는다.

삶에서 진정 중요한 문제는 무엇인가? 진짜로 우리의 가슴 가장 밑바닥에 자리 잡고, 우리를 언제나 마음 졸이게 하는 그 문제는 무엇일까? 그것은 바로 우리의 죽음에 관한 문제일 것이다. 세상에 죽음의 문제보다 우리에게 더 무겁게 다가오는 것은 없다. 그러나 사람들은 이것을 모른 체 하며 숨기며 살고 있다.

사실상 삶에서 죽음의 문제를 빼고 나면 그 나머지 모든 문제는 아무것도 아니다. 모두는 그저 하찮고 하찮은 것일 뿐이다.

만약 내가 죽게 된다면 이 세상 모두가 다 나한테 주어진들 그 무슨 소용이 있겠는가? 죽음의 문제에 비한다면 세상의 그 어느 것도 그저 사소하고 하찮을 뿐 그것들은 아무것도 아닌 것이 된다.

세상에서 아무리 성공했다 해도 그것은 아무것도 아니다. 성공했으면 성공했을수록 그것은 더 큰 실패일 수밖에 없다. 그들은 세상에서는 성공했을지 모르지만 그러나 진짜 중요한 것은 놓치며 살았기 때문이다.

비록 황금을 얻었다 한들, 비록 왕궁을 얻었다 한들, 그 모든 것들이 다 무슨 소용이 있겠는가? 그 모든 것들은 그저 작고 작은 티끌에 불과할 뿐이다. 역사적으로 그 화려하게 존재했던 모든 왕궁들을 한번 보자.

그 아름답고 화려했던 모든 왕궁들은 지금 다 어디에 있는가? 그 모두는 이름도 없이 그저 먼지와 티끌로만 존재할 뿐 그 흔적조차 찾아볼 수가 없다. 이처럼 이 세상에 속한 그 모든 것은 죽음의 문제에 비한다면 그저 한낱 티끌에 불과할 뿐이다.

우리가 죽으면 우리의 육체는 땅속에 들어가 썩거나 아니면 화장로의 불에 태워져 영원히 사라져 버린다. 세상에 나라는 존재는 더 이상 없게 된다. 한번 생각해보자. 그 어느 시점에 반드시 내가 땅속에 들어가 썩어야 한다면 이 얼마나 소름끼치는 일인가! 멀쩡하게 살아있던 자신이 땅속에 들어가 썩어야 한다니 이 얼마나 어처구니없는 일인가!

나라는 존재가 티끌도 없이 사라진다니 세상에 이보다 더 심각한 문제가 어디에 있겠는가! 이러한 것들을 생각할 때 우리가 어찌 편히 잠들 수 있겠고 어찌 밥이 목으로 제대로 넘어갈 수 있겠는가!

그렇지만 사람들은 이 점에 대해서는 늘 눈감고 산다. 사람들은 그런 일들은 아예 없을 것처럼 무작정 자신 밖으로 밀어놓고 산다. 아예 생각조차 하기를 싫어한다. 생각하기도 두려워 지레 겁먹고 도망쳐버리는 것이다. 생각만 해도 너무 끔찍한 일이기 때문이다.

그래 사람들은 삶의 술에 취해 그저 잠자면서 살아가고 있다.

그러나 사실 우리가 그것을 피한다고 마음 편히 지낼 수 있을까? 그렇지 않다. 그 문제는 언제나 자나 깨나 우리를 짓누르고 있다.

그러나 이런 끔찍한 죽음의 문제를 안고서도 어떻게 우리가 마음 편히 그 무슨 일을 할 수 있을까? 이런 죽음의 문제가 해결되지 않고서야 어떻게 우리가 마음 편히 우리의 일에 매달릴 수 있을까?

죽음의 문제가 해결되지 않는 한 우리는 그 어떤 것도 마음 편히 할 수가 없다. 우리는 무엇보다도 우리의 죽음의 문제부터 정립하고 그 다음에 무엇을 하든 해야 한다. 죽음에 대한 확고한 자신의 의식 정립이 필요한 것이다. 우리는 그동안 너무도 외부에만 집중된 삶을 살아왔다. 이제 그 삶의 중심을 내부로 향해야 할 때가 되었다.

그러나 사람들은 어디 그런가? 조금도 그렇지가 못하다. 사람들은 그저 눈에 보이는 대로만 살고 있다. 그들의 시야를 넘는 그 다음은 생각조차 하기 싫어한다. 그러니 그들은 세상을 잘못 살고 있는 것이다.

물질적으로만 살고 있는 그들은 겉으로 보이는 것만이 전부로 여기며 살고 있다, 그러기 때문에 그들은 죽음을 만나면 기겁을 한다. 겉으로 보이는 육체만이 그들의 모두로 여기며 살고 있기 때문에 그렇다. 그러기 때문에 그들은 그들의 육체가 땅속으로 들어가고 불속으로 들어가게 되는 것을 보면 기겁을 하며 놀란다.

그들은 자신의 안을 들여다볼 줄 모른다. 그들은 몸 안의 경이로운 신비에 대해서는 조금도 놀라워하지 않는다. 또한 그들은 그들 안에 그 놀라운 신성에 대해서는 조금도 알려고도 하지 않는다. 모든 것을 그저 당연한 것으로만 여기며 살고 있다. 그들은 오로지 밖으로 보이는 그들의 몸이 땅속에 들어가는 것만을 보고는 죽음에 대한 관념을 세운다. 그 모든 것들은 오로지 자신을 몸과 동일시하기 때문에 그런 관념을 갖게 되는 것이다.

우리는 씨앗의 겉껍질을 씨앗의 본질이라고 하지 않는다. 겉껍질은 단지 씨앗을 보호하기 위해서 잠시 존재할 뿐, 씨앗이 싹이 트기 위해서는 그 겉껍질은 썩고 허물어져야 한다. 그래야 싹이 제대로 잘 틀 수가 있다.

우리도 마찬가지다. 우리의 육체는 생명의 본질을 담고 있는 겉껍질에 불과할 뿐이다. 우리의 육체 안에는 우리 생명의 본질이 따로 있다. 그것은 이 세상의 물질에 속하지 않는 것이다. 그것이 우리이지 육체가 우리는 아닌 것이다. 육체는 단지 우리 생명의 본질을 보호하고 있는 아바타에 불과할 뿐이다. 그리고 우리의 몸도 생명을 다시 틔우기 위해서는, 씨앗의 겉껍질처럼 죽어야만 하는 것이다.

우리는 죽음이라는 거울을 앞에 놓고 세상을 바라봐야 그 세상을 제대로 볼 수 있다. 그렇지 않고는 세상 모두를 거꾸로 살고 있는 것이나 마찬가지다. 우리는 죽음이라는 눈을 통해서 보아야 세상 너머까지 볼 수가 있다. 우리 눈으로 보는 것만으로는, 보이는 그 모두가 그저 환상일 따름이다. 우리가 죽음이라는 눈을 통해서 봐야만이 그 환상 너머까지 볼 수가 있는 것이다.

살면서 우리는 무엇보다도 먼저 우리의 삶에 대한 진정한 의식을 정립해야 한다. 그렇지 않고는 우리의 모든 삶은 그저 거짓되고 헛된 것일 수밖에 없다. '나는 죽음의 문제를 해결했다. 죽음은 아무것도 아니다. 나는 웃으면서 죽을 수 있다'와 같은 확고한 의식이 우리 마음속에 굳혀지기 전까지 우리는 그 아무것도 마음 편히 할 수 없다. 그렇기 전까지는 우리는 죽음이 언제라도 우리 곁에 가까이 오지나 않을까 두려워하는 마음에 조금도 마음 편할 날이 없다. 조금만 몸이 아파도 죽을 병과 연관되지 않나 싶어 우리의 마음은 늘 불안하기만 하다.

이렇게 우리가 늘 죽음의 두려움 앞에서 떨며 사는 한 그 삶은 제대로 된 삶이 될 수가 없다. 어쨌든 우리는 이러한 두려움의 문제에서만큼은 해방되어야 한다. 그래야 우리는 진정한 자유의 영혼이 될 수가 있다.

사람들은 죽음이 진정 무엇인지도 모르고 죽음을 피한다. 그들은 정말로 죽음을 만나지도 못했으면서 그렇게 죽음을 두려워하고 피하는 것이다. 모두가 그저 누군가 다른 사람이 죽었다는 얘기만을 들었을 뿐 그들은 진정 죽음을 만나지도 못했다. 그리고는 대부분의 사람들이 다른 사람들로부터 들은 선입견에 따라 그들 자신의 죽음에 대한 잘못된 정의를 갖고 있는 것이다.

우리는 진정한 죽음이 무엇인지를 어떻게 알 수 있을 것인가?

그것은 우리가 경험하는 우리 주변의 죽음에서 그 암시를 받을 수 있다. 우리는 진정 사랑하는 사람의 죽음 속에 있을 때만 진정으로 죽음을 알 수가 있다. 우리는 정말로 사랑하는 사람이 죽어가는 모습을 보지 않고는 진정 죽음이 무엇인지 모른다. 우리는 오직 사랑하는 사람의 죽음 속에서만 진정한 죽음을 느낄 수가 있다. 그러한 상황에서의 죽음은 그저 단순한 죽음이 아니다. 그러한 사랑 속에서의 죽음은 우리로 하여금 다른 존재의 세계를 엿볼 수 있는 죽음에 대한 암시를 준다.

그때 우리에게는 큰 변화가 일어난다. 죽음에 대한 생각이 예전과는 전혀 다르다. 사랑의 죽음이 우리를 감쌀 때 우리는 깊은 다른 존재의 세계로 들어가는 깊은 암시를 받게 된다. 마치 새로운 존재가 탄생하는 것과도 같은 그러한 변형의 암시이다. 진정한 사랑과 함께 하는 그러한 죽음 안에서 우리는 우리가 영원한 존재와 하나라는 암시를 받을 수 있다. 사랑하는 사람의 죽음은 나와는 별개가 아니다. 그 사랑하는 사람의 죽음은 나와 함께 하는 영원한 존재라는 암시를 갖게 해준다. 그는 영원히 나와 함께 한다. 다만 눈에 보이는 형체만 달리할 뿐이다.

우리가 그러한 상태에 있을 때 죽음은 결코 두려운 것이 될 수 없다. 그러한 상태의 죽음 속에서 오히려 우리는 큰 자비심과 사랑을 느끼며 심오한 영감을 받게 된다. 또한 그러한 상태에서 죽음은 우리에게 매우 친숙한 것이 된다. 그리고 우리가 이렇게 죽음과 친해지게 될 때 우리는 더 가까이서 죽음을 알 수 있게 되고 또한 죽음이 두렵지 않게 된다.

진정한 사랑 안에 있을 때 그때에는 죽음이란 우리에게 존재하지 않는 것이 된다. 그리고 우리가 그러한 깊은 사랑 속에서 영적으로 강해졌을 때, 우리는 충만한 죽음을 가질 수가 있게 된다.

우리는 지금 무엇을 놓치며 살고 있는지 모른다. 모두가 세상을 거꾸로 살고 있다. 모두의 눈이 멀어있는 것이다. 지금 우리는 자신 안에 거대한 왕궁을 놓치며 살고 있다는 것을 모르고 있다.

세상에 사는 사람들의 모습을 한번 살펴보자. 그들의 사는 모습들을 보면 정말 가관이다. 그들은 조금도 내면을 들여다보지 않는다. 겉으로 보이는 외부의 모습만이 그들의 전부다. 결코 내면의 세계와는 무관한 삶만을 살고 있다. 그들의 사는 모습이란 내일이면 도살장에 끌려가 죽을 돼지들이, 주인이 먹을 것을 주면 서로가 많이 먹겠다고 싸우는 꼴과 조금도 다를 바가 없다. 먹고살 게 없어 그저 돈 벌려고 죽자 살자 아등바등거리는 것은 어느 정도 이해가 된다. 그러나 먹고살만한 게 있는 사람들까지도 그저 돈 조금 더 벌 자고 목숨 걸고 덤비는 꼴을 보면 정말이지 이해가 되지 않는다. 모두가 다 그저 그 하찮고 하찮은 것들의 노예가 되어 허둥대며 살고 있는 꼴을 보면 참 어이가 없다.

그들은 내면에 삶에 대해서는 전혀 눈먼 삶을 살고 있다. 그들은 보이는 세상만이, 자신의 육체만이 그들의 모두일 뿐이다. 그러니 그들은 죽음이 오면 그들이 모두라고 여겼던 몸이 사라지게 되니 그리 허둥대며 무서워하는 것이다.

우리는 이 세상에 속하지 않은 그 어떤 것을 우리 안에 갖고 있다. 우리는 우리가 이 세상에 태어나기 이전에 속했던 것을 우리는 우리 안에 갖고 있는 것이다. 그것이 우리의 보물이며 그것이 우리로 하여금 죽음 너머의 세계로 통할 수 있는 문이 된다.

우리들은 우리 안에 영원한 왕궁을 갖고 있다. 왕궁은 밖에 있는 것이 아니다. 그러나 사람들은 자신 안에 왕궁을 놓쳐버린 채 모든 것을 그저 밖에서만 찾고 있다. 그들은 밖에서 그저 헛되고 헛된 것만을 찾고 있는 것이다. 그리고 그 헛된 것들로 진정한 자신을 가리고 있으니, 그들은 진정한 자신이 누구인지 그리고 죽음이란 게 도대체 무엇인지 그에 대해선 조금도 모른 채, 온갖 허상과 환상을 가지고 그들의 의식을 덮어버리고 있는 것이다.

이제 우리는 그 모든 허상과 환상을 거두어낼 때가 되었다. 이제 깨어있어야 한다. 죽음은 깨어있는 사람이 볼 때는 한낱 환상에 지나지 않는다. 우리가 죽음의 진실을 알 수 있을 때, 죽음은 거짓이라는 것을 알 수 있을 때 우리의 삶은 진정한 삶이 될 수 있다. 자신한테서 죽음의 그림자가 영원히 사라져버린 사람만이 진실한 삶을 살 수 있는 것이다. 죽음의 그림자로 두려움에 떨고 있는 한 우리의 삶은 진정한 삶이 되지 못한다.

우리가 죽음이 그토록 두려운 것은 우리가 그토록 오랫동안 거짓의 환상 속에서 살아왔기에 죽음에 관해서도 잘못 알고 그 거짓된 죽음을 그토록 두려워하는 것이다. 우리는 분명하게 알고 있어야 한다. 죽음은 아무것도 아니라는 것을, 그리고 죽음은 거짓이라는 것을 분명하게 알아야 한다. 그렇게 될 때 우리는 삶에서 진정 승리하게 되며 그때에 우리는 진정한 자유의 영혼이 될 수 있다.

죽음 준비는 모든 두려움을 이긴다

죽음에 대한 두려움만큼 우리를 불안과 공포 속에 가두는 것은 없다. 우리가 죽음 후에 일어날 일을 곰곰이 생각해 보면 그것은 정말이지 우리의 삶을 완전히 마비시킬 만큼 우리를 완전한 두려움과 공포 속에 가두어 놓는다.

한번 생각해보자. 우리가 죽게 되면 우리는 어떻게 되는가? 우리가 죽게 되면 우리의 육체는 땅속이나, 불 속으로 들어가게 된다.

아니, 내가 없어져 땅속이나 불 속으로 들어가다니! 그것도 영원히, 내가 없어지다니! 이 얼마나 끔찍한 일인가! 이게 어디 말이 될 소리인가! 내가 불속으로 들어가 없어지다니. 그것도 영원히! 아, 어찌 이런 허망한 일이 있을 수 있을 수 있단 말인가! 그러나 그 일은 반드시 일어난다. 세상에 이보다 더 엄연한 사실은 없다.

이러한데도 우리는 어찌 태연하게 살아갈 수 있을까?

도대체 우리가 태어난 건 무엇이고 또 죽음이란 무엇이란 말인가?

이런 죽음을 안고도 우리가 어찌 오늘, 내일, 앞으로 계속 무던히 삶을 이어갈 수 있단 말인가?

이런 생각에 젖어있는 이상, 우리는 삶을 더 이상 추스르기가 힘들다. 아니, 살기 위해 손 하나 까딱하는 것도 슬픔일 수밖에 없다.

그래서 우리는 이러한 허망한 생각이 들지 않기 위해, 한 시도 쉴틈 없이 이것도 하고 저것도 하며, 미친 듯 정신없이 사는 건 아닐까? 멈추어 자신을 바라보면 너무나 무서워서?

사실 이렇게 우리의 생명을 몸으로만 본다면 우리는 아무것도 아니다. 우리는 그저 죽음일 뿐 그 무엇도 되지 못한다.

그야말로 '우리'라는 존재는 그리 허망한 존재일 수가 없다.

그러나 그렇게 몸으로만 된 생명 그것이 우리의 전부일까? 그렇지 않다.

미국 버지니아주 린치버그에 살던 뇌 과학자이자 신경외과 전문의사인 이븐 알렉산더는 2008년 11월, 박테리아성(대장균) 뇌막염으로 인해 그의 뇌 기능은 완전 정지되고, 그는 7일 동안 코마(comma) 상태에 빠져 있었다. 그때 그의 대뇌피질의 기능은 완전 상실되어, 그는 죽음이나 마찬가지의 상태에 있었다.

평생을 뇌와 의식에 대해 연구한 의사로서 그는 그때에 사실보다도 더 사실 같은 아주 분명한 영적인 체험을 했다. 그래 그는 그가 경험한 내용을 모아 『나는 천국을 보았다(Proof of Heaven)』란 제목의 책을 출판했는데, 그는 그의 저서에서, 그가 체험했던 그곳은 실재했다고 말하고 있다. 우리가 지금 살고 있는 여기의 삶이 완전히 꿈처럼 느껴질 정도로 그곳은 완벽하게 실재했다고 말한다. 그리고 그는 우리 육체와 뇌의 죽음이 의식의 종말이 아니며, 인간의 의식 체험은 무덤 넘어까지 계속된다고 주장한다. 그는 그의 임사체험을 통해 말하기를, 우리의 의식은 단순히 뇌만을 통해 만들어지는 것이 아니며 육체의 죽음 이후에도 의식은 계속 존재한다고 주장한다. 또한 그는 그의 책에서, 우리의 존재는 목적 없는 화학반응으로 탄생한 우연의 산물이 아니라, 우리는 영적인 우주에 살고 있는 영적인 존재라는 사실을 그는 그의 영적 체험을 통해 분명히 깨닫게 되었다고 말한다.

이제 우리는 우리의 진정한 생명이 무엇인지 그리고 죽음은 무엇인지 한번 깊이 있게 통찰해봐야 한다. 그래야 우리는 죽음에 대한 두려움도 없앨 수 있고 그 공포도 없앨 수 있다. 그래야 우리는 삶을 제대로 살 수 있다. 그렇게 해야 우리는 살면서 춤도 제대로 추고 노래도 제대로 부를 수 있다.

어쨌든 우리는 죽음만큼은 이겨내야 한다. 그래야 우리는 자신도 똑바로 바라볼 수 있고, 모든 죽음에 대한 두려움을 벗겨낼 수 있다.

우선 우리는 죽음이 무엇인지 그 본질을 꿰뚫고, 그 죽음과 친해져야 한다. 죽음을 멀리하려거나 피하려고만 해서는 안 된다. 우리가 죽음을 멀리하려고 하면 할수록 죽음은 우리에게 더 두려운 것으로 다가오기 때문이다. 우리는 친구를 맞듯 죽음을 부드럽게 맞이할 수 있어야 한다. 그래야 죽음이 무섭지 않다. 어쨌든 우리는 두려워하는 마음 없이 평온한 마음으로 죽음을 맞이할 수 있어야 한다. 절대 겁에 질리거나 두려운 마음을 가져서는 안 된다. 어디까지나 우리는 편안한 마음으로 죽음을 맞을 수 있어야 한다.

그러면 어떻게 우리는 죽음과 친해지고 그 죽음을 편안한 마음으로 맞이할 수 있을까?

그것은 우리가 죽음을 철저히 이해하고 준비하는 것만이 그의 최선책이 될 수 있다. 우리가 죽음을 준비하는 이유는 우리가 죽음을 준비하면 그 준비가 죽음에 대한 두려움을 이겨낼 수 있기 때문이다. 우리가 죽음을 많이 준비하면 할수록 우리는 죽음에 대한 두려움을 점점 더 작게 만들 수 있다.

여기에서 죽음을 준비한다는 것은 죽음에 고분고분 순응한다는 뜻이 아니다. 죽음을 준비한다는 것은 죽음에 똑바로 맞서 그에 대한 올바른 인식을 하며 올바른 마음의 대비를 한다는 뜻이다.

우리는 무엇보다도 우선 죽음에 대한 올바른 인식을 가질 필요가 있다. 죽음이란 무엇인가를 철저하게 잘 이해해야 한다. 그리고 그 죽음을 자세히 들여다볼 줄 알아야 한다. '죽음은 어디까지나 내 것이다. 죽음은 내 문제니 내가 해결해야 한다. 죽음의 끝에 서 있는 사람은 바로 나다. 그러니 내가 그 죽음을 순순히 맞아야 한다'라고 생각하며 죽음과 정면으로 맞서야 한다. 조금이라도 죽음을 피하려고 해서는 안 된다. 피하려고 하면 할수록 그것은 더 두려운 것이 되고 만다. 무엇보다도 우리는 '죽음은 아무것도 아니다'라는 인식을 가질 필요가 있다.

그러기 위해 우리는 죽음 속으로 깊이 들어가야 한다. 그래야 죽음을 잘 알 수가 있다. 그래야 죽음이 허구라는 것을 잘 알 수가 있다.

죽음 속으로 깊이 들어가면 죽음은 없다. 죽음은 알고 보면 전혀 다른 것이다. 죽음은 거짓이고 허구이다. 우리는 죽음을 잘못 알고 있는 것이다. 그것은 마치 우리가 눈에 보이는 대로만 생각하여, 태양이 지구를 돌고 있다고 주장하는 것만큼이나 죽음에 대해서도 잘

못 인식하고 있는 것이다. 우리는 눈에 보이는 육체가 모두인 줄 알고 있지만 사실은 그렇지 않다. 우리는 육체를 넘어선 더 높은 차원에 이르는 영적인 존재임을 알아야 한다. 우리는 수많은 생애에 걸쳐 겉에 보이는 육체만이 자신이라고 믿고 살아왔기 때문에, 진정한 자신을 잃어버린 채 그렇게 허망한 생각 속에서 살고 있는 것이다. 우리는 단지 생각으로 만든 죽음의 세상에서 살고 있다. 그래서 죽음이 있는 것이다. 우리가 깨달은 마음으로 볼 때는 죽음이란 단지 허구일 뿐이다. 깨달음의 눈으로 깊이 통찰할 때 죽음은 없다.

그러나 우리들은 아직도 마음이 눈에만 붙들려 죽음을 잘못 알고 있다. 죽음은 단지 거짓 자아가 죽는 문이며, 삶은 단지 환상이며 죽음은 환상이 끝나는 문일 뿐이라는 것을 우리들은 아직 깨닫고 있지 못하다. 일단 죽음이 무엇인지 바로 알게 되면 우리는 죽음 없음을 알게 된다. 죽음이 와도 '내가 죽을 것이다'란 생각은 떠오르지 않는다. 죽음이 무엇인지 진실로 깨닫게 되면 죽음이 찾아와도 우리는 그 죽음을 옆에서 지켜볼 수가 있다.

그러기 위해 우리는 완전히 깨어있는 의식을 갖고 있어야 한다. 완전히 깨어있는 의식으로 볼 때 죽음은 없다. 죽어도 내가 죽는 것이 아니다. 다만 영혼이 거처하는 육체의 변화만이 있을 뿐 나는 죽지 않는다. 단지 우리는 다른 차원, 다른 주파수의 세계로 들어갈 뿐이다. 우리는 우리의 영혼이 육체라는 집에 잠시 거처하는 방문객에 지나지 않을 뿐이다. 이 세상에서의 집은 시간이 지나면 허물어지게 마련이다. 그것은 어쩔 수가 없다. 우리는 시간의 흐름 속에 살고 있기 때문이다. 그렇기 때문에 우리는 시간이 지나면 그 집을 바꾸어야만 한다.

육체는 내가 아니다. 영원한 내 것이 아니다. 잠시 머무는 집일뿐이다. 우리 눈으로는 육체가 실체인 것 같이 보이지만 사실은 그렇지가 않다. 육체는 허구일 뿐 사실 영혼이 '나'이다.

육체가 나라고 생각하면 죽음에 대한 우리의 두려움은 그 굴레에서 결코 벗어날 길이 없다. 그렇게 생각하게 될 때 죽음에 대한 두려움은 우리에게 너무도 끔찍한 공포로 다가온다.

우리는 지금까지 우리가 온전하게 보호받고 지켜졌던 것처럼 앞으로도 그렇게 계속 보호받고 지켜질 것이라는 확고한 믿음을 가질 수 있어야 한다.

삶과 죽음을 전체로 받아들이지 않고 삶과 죽음을 분리하여 죽음을 끊임없이 피하려 한다면 죽음에 대한 두려움은 악몽처럼 끊임없이 우리를 짓누르게 된다. 우리는 삶과 죽음을 전체로서 받아들여야 한다.

우리는 우주와 별개가 아니다. 우리는 우주와 함께 온전한 하나로서 지켜지고 유지되는 영원의 존재라는 것을 알아야 한다. 그렇게 생각할 때 우리라는 존재는 얼마나 아름답고 은혜로운 존재인지 모른다! 그리고 이 세상에서 우리의 삶은 한 영혼이 지구의 육신에 머무는 커다란 기적임도 알아야 한다. 우리는 잠깐 이 세상에 와서 사람의 체험을 하는 것이다. 그리고 이제 지구라는 여행을 끝내고 돌아가게 될 때는 우리는 그동안 이 땅에서 선물로 받아 즐겼던 그 모든 것들에 감사하며 돌아갈 줄도 알아야 한다.

한낮에 초죽음이 되도록 일을 한 사람, 그는 세상모를 꿀잠을 잔다. 잠을 자고 나면 그에게 쌓였던 모든 피로는 지워지고 그는 원기

왕성한 새 사람이 된다. 잠은 그의 한낮의 모든 피로를 풀어주고 새 기운을 넣어주는 작은 죽음인 것이다.

삶에서도 마찬가지다. 삶에서 더할 수 없이 치열하게 산 사람들 그들은 죽음이 그리 두렵지 않다. 그들에게 있어서 죽음은 큰 보약 같은 잠일 뿐이다. 죽음은 더 길고 더 깊은 잠일 뿐, 죽음은 그들의 낡은 몸뚱이를 새 것으로 바꿔주는 큰 잠일 뿐이다. 그들의 몸뚱이는 너무도 낡았기 때문에 이제 죽음은 그들의 낡은 몸을 다른 새로운 몸으로 바꿔주어야 한다. 죽음은 단지 몸만을 바꿀 뿐 그 본래의 생명은 그대로 유지된다.

삶을 남김없이 다 산 사람, 그러기에 삶을 더 이상 살 게 없는 사람, 삶을 치열하게 산 사람, 그런 사람에게는 죽음은 없다. 그들에게는 살아있는 것이 아름답듯이 죽는 것도 아름답다. 그들에게 죽음은 편안한 휴식일 뿐이다. 죽음도 삶과 함께 전체의 아름다움을 이룬다. 그들에게는 삶이 아름다운 것처럼 죽음도 아름답다. 그들은 전체의 아름다움 속에 존재한다. 다시 말해 삶은 전체를 포함한 영원 속에 존재하며 죽음도 마찬가지로 그 전체의 삶 속에 포함된다. 즉 삶과 죽음은 따로 분리되는 것이 아니라, 그 모두를 포함한 하나의 커다랗고 영원한 생명을 이루는 전체이다. 다시 말해 삶과 죽음은 형태만 다를 뿐 생명은 영원한 한 생명인 것이다.

삶을 충만하게 다 산 사람들, 삶의 불꽃을 남김없이 다 태운 사람들 그들은 죽음이 조금도 두렵지 않다. 그들은 너무나 많은 것을 사랑했고 너무나 많은 것을 즐겼기 때문이다. 그들은 이제 이 세상에서 우물쭈물할 필요가 조금도 없다. 그들은 죽는 것에 조금도 두려운 마음을 갖지 않는다. 그들은 죽음 앞에 담담하고 당당하다. 오히려 그들은 이제 죽음이 무엇인지 알고 싶어 한다. 그들에게 죽음은 두려움의 대상이 아니라 오히려 호기심의 대상이다. 그들은 이 세상에서의 삶을 충분히 다 살았다. 그들은 너무도 충만한 삶을 살았기 때문에 이제는 더 이상 살 것이 남겨지지 않은 사람들이다.

혼신을 다해 아낌없이 강렬한 삶을 산 사람들, 그들에게 죽음은 하나의 커다란 완성일 뿐이다. 아름다운 삶을 산 사람들, 그들은 그들의 죽음도 역시 아름다울 뿐이다.

죽음에 대한 두려움은 삶을 제대로 살지 못한 사람에게 일어나는 병리현상이다. 죽음을 두려워하는 사람들은 신이 선물로 내려준 그들 삶에 대한 제값을 다 치르지 못한 사람들이다. 그들은 그들의 삶에 빚을 진 사람들이다. 그러기에 그들은 죽음이 그토록 두려운 것이다.

삶의 값을 제대로 치른 사람에게 있어서는 두려움이란 있을 수가 없다. 그들은 죽음을 떳떳하게 맞이할 수 있다. 그들은 당당하게 죽음에 임한다. 그들에게 있어서 죽음이란 단지 아름다운 큰 잠일 뿐이다. 그들은 큰 잠에 이르는 것처럼 죽음에도 자연스럽고 평화스러운 마음으로 임할 수 있다.

우리가 죽음에 임해서도 담담하게 미소 지으면서 떠날 수 있다면 그 얼마나 아름답고 행복한 모습일까. 삶을 충만하게 산 사람들 그들에게 있어서 죽음이란 단지 보이는 곳에서 보이지 않는 곳으로 옮겨가는 것일 뿐, 단지 겉으로 보이는 모양만 바꾸는 것일 뿐, 그들의 영원한 생명은 그대로 변치 않고 본질로 돌아갈 뿐이다. 이곳에서는 없어지는 것처럼 보이지만 또 다른 저쪽에서는 다른 존재로의 나타남이요 또 다른 시작일 뿐이다.

티아나(Tyana)의 아폴로니우스(Apolonius)가 남긴 기록을 보면 다음과 같은 말이 나온다.

"겉으로 보이는 모양 말고는 어떤 것도 죽지 않는다. 본질에서 자연으로 건너가는 것은 탄생이요 자연계에서 본질로 돌아가는 것은 죽음처럼 보일 뿐이다. 실제로 창조되거나 사멸하는 것은 아무것도 없으며, 다만 눈에 보이거나 안 보이게 될 뿐이다."

사실상 사는 것은 우리의 실체가 사는 것이다. 사라지는 것은 그 실체를 담고 있던 껍데기일 뿐 실체가 죽는 일은 없다. 실체는 언제나 영원하다. 그러므로 죽는다하여 조금도 슬퍼하거나 괴로워할 필요는 없다. 잠시 입던 옷을 벗어버릴 뿐이다. 입던 옷을 벗어버릴 때에는 잠시 섭섭할지는 모르겠지만 슬퍼하거나 괴로워할 것까지는 없다. 입던 옷을 나로 생각한다면 그것은 망상이다. 그런 망상에서 벗어날 때 우리는 진정 영적으로 자유로운 영혼이 될 수 있다.

죽음을 준비를 하면 죽음은 무의미해진다

우리의 몸은 나타나지 않은 그 어떤 것이 물질로 나타내진 것이 바로
우리의 몸이다

나도 이제 죽을 때가 되었다.

30년 전만 해도, 나는 내 주변에 나보다 대략 30세 정도 위의 주
위 사람들이 죽는 것을 보았다. 그때만 해도 나는 내가 죽기에는 조
금 시간적 여유가 있다고 생각했다.

얼마 지나자 이번에는 나보다 15살 정도의 위의 주변 사람들이
죽는 것을 보았다. 그때 나는 '아, 다음에는 내 차례이구나'라는 생각
이 들었다. 그때도 시간은 잠시 있는 듯했다.

그러나 이제 바로 내 차례가 되었다. 내 주변의 친구들이 하나 둘
씩 죽어가고 있으니 말이다. 이제 결국 내가 죽을 차례가 된 것이다.
그러나 전혀 실감은 나지 않는다. 어찌 벌써 시간이 이렇게 됐는지.
옛날 어른들 말씀이 생각난다. '시간은 도둑처럼 온다'더니 정말이지
그 말이 맞는 것 같다.

참으로 믿을 수 없는 것이 내 나이인 것 같다. 정말이지 내 나이를 생각하면 어이가 없다. 이게 사실인가 싶다. 아찔한 생각이 든다. 어쩌다 벌써 이렇게 됐단 말인가! 옛날에 어르신들이 하던 말씀이 다시 생각난다. '산다는 게 모두 꿈이지! 모두가 눈 깜짝할 사이야!'라고 하시던 옛날 할머니 할아버지의 그 말씀들, 그게 바로 지금의 나를 두고 한 말인 것 같다! 이제 내가 바로 그렇게 되었다. 바로 내가 죽을 차례가 된 것이다.

다음이 아니다. 바로 당장 내 차례다. 당장 내일 죽을 수도 있고 아니면 오늘 밤 자다가 죽을 수도 있다.

이제 바로 내가 가야 할 차례이다. 내 육체를 다시 볼 수 없는 영원한 곳으로 가는 것이다. 이제 조금도 여유가 없다. 오면 바로 오는 것이다. 조금도 지체할 시간이 없다. 이제 어물어물하며 지낼 시간이 없다.

이제부터는 정신 똑바로 차리고 깨어 살아야 한다. 조금도 늦장 부릴 시간이 없다. 조금도 손 놓고 있을 새가 없다. 모든 것은 오롯이 다 나의 몫이다 그러니 나는 나의 죽음을 철저히 준비하고 있어야 한다. 그 죽음을 준비하는 시간들보다 더 소중하고도 참된 시간은 없으리라.

우리는 죽음이 가까이 와야 삶이 무엇인지 그 내용을 깊이 있게 알 수가 있다. 죽음이 다가오기 전까지는 우리는 살아도 삶이 무엇인지 그 진정한 의미를 모르며 그저 허둥지둥 살 뿐이다. 죽음이 가까이 와야 우리는 그동안 살아왔던 모든 삶이 주마등처럼 스치면서 삶이 무엇인지 비로써 그 의미를 깊이 있게 깨달을 수가 있다. 그러니 우리는 살아있을 때는 그저 꿈꾸며 살다 죽음이 다가와서야 비로써 깨어나게 되는 것이다.

죽음이 가까이 와야 우리는 비로소 '내가 무슨 삶을 살았던가? 내가 산 것은 제대로 된 삶이었던가? 나는 진정 살아야 할 삶을 살았던 것인가? 나는 진정 가치 있는 삶을 살고 가는 것인가?' 라고 생각하면서 그동안 살아왔던 삶의 내용을 깊이 있게 바라보게 된다.

우리는 알아야 한다. 삶은 무엇이고 죽음은 무엇인가를 깊이 있게 알아야 한다. 그래야 우리는 죽을 때도 제대로 죽을 수 있게 된다. 그 문제가 해결되지 않는 한 우리는 살아도 제대로 사는 것이 못 된다.

삶에 최대의 과제는 무엇일까? 그것은 죽음을 알고 그 죽음에 대한 두려움을 이겨내는 것이다. 그래야 삶이 제대로 이루어질 수 있다. 삶에서 그보다 더 중요한 것은 없다.

우리는 무엇보다도 '죽는다는 것'이 두렵지 않은 것이 되어야 한다. 그러기 위해 우리는 죽음을 배워야 한다. 우리는 죽음을 무서워하고 멀리하기보다 죽음과 가까워지고 친해질 줄 알아야 한다. 그래야 다가오는 죽음을 자연스럽고 아름다운 죽음으로 만들 수가 있다.

우리는 죽는 법을 배워야 한다. 어떻게 죽을 것인지 그 죽는 방법을 반드시 배워야 한다. 그래야 아름다운 죽음을 맞을 수 있다.

삶에서 마지막 순간 잘 죽는 일보다 더 중요한 것은 없다. 그리고 잘 죽기 위해서는 우리는 반드시 죽음을 배우고 준비해야 한다. 그래야 우리는 잘 죽을 수가 있다. 우리가 어떻게 죽음을 맞이할 것인가 하는 문제는 정말이지 대단히 중요한 문제이다. 대부분의 사람들이 죽음이 다가오면 그저 아무 준비도 하지 못한 채 겁에 질려 당황하고 어찌할 바를 모르는데 그래서는 안 된다.

우리의 떠나는 마지막 순간만큼은 결코 평화롭고도 아름다운 시간이 되어야 한다. 지극히 경건하고도 숭고한 시간이 되어야 한다. 죽는 순간이 절대 두려움이나 공포의 시간이 되어서는 안 된다.

우리가 왜 죽음을 준비해야 하는가? 그것은 우리가 죽음을 준비하면 죽음이 두렵지 않기 때문이다. 그래서 우리는 죽음을 준비해야 하는 것이다. 우리가 죽음 준비를 많이 하면 할수록 우리의 죽음에 대한 두려움은 더욱더 작아진다. 그리고 그 죽음은 더 아름다워질 수 있다. 그러니 우리는 죽음 준비를 철저히 해야 한다. 이렇게 우리가 죽음을 준비하게 될 때 우리는 아름답고도 성스러운 죽음을 맞이할 수 있게 된다.

나는 오래 전부터 기회가 있을 때마다 항상 입버릇처럼 말해왔다. '나는 죽을 때 담담하게 미소 지으면서 죽을 것이다'라고 나의 아들들에게 그리고 가까운 지인들에게 입버릇처럼 말해오곤 했었다.

세상에 죽지 않는 사람이 어디 있든가? 누구든지 반드시 죽는다. 그리고 누구든지 반드시 죽으리라는 것을 안다.

인생은 앗! 하는 순간 지나가고 만다. 인생은 정말 눈 깜짝할 사이에 지나가고 만다. 삶은 그저 몸으로 꾸는 한낱 커다란 꿈일 뿐이다. 어느 순간 나는 더 이상 이 세상에 존재하지 않는다. 시간은 너무나 짧다. 100년을 산다 해도 그것은 매우 짧다. 200년을 산다 해도 그것은 마찬가지다. 지나고 보면 그 모두가 그저 한낱 꿈일 뿐이다.

그러나 사람들은 자신이 죽는다는 만고의 진리를 잊고 싶어 한다. 특히나 젊었을 때는 죽음을 자신과는 전혀 무관한 일로 인식하고 모른 체 한다. 그것은 젊었을 때뿐만이 아니다. 거의 모든 사람들이 죽는 순간까지 죽음에 대해서는 생각조차 하기 싫어한다. 우리들은 일반적으로 죽음은 다른 사람들에게만 일어나는 것으로 생각하고 자신은 죽지 않을 것처럼 살고 있다. 설령 죽을지라도 그것은 먼 미래의 일처럼 생각하고 싶은 것이다.

죽음만큼 분명한 것은 없다. 모든 사람은 태어났다면 반드시 죽는다. 세상에 그것보다 더 확실한 것은 없다. 그것을 피할 수 있는 사람은 인류 역사상 단 한 사람도 없었다. 어차피 모두가 다 죽어야 한다. 그런데 그 죽음을 피하겠단 말인가? 죽음을 피하겠다고 그 죽음이 피해질 수 있는가! 그리고 그 죽음의 시간을 조금 더 미룬다고 해서 더 나을 수 있을까? 시간을 조금 더 연장한다 해서 그 뒤의 시간이 조금이라도 더 행복해질 수 있을까? 그렇지가 않다.

시간은 가면 갈수록 우리의 삶은 더욱더 초라해질 뿐이다. 시간을 더 연장시키면 시킬수록 우리의 삶은 더욱더 불행해지면 불행해졌지 더 나을 것이라곤 조금도 없다. 몸은 점점 더 굳어지고 감각은 자꾸만 무디어져만 가는데 더 좋아질 일이 무엇이 있겠는가? 더 나빠지면 나빠졌지 좋아질 것이라곤 조금도 없다. 시간은 연장시키면 연장시킬수록 삶은 점점 더 비참해질 뿐이다.

그러니 모든 것을 다 그저 순순히 받아들이는 편이 더 낫다. 기왕 갈 바에는 모든 것을 다 자연스럽게 받아들이는 편이 더 낫다.

우리가 죽음을 자연스럽게 받아들일 수 있다면 그 모습이 얼마나 아름다울까. 삶의 정점에서 그것만큼 더 중요한 것은 없다. 그리고 그럴 수 있는 사람은 참으로 행복한 사람이다.

우리는 그 무엇보다도 죽는 법을 배워야 한다. 세상에 죽는 법을 배우는 것보다 더 가치 있는 일은 없다. 그러나 세상에 죽는 법을 배울 만큼 지혜로운 사람들은 참으로 찾아보기 힘들다. 거의 대부분의 사람들이 죽음을 준비하기는커녕 죽음에 대한 상상조차 하기 싫어한다.

그렇지만 진정 지혜로운 자들, 그들은 죽는 법을 배우고 그 죽음을 준비한다. 죽음을 준비한다는 것 그것은 지혜로운 자들이 할 수 있는 가장 가치 있는 일이다.

죽음은 자신의 모든 것을 뒤로 하는 단 한 번밖에 없는 정말 중요한 순간이다. 천지에 이보다 더 중요한 순간이 어디 있을까? 지금까지 살아온 긴 한 평생을 마감하고 다른 형태의 삶으로 옮겨가는 정말로 중요한 순간이다. 그러니 그 순간만큼은 절대 거룩하고도 장엄한 순간이 되어야 한다. 그러나 대부분의 사람들은 겁에 질린 채 공황상태에서 죽음을 맞이한다. 그래서는 안 된다. 그 순간만큼은 깨어있어야 한다. 삶을 최종 정리하는 마지막 순간인데, 그 순간만큼은 어쨌든 절대 선하고 아름다운 순간이 되어야 한다. 그러기 위해 우리들은 준비해야 한다. 가장 평화롭고 아름다운 순간이 될 수 있도록 철저하게 죽음을 준비해야 한다. 다른 모든 것은 제쳐두고서라도 꼭 그 순간만은 가장 아름다운 순간이 될 수 있도록 준비해야 한다. 이보다 더 큰 지상명령은 없다.

정말 죽음이란 무엇인가? 우리가 눈으로 보는 대로의 죽음이 그저 진정한 죽음인가? 우리가 보는 대로의 죽음이 사실 우리의 끝이고 마지막이란 말인가?

그렇지 않다. 그것은 마지막이 아닌 바로 시작이다. 지금 여기에서 지는 해가 저 너머에서는 뜨는 해가 되는 것처럼 여기의 마지막은 바로 저 너머의 시작인 것이다.

우리의 내면에 존재하는 우리를 넘어선 그 어떤 촉은 우리에게 말한다. '우리는 지금 있는 그대로의 우리가 아니다. 우리는 보이는 모습 그 이상의 존재이다'라고 말한다.

우리는 우리의 생명을 육체에서만 보려는 경향이 있다. 그렇게 될 때 우리의 죽음에 대한 두려움은 이루 말할 수 없이 커진다. 생명을 결코 육체에서만 보려고 해서는 안 된다. 육체는 그저 흘러가는 물과 같은 것이라 했다. 그 흐르는 물을 어떻게 멈출 수가 있겠는가?

우리는 늘 죽음을 안고 산다. 그러기 때문에 우리는 이 죽음에 대한 문제를 해결하지 않고서는 늘 불안과 두려움에서 헤어날 수가 없다. 그러므로 이 죽음에 대한 문제만큼은 반드시 해결해야 한다.

죽음은 하나의 거대한 잠일 뿐이다.

우리가 낮에 몸을 사용해 몸이 피곤해졌을 때 밤에 잠을 자면 다음 날 모든 피로가 씻겨나가고 새로운 몸이 되는 것처럼, 우리의 죽음도 마찬가지다. 우리가 일생 동안 우리의 몸을 더 이상 못 쓸 정도로 낡게 사용한 결과 그것을 새로운 몸으로 바꾸기 위한 과정이 바로 죽음이라는 것을 우리는 알아야 한다.

우리는 죽음도 탄생을 보는 방식으로 죽음을 볼 수는 없을까? 탄생은 이 세상에서 볼 때는 탄생이지만 그 탄생 이전의 세상에서는 죽음이었다. 마찬가지로 지금 이 세상에서의 죽음은 다음 세상에서 볼 때는 다시 탄생이 되는 것이다.

사실 죽음이란 육체에서 영혼이 분리되는 상태일 뿐이다. 즉 신체와 의식의 분리가 죽음이다. 그러므로 각성된 사람은 죽는 순간에도 자신은 죽지 않고, 자신의 육체에서 분리된 채로 죽어있는 자신의 육체를 볼 수 있다고 한다. 그런 사람은 죽음이란 것을 모른다. 그는 죽은 경우에도, 그가 죽었다는 사실을 오랫동안 깨닫지 못한다. 그래 그는 자신이 죽었다는 사실도 모른 채, 자신의 몸 주위에 사람들이 모여 울고 있는 모습을, 자신의 시체 위에서 내려다보고는 매우 의아스럽게 생각한다고 한다. 그는 조금도 자신의 죽음에 대한 의문을 품지 않고 있는 것이다. 그러니 깨어있는 사람이 볼 때는 죽음은 단지 이 삶에서 저 삶으로 옮겨가는 것일 뿐 죽음은 없는 것이다. 그는 그의 몸이 죽는 것을 보면서도 그는 죽지 않는 것이다.

그러니 깨어있는 상태로 산 사람들은 깨어있는 상태로 죽을 수 있다. 죽음은 단지 영원한 삶 속에서 일어나는 한 사건일 뿐 삶과 죽음은 하나에 속한다. 결국 죽음도 하나의 커다란 삶 속에 있는 한 현상일 뿐인 것이다.

가만히 자신의 내면을 한 번 들여다보자.

지금 그대 안에서 숨 쉬고 있는 자는 누구인가? 지금 그대 안에 심장을 펌프질하고 있는 자는 누구이며, 섭취한 음식 모두를 소화시켜 온몸 구석구석에 골고루 분배하는 자는 누구이며, 그것을 먹고 달콤한 사랑을 노래하는 자는 누구이며, 삶을 노래하고 먼 미래를 꿈꾸는 자는 도대체 누구란 말인가?

만일 그 무언가가 그대 안에 살아있지 않다면 어찌 그런 일이 가능하단 말인가. 이 모든 것들이 단지 물질적인 것만으로도 가능하다는 말인가! 그것은 어림도 없는 말이다. 그대의 영혼이 그대 안에 숨 쉬고 있지 않고서야 어찌 그대가 삶을 꿈꾸고 사랑을 나눌 수 있는 그런 일이 가능하단 말인가? 단순한 물질이 그럴 수가 있단 말인가? 영혼 없는 육체 홀로 어찌 그런 일이 가능할 수 있단 말인가! 그 모든 것들은 그대 안의 영혼이 그대의 영원한 생명이기 때문에 그 모든 것들이 가능한 것이다.

우리는 영원히 변치 않는 위대한 영혼을 갖고서도 스스로의 무지 때문에 자신을 알지 못한 채, 죽음을 잘못 알고 슬퍼하는 것이다. 우리의 지금 있는 그대로의 영혼은 영원한 것이다. 죽음 때문에 우리가 슬퍼지는 것은 바로 우리의 무지 때문이다.

지금 우리 모두는 가장 중요한 진짜인 자기는 누군지 모르며 살고 있다. 그저 주변만 살피기에 급급하다. 그저 남의 눈치만 보기에 바쁘다. 그저 모두가 남의 눈 속에서만 살며 자신을 보지 못하는 것이다. 단지 남들이 죽는 모습을 보고, 또한 남들이 죽음에 대해 얘기하는 것만을 듣고 그것이 모두인 줄로만 착각하고 있는 것이다.

이처럼 지금의 삶만을 전부로 여기는 사람에게 죽음은 엄청난 두려움으로 다가온다. 죽음이 두려운 이유는 남이 죽는 모습을 단지 눈으로만 보아서 그런 것이다.

우리들은 진짜인 자기는 어떻게 존재하고 있는지도 모르고, 진짜인 자기 영혼을 가리운 채 육체의 죽음만을 보고 그토록 슬퍼하고 두려워하고 있는 것이다.

내가 지금 존재하고 있다는 것 자체가 내 영혼의 증거이다. 이보다 더 확실한 증거가 어디 더 필요하겠는가? 우리의 육체는 나타나지 않은 그 어떤 것이 물질로 나타내진 것이 바로 우리의 몸이다. 그리고 나타나지 않은 그 위대한 무엇인가는 여전히 우리 몸 안에 존재하고 있다. 우리의 육체는 바로 우리 영혼의 투사이다. 그리고 이 육체를 초월한 영혼이 바로 '나'인 것이다. 그러니 우리의 육체는 거짓된 '나'일 뿐이다. 그리고 죽음이란 이 거짓된 '나'가 죽는 것일 뿐이다.

즉 죽음이란 바로 낡은 육체를 벗어버리고 새 육체로 옮겨가는 과정일 뿐이다. 단지 형태의 변화만이 있을 뿐이다. 그런데도 이것을 모르는 우리의 무지가 우리를 그토록 죽음의 두려움 속에 가두어놓는 것이다. 그리고 우리들은 지금껏 그토록 거짓된 관념 속에 살아왔기에 죽음에 대해서도 거짓된 관념을 갖고 있다. 우리는 죽음을 두려워할 필요가 없다. 죽음이 무엇인지 바로 알기만 하면 우리는 죽음을 조금도 두려워할 필요가 없다.

융은 1944년 심장마비로 죽을 고비에서 유체 이탈을 경험한 적이 있었는데 그는 그때 그 체험을 하고 나서 다음과 같이 말한 적이 있다.

"사후에 일어나는 일은 말로 표현할 수 없을 만큼 너무나 아름다워서 우리의 상상력이나 느낌만으로는 그 대략적인 개념조차 인식할 수 없다. 죽음의 세계는 비교할 수 없고, 표현할 수도 없으며, 인간 경험의 범위 내에 존재하리라고 상상할 수 없을 정도의, 영원한 환희의 느낌으로 가득하다. 죽음은 외부에서 바라보면 가장 고통스러운 일이다. 그러나 일단 죽음의 내부에서 그 완전성과 평화로움과 충족감을 맛보고 나면 다시 세상으로 돌아가고 싶지 않다."

죽음은 생을 모두 정리하고 마감하는 가장 중요한 순간이다. 모두를 정리하고 마감하는 순간에 두려움에 떨고 있다면 그 앞에 살았던 삶은 모두 무엇이었으며, 우리의 삶은 그 얼마나 비참한 꼴이 되고 마는 것인가. 우리의 삶이 그토록 무의미했던 것이란 말인가? 그렇지 않다. 우리 모두는 각자 최대한 공들여 살았고, 최대한 가치 있는 삶을 살았다. 그러기에 우리들은 죽을 때도 아름답고도 숭고한 죽음을 맞이할 수 있어야 한다.

어떻게 죽을 것인가를 준비한 사람이라면 어떻게 살아야 할까를 잘 이해한 사람이다. 그런 사람은 진정한 삶이 무엇인지를 벌써 이해한 사람이다. 죽음을 준비한 사람들은 죽는 순간까지 자신의 삶에 최선을 다한다. 그들은 여한 없는 죽음을 갖기 위하여 여한 없는 삶을 산다. 그런 사람들은 더 살아야 할 이유가 없을 만큼 최선의 삶을 살기 때문에 죽을 때도 여한 없이 죽을 수 있다. 그런 이들은 바로 내일 죽는다 해도 아니 당장 오늘 자다가 죽는다 해도 조금도 흔들림 없이 아름다운 죽음을 맞이할 수 있다. 그들은 '죽음이여 올테면 와라. 나는 너를 조금도 두려워하지 않는다. 나는 언제나 너를 맞을 준비를 하고 있었다. 그러니 내가 너를 당당히 맞이할 것이다. 언젠가는 네가 꼭 올 줄 알고 기다리고 있었다. 그러나 영원한 진짜 나는 내가 죽는 모습을 볼 것이다'라고 하면서 아름다운 죽음을 맞이할 것이다.

우리는 언제 죽어도 죽는다. 언제 죽어도 죽는 몸인데 뭐 그리 굳이 시간을 연장시키려 하는가? 1년을 더 산다면 1년을 더 죽음에 대한 두려움을 안고 살아야 하며 10년을 더 산다 해도 10년을 더 죽음에 대한 공포를 안고 살아야 한다. 그러니 우리는 이 땅에서 목숨만 연장하기 위해 오래 살려고 할 필요가 없다. 언제 죽어도 죽는 것, 차라리 미련 없이 죽을 준비와 각오를 해놓는 것이 마음이 편하고 좋다. 두려워하는 편보다는 차라리 각오하는 편이 훨씬 더 마음이 편하고 좋다.

우리들은 입던 옷이 낡게 되면 새 옷을 입기 위해서는 당연히 낡은 옷을 버려야 한다. 우리 몸도 마찬가지다. 우리 몸도 오랫동안 사용하면 낡아 못쓰게 된다. 그러므로 새 몸을 갖기 위해서는 낡은 몸을 버려야 한다. 그런데도 쓸 수 없는 낡은 몸을 굳이 버리지 않겠다고 악착같이 버티며 두려워할 이유가 무엇이 있겠는가? 새로운 것을 원한다면 어찌 낡은 것을 버릴 생각을 하지 못하는 것일까? 이제 우리는 기꺼이 기존의 몸을 떠날 준비를 해야 한다.

죽음은 커다란 열매이며 수확이다. 죽음은 하나의 완성이다. 그러니 죽음이 오면 그저 여행을 떠난다는 마음으로 갈 수 있어야 한다. 그렇게 할 경우에 우리들은 자연스럽고 아름다운 죽음을 맞이할 수가 있다.

우리는 절대 거지처럼 죽어서는 안 된다. 우리가 죽을 때는 거대한 완성자로 죽어야 한다.